TILL BERGER

Breakdown

GOLDMANN
Lesen erleben

Buch

Als die Klimaexpertin Laura Dupont von einem Europol-Agenten aus ihrer Vorlesung geholt wird, ist dies erst der Beginn eines Albtraums. Denn durch eine fatale Cyberattacke auf das internationale Finanzsystem will eine Gruppe namens »Common Ground« die Weltgemeinschaft dazu zwingen, die globale Erwärmung umgehend zu stoppen.

Während Europol das radikale Netzwerk »Earth First!« hinter Common Ground vermutet, verdächtigt Laura – von Europol als Beraterin engagiert – ihren früheren Freund Dean Lund, einen engagierten Klimaschützer, der vor zwei Jahren spurlos verschwand. Als Koryphäe in künstlicher Intelligenz verfügt Dean über das nötige Wissen, die bisher einmalige Software von Common Ground entwickelt zu haben.

Heimlich macht Laura sich auf die Suche nach Dean. Als sie ihn endlich aufspürt, gerät sie ins Fadenkreuz eines Killers, dem sie nur mit Deans Hilfe knapp entkommen kann. Gemeinsam finden sie heraus, dass etwas an den Plänen von Common Ground ganz und gar nichts mit hehren Motiven zu tun hat – und dass sie deren Attacken unbedingt rechtzeitig stoppen müssen. Um ihr eigenes Leben zu retten – und um die Welt vor dem Sturz in den Abgrund zu bewahren …

Autor

Der studierte Biologe und Umweltwissenschaftler Till Berger wurde 1979 in Bern geboren. Als unabhängiger Berater hat er sich mit Fragen rund um die nachhaltige Entwicklung auseinandergesetzt. Seit Anfang 2014 ist er für die Entwicklung und Umsetzung der Nachhaltigkeitsstrategie des Schweizerischen Bundesrates verantwortlich. Privat führt er als Musikproduzent ein eigenes Musikstudio. Seine Arbeit als Autor begann 2001 mit Kurzgeschichten. »Breakdown – Welt am Abgrund« ist sein erster Roman.

Till Berger

BREAKDOWN
Welt am Abgrund

Thriller

GOLDMANN

Dieses Buch ist auch als E-Book erhältlich.

MIX
Papier aus verantwortungsvollen Quellen
FSC® C014496

Verlagsgruppe Random House FSC® N001967
Das FSC®-zertifizierte Papier *Pamo House* für dieses Buch
liefert Arctic Paper Mochenwangen GmbH.

1. Auflage
Originalausgabe Februar 2015

Dieses Werk wurde vermittelt durch die
Michael Meller Literary Agency GmbH, München.
Umschlaggestaltung: UNO Werbeagentur, München
Umschlagmotiv: FinePic®, München
Th · Herstellung: Str.
Satz: DTP Service Apel, Hannover
Druck und Bindung: GGP Media GmbH, Pößneck
Made in Germany
ISBN 978-3-442-48167-5
www.goldmann-verlag.de

Besuchen Sie den Goldmann Verlag im Netz:

Für meinen Vater Max

Für Sarah

Der Klimawandel ist das Einzige,
das die Zivilisation beenden könnte
und alles andere unwichtig macht.

Bill Clinton, World Economic Forum 2006

Prolog

Simi Valley, Los Angeles, USA

Der Milliardär musste vollkommen den Verstand verloren haben.

Leonard Danquist wurde von zwei starken Händen auf die Rückbank des Grand Cherokee gedrückt. Er versuchte krampfhaft, sich seinem Entführer entgegenzustemmen, aber seine Hände waren mit einem dünnen Kabelbinder gefesselt. Wehrlos sackte er auf den Ledersitz. Die Tür neben ihm wurde zugeschlagen, und ein letzter Hauch der kalifornischen Sommerluft streifte seinen Arm.

Trotz der Klimaanlage liefen Danquist dicke Schweißtropfen über die Stirn. Hinter sich hörte er die Schritte des Fremden auf dem Kiesboden des stillgelegten Stahlwerks knirschen. Verängstigt wandte er sich dem Geräusch zu, aber der Sack, den ihm der Mann über den Kopf gezogen hatte, machte ihn so gut wie blind. Seine Sicht war auf Hunderte kleine Lichtpunkte beschränkt, die schwach durch den grob gefaserten Stoff drangen.

Danquist hatte das Gefühl zu ersticken. Stoßweise atmete er durch den Mund, wodurch seine Brille beschlug. Er hätte niemals hierherkommen dürfen. Das Stahlwerk befand sich am nördlichen Rand von Simi Valley, einem kleinen Vorort von Los Angeles. Das Gelände war menschenleer, die nächste Hauptstraße mindestens eine Meile entfernt.

Er hatte von Beginn an ein schlechtes Gefühl bei dieser Sache gehabt und hätte dem Treffen unter keinen Umständen zugesagt, wenn Bloom ihn nicht ausdrücklich darum gebeten hätte.

Der Milliardär hatte von einer »einzigartigen Gelegenheit« gesprochen. Eine Art Projekt, das den Zielen ihrer Stiftung zum Durchbruch verhelfen könnte. Ein *Vorhaben*, wie er betonte. Mehr hatte er jedoch nicht verraten wollen. Danquist konnte sich aber beim besten Willen nicht vorstellen, dass Bloom sich wirklich bewusst war, worauf er sich dabei eingelassen hatte. Er kannte ihn inzwischen seit vier Jahren, und es war praktisch ausgeschlossen, dass er mit solchen Leuten Geschäfte machte. Es musste sich ganz eindeutig um einen Irrtum handeln.

Die Vordertür des Wagens wurde geöffnet, und sein Entführer stieg ein.

»Hören Sie«, setzte Danquist mit zitternder Stimme an, »das Ganze ist ein Missverständnis! Ich bin nicht der Mann, den Sie suchen. Was auch immer Sie vorhaben, ich habe nichts damit zu tun!«

Der Mann schloss die Tür und startete den Motor. Das Radio sprang an, und der Jeep wurde durch ein im Presto gespieltes Violinkonzert erfüllt. Perplex stellte Danquist fest, dass es sich dabei um den dritten Satz von Vivaldis *L'estate* aus den *Vier Jahreszeiten* handelte. Die dramatischen Streicherklänge, die das Bild eines aufziehenden Sommergewitters heraufbeschworen, hätten kaum besser zu seiner Situation passen können.

Der Wagen setzte sich in Bewegung und fuhr in einem Bogen den Weg zurück, den Danquist gekommen war. Er sah nach links, wo der gelbe Toyota seiner Frau stehen musste, den er nur fünf Minuten zuvor neben einem alten Backsteingebäude abgestellt hatte. Er glaubte, durch die Fasern des Sacks etwas Helles zu entdecken, aber es war mehr eine vage Ahnung als ein wirkliches Erkennen. Der helle Fleck zog schemenhaft und unerreichbar an ihm vorbei. Der Toyota erschien ihm auf einmal wie aus einer anderen Welt.

»Ihr Name ist Leonard Danquist«, sagte der Mann schließlich. Seine Stimme war tief und rau. »Sie sind der Geschäftsführer der Global Warming League und wohnen mit Ihrer Familie in einem Haus in Santa Ana. Ihre Frau ist Lehrerin an der Madison Elementary School in Lakewood. Sie haben eine dreijährige Tochter und einen fünfjährigen Sohn, den Sie eine Stunde vor diesem Treffen in den Kindergarten gebracht haben.«

»Woher wissen Sie das?«, fragte Danquist entsetzt. »Haben Sie mich beobachtet?«

»Das spielt keine Rolle«, drang die Stimme seines Entführers durch das Violinkonzert.

Danquist wurde von einer panischen Angst erfasst. »Bitte, Sie können mit mir machen, was Sie wollen, aber tun Sie meiner Familie nichts!«

»Um Ihre Familie müssen Sie sich keine Sorgen machen. Für uns sind nur Sie von Interesse.«

Danquists Hände verkrampften sich. Der Kabelbinder schnitt ihm in die Haut, aber das war ihm inzwischen egal. »Ich weiß nicht, was das für ein Projekt ist, das Sie mit Bloom vorhaben, und ich will es auch gar nicht wissen. Lassen Sie mich einfach gehen, und ich werde vergessen, dass wir uns je begegnet sind. Bitte …«

»Entspannen Sie sich«, unterbrach ihn der Fremde. »Wir werden in etwa zwanzig Minuten am Ziel sein.«

»Wohin bringen Sie mich?«

Die einzige Antwort, die Danquist auf seine Frage erhielt, waren Vivaldis leichte Streicherklänge, als das Konzert in *L'autunno*, den Herbst, überging.

Als der Jeep wieder anhielt, konnte Danquist nicht sagen, wie lange und in welche Richtung sie gefahren waren. Der

Sack über seinem Kopf und die laute Musik hatten ihm jede Orientierung genommen. Sie konnten inzwischen überall sein. Im Zentrum von Long Beach oder mitten im Angeles National Forest.

Die Musik verstummte, und der Mann stieg aus. Einen Augenblick später wurde neben Danquist die Tür aufgerissen. Er wurde grob am Oberarm gepackt und aus dem Wagen gezogen.

Es war etwas kühler als beim Stahlwerk, und es roch leicht nach Tannennadeln und Torf. Es konnte gut sein, dass sie tatsächlich in den National Forest gefahren waren.

»Kommen Sie!«, sagte der Mann und führte ihn vom Auto weg.

Der Boden war weich und gab unter Danquists Schuhen etwas nach. Nach einigen Metern trat er auf Beton, und sie blieben stehen. Er hörte, wie ein Schloss geöffnet wurde und eine Tür quietschend aufging.

Danquist versuchte mit aller Kraft, die aufkeimende Panik zu unterdrücken. »Was haben Sie mit mir vor?«

Der Mann erwiderte nichts. Er schob ihn durch die Tür, und Danquist hörte alte Holzdielen unter seinen Füßen knarren. Mit festem Griff wurde er vorwärtsgedrängt und eine Treppe hinuntergeführt. Ein feuchter und modriger Geruch drang in seine Nase. Die abgestandene Luft ließ ihn unvermittelt an ein Grab denken. Danquist fragte sich, ob das vielleicht das Letzte war, was er jemals riechen würde. Der Gedanke ließ ihn am ganzen Körper zittern.

»Bleiben Sie stehen!«, befahl der Mann.

Ein Schalter wurde umgekippt, und weiße Lichtstrahlen drangen durch die Fasern des Sacks. Mit einem Ruck wurde er weggezogen. Durch die plötzliche Helligkeit geblendet musste Danquist blinzeln.

Sein Entführer stand direkt vor ihm und starrte ihn eindringlich aus dunklen Augen an. In dem weißen Neonlicht wirkten seine Züge noch härter und militärischer als zuvor auf dem Parkplatz des Stahlwerks. Unter anderen Umständen hätte Danquist ihn wahrscheinlich für einen altgedienten Offizier gehalten. Der schlichte dunkelgraue Anzug, den er trug, konnte nicht verbergen, dass sich darunter ein muskulöser Körperbau befand. Und die verblasste Narbe, die sich von seiner Stirn über den kahlen Kopf hinweg zog, ließ vermuten, dass er durchaus auch dazu bereit war, seine Interessen mit Gewalt durchzusetzen.

Selbst wenn Danquist nicht gefesselt gewesen wäre, hätte er keine Chance gehabt, dem Mann zu entkommen. Er selbst war eher schmächtig und dazu noch ziemlich außer Form. Seine sportlichen Aktivitäten beschränkten sich auf einen gelegentlichen Spaziergang am Huntington Beach, und er hatte in seinem ganzen Leben noch nie eine handfeste Auseinandersetzung gehabt. Er musste sich eingestehen, dass er seinem Entführer vollkommen ausgeliefert war.

»Ich werde jetzt Ihre Fesseln lösen«, sagte dieser und zog ein Messer aus der Tasche. »Wenn Sie versuchen zu fliehen, werde ich sie wieder festmachen. Haben Sie das verstanden?«

Danquist nickte und beobachtete, wie der Kahlköpfige den engen Plastikriemen durchschnitt. Als sich das Band löste, betastete er instinktiv die schmerzenden Handgelenke.

»Es tut mir leid, dass das nötig war«, erklärte der Mann. »Aber Bloom hatte mir schon gesagt, dass Sie unter den gegebenen Bedingungen vermutlich nicht freiwillig ins Auto steigen würden.«

Danquist löste den Blick von seinem Entführer und sah sich um. Sie befanden sich in einem Kellerraum mit nackten grauen Wänden. Es gab nur einen einzelnen Holzstuhl und einen Tisch, auf dem sich eine Art medizinischer Apparat und ein Laptop befanden. Mehrere Kabel führten von dem

Gerät zu einer Gruppe von Elektroden, die sorgfältig nebeneinander aufgereiht und mit kleinen Zetteln beschriftet auf dem Tisch lagen.

»Setzen Sie sich«, sagte der Mann.

Danquist blieb wie angewurzelt stehen. Es gelang ihm nicht, seinen Blick von den Elektroden zu lösen. »Was ist das?«

Der Fremde packte ihn am Arm und drängte ihn zum Stuhl. »Ein Polygraf. Er wird einige Ihrer physiologischen Parameter messen, während wir uns ein bisschen unterhalten.« Danquists Peiniger verstärkte seinen Griff und drückte ihn auf den Stuhl.

»Ein Polygraf?«, fragte Danquist mit zitternder Stimme und sah zu der massigen Gestalt auf.

»Ein Lügendetektor. Ich werde Ihnen gleich einige Fragen stellen. Das Gerät wird mir dabei helfen, Ihre Antworten zu beurteilen.«

»Was für Fragen?«

Der Mann griff nach den Elektroden. Mit der Sorgfältigkeit eines Arztes, der sein Operationsbesteck ordnet, legte er die Kabel eines nach dem anderen über die flache Hand. »Fragen, die Ihre Zukunft bestimmen werden, Herr Danquist.«

Danquist räusperte sich, seine Kehle war völlig ausgetrocknet. »Und was ist, wenn Ihnen meine Antworten nicht gefallen?«

Der Mann trat wieder vor ihn und beugte sich leicht zu ihm herunter. »Nun, ich will es mal so ausdrücken: Es wäre in unser beider Interesse, wenn Sie meine Fragen richtig beantworten.«

Teil 1

Common Ground

1

Delft, Niederlande

Laura öffnete ihre Augen und blinzelte schläfrig in die Dunkelheit. Sie glaubte, ein Geräusch gehört zu haben, konnte aber nicht mit Sicherheit sagen, was es gewesen war. Deans Fachwerkhaus am Rande von Delft war mehr als hundert Jahre alt, und Laura hatte sich inzwischen daran gewöhnt, dass gelegentlich die Dielen knarrten oder die Wasserleitungen in den Wänden ein metallisches Knacken von sich gaben. Dennoch blieb sie für einige Sekunden still liegen und horchte. Um sie herum war nichts zu hören, und sie brauchte einen Moment, bis sie begriff, was sie daran störte. Es war *zu* still. Langsam schob sie ihren Arm unter der Decke hervor und betastete vorsichtig die andere Bettseite. Sie spürte ein zerwühltes Laken, aber Deans Matratze war leer und kalt.

Sie drehte sich zur Seite und sah zum Wecker auf dem Nachttisch. Die roten Ziffern zeigten kurz nach fünf Uhr. Sie schaltete die Leselampe an und schlüpfte aus dem Bett. Als sie die Schlafzimmertür öffnete, sah sie, dass der Gang dahinter im Dunkeln lag. Aus Deans Arbeitszimmer am Ende des Gangs drangen leise Geräusche. Laura machte Licht im Flur, um nicht gegen die gestapelten Kartonkisten zu stoßen, die Dean in den letzten Tagen von der Universität mitgebracht hatte. Jede von ihnen war datiert und beschriftet. Der Inhalt der meisten Kisten war mit »Intelligente Systeme« ausgewiesen.

Laura erreichte die Tür und klopfte leise. Aus dem Arbeitszimmer kam keine Reaktion. Sie drehte den Knauf und schob die Tür langsam auf. Im Innern brannte nur schwaches Licht. Dean saß am Schreibtisch und war selbstvergessen in seine Arbeit am Computer vertieft. An seinen Wangen klebten noch Reste von Rasierschaum, die kurzen hellbraunen Haare wirkten zerzaust, und das Hemd war erst bis zur Hälfte zugeknöpft. Die Krawatte hing ihm ungebunden um den Hals. Der Schreibtisch sah ähnlich chaotisch aus. Technische Geräte wie Spannungsmesser und Transformatoren teilten sich den Platz mit unordentlich gestapelten wissenschaftlichen Zeitschriften, einem Lötkolben sowie lose herumliegenden Drähten und Schrauben.

Laura lehnte sich mit verschränkten Armen gegen den Türrahmen und sah ihn amüsiert an. »Hey, Professor«, sagte sie mit weicher Stimme.

Dean blickte überrascht auf. »Oh, hi, Schatz, hab ich dich etwa geweckt?«

»Du warst nicht mehr im Bett.« Sie lächelte ihn an. »Flirtest du etwa wieder mit einem deiner intelligenten Systeme?«

Dean schob die Tastatur von sich weg und ließ sich in den Sessel sinken. »Manchmal glaube ich, die Systeme sind um einiges cleverer als ich.« Er seufzte.

Lauras Lächeln verschwand, als sie die Niedergeschlagenheit in seiner Stimme bemerkte. »Wie meinst du das?«

Er fuhr sich ratlos durch die Haare. »Ich habe hier eine Technologie in der Hand, die den weltweiten Stromverbrauch um ein Drittel senken könnte – ohne dass irgendjemand dabei auch nur auf das Geringste verzichten müsste. Und trotzdem schaffe ich es nicht einmal, genügend Unterstützung für die Entwicklung zu erhalten.«

Laura löste sich vom Türrahmen und ging auf ihn zu. »Dean, es ist nicht dein Fehler, dass dich die Universität entlassen hat. Und du weißt das. Das hätte niemand vorhersehen können.«

Sie setzte sich auf seinen Schoß und legte die Arme um seinen Hals. »Die TU Delft ist nicht die einzige Universität, an der du forschen kannst. Wir könnten zum Beispiel nach Boston ziehen. Das MIT hat doch bereits großes Interesse an deiner Arbeit gezeigt.«

Dean sah sie lange an. Schließlich zeichnete sich auf seinem Gesicht ein Lächeln ab. »Womit habe ich dich eigentlich verdient?«

Laura lächelte zurück. »Red keinen Unsinn.« Sie griff nach seiner Krawatte, zog ihn zu sich und gab ihm einen langen Kuss.

»Lass uns die Option mit Boston in der Bretagne weiterdiskutieren«, schlug er vor, als sie sich wieder voneinander gelöst hatten. »Dann haben wir mehr Zeit, darüber nachzudenken.«

Laura nickte. »Das ist eine gute Idee. Außerdem hast du die Ferien dringend nötig. Du brauchst jetzt mal eine Auszeit.«

Deans Blick wurde abwesend. »Ja, da hast du vermutlich recht.«

»Natürlich hab ich recht«, lachte Laura. Sie nahm von seiner Wange etwas Rasierschaum und tupfte ihn auf seine Nase. »Und komm nicht auf die Idee, unser Rendezvous am Freitagabend zu vergessen. Ich habe mir etwas ganz Besonderes für uns ausgedacht.«

Dean machte keine Anstalten, den Schaum wieder zu entfernen. Er lächelte sie an und sagte: »Bei dem Geheimnis, das du bisher darum gemacht hast, würde ich das um nichts in der Welt verpassen wollen.«

2

Technische Universität Delft, Niederlande

Aufgebracht zwitscherte eine Kohlmeise auf der Birke vor Deans Büro. Irgendwo auf dem Universitätsgelände antwortete ein Artgenosse mit fast derselben Melodie. Mit eiserner Hartnäckigkeit pfiffen sie einander an, jeder darum bemüht, sein Territorium gegen den anderen zu verteidigen.

The struggle for life, dachte Dean und griff einen weiteren Stapel Bücher aus dem grauen Institutsregal. Dass der Mensch dieses Kampfgeschrei als schön empfand, blieb für ihn eines der vielen Rätsel der Evolution. Er verstaute die Bücher in der Kiste, die auf seinem leer geräumten Schreibtisch stand. Wahrscheinlich war es eine Art Schutzmechanismus des Gehirns, vermutete er, eine stammesgeschichtliche Errungenschaft der menschlichen Biologie, damit man bei dem ganzen Lärm nicht die Nerven verlor. Ganz ähnlich wie das Gehirn auch fähig war, bestimmte Einflüsse aus der Umwelt einfach aus der Wahrnehmung auszublenden. Wie das Rauschen des Verkehrs oder das Ticken einer Uhr. Oder aber, dachte er mit einem bitteren Gefühl, wie die vielen subtilen Attacken seiner Gegner, die er sich mit seiner Arbeit geschaffen hatte. Er hatte sie mit der Zeit einfach ignoriert. Sie waren zu einem ganz normalen Hintergrundrauschen geworden.

Er hatte ja keine Ahnung gehabt, wozu sie fähig waren.

Das Wetter in Delft hatte beschlossen, sich an Deans letztem Tag an der Technischen Universität noch einmal von der schönsten Seite zu zeigen. Die Sonne ließ die Bäume auf dem Campus in den prächtigsten Herbstfarben erstrahlen. Selbst die strengen geometrischen Züge des Vorplatzes, die durch schmale Rasenstreifen in scharfkantige Formen gezeichnet wurden, wirkten irgendwie weicher. Ein richtiger *Indian Summer*! Auf dem begrünten Dach der Bibliothek, nur knapp fünfzig Meter von der Fakultät für Industriedesign entfernt, wimmelte es von Studenten, die es sich zum Lunch gemütlich gemacht hatten.

Dean stellte die gefüllte Kiste zu den anderen auf den Boden. Dort türmte sich schon ein beachtlicher Haufen, doch die Regale waren noch mehr als halb voll. An zwei Wänden stapelten sich Fachbücher, technische Berichte, wissenschaftliche Zeitschriften und die Arbeiten seiner Studenten und Doktoranden. Auf der dritten Seite stand ein Regal mit elektrischen Geräten, die er mit seinem Team hier an der Universität entwickelt hatte. Aufgeschraubt und hüllenlos umfasste seine Sammlung eine Reihe trivialer, seltsam entstellter Alltagsgegenstände wie Lampen, Staubsauger, Mixer, Kaffeemaschinen, Bohrmaschinen oder Computer. Die kantigen Elektronikteile, von denen die meisten mit verworrenen Drähten, Platinen, Spulen und Motoren vor ihm lagen, sahen aus wie verschüchterte kleine Tiere. Kaum ein äußeres Merkmal ließ erahnen, dass darin modernste Mikrosystem-Technologien steckten, die Nanotechnologie, Sensortechnik und künstliche Intelligenz vereinten. Eine technologische Entwicklung, die klein genug war, um für das ungeübte Auge vollkommen unsichtbar zu sein, aber dennoch bedeutend genug, um die Industrie auf den Plan zu rufen und einen Vernichtungsfeldzug gegen ihn zu führen.

In seine Gedanken vertieft bekam Dean nur am Rande mit, wie sich jemand hinter ihm räusperte. Frau Schmidt stand in der Tür. Sie hatte die Hände verlegen vor sich zusammengefaltet und sah betroffen auf die Umzugskisten.

»Entschuldigen Sie, wenn ich Sie störe, Herr Professor. Aber jemand möchte Sie sprechen.«

»Frau Schmidt, bitte sagen Sie doch einfach Herr Lund zu mir, ich bin kein Professor mehr.«

»Ach, Herr Professor …« Sie sah ihn mit fast flehendem Blick an, als ob er etwas daran hätte ändern können, was geschehen war.

»Wer will mich denn sprechen?«

»Es sind zwei Herren. Sie haben nicht gesagt, wer sie sind.«

Dean hatte in den letzten Wochen eine ganze Reihe von Besuchern gehabt, die ihm ihr Beileid und ihre Entrüstung darüber ausdrückten, was geschehen war – natürlich nur inoffiziell, um dann rasch wieder durch die Hintertür zu verschwinden. Er war ein Ausgestoßener, eine *Persona non grata*. Es wurde Zeit, dass er das hier endlich hinter sich brachte.

»Ist gut, dann bringen Sie sie doch bitte herein.«

Frau Schmidt nickte und machte den Besuchern Platz, die sich schon bis zu Deans Büro vorgearbeitet hatten. Sie bedachte sie mit einem strafenden Blick, da sie nicht beim Sekretariat gewartet hatten, und stemmte sich an den beiden Männern vorbei.

»Ah, Professor Lund! Wie schön, dass wir Sie noch erwischen. Ich hatte schon befürchtet, Sie könnten bereits gegangen sein.« Der ältere Herr kam auf Dean zu, setzte dabei einen eleganten Stock schwungvoll auf und streckte ihm die Hand entgegen. Er war fast einen Kopf kleiner als Dean und trug einen edlen hellbeigen Leinenanzug. Auf seinem Gesicht, das von einem weißen, sorgfältig gestutzten Bart umrandet wurde, lag ein strahlendes Lächeln. Hinter den feinen Brillengläsern funkelten energische Augen.

Zögerlich schüttelte Dean die ausgestreckte Hand und beobachtete, wie der andere Besucher die Tür des Büros schloss.

»Guten Tag, Herr …«

»Ach, wo ist nur mein Anstand geblieben! Mein Name ist Richard Bloom.«

Dean sah ihn fragend an. »*Der* Richard Bloom?«

Der alte Mann lächelte erneut. »Wie er leibt und lebt!«

Der Name Richard Bloom war für jeden im Energiegeschäft ein Begriff. Dean versuchte, sich zu erinnern, was er über seinen unerwarteten Besucher wusste. Bloom war in den Achtzigern und Neunzigern einer der einflussreichsten Männer in der Ölindustrie gewesen. Wenn er sich nicht täuschte, war Bloom damals Verwaltungsrat und Großaktionär bei British Petroleum und Miteigentümer von Ölfeldern im Golf von Mexiko gewesen. Dean konnte sich noch an einen Artikel im *De Telegraaf* erinnern, in dem Bloom dafür kritisiert worden war, riskante Ölbohrungen in der Tiefsee voranzutreiben, durch die es immer wieder zu Havarien mit großflächigen Ölverschmutzungen gekommen war. Die damaligen Umweltschutzbewegungen hatten ihn deshalb auch *el barón negro* genannt, den schwarzen Baron. Umso überraschender war, dass er vor einigen Jahren der Ölindustrie plötzlich den Rücken gekehrt und sämtliche Anteile von BP und seinen Ölfeldern verkauft hatte.

Noch verblüffender war allerdings, dass er sein Vermögen, das auf mehr als eine Milliarde US-Dollar geschätzt wurde, daraufhin für den Klimaschutz einzusetzen begann. Er hatte die Global Warming League gegründet, mit der er Kampagnen und Projekte für den Klimaschutz finanzierte und in den Staaten Wahlkampagnen grüner Politiker unterstützte. Letztlich gab es niemanden, der genau sagen konnte, wie es bei ihm zu dieser Kehrtwende kam. Einige behaupteten, er sei auf seine alten Tage schwach geworden. Andere, er sei endlich aufgewacht und habe gesehen, was er angerichtet hatte.

Bloom wies auf seinen Begleiter: »Darf ich Ihnen Aaron Celler vorstellen?«

Der zweite Besucher war das pure Gegenteil von Bloom.

Er hatte kantige Gesichtszüge und eine ausladende Glatze, über die sich eine lange Narbe zog. Sein Blick strahlte militärische Strenge aus. Er trug einen maßgeschneiderten dunkelblauen Anzug, der an ihm jedoch nicht ganz stimmig wirkte. Wie ein gealterter Boxer, der jetzt auf der Trainerbank saß. Sein Händedruck war trocken und fest, und er musterte Dean abschätzend.

Bloom ließ einen kurzen Blick über die Umzugskisten schweifen. Dean fühlte sich plötzlich ein wenig unbehaglich. Das halb ausgeräumte Büro wirkte irgendwie beschämend.

»Ich hoffe, wir stören Sie nicht zu sehr.«

»Überhaupt nicht«, entgegnete Dean. »Bitte, nehmen Sie doch Platz.«

Er befreite die beiden Besucherstühle von seinen Unterlagen und setzte sich ihnen gegenüber an den Schreibtisch. Die leere Tischplatte lag wie eine Einöde zwischen ihnen.

»Wie Sie sehen, haben Sie mich in einem schlechten Moment erwischt. Heute ist mein letzter Tag.«

Der Milliardär faltete die Hände vor sich auf seinem Stock. Der verzierte Perlmuttgriff glänzte wie frisch polierte Perlen. »Ich habe bereits davon gehört. Was ist passiert?«

Schicksalsergeben zog Dean die Augenbrauen hoch. »Das ist das Interessante an meiner Geschichte. Das Problem ist eigentlich weniger das, was ich bisher gemacht habe, sondern das, was ich noch tun könnte.«

»Geht es um Ihre Forschung?«

»Allerdings. So wie es aussieht, hat nicht allen gefallen, was ich hier mache.«

»Wie meinen Sie das?«

»Kennen Sie sich mit intelligenten Systemen aus?«

»Ein bisschen«, sagte Bloom. »Ich habe einige Ihrer Artikel gelesen. Sie verfolgen da ein paar äußerst faszinierende Thesen, was die Potenziale Ihrer Technologie anbelangt.«

»Das sind keineswegs nur Thesen«, entgegnete Dean.

Blooms Begleiter sah ihn fragend an. »Wie weit sind Sie denn mit Ihren Entwicklungen?« Seine Stimme war fest und leicht heiser, als ob er ein starker Raucher wäre.

Dean schaute zu Bloom, der ihn ebenfalls erwartungsvoll musterte. Die Global Warming League war eine sehr wohlhabende Organisation. Wenn es ihm gelang, den Milliardär von seinen Entwicklungen zu überzeugen, konnte er sich womöglich neue Unterstützung für seine Arbeit sichern.

»Ich denke, das lässt sich am besten an einem Beispiel zeigen.« Dean stand auf und holte eine silberne Tischlampe aus dem Regal. »Wie Sie ja sicher wissen, haben die meisten unserer Alltagsgeräte einen viel höheren Energieverbrauch, als sie für ihren eigentlichen Zweck benötigen würden. Der größte Teil der Energie geht ungenutzt als Wärme verloren.« Er stellte die Lampe auf den Schreibtisch. »Oder einfach gesagt, unsere Geräte sind dumm. Sie verbrauchen immer gleich viel Energie, ob diese nun genutzt wird oder nicht.« Er verband das Kabel mit der Steckdose und schaltete die Lampe an. Sie fing schwach zu glühen an.

Celler starrte auf das kaum wahrnehmbare Licht und runzelte die Stirn. »Ich glaube, ich verstehe nicht ganz, was Sie uns damit zeigen wollen.«

Dean hatte diese Reaktion bereits erwartet. »Sehen Sie, manchmal sind es die unspektakulären Dinge, die die Welt verändern können.«

»Wie meinen Sie das?«

»Die Lampe, die Sie hier sehen, ist mit künstlicher Intelligenz ausgestattet«, erklärte Dean. »Sie verfügt über Prozessoren, Sensoren und Kontrollelemente, die zu einem intelligenten System verbunden sind. Damit ist sie in der Lage, auf ihre Umwelt zu reagieren und nur so viel Energie zu verbrauchen, wie sie für ihre eigentliche Aufgabe benötigt.«

Er ging zum Fenster und griff nach der Schnur der Jalousie. »Über ihre Sensoren nimmt die Lampe wahr, dass es im Moment taghell ist. Deshalb leuchtet sie nur schwach.« Er zog die Jalousie herunter, und der Raum verdunkelte sich. Die Schreibtischfläche unter der Lampe blieb unverändert hell beleuchtet, als wäre die Jalousie nie heruntergelassen worden.

»Die Lampe passt abhängig vom Tageslicht die Stärke und Farbe ihres Lichts an, damit immer die optimale Beleuchtung für die Arbeit vorherrscht. Sie reagiert auch auf die Art des Untergrunds, den sie beleuchtet. Bei dunklen Flächen wird das Licht stärker, bei hellen schwächer. Und wenn man das Zimmer für mehr als drei Minuten verlässt, schaltet sie sich automatisch aus.«

Dean zog die Jalousie wieder hoch. »Mit dieser Technologie sparen Sie neunzig Prozent des Energieverbrauchs. Dasselbe gilt auch für die anderen Geräte, die wir mit intelligenten Systemen ausgestattet haben. Wir haben beispielsweise Staubsauger entwickelt, die ihre Saugleistung nach der Art des Untergrunds und der Verschmutzung regulieren, oder Bohrer, die ihre Leistung dem Widerstand in der Wand anpassen.«

»Das klingt wirklich sehr beeindruckend«, sagte Bloom anerkennend. »Aber was hat das mit Ihrer Entlassung zu tun?«

Dean setzte sich wieder. »Intelligente Systeme sind im Grunde nichts Neues. Es gibt bereits einige primitive Versionen davon auf dem Markt. So ähnliche Lampen wie diese hier sind beispielsweise schon recht verbreitet. Aber mein Team und ich haben vor einem Jahr einen Durchbruch erzielt, der die Technologie beinahe sämtlicher elektronischer Geräte revolutionieren könnte. Das Kernstück jedes intelligenten Systems ist die Software, die die Informationen der Sensoren aufnimmt, verarbeitet und die beste Lösung für das Gerät berechnet. Wir haben eine Programmstruktur mit künstlicher Intelligenz entwickelt, die mit einer minimalen Anzahl Algorithmen praktisch jede Art von Dateninput verarbeiten kann. Damit lässt sich die Software ohne großen Aufwand in jedes erdenkliche Gerät einbauen und ist durch seine einfache Programmstruktur auch extrem kostengünstig. Die Geräte, die Sie hier sehen, sind nur der Anfang. Wir haben bereits intelligente Systeme für die Industrie entwickelt, mit denen sich der Energieverbrauch von Fertigungsprozessen um mehr als die Hälfte reduzieren lässt.« Dean sah zu Bloom. »Sie haben eben über das Potenzial solcher Systeme gesprochen. Ich will es mal so sagen, wenn man alle Anwendungsbereiche dieser Technologie zusammennimmt, ließe sich damit so viel Energie einsparen, dass allein in Europa auf achtzig durchschnittliche Kohlekraftwerke verzichtet werden könnte.«

Der Milliardär schien einen Moment lang zu überlegen, dann blickte er Dean verblüfft an. »Wenn das stimmt, dann würde das bedeuten, dass damit jedes Jahr mehrere Hundert Millionen Tonnen Treibhausgase vermieden werden könnten. Das wäre ein absoluter Meilenstein im Klimaschutz!«

»Es ist etwas mehr als eine halbe Milliarde Tonnen pro Jahr«, präzisierte Dean. »Das entspricht etwa derselben Menge an Treibhausgasen, die Spanien und die Niederlande zusammen erzeugen. Aber leider ist eine solche Effizienzsteigerung nicht in jedermanns Interesse.«

Bloom schürzte die Lippen. »Das kann ich mir vorstellen. Die Stromindustrie dürfe herzlich wenig Freude daran haben.«

»Ich denke, das ist auch der Grund, warum ich entlassen wurde. Hier an der Technischen Universität werden einige Institute durch die Industrie finanziert. Darunter befinden sich auch Stromkonzerne, deren Namen ich jetzt nicht nennen möchte. Jede Kilowattstunde, die sich mit unserer Technologie einsparen ließe, könnten sie weniger verkaufen. Meine Forschung ist ihnen also ein ziemlicher Dorn im Auge. Natürlich kann ich nicht nachweisen, dass sie es sind, die hinter meiner Entlassung stecken, aber ich nehme an, sie haben Druck auf die Universität ausgeübt. Ohne die finanziellen Mittel der Konzerne müsste die Hochschule ganze Forschungszweige schließen. Also hat die Universitätsleitung lieber nur mich geopfert.«

»Das tut mir wirklich sehr leid für Sie«, sagte Bloom. »Aber das ist nicht das erste Mal, dass ich so etwas höre.«

»Haben Sie schon Pläne, wie es weitergehen soll?«, schaltete sich Celler ein.

Dean sah ihn forschend an. Er spürte, dass sie sich langsam dem Grund für den unerwarteten Besuch näherten. Etwas in Cellers Blick ließ ihn aber daran zweifeln, dass die beiden Männer hier waren, um ihm ihre Unterstützung anzubieten. »Ist das der Grund, warum Sie mich aufgesucht haben?«

Cellers Gesicht blieb ungerührt. »Das kommt darauf an. Wie genau funktioniert die künstliche Intelligenz, die Sie verwenden?«

»Inwiefern?«

Celler legte den Kopf leicht schief, was den Eindruck des gealterten Boxers verstärkte. »Was muss ich mir genau unter ›Intelligenz‹ in diesem Zusammenhang vorstellen?«

Dean lehnte sich zurück. Er wunderte sich, worauf die Frage hinauslaufen sollte. »Es handelt sich dabei nicht um die Art von Intelligenz, wie sie zum Beispiel für eigenständig denkende Roboter entwickelt wird, wenn es das ist, was Sie wissen wollen. Die Programme, die mein Team und ich für die intelligenten Systeme entwerfen, verfügen eher über eine Form *rationaler* Intelligenz. Das heißt, sie können auf Grundlage von hinterlegten Informationen eigene logische

Schlüsse ziehen. Bei unseren Geräten bestehen diese Informationen aus gespeichertem Wissen und aus den Signalen der Sensoren, die das Programm über den Zustand seiner Umwelt informieren.«

»Das Programm kann also unabhängig und flexibel auf seine Umwelt reagieren«, folgerte Celler.

»Ja, genau.«

Celler warf einen Blick zu Bloom, der ihm leicht zunickte. »Könnte man Ihre Programme auch für andere Anwendungen benutzen?«

»Worauf wollen Sie hinaus? Von welcher Art Anwendungen sprechen Sie?«

»Herr Lund«, übernahm Bloom das Wort. »Sie werden vielleicht schon ahnen, dass wir nicht zu Ihnen gekommen sind, weil wir uns speziell für die intelligenten Systeme interessieren – auch wenn ich Ihre Technologie wirklich als sehr unterstützenswert empfinde. Wir sind vielmehr hier, weil wir Ihnen ein Angebot machen möchten.«

»Ein Angebot?«, fragte Dean.

Bloom beugte sich vor, um den kommenden Worten Nachdruck zu verleihen. »Nun, es ist vielleicht weniger ein Angebot im eigentlichen Sinne. Es ist vielmehr eine Chance. Wir möchten Sie für ein Projekt gewinnen. Für etwas, das auch in Ihrem Interesse liegt.«

»Wovon sprechen Sie?«

Bloom fixierte ihn mit festem Blick. »Wir brauchen Ihr Know-how über künstliche Intelligenz. Sie sind mit weitem Abstand der Beste auf diesem Gebiet. Und Sie haben die nötige Motivation.«

»Die nötige Motivation?«, fragte Dean verwundert. »Was meinen Sie damit?«

»Sie haben eine beeindruckende Karriere hinter sich, Herr Lund, das muss man schon sagen.« Bloom ließ sich von Celler eine dünne Aktenmappe geben. Er warf einen kurzen Blick hinein und schaute dann wieder Dean an. »Ein Abschluss als Jahrgangsbester am MIT und eine Auszeichnung mit dem Economists-Innovationspreis für Ihre Masterarbeit über künstliche Intelligenz in der Robotik. Und das mit zwanzig. Wie ich sehe, haben Sie für die NASA ein völlig neues System entwickelt, mit dem sich der Energieverbrauch des Erkundungsroboters K10 Rover halbiert hat. Sie hätten eine vielversprechende Karriere in der Weltraumbehörde vor sich gehabt. Aber Sie haben es vorgezogen, am MIT einen PhD zu machen, um mit Ihrem Ansatz an energieeffizienten Geräten zu forschen. Mit vierundzwanzig hatten Sie bereits Ihren Doktortitel und mehrere bahnbrechende Erkenntnisse in der Intelligenzforschung gemacht. Mit achtundzwanzig eine Assistenzprofessur an der Lawrence Technological University in Michigan und nur ein paar Jahre später eine ordentliche Professur an der TU Delft.«

Bloom klappte die Mappe wieder zu. »Mit Ihren Fähigkeiten hätten Sie jederzeit in die Wirtschaft gehen können, wo Sie locker das Dreifache verdient hätten. Trotzdem setzen Sie sich jetzt schon seit über fünfzehn Jahren für die intelligenten Systeme ein, obwohl Sie ständig dafür angegriffen werden. Sie kämpfen für Ihre Sache, Herr Lund. Genau das brauchen wir.«

»Ich verstehe«, erwiderte Dean. »Ich fühle mich auch wirklich sehr geschmeichelt. Aber wenn Sie darauf hinauswollen, dass ich jetzt mein Pferd wechseln soll, muss ich Sie leider enttäuschen. Was auch immer Sie mir anbieten wollen, ich werde meine Forschung auf keinen Fall aufgeben.«

Bloom schenkte Dean einen väterlichen Blick. »Ich habe mir schon gedacht, dass Sie das sagen würden. Aber schauen Sie sich an, was Ihre Forschung Ihnen gebracht hat. Sie schwimmen seit fünfzehn Jahren gegen den Strom, und nun, nachdem Ihre Systeme marktreif geworden sind, stellt man Sie einfach kalt. Glauben Sie wirklich, dass dies das letzte Mal gewesen ist? Man wird Sie immer wieder bekämpfen. Glauben Sie mir, ich weiß genau, wie das funktioniert. Wenn Ihre Technologie wirklich so gut ist, wie Sie sagen – und davon gehe ich aus –, dann stehen für die Konzerne Milliarden auf dem Spiel. Sie werden alles tun, um Ihre Forschung zu behindern und Ihren Ruf zu ruinieren. Und ganz gleich, wie gut Sie sind, irgendwann wird es keine Universität mehr geben, die Sie nehmen will. Sie kämpfen eine Schlacht, die Sie nur verlieren können, mein Freund. Es wird Zeit, dass Sie den Spieß umdrehen.«

Dean betrachtete den Milliardär eindringlich. »Was genau haben Sie vor?«

Bevor Bloom antworten konnte, hob Celler die Hand, um ihn zu stoppen. »Wer ist das auf dem Foto hinter Ihnen?«, fragte er mit einem misstrauischen Ton in der Stimme.

Irritiert folgte Dean seinem Blick. Auf dem Institutsregal stand ein zwischen Fachzeitschriften eingeklemmtes Bild, das ihn mit Laura in einem Strandkorb an der Nordsee zeigte. Laura schmiegte sich eng an ihn und strahlte aus ihren wunderschönen Katzenaugen in die Kamera. Sie hatte einen Blick, der jeden in ihren Bann ziehen musste. Und auch er, der eigentlich eher ein stiller, nachdenklicher Typ war, wirkte sichtlich ausgelassen. Es war ihr erster gemeinsamer Wochenendausflug gewesen, einige Monate, bevor ihn die Universität entlassen hatte.

»Das ist Laura Dupont. Sie arbeitet als Politologin in der Abteilung für Klimapolitik ganz in der Nähe. Warum?«

Celler warf einen finsteren Blick zu Bloom. »Was soll das? Sie wissen ganz genau, dass wir für diese Aufgabe nur eine Person ohne Bindungen nehmen!«

Bloom hob beschwichtigend die Hand. »Ich weiß, Herr

Celler. Aber manchmal muss man eben Kompromisse eingehen.«

»Was für Kompromisse?«, wollte Dean wissen. »Was spielt das für eine Rolle, ob ich eine Beziehung habe?«

Celler schüttelte den Kopf. Er war sichtlich verärgert. »Sie kennen unsere Regeln. Sie hätten mir das nicht vorenthalten dürfen.«

»Vertrauen Sie mir«, entgegnete Bloom. »Lassen Sie uns den Test machen, dann werden Sie sehen, dass ich recht habe.«

Celler sah Bloom kühl an, erwiderte jedoch nichts.

Dean wurde die Sache langsam zu bunt. »Herr Bloom, würden Sie mir endlich sagen, was hier gespielt wird?«

»Hören Sie, ich verstehe Ihre Verwirrung. Doch unsere Vorsicht hat ihren Grund. Unser Vorhaben birgt gewisse Risiken. Aber Sie werden sehen, dass es sich lohnt. Sie werden damit alles erreichen, worauf Sie immer hingearbeitet haben. Und noch bedeutend mehr!«

Dean verschränkte die Arme vor der Brust. Er war kein Freund von Geheimniskrämerei. Und Blooms Verhalten war mehr als rätselhaft. Die ganze Sache klang höchst dubios. »Also, was genau wollen Sie von mir?«

»Sie werden sich einem Test unterziehen müssen«, sagte Celler.

»Einem psychologischen Test«, ergänzte Bloom. »Wir müssen sichergehen, dass Sie geeignet sind.« Er reichte Dean einen Zettel. »Kommen Sie übermorgen zu dieser Adresse. Dort werden wir den Test durchführen. Falls er positiv verläuft, werden wir Sie über alles Notwendige informieren. Dann können Sie sich entscheiden. Wäre das für Sie annehmbar?«

»Und was ist, wenn ich den Test nicht bestehe?«

»Dann sollten Sie vergessen, dass dieses Gespräch jemals stattgefunden hat«, sagte Celler.

Dean wusste nicht, was er dazu sagen sollte. Er griff seine Agenda aus der Aktentasche neben dem Schreibtisch, nur um der Situation wieder etwas mehr Normalität zu geben.

Er blätterte im Kalender, bis er die richtige Woche fand. In zwei Tagen war Freitag. Laura hatte ihm dort mit fetten Rotbuchstaben »Abendessen im Le Vieux Jean« eingetragen. Da das Essen aber erst um acht Uhr stattfinden würde, gab es nichts, was gegen das Treffen sprach.

Draußen stimmte die Kohlmeise zu einer neuen Serie zorniger Gesänge an. Dean musste sich eingestehen, dass der Milliardär trotz seines merkwürdigen Auftritts seine Neugier geweckt hatte. Wenn ein Mann wie Bloom ein solches Aufheben um ein Projekt machte, musste schon etwas dran sein. Er wollte sich wenigstens anhören, worum es ging.

»Na gut, ich werde kommen.«

Blooms Mund umspielte ein zufriedenes Lächeln. »Danke, Herr Lund.« Er erhob sich aus seinem Stuhl. »Sie werden es nicht bereuen.«

3

Innenstadt Delft, Niederlande

Laura öffnete die kleine Schatulle und strich über die beiden geschwungenen Ringe aus feinstem Sterlingsilber. Ein Lächeln huschte über ihre Lippen, und sie sah zu Sophie, die neben ihr auf der Rückbank des Wagens saß.

»Wie findest du sie?«

Ihre Tante warf einen kurzen Blick auf die Ringe und verzog missbilligend den Mund. »Denkst du nicht, dass es ein bisschen früh für eine Heirat ist? Du kennst ihn noch nicht einmal ein halbes Jahr.«

Laura spürte einen Stich in der Magengrube, erwiderte jedoch nichts. Sie verstaute die Schatulle in ihrer Handtasche und ließ sich wieder zurück in den schwarzen Ledersitz sinken. Ihr Strahlen war verflogen. »Was hast du eigentlich gegen Dean?«

Sophie machte eine ausweichende Geste. »Ach, Liebes, darum geht es doch nicht.« Sie ignorierte ihren Sekretär, der vom Beifahrersitz der Limousine einen Blick nach hinten warf und auf die Uhr deutete.

»Worum geht es dann?«, hakte Laura nach.

»Ich finde, du solltest dir noch etwas Zeit lassen. Eine solche Entscheidung sollte man nicht unüberlegt treffen. Du kannst doch noch gar nicht sagen, ob er wirklich zu dir passt.«

Laura sah ihre Tante forschend an. Der dunkelgraue Blazer, den sie bis unter den Hals geschlossen trug, ließ sie wie einen reservierten Eunuchen wirken. Dieses Bild traf nicht nur auf ihr Äußeres zu. Seit Laura denken konnte, kannte sie ihre Tante als zugeknöpften und nur schwer durchschaubaren Menschen. Seitdem sie vor zwei Jahren als Umweltministerin in das niederländische Regierungskabinett gewählt worden war, mischte sich zu ihrem distanzierten Blick, der immer etwas über den Köpfen hinwegzugleiten schien, auch die für einflussreiche Politiker unverkennbare Aura der Macht. Nur wenigen gelang es, hinter diese beinahe undurchdringliche Fassade zu blicken und den liebevollen und fürsorglichen Menschen zu sehen, der sie eigentlich war.

Als Lauras Mutter an Krebs gestorben war, hatte Sophie Laura bei sich aufgenommen. Laura war damals gerade zehn Jahre alt geworden. Ihren Vater hatte sie nie kennengelernt. Sie war das Produkt einer flüchtigen Beziehung, die lange vor ihrer Geburt geendet hatte. Durch Sophie hatte sie aber trotz des schmerzhaften Verlusts die Chance auf eine ganz normale Kindheit erhalten. Ihre Tante hatte sie wie die eigene

Tochter aufgezogen. Sie hatten immer ein sehr inniges Verhältnis gehabt und sich gegenseitig unterstützt. Umso mehr erstaunte Laura jetzt ihre ablehnende Haltung, wenn sie auf Dean zu sprechen kamen.

»Wenn du wenigstens auch nur eine einzige Einladung von uns angenommen hättest, würdest du jetzt nicht so reden. Aber du bist nie zu uns gekommen.«

»Du weißt doch, dass ich momentan viel um die Ohren habe«, verteidigte sich Sophie. »Außerdem …«

»Außerdem was?«

Lauras Tante seufzte. »Ich finde trotzdem, du solltest noch etwas warten und sehen, wie sich die Dinge entwickeln.«

Jetzt waren sie beim eigentlichen Thema angelangt. »Geht es etwa um seine Entlassung?«

Sophie sah Laura nachdenklich an. »Das war erst der Anfang, Laura. Solange Dean mit seiner Forschung weitermacht, wird er auch weiterhin auf der Abschussliste der Konzerne stehen. Du solltest dich da nicht mit reinziehen lassen.«

»Wie kannst du so etwas sagen?«, empörte sich Laura. »Ich werde Dean nicht im Stich lassen, nur weil er sich in einer schwierigen Lage befindet.«

»Bitte versteh mich nicht falsch, Laura, aber ich glaube, du unterschätzt die Situation. Ich habe in meiner politischen Karriere schon vieles erlebt. Solche Konzerne kämpfen mit harten Bandagen, wenn es darum geht, ihre Milliarden zu schützen. Es ist nicht auszuschließen, dass auch du ins Schussfeld gerätst, wenn sie Dean damit unter Druck setzen können.«

Laura schüttelte den Kopf. »Das kann schon sein, aber das ist nicht der Punkt. Ich liebe Dean. Außerdem werde ich mir mein Leben nicht von irgendwelchen Konzernen bestimmen lassen. Ich werde zu Dean halten, egal, was kommt. Und ich erwarte von dir, dass du mich in dieser Entscheidung unterstützt.«

Das Auto vibrierte, als sie in den Oude Delft einbogen und über das Kopfsteinpflaster fuhren. Auf der linken Seite lag der von Linden gesäumte Stadtbach, und auf ihrer Rechten zogen gepflegte, mittelalterliche Backsteingebäude an ihnen vorbei. Der Oude Delft war einer der schönsten Flecken in der Innenstadt von Delft.

Laura bedachte Sophie mit einem langen Blick. Sie sah müde aus. Außerdem bemerkte Laura, dass sich in ihre gelockten hellbraunen Haare in letzter Zeit einige graue Strähnen eingeschlichen hatten. Auch auf ihrer hohen Stirn zeichneten sich Spuren des Alters ab, die Laura noch vor einigen Monaten nicht aufgefallen waren. Seit ihre Tante zur Umweltministerin gewählt worden war, schien sie mindestens um ein halbes Jahrzehnt gealtert zu sein. Laura konnte nicht sagen, ob es am zermürbenden Kampf mit dem konservativen Flügel des Parlaments lag, der im Umweltschutz nur eine Einschränkung der Wirtschaft sah, oder ob es auch andere Gründe gab. Sie hatten durch Sophies vollen Terminkalender in letzter Zeit kaum Gelegenheit gehabt, miteinander zu sprechen. Auch das heutige Treffen hatte sich ihre Tante nur auf der Fahrt zwischen zwei Sitzungen einrichten können.

»Was habt ihr jetzt vor?«, fragte Sophie schließlich. »In den Niederlanden gibt es nicht viele andere Universitäten, die sich für Deans Forschung eignen würden.«

»Wir wissen es noch nicht«, gab Laura zu. »Aber ich habe meine Stelle an der TU Delft gekündigt. Das MIT hat sich bereits für Deans Arbeit interessiert, und ich bin im Gespräch mit dem Lehrstuhl für Klimapolitik in Harvard.«

»Ach, Liebes«, sagte Sophie bedauernd. »Bist du sicher, dass Dean auch dasselbe für dich tun würde?«

Laura nahm Sophies Hand und drückte sie leicht. »Ja, das

würde er. Mach dir keine Sorgen um mich, Sophie. Ich kann sehr gut auf mich selbst aufpassen.«

Ihre Tante schüttelte den Kopf. »Du bist genauso stur, wie deine Mutter es war! Weißt du das?«

Laura lächelte. »Sturer.«

Der Wagen hielt am rechten Straßenrand. Sie waren am Ende des Weges angekommen, der in einer scharfen Biegung auf der anderen Kanalseite zurückführte. Vor ihnen ragte das südliche Seitenschiff der gotischen Oude Kirche empor.

Aus den Augenwinkeln sah Laura, wie sich der Sekretär wieder mit besorgtem Blick nach hinten wandte.

»Ja, ja, ich weiß«, schnauzte Sophie ihn scharf an, bevor er etwas sagen konnte. Dann seufzte sie und schenkte Laura einen entschuldigenden Blick. »Es tut mir leid, Liebes, aber der nächste Termin ruft schon wieder.«

»Kein Problem. Danke fürs Mitnehmen.« Laura küsste ihre Tante auf die Wange.

Sophie sah Laura mit verkniffenem Gesicht an, dann wurden ihre Züge versöhnlich. »Laura, du bist alles, was ich habe. Ich möchte, dass du glücklich bist. Aber ich finde, du solltest noch mal eine Nacht darüber schlafen. Du hast doch alle Zeit der Welt. Warte mit den Ringen wenigstens, bis sich Deans Situation etwas geklärt hat.«

*

Die Dämmerung war hereingebrochen und im Innern des Restaurants Le Vieux Jean brannte bereits gedämpftes Licht. Das Restaurant lag gleich gegenüber der Oude Kirche und gehörte in dieser Lage zu den exquisitesten Lokalen der Stadt. Mit einem Gefühl der Vorfreude öffnete Laura die Tür und wurde augenblicklich von den feinen Gerüchen der französischen Küche umgeben. Es lag eine Note von Rosmarin und Salbei in der Luft. Sie blieb im Empfangsbereich stehen und wartete auf den Kellner. Das Restaurant war bereits fast voll, und in das gedämpfte Murmeln der Gäste mischte sich das Klingen von Besteck und Gläsern. Im Hintergrund lief leise *Nocturne* von Chopin.

Als Laura ihren Mantel auszog, kam der Oberkellner mit erfreutem Gesicht auf sie zugelaufen, die Arme ausgestreckt, als würde er einen alten Freund begrüßen.

»Madame Dupont, wie schön, Sie zu sehen!«

»Guten Abend, Monsieur Durant.«

Durant nahm ihr den Mantel ab und warf ihr einen anerkennenden Blick zu. »Sie sehen heute Abend absolut bezaubernd aus.«

Sein Lächeln trieb Laura das Blut in die Wangen. Sie hatte extra das kleine Schwarze angezogen, das sie sich vor einigen Jahren für einen Studienball gekauft hatte. Sophie hatte sie damals fast nicht damit gehen lassen wollen, obwohl das Kleid bis zu den Knien reichte und trotz des hautengen Schnitts nichts Anzügliches an sich hatte. Laura bevorzugte es eigentlich eher *casual* und tauschte ihre Jeans nur selten gegen einen Rock ein. Doch für heute Abend war das kleine Schwarze genau das Richtige.

»Wie geht es Madame Delacroix? Wird sie auch noch kommen?«

»Nein, heute nicht. Ich bin mit meinem Freund verabredet. Ist er noch nicht da?«

»Tut mir leid, es ist noch niemand gekommen.«

Durant führte Laura an den Tisch, den sie reserviert hatte. Er befand sich in der Mitte des Raums und war mit einem weißen, mit Mustern bestickten Tuch bedeckt. Bauchige Wein- und Wassergläser waren akkurat über einer Reihe von Gabeln und Messern platziert. Ein Besteck für jeden der fünf Gänge, die Laura zur Feier des Tages bestellt hatte. In der Mitte des Tisches brannte eine einzelne weiße Kerze.

»Möchten Sie einen Aperitif, während Sie warten?«

»Bringen Sie mir bitte einen Champagner mit zwei Gläsern. Er muss jeden Augenblick kommen.«

»Sehr gern.«

Als der Kellner gegangen war, nahm Laura die Schatulle mit den Ringen aus der Tasche und betrachtete sie im Kerzenschein. Das Metall glänzte wie ein verheißungsvolles Versprechen. Laura musste an Sophies Worte denken. Sie kannte Dean erst seit einem halben Jahr, und es gab sicher vieles, was sie noch nicht über ihn wusste. Außerdem war ihre Zukunft alles andere als absehbar. Es konnte gut sein, dass Sophie recht hatte, und Dean weiterhin Steine in den Weg gelegt wurden. Laura konnte nicht sagen, wie weit sie bereit war, ihre eigene Karriere für Dean aufs Spiel zu setzen. Aber das war nicht der entscheidende Punkt. Probleme waren da, um gelöst zu werden. Sie liebte ihn, und das war das Einzige, was zählte. Jede Faser ihres Körpers sagte ihr, dass die Entscheidung richtig war.

»Das sind zwei ganz bezaubernde Ringe.«

Laura sah auf. Durant war mit einem Servierwagen zurückgekommen und stellte den gekühlten Champagner auf den Tisch. Bewundernd zeigte er auf die Schatulle in Lauras Hand.

»Danke«, sagte sie.

Der Kellner blieb einen Augenblick stehen und blickte Laura zögerlich an.

»Ist etwas nicht in Ordnung?«, fragte sie.

»Nein, die Ringe sind wunderschön! Aber vielleicht bin ich etwas altmodisch. Dort, wo ich herkomme, ist es die Aufgabe des Mannes, um die Hand anzuhalten.«

Laura lachte. »Wir leben in einer emanzipierten Welt, Monsieur Durant.«

Der Kellner wirkte wenig überzeugt. »Ja, das mag schon

sein, aber …« Er hob in einer ausweichenden Geste die Schultern, ließ den Rest des Satzes jedoch unausgesprochen. Dann stellte er die beiden Champagnergläser auf den Tisch und fragte: »Sind Sie sicher, dass Sie nicht schon etwas trinken möchten? Ich würde es nur ungern sehen, wenn Sie auf dem Trockenen sitzen, während Sie warten.«

Laura konnte sich ein Schmunzeln nicht verkneifen. »Ja, Sie haben recht. Ein Glas kann bestimmt nicht schaden.«

Während Durant einschenkte, sah Laura auf die Uhr und stellte fest, dass Dean bereits zehn Minuten zu spät war. Sie bedankte sich beim Kellner und nahm einen Schluck. Die kühle, prickelnde Flüssigkeit war eine Wohltat nach dem aufreibenden Gespräch mit Sophie. Trotzdem nistete sich allmählich ein beklemmendes Gefühl in ihr ein. Sie fragte sich, wo Dean nur stecken konnte. Es war überhaupt nicht seine Art, zu spät zu kommen.

Nachdem Laura weitere zehn Minuten gewartet hatte, ließ sie sich von Durant ein zweites Glas einschenken. Dieses Mal nur bis zur Hälfte, für den Fall, dass Dean jeden Augenblick erscheinen sollte.

Aber er kam nicht.

Als er nach weiteren fünf Minuten immer noch nicht aufgetaucht war, schlug Lauras Unbehagen in Sorge um. Durant war in der Zwischenzeit mit bedauerndem Blick zu ihr an den Tisch gekommen und hatte ihr zur Überbrückung der Wartezeit ein Amuse-Bouche gebracht. Mit einem flauen Gefühl im Magen zog Laura schließlich ihr Handy aus der Tasche und wählte Deans Nummer. Aber es kam nur seine Mailbox.

Eine halbe Stunde und etliche Anrufversuche später gab sie es auf und bestellte die Rechnung.

»Das geht aufs Haus«, sagte Durant mit betroffener Miene.

»Danke«, erwiderte Laura. Sie konnte die Bedrückung in

ihrer Stimme nicht verbergen. Inzwischen war sie sich sicher, dass etwas passiert sein musste. Dean hätte sich sonst schon längst bei ihr gemeldet.

Sie nahm sich ein Taxi zu ihrer Wohnung nördlich des Zentrums und klammerte sich an der Hoffnung fest, dass Dean vielleicht eine Nachricht auf ihrem Anrufbeantworter hinterlassen hatte. Vielleicht war sie in einem Empfangsloch gewesen, als er sich bei ihr melden wollte. Auch wenn das nicht erklären konnte, warum er es später nicht nochmals auf ihrem Handy versucht hatte.

Die Mietwohnung befand sich in einem schmucklosen Mehrfamilienhaus aus den Sechzigerjahren, wie sie in Delft häufig vorkamen. Sie hielt sich hier nur noch selten auf, da sie faktisch bereits bei Dean eingezogen war. Falls sie auf dem Anrufbeantworter keine Nachricht vorfand, könnte sie es noch in seinem Haus oder bei der Universität versuchen. War es möglich, dass er ihr Abendessen einfach vergessen hatte?

Laura schloss die Haustür auf und eilte die Treppe zu ihrer Wohnung hinauf. Im Eingang ließ sie die Handtasche neben die Garderobe fallen und wollte schon zum Telefon im Schlafzimmer gehen, als ihr auf der Kommode im Gang ein Umschlag auffiel. In geschwungenen Zügen war ihr Name darauf notiert. Es war Deans Handschrift.

Mit einem unguten Gefühl legte sie die Schatulle mit den Ringen ab, die sie während der ganzen Taxifahrt umklammert hatte. Sie konnte sich nicht erinnern, dass der Umschlag das letzte Mal schon dagelegen hätte.

Sie öffnete ihn und zog einen Brief heraus. Etwas in ihrem Inneren sagte ihr, dass er nichts Gutes zu bedeuten hatte. Schon nach der ersten Zeile stockte ihr der Atem.

»Nein«, flüsterte sie erstickt.

Erstarrt vor Entsetzen las sie die Nachricht zu Ende, ohne den Inhalt wirklich begreifen zu können. In der Hoffnung, dass sie irgendetwas falsch verstanden oder übersehen hatte, las sie den Brief nochmals und nochmals. Doch der Inhalt blieb derselbe.

Wie paralysiert stand sie da und umklammerte das Stück Papier so fest, dass sie es fast zerriss.

»Nein!«, stieß sie erneut mit erdrückter Stimme hervor und schluchzte.

Eine Träne lief ihr über die Wange und tropfte auf den Brief. Deans Handschrift begann vor ihr zu verschwimmen, und ihr wurde schwindlig. Als wäre sie auf ein Karussell gestiegen, fing sich alles vor ihr zu drehen an.

Halt suchend griff sie nach der Kommode und streifte dabei die Schatulle. Als hätte sich die Zeit verlangsamt, sah sie die Verlobungsringe wie in Zeitlupe durch die Luft fliegen und laut klirrend auf den Steinboden fallen. Das Schallen des aufschlagenden Metalls dröhnte wie ein stechendes Stakkato in ihren Ohren.

Es klang, als würden sie zerbrechen.

4

Zwei Jahre später
Warschau, Polen

Sam Bauer sah in sein müdes Gesicht im Badezimmerspiegel und fragte sich, wie er den Tag überleben sollte. Es war Montagmorgen, und ihm stand wieder eine ewig lange Woche Wachdienst beim Supermarkt bevor. Ein echter Scheißjob, aber er brauchte das nötige Kleingeld für die Miete. Immerhin hatte er sich für den Abend mit seiner Gilde Adolons Union im Online-Game *World of Warcraft* verabredet, um den Mount Hyjal zu stürmen. Das würde den Tag retten. Aber bis dahin brauchte er unbedingt etwas, womit er den dämlichen Wachdienst überstehen konnte.

»Mist!«, fluchte er und sah hektisch auf die Uhr: kurz nach sieben. Noch zwanzig Minuten, bis er losmusste. Er knallte die Zahnbürste ins Waschbecken und eilte zum Schreibtisch in seinem Schlafzimmer. Das Einzige, was ihn jetzt noch retten konnte, waren neue Songs auf seinem iPhone. Er hatte sich am Wochenende einige Alben heruntergeladen, aber ganz vergessen, sie auf das Smartphone zu überspielen.

Während der Computer hochfuhr, stellte er im Kopf eine Liste der Alben zusammen, die er übertragen wollte. Auf jeden Fall musste *Leviathan* von Mastodon mit drauf. Dann hatte er sich noch ein altes Album von Metallica gekauft und den neuen Release von Opeth. Und unter keinen Umständen durfte Slayer fehlen. Beim Gedanken daran, wie ihm Tom Araya *God hates us all* ins Ohr schrie, während er mit seriöser Miene dabei zusehen würde, wie die Hausmütter gelangweilt ihre Einkaufswagen durch den Laden schoben, zog sich ein schiefes Grinsen über sein Gesicht.

Rasch wählte Sam die Alben aus, verband das iPhone mit dem Computer und schickte die Daten rüber. Dann stülpte er sich seine Uniform der Wala Security AG über, schnappte sich das lebensrettende Gerät und schwang sich auf sein Fahrrad. Er war zwar ein bisschen spät dran, aber mit einem kurzen Spurt und einer Abkürzung durch den Łazienki-Park hatte er die Zeit wieder aufgeholt und erreichte kurz vor acht den Hintereingang des Supermarkts. Bevor er eintrat, zog er aus seiner Jackentasche eine der besten Investitionen hervor, die er je getätigt hatte: einen weißen Ohrhörer mit geringeltem Kabel, völlig identisch mit den Steckern, die die meisten Sicherheitsdienste verwendeten. Nur dass sein Brötchengeber viel zu wenig Mitarbeiter hatte, als dass sich diese Dinger gelohnt hätten. Sam steckte sich den Hörer ins Ohr und startete den MP3-Player. Einfach genial. Während jeder glauben würde, dass er mit dem Stecker pflichtbewusst irgendwelche Befehle entgegennahm, dröhnten in Wahrheit die erlösenden Gitarren von Metallica in sein Ohr.

Sam trat in den Supermarkt, grüßte freundlich den Filialleiter hinter dem Kundendienstschalter und stellte sich an seinen Platz am Eingang. Er grinste leicht, als die ersten Riffs der Metal-Altmeister ertönten. Vielleicht würde es doch gar kein so schlechter Tag werden.

*

Punkt acht, als sich die Türen des Supermarkts für die Kundschaft öffneten, wurde auf Sams iPhone ein Programm aktiv, das der Computer mit den Alben übertragen hatte. Es war ein winziger Code von wenigen Kilobytes Größe, der sich unbemerkt auf dem Speicher des Smartphones eingenistet hatte.

Nach wenigen Augenblicken hatte das Programm über das Handysignal Verbindung zum Internet aufgenommen, stellte Kontakt zu Sams Provider her und fing im Sekundentakt an, Signale in den Äther des World Wide Web zu senden.

Punkt neun stellte das Programm seinen Versand unvermittelt wieder ein und kehrte in den inaktiven Modus zurück.

5

Culpeper, Virginia, USA

Das Telefon auf Ben Johnsons Schreibtisch im Operating Center der Society for Worldwide Interbank Financial Telecommunication klingelte nur selten mitten in der Nacht. Wenn es dies allerdings tat, bedeutete das fast nie etwas Gutes. Schon gar nicht, wenn es von Übersee kam.

»Swift Operating Center, Chief Security Officer Ben Johnson«, nahm er den Anruf auf seinem Headset entgegen.

»Ben, hier ist Peter Hardwald, vom Operating Center Diessenhofen.«

»Pete, was für eine seltene Ehre, vor allem um diese Zeit. Was gibt's denn?«

»Ich fürchte nichts Gutes. Wir haben hier gerade ziemliche Probleme, die wir uns nicht erklären können. Gibt es auf eurer Seite irgendwelche auffälligen Aktivitäten?«

»Nein, was ist denn los?«

»Wir haben hier einen massiven Overload an Transaktionen. Das ist eine richtige Flut von Nachrichten, und es werden immer mehr.«

»Seit wann?«

»Es hat kurz nach acht angefangen, also vor fünf Minuten. Danach haben die Nachrichten explosionsartig zugenommen.«

»Welche Art von Nachrichten?«, wollte Ben Johnson wissen.

»Die meisten sind Standardüberweisungen, aber auch Devisengeschäfte, Wertpapiertransaktionen und Akkreditiveröffnungen. Die Protokolle sehen alle normal aus und verfügen über die notwendigen Authentifizierungen, aber inzwischen müssen es Millionen sein. Wir kommen gar nicht mehr mit dem Zählen nach.«

»Millionen?« Johnson runzelte die Stirn. »Das muss ein Fehler sein, Pete. Eine solche Menge an Transaktionen ist völlig unmöglich.«

»Ich weiß, deshalb rufe ich dich an. Auf unserem Bildschirm zeigt es nämlich auch eine Transaktionszunahme auf eurer Seite an. Wenn aber nur wir das sehen, muss der Fehler irgendwo bei uns im System liegen. Sieh dir mal eure Transaktionsdichte an.«

Johnson schob das Mikrofon des Headsets zur Seite. »Forster, wie sieht unser Datenverkehr aus? Gibt es irgendwas Unübliches?«, rief er dem Operator an einem Terminal vor ihm zu.

»Leicht erhöht für diese Uhrzeit, würde ich sagen. Aber nicht ungewöhnlich.«

»Danke, Forster.« Er schob das Mikrofon wieder zurück. »Pete, bei uns scheint alles im grünen Bereich zu sein. Könnte es sein, dass ihr vielleicht ein Softwareproblem …«

»Warten Sie«, unterbrach ihn der Operator. »Hier ist doch etwas seltsam.«

»Was haben Sie?«

»Einige der Transaktionen kommen von Finanzinstituten aus den Vereinigten Staaten.«

»Das kann nicht sein«, widersprach Johnson. »Schalten Sie das auf den Hauptmonitor.«

»Ja, Sir.«

Auf einer Bildschirmwand am Kopfende des Raums erschien ein Datenstrang mit den eingehenden Transaktionen. Darauf waren tatsächlich verschiedene Buchungsnachrichten amerikanischer Banken aufgeführt.

»Sind Sie sicher, dass die Anzeige stimmt? Es ist mitten in der Nacht. Die Finanzinstitute sind geschlossen. Da dürfte rein gar nichts laufen.«

»Ich fürchte, die Anzeige stimmt, Sir. Und es werden immer mehr Finanzinstitute, die Transaktionen ausüben.«

Im Operating Center wurde es unruhig. Die Operatoren begannen wild miteinander zu diskutieren und scharten sich in Gruppen um die Bildschirme. Johnson beobachtete fassungslos, wie die Geschwindigkeit der Transaktionen plötzlich zunahm. War es vor wenigen Sekunden noch möglich gewesen, einzelne Nachrichten zu entziffern, so verschwammen sie inzwischen zu einem unscharfen Textfluss.

»Siehst du das auch, Pete?«

»Ja, wir sehen es hier auch. Dasselbe passiert gerade weltweit. Wir werden in diesem Moment mit einer Welle von Transaktionen aus Asien überschwemmt. Das ist ein richtiger Tsunami.«

»Wir müssen herausfinden, was hier passiert, und zwar schnell!«

»Einen Augenblick, Ben. Ich glaub, wir haben da was.« Johnson hörte, wie Pete am anderen Ende der Leitung aufgeregt mit jemandem sprach. Im Operating Center war der Geräuschpegel inzwischen deutlich angestiegen. »Ben«, meldete sich Pete nach wenigen Sekunden zurück. »Unsere Techniker haben eine der Nachrichten genauer analysiert. Sie haben herausgefunden, dass die Nachrichten zwar einen korrekten Identifizierungscode und auch eine Authentifizierung enthalten, aber es gibt keinen Transaktionsauftrag.«

»Es gibt keinen Auftrag?«

»Nein, die Nachrichten sind bloß leere Hüllen.«

»Also sind es Fälschungen.«

»Scheint so. Es soll nur so aussehen, als würden sie von echten Finanzinstituten kommen.«

Ein Operator löste sich aus einer Gruppe und kam auf Johnson zu. »Sir, wir haben inzwischen eine solche Nachrichtenmenge erreicht, dass wir nicht mehr in der Lage sind, die Transaktionen zu verarbeiten. Unsere Server sind völlig blockiert.«

»Wie sieht's bei euch aus, Pete?«, fragte Johnson durch das Headset.

»Dasselbe. Bei uns läuft gar nichts mehr. Im Moment kann weltweit keine einzige Bank mehr internationale Zahlungen vornehmen.«

»Was hat das zu bedeuten?«, fragte der Operator.

Johnsons Blick wanderte auf den immer schneller rasenden Nachrichtenfluss. »Dass wir ein verdammt großes Problem haben«, murmelte er und rief dann ins Headset: »Pete, informier sofort den Direktor. Wir sind gerade das Ziel einer Cyberattacke geworden.«

6

Universität St. Gallen, Schweiz

St. Gallen hatte Laura vom ersten Moment an gefallen. Die mittelalterliche Kleinstadt war ganz nach ihrem Geschmack. Besonders die gemütliche Altstadt mit ihren herrschaftlichen Gebäuden und den kunstvoll verzierten Erkern hatte sie ins Herz geschlossen. Obwohl die Stadt das wirtschaftliche Zentrum der Ostschweiz war, wirkte sie für Laura wie eine alte Dame, die während ihrer mehr als tausend Jahre alten Kulturgeschichte eine ausgeglichene Ruhe entwickelt hatte. Es war, als würde sie von den hohen Erkern auf ihre Straßen hinabblicken, wo sie jegliche Hektik ihrer Bewohner tadelnd missbilligte.

Die Universität St. Gallen ließ sich davon jedoch kaum beeindrucken. Sie lag nur wenige Hundert Meter nördlich der Altstadt im leicht erhöhten Villenquartier Rotmonten. Wie dahingewürfelt lagen die kantigen, modernen Bauten der Hochschule zwischen Einfamilienhäusern und Schrebergärten und weigerten sich vehement, die gemütliche Idylle des Quartiers mit aufzunehmen. Dem drohenden Finger der alten Dame trotzend herrschte hier immer Hochbetrieb. Seit ihrer Gründung in den Sechzigerjahren hatte sich die Universität im Bereich der Wirtschaftswissenschaften zu einer der führenden Kaderschmieden Europas entwickelt, was ihr einen ähnlich elitären Ruf eingebracht hatte wie ihren Vorbildern in Harvard oder Yale. Wer hier sein Studium erfolgreich absolvierte, so sagte man, dem standen alle Türen für die höchsten Positionen in Wirtschaft und Politik offen.

»Im Westen von Chile«, begann Laura ihre Vorlesung, »befindet sich im Südpazifik eine unscheinbare kleine Insel, die Historikern und Archäologen über Jahrzehnte Rätsel aufgegeben hat. Sie ist völlig unspektakulär und besteht nur aus ödem Grasland. Aber auf ihr sind Hunderte von Steinskulpturen verteilt, überlebensgroße Figuren von bis zu neun Metern Höhe, die bis auf die Letzte alle umgestürzt in der trostlosen Gegend herumliegen.«

Laura hatte sich gegen den Korpus vor der Wandtafel gelehnt. Sie stand nicht gern hinter dem Rednerpult, bei dem man das Gefühl bekam, wie von einer Kanzel zu predigen. Sie wollte Nähe zu den Studenten aufbauen und ihre ganze Aufmerksamkeit für die Materie gewinnen. Ihre Zuhörer sahen aufmerksam zu ihr herunter. Im Vorlesungssaal war es so still, dass man eine Stecknadel hätte fallen hören können. Nur ganz aus der Ferne drang durch ein geöffnetes Fenster das Geräusch eines Helikopters.

»Auch als die Niederländer die Insel 1722 an Ostern entdeckten, machte sie schon einen ziemlich mitgenommenen Eindruck. Die damals noch aufrechten Steinstatuen der frisch getauften Osterinsel waren auch für sie unerklärbar. In Reiseberichten wurden die Insulaner als klein, schmal, furchtsam und elend bezeichnet. Sie lebten in Höhlen, und es gab immer wieder Kriege zwischen den sogenannten Clans der Insel. Es gab keine Bäume und fast keine Tiere, und die Kanus der Bewohner bestanden aus notdürftig zusammengeschreinertem Treibgut. Kapitän Cook, der kurz nach den Niederländern ankam, meinte, dass die Natur ›äußerst stiefmütterlich mit diesem Flecken Erde umgegangen‹ sei. Es gab nichts, das auch nur annähernd erklärt hätte, wie die Insulaner die

Statuen hätten herstellen oder transportieren können. Es gab ja keine sichtbaren Möglichkeiten, die Statuen von den Steinbrüchen an ihre Standorte zu transportieren und auch kein Holz für Flaschenzüge, mit denen sie hätten aufgestellt werden können. Was also war passiert?« Laura machte eine fragende Geste. Die Studenten aber blieben ihr die Antwort schuldig.

Im Lehrplan hieß Lauras Vorlesung schlicht Umweltpolitik. Ein ziemlich trockener Begriff, wie sie fand, dem unweigerlich eine moralische Note anhaftete und der an Verpflichtung und Verzicht denken ließ. Denn selbst wenn sich sehr viele Menschen Sorgen um die Umwelt machten, ging der Gedanke daran im Alltag verloren und blieb oft nur eine Randerscheinung im Spektrum der Wahrnehmung. Die Umwelt blieb immer etwas Abstraktes, kaum Greifbares, das irgendwo in weiter Ferne lag, obwohl man tagtäglich davon umgeben war. Für viele stellte Umweltschutz deshalb nicht viel mehr als eine moralische Pflicht dar, die man als zivilisierte Gesellschaft gegenüber der Natur zu erfüllen hatte, wenn man in den Abendnachrichten nicht mit Bildern von Öl überzogenen Küstentieren oder auf Eisschollen dahintreibenden Eisbären konfrontiert werden wollte.

Laura wollte aber nicht, dass die künftige Elite diese Vorlesung nur als Pflichtfach hinter sich brachte. Sie brauchte einen Aufhänger, mit dem sie die Studenten packen konnte. Die Geschichte der Osterinsel war perfekt dafür geeignet.

»Inzwischen hat sich das Rätsel geklärt«, sagte sie, »und die Antwort wirft kein gutes Licht auf die Bewohner. Denn als sie die Insel, die sie selbst Rapa Nui nannten, etwa im fünften Jahrhundert nach Christus besiedelten, fanden sie dichte Wälder vor, an den Stränden tummelten sich Robben und Seevögel, und es gab reiche Fischbestände. Ein richtiges Paradies. Es herrschten optimale Bedingungen für eine Besiedlung, und die Zahl der Bewohner stieg in wenigen Jahrhunderten auf rund zehntausend Menschen an. Das ist ziemlich viel für eine Insel, die gerade mal einhundertsechsundsechzig Quadratkilometer groß ist. Im Laufe der Zeit begannen die verschiedenen Clans, ihre Vorfahren mit den Steinstatuen zu ehren, die sie Maoi nannten. Sie stellten sie in einem Steinbruch her und rollten sie auf Holzstämmen zu den Ahu, den steinernen Altären, auf die die Maoi dann durch Flaschenzüge gestellt wurden.«

Laura machte eine Pause und blickte aus dem Fenster. Ohne dass es jemand bemerkt hatte, war das eben noch weit entfernte Geräusch des Helikopters immer näher gekommen. Erst als er mit tosendem Lärm über ihr Gebäude flog, reckten die Studenten die Hälse, um hinauszuschauen. Doch er war nirgends zu sehen. Offenbar setzte er irgendwo zur Landung an. Laura konnte sich nicht erinnern, dass in der Nähe ein Krankenhaus lag oder ein anderes Ziel, das von einem Helikopter hätte angeflogen werden können. Wo wollte er hin?

Als ein Student das offene Fenster schloss, wurde es wieder ruhiger, und Laura fuhr fort: »Die Rivalität zwischen den Clans war groß, und sie wollten sich gegenseitig ihre Macht demonstrieren. Als Zeichen ihrer Stärke stellten sie immer größere Maoi her und brauchten immer mehr Holz, um sie zu transportieren und aufzustellen. Die Wälder wurden rascher abgeholzt, als sie nachwachsen konnten, und die bei der Besiedlung eingeschleppten Ratten fraßen die jungen Triebe der Bäume. Man konnte zusehen, wie die Wälder schrumpften, doch die Inselbewohner ließen sich davon nicht beirren und fuhren fort, ihre Machtfiguren aufzustellen. Pollenstudien belegen, dass die Wälder dann gegen Ende des vierzehnten Jahrhunderts völlig verschwunden waren. Der Wald war bis auf den letzten Samen vernichtet und der ungeschützte

Boden von Wind und Regen weggetragen worden. Es gab keinen Baum mehr, der Schatten spendete, und kein Holz, mit dem die Menschen ihre Häuser und Boote bauen konnten. Sie mussten schon sehr bald in Höhlen leben und fingen an, ihre Landtiere zu essen, da sie keine richtigen Boote mehr zum Fischen bauen konnten. Vom Hunger getrieben führten die Clans Kriege gegeneinander, und als auch die Tiere verschwunden waren, gingen sie zum Kannibalismus über.«

In Lauras Hosentasche vibrierte das Handy. Das war schon der zweite Anruf während ihrer Vorlesung. Sie ignorierte ihn und ließ es einfach summen.

»Was meinen Sie, warum haben sich die Bewohner der Osterinsel so verhalten? Warum haben sie ihre Statuen so lange errichtet, bis sie sich dadurch beinahe selbst vernichtet haben? Warum haben sie nicht auf die schwindenden Wälder reagiert? Was hat sie davon abgehalten, ihre Umwelt zu schützen?«

Wieder reagierte niemand. Im hinteren Teil des Saals war ein leises Husten zu hören. Laura überlegte sich schon, ob sie ihre Frage neu formulieren sollte, als sich schließlich doch noch jemand meldete. Es war ein Student aus den vorderen Reihen. Er hatte krause rote Haare und Sommersprossen im Gesicht. »Die Statuen waren wohl sehr wichtig für die Clans. Sie mussten sie haben, um sich gegen die anderen Clans behaupten zu können. Der kurzfristige Nutzen der Statuen war größer als die langfristigen Folgen, die sie vielleicht irgendwann in der Zukunft zu tragen hatten. Vielleicht haben sie ja auch gar nicht gemerkt, wie schlimm es um die Insel stand.«

»Einverstanden. Das ist sicher ein Teil der Erklärung. Die Maoi waren wirklich extrem wichtig für die Clans. Doch die Insel war sehr klein. Jeder konnte sie innerhalb von nur einem Tag umrunden, und vom höchsten Punkt der Insel, dem Terevaka, konnten die Inselbewohner ihre ganze Welt mit einem Blick überschauen. Die Insulaner, die den letzten Baum fällten, konnten *sehen*, dass es der letzte Baum war, sie konnten sich absolut sicher sein, dass kein neuer Baum mehr nachwachsen würde. Und trotzdem fällten sie ihn. Warum?«

Dieses Mal meldete sich eine Studentin mit einem Pferdeschwanz und einer überdimensionierten Brille auf der Nase. »Die Statuen waren doch auch so eine Art Götter, oder nicht? Vielleicht haben die Inselbewohner darauf vertraut, dass sie sie beschützen würden.«

»Auch das ist richtig«, stimmte Laura zu. »Tatsächlich haben die Bewohner der Osterinsel die Maoi mit der Zeit immer mehr als Götter angesehen, von denen sie sich Hilfe erhofften. Sie haben auch Statuen gebaut, lange nachdem es kein Holz mehr gab und sie gar nicht mehr transportiert werden konnten. Die größten Statuen stehen heute noch im Steinbruch und wurden nie einen Meter weit bewegt. Doch warum mussten sie beten und ihre Hoffnung auf die Götter setzen und waren nicht in der Lage, ihre Lebensgrundlage selbst zu schützen? Warum haben sie es überhaupt darauf ankommen lassen, kein Holz mehr für ihre Häuser und Schiffe zu haben?«

Statt einer Antwort erhielt Laura wieder einen Anruf. Es schien sie jemand ziemlich dringend erreichen zu wollen. Sie schielte kurz auf das Display. Die Nummer war ihr unbekannt.

»Sie werden sehen, dass die Antwort auf diese Frage so einfach wie erschreckend ist. Denn der Grund, der damals zur Zerstörung der Osterinsel geführt hat, ist ein grundlegendes Verhaltensmuster, das sich von den ältesten Kulturen bis heute durch die gesamte Menschheitsgeschichte zieht.« Laura sah fragend in die Runde. »Irgendwelche Ideen, worauf ich hinauswill?«

Wieder blieben die Hände unten.

»Suchen Sie nicht zu weit«, fuhr sie fort. »Wir stehen heute vor einem ähnlich großen Problem wie damals die Bewohner der Osterinsel. Was für die Polynesier die schwindenden Wälder waren, ist für uns heute die Klimaerwärmung. Durch die Verbrennung von fossilen Brennstoffen, also Erdöl, Kohle und Erdgas, werden Treibhausgase freigesetzt, die vor Millionen von Jahren im Untergrund gespeichert wurden und sich nun wie eine Isolationsschicht in der Atmosphäre ansammeln. Wir verhalten uns genauso wie die damaligen Insulaner. Seit über vierzig Jahren können wir *messen*, wie sich die Erde erwärmt, wir können durch unsere Satelliten *sehen*, wie die Gletscher und die arktische Polkappe in Rekordtempo davonschmelzen und der Meeresspiegel steigt. Und wir wissen mit absoluter Sicherheit, dass die Erderwärmung weitreichende Störungen des Klimasystems verursachen wird und wir damit rechnen müssen, dass es vermutlich noch vor Ende des Jahrhunderts kollabieren könnte. Und trotzdem steigt der dafür verantwortliche Verbrauch von fossilen Brennstoffen kontinuierlich weiter an. Wie die Bewohner der Osterinsel sehen wir tatenlos zu, wie wir uns auf eine Katastrophe zubewegen. Wie ist das zu erklären? Was ist …«

Laura wurde unterbrochen, als plötzlich die Tür des Vorlesungssaals aufgerissen wurde und ein Mann in einem dunklen Anzug eintrat. Er hielt direkt auf Laura zu. Im Saal kam Unruhe auf.

Der Mann baute sich vor Laura auf und hielt ihr eine Dienstmarke hin. Obwohl Laura völlig perplex war, ertappte sie sich dabei, wie sie sich wunderte, keinen Sheriffstern oder sonst ein Wappen zu sehen, wie man es aus dem Fernsehen kannte, sondern nur ein einfaches Wort in goldenen Großbuchstaben: EUROPOL.

»Sind Sie Laura Dupont?«, fragte der Mann, ohne sich selbst vorzustellen.

»Äh, ja, was ist …«

»Doktor Laura Dupont vom IPCC?«

»Ja, die bin ich. Um was geht's?«

»Ich muss Sie bitten, sofort mitzukommen.«

»Was? Ich glaube, da muss ein Irrtum vorliegen. Ich bin …«

»Der Direktor des IPCC hat uns an Sie verwiesen«, unterbrach er sie. »Sie werden als Expertin in einer dringenden Angelegenheit benötigt. Wenn Sie mir jetzt bitte folgen würden.«

Der Blick des Mannes ließ keinen Zweifel daran, dass er ein Nein nicht akzeptieren würde.

7

Über St. Gallen, Schweiz

St. Gallen schrumpfte unter Laura zu einer anonymen Ansammlung von Häusern zusammen. Sie saß ganz hinten im Militärhelikopter und hielt ihre Leinentasche fest auf dem Schoß umklammert, als wäre es etwas Wertvolles, das man beschützen musste. Der grüne Innenraum war bis auf Lauras Bank ausgeräumt und groß genug, um darin einen Kleinwagen unterzubringen.

Der Mann von Europol hatte sich ohne jede weitere Erklärung zum Piloten nach vorn gesetzt. Laura kam sich wie in einem falschen Film vor. Sie konnte sich beim besten Willen nicht erklären, was hier vor sich ging.

Noch immer irritiert von der jähen Unterbrechung ihrer Vorlesung zog sie ihr Handy aus der Tasche, um zu sehen, wer sie angerufen hatte. Der letzte Versuch stammte von einer ihr unbekannten Nummer aus der Universität. Offenbar hatte man sie über das Kommen von Europol informieren wollen. Der Anrufer der ersten beiden Versuche hingegen war ihr nur allzu bekannt. Die Vorwahl der Nummer stammte aus Kalkutta, Indien. Es konnte sich nur um Professor Rajan Pandey handeln. Der Direktor des IPCC war vor einer Woche an die Jadavpur Universität gereist, um dort den fünften Sachstandsbericht vorzubereiten.

Der Intergovernmental Panel on Climate Change, der auch als Klimarat bezeichnet wurde, war vom Umweltprogramm der Vereinten Nationen und der Weltorganisation für Meteorologie gegründet worden. Seine Aufgabe bestand darin, die wissenschaftlichen Fakten zur Klimaerwärmung zusammenzutragen und Strategien auszuarbeiten, wie damit umgegangen werden kann. Es war weltweit die größte wissenschaftliche Organisation mit politischem Zweck und umfasste ein Netzwerk von mehr als zweitausend Wissenschaftlern aus allen Teilen der Welt.

Laura arbeitete inzwischen seit zwei Jahren beim IPCC. Nachdem sie die Technische Universität Delft verlassen hatte, war sie nach Zürich gezogen, um an der dortigen Universität die Arbeitsgruppe für Klimapolitik zu leiten. Der Gedanke daran, dass sich die Europäische Polizei für ihre Kenntnisse interessierte, war so verwirrend wie beunruhigend. Sie konnte sich nicht im Geringsten vorstellen, was so dringend war, dass Europol sie sogar mit einem Helikopter abholte. Laura hätte den Direktor des IPCC am liebsten sofort zurückgerufen, doch der Agent hatte ihr das Telefonieren untersagt.

Laura verstaute das Handy wieder in ihrer Tasche und wischte sich mit einer nervösen Handbewegung eine Haarsträhne aus dem Gesicht.

»Kann diese Mühle nicht schneller fliegen?«, hörte sie den Agenten in ihrem Kopfhörer fragen. Er klang gereizt.

»Nein, tut mir leid«, sagte der Pilot, »wir fliegen schon mit

Höchstgeschwindigkeit. Der Super Puma war das Beste, was wir so kurzfristig zur Verfügung hatten. Wenn alles gut läuft, sollten wir aber in knapp zehn Minuten ankommen.«

»Dann *sorgen* Sie dafür, dass alles gut läuft.«

Der Helikopter flog eine Kurve. Kleine Ortschaften zogen unter ihnen vorbei, aber Laura konnte nicht ausmachen, wo sie waren.

»Hey, Sie, wohin fliegen wir eigentlich?«

»Zum Flughafen Zürich«, antwortete der Agent. »Dort werden Sie dann in einen Jet umsteigen.«

»Es geht noch weiter? Wohin?«

Der Agent sah zu ihr nach hinten. »Das kann ich Ihnen nicht sagen, ich habe nur den Auftrag, Sie zum Flughafen zu bringen. Alles Weitere werden Sie dann erfahren, wenn Sie dort sind.«

Lara starrte abermals aus dem Fenster. Sie versuchte, sich schon mal an den Gedanken zu gewöhnen, dass die Reise etwas länger dauern könnte.

8

Hyde Park, London, UK

McFlury sah zum Himmel und zog die Nase hoch. Irgendwo da oben war die Sonne, doch die verdammte Dunstglocke, die sich wieder mal über London gelegt hatte, ließ nur fahles Licht durch. Der Hyde Park war bei diesem Wetter wie leer gefegt, nur ein einzelner Mann stand in der Nähe am Serpentine-See und fütterte Enten. Leichte Dunstschwaden lagen über dem Wasser, und der Park machte einen alles andere als einladenden Eindruck. McFlury umklammerte das kleine Paket in seiner Jackentasche und ging auf den Mann zu.

»Entschuldigung, sind Sie Karl Orff?«

Der Mann hob den Kopf, als wäre er beim Nachdenken gestört worden, und sah McFlury an. Er war elegant gekleidet, wie ein Geschäftsmann, der gerade seine Mittagspause machte. Er hatte ein schmales, kantiges Gesicht und eine tiefe Stirnglatze. Die verbleibenden, bereits leicht ergrauten Haare waren militärisch auf drei Millimeter Länge gestutzt. Zehn Jahre Erfahrung als Privatdetektiv sagten McFlury, dass dieser Mann sein Geld sicher nicht mit normalen Geschäften verdiente. Etwas Undefinierbares, Gefährliches lag in seinem Blick.

»Nein«, antwortete der Mann und wandte sich wieder dem Teich zu.

Der Detektiv beobachtete, wie er ein weiteres Stück Brot ins Wasser warf. Eine kleine Gruppe von Enten hetzte ihm entgegen.

McFlury begann sich unwohl zu fühlen. Er wollte keinen Ärger, sondern nur seinen Auftrag erfüllen und wieder abhauen. Vorsichtig versuchte er einen neuen Anlauf. »Sind Sie nicht Karl Vladimir Orff, 1967 in der ehemaligen Sowjetunion geboren?«

Der Mann ließ das Brot sinken und drehte sich langsam um. Dieses Mal sah er McFlury genauer an.

»Ich wurde beauftragt, Ihnen das hier zu übergeben.« Er nestelte das kleine Paket aus seiner Jackentasche.

Orff beobachtete dabei aufmerksam seine Hand. »Woher kennen Sie meinen Namen?«, fragte er.

»Ich bin Privatdetektiv«, sagte McFlury fast entschuldigend, »das ist mein Job.«

»Und wer hat Sie beauftragt?«

»Das darf ich Ihnen leider nicht sagen. Mein Auftraggeber möchte nicht genannt werden.«

Orff sah wieder auf das Päckchen. McFlury überkam der

überwältigende Drang, dem Mann das Ding einfach in die Hand zu drücken und so schnell wie möglich zu verschwinden. Irgendetwas stimmte mit dem Typen nicht.

Er machte ein paar Schritte auf Orff zu und streckte ihm das Päckchen entgegen. Es lag noch immer gut ein Meter zwischen ihnen.

»Dann geben Sie mal her.« Orff hielt die offene Hand hin. Sie steckte in einem schwarzen Lederhandschuh.

Der Detektiv machte einen weiteren Schritt und übergab das Paket. Bevor er begriff, was passierte, hatte Orff ihn mit eisernem Griff zu sich gerissen. Unter McFlurys Achseln explodierte ein Schmerz, wie er ihn noch nie erlebt hatte. Er keuchte und sackte in die Knie. Er wollte schreien, brachte aber nur ein ersticktes Keuchen zustande.

»So, mein Freund«, hörte er Orffs ruhige Stimme sagen. »Vielleicht wären Sie ja jetzt so freundlich, meine Frage zu beantworten. Wer hat Sie geschickt?«

McFlury wollte sich aus dem Griff winden, erreichte damit jedoch nur, dass der Schmerz noch unerträglicher wurde. »Hören Sie auf, Sie brechen mir den Arm!«, presste er mühevoll hervor.

Orff lächelte. »Keine Sorge, das ist nur ein harmloser Druckpunkt. Die Koreaner nennen ihn *Binao*. Er ist zwar schmerzhaft, aber Sie werden keine bleibenden Schäden davontragen. Wenn Sie meine Fragen zufriedenstellend beantworten, werde ich es dabei belassen. Ansonsten werde ich Sie gerne mit *Tianding* vertraut machen. Verstehen wir uns?«

»Ja«, sagte McFlury mit zusammengepressten Zähnen und versuchte, sich etwas aufzurappeln.

»Sehr gut. Dann zurück zu meiner Frage.«

»Ich kann Ihnen nicht sagen, wer mir den Auftrag gegeben hat.«

»So?« Orff drückte etwas fester zu.

McFlurys Beine sackten wieder zusammen, sodass Orff ihn stützen musste.

»Hören Sie, ich weiß es wirklich nicht! Ich habe meinen Auftraggeber nie gesehen. Er hat mich vor ein paar Stunden angerufen, aber die Nummer war unterdrückt.«

»Und das Paket?«

McFlury keuchte. Der Schmerz unter seiner Achsel war kaum noch auszuhalten. »Das lag kurz nach dem Anruf in meinem Briefkasten. Es war kein Absender darauf vermerkt.«

»Und wie sollten Sie bestätigen, dass der Auftrag erledigt ist?«

»Über ein Online-Messageboard. Das ist vollkommen anonym, und es gibt keine Möglichkeit, den Empfänger der Nachrichten zu identifizieren.«

Orff ließ McFlury unvermittelt los. Der Privatdetektiv verlor das Gleichgewicht und fiel in das feuchte Gras.

»Wie ist Ihr Name?«, fragte Orff.

McFlury rieb sich den Arm. »Roy. Roy McFlury.«

Der vermeintliche Geschäftsmann ließ seinen Blick über den Park schweifen. »Also gut, Roy. Lassen Sie sich einen Rat geben. Gehen Sie in Zukunft keine Geschäfte mehr mit Leuten ein, die sich verdeckt halten. Das könnte Ihnen sonst schlecht bekommen.« Orff sah auf den Detektiv herab, als wäre er irgendein minderwertiger Käfer. »Und jetzt verschwinden Sie.«

McFlury rappelte sich auf und humpelte auf wackeligen Beinen davon. Er zitterte am ganzen Körper, und sein Herz hämmerte so fest, dass er befürchtete, es würde ihm gleich die Rippen brechen. Er hatte gedacht, dass er in all den Jahren in seinem Job abgebrüht geworden war. Schließlich war er schon oft bedroht worden, meistens von wütenden Ehemännern oder Leuten, die er beschattet hatte. Doch das hier war etwas anderes. Für einen kurzen Augenblick hatte er in eine Welt gesehen, die er lieber nicht kennengelernt hätte. McFlury war sich völlig sicher, dass er es zum ersten Mal in seinem Leben mit einem Killer zu tun gehabt hatte.

*

Karl Orff sah dem flüchtenden Detektiv nach und schüttelte den Kopf. Dann steckte er das kleine Paket in seine Jackentasche und riss ein weiteres Stück Brot für die Enten ab.

9

Europol, Den Haag, Niederlande

»Wir sind da«, sagte der Fahrer zu Laura, während er aus dem dichten Mittagsverkehr ausscherte und die Limousine vor einem Gebäudekomplex aus Beton und Glas zum Stehen brachte. Er bestand aus vier Bürotürmen, die wie Dominosteine aneinandergereiht waren. Trotz der neuen Architektur des Komplexes fühlte sich Laura an ostdeutsche Plattenbauten in der Nachkriegszeit erinnert.

Vor einem massiven Eisentor, das auf das Gelände des Komplexes führte, standen zwei mit Gewehren bewaffnete Polizisten in Kampfuniform und ein Mann in einem dunklen Anzug. Laura suchte vergebens nach einem Schild oder Signet, das ihr verriet, wozu diese Einrichtung diente. Der Mann im Anzug hatte sie bemerkt und kam auf den Wagen zu. Laura griff ihre Tasche, verabschiedete sich vom Fahrer und stieg aus dem Auto aus.

»Doktor Dupont?«

»Ja?« Sie schüttelte die entgegengestreckte Hand.

»Ich bin Peter Hammond. Willkommen bei Europol.« Er lächelte nicht, sein Blick war angespannt.

»Worum geht es, warum bin ich hier?«, fragte sie.

»Das erfahren Sie gleich. Kommen Sie mit, Sie werden bereits erwartet.«

Laura folgte ihm zum Tor, das einer der Polizisten für sie öffnete. In ihr mischten sich Neugier und Verwunderung. Sie konnte kaum glauben, dass sie noch vor zwei Stunden im Vorlesungssaal gestanden hatte. Die Reise hierher war nahezu nahtlos verlaufen. Nachdem der Helikopter sie abseits der Linienflugzeuge auf dem Flughafen Zürich abgesetzt hatte, war sie in einen Privatjet gebracht worden. Auch dort war sie der einzige Passagier gewesen. Die Reise ging nach Den Haag in Holland, wo man bereits auf dem Rollfeld mit der Limousine auf sie gewartet hatte, als wäre sie ein hoher Staatsbesuch. Die zügige, heimliche Art, mit der die Agenten sie von einem Transportmittel zum nächsten gebracht hatten, erweckte allerdings mehr den Eindruck, als wäre sie Schmuggelware.

Sie passierten ein weiteres Tor im Inneren des Geländes. Hammond führte sie zum zweiten Büroturm, dessen Eingang ebenfalls von Polizisten bewacht wurde. Lauras Begleiter eilte mit einem knappen Kopfnicken an ihnen vorbei. Im Inneren fand sie sich in einer großen Empfangshalle wieder, die von grellem Neonlicht beleuchtet wurde. Laura wurde durch einen Kontrollbereich geschleust, wo sie ähnlich wie an einem Flughafen ihre Sachen auf ein Band legen musste, einen Metalldetektor durchlief und von einer Beamtin abgetastet wurde. Im Gegensatz zum Flughafen musste sie hier jedoch ihren Computer und das Handy abgeben.

»Sie erhalten Ihre Sachen wieder, wenn Sie das Haus verlassen«, sagte Hammond.

Laura schulterte ihre ungewohnt leichte Tasche und folgte ihrem Begleiter zu einer weiteren Sicherheitsschleuse am anderen Ende des Eingangs. Sie kamen zu einem durch eine raumhohe Glaswand abgegrenzten Schalter, an dem Hammond eine Mappe entgegennahm und sie Laura reichte.

»Das ist eine Verschwiegenheitserklärung«, führte der Agent aus. »Sie werden gleich Zugang zu Informationen erhalten, die als streng geheim klassifiziert sind. Was Sie erfahren werden, darf dieses Gebäude nicht verlassen.«

Laura nahm die Mappe entgegen und blätterte sie kurz durch. Das Dokument war mehr als ein halbes Dutzend Seiten lang. Sie fragte sich, ob das jemals jemand vor der Unterschrift durchgelesen hatte. Sie kannte zwar ähnliche Vereinbarungen von den Klimaverhandlungen der Vereinten Nationen, es wäre ihr aber lieber gewesen, zumindest einen kurzen Blick auf das Kleingedruckte zu werfen, bevor sie unterschrieb. Trotzdem nahm sie den von Hammond gereichten Kugelschreiber und setzte ihren Namen ans Ende des Dokuments. Sie würde es sich später genauer ansehen.

Hammond führte sie zu einer Sicherheitstür, die sich mit einem leisen Surren öffnete. Sie betraten einen langen Gang mit einem dunklen Boden aus Estrich, der von Kopiergeräten und Regalen gesäumt war. Beamte liefen eilig an ihnen vorbei, und Laura musste aufpassen, nicht mit jemandem zusammenzuprallen. Aus offenen Türen drangen aufgeregte Stimmen, die sich mit einem Klangteppich aus klingelnden Telefonen und den üblichen Hintergrundgeräuschen von raschelnden Papieren, Druckern und Computern vermischten. Laura spürte, wie sich die Hektik um sie herum auf sie übertrug und sich ein klammes Gefühl in ihr breitmachte. Was auch immer Europol in solche Alarmbereitschaft versetzt hatte, es war vermutlich auch der Grund, warum sie hier war.

Hammond führte sie durch ein regelrechtes Labyrinth von

Korridoren, bis sie im hinteren Bereich des Gebäudes ein edles Foyer erreichten, das offenbar für offizielle Empfänge diente. Eine breite Fensterfront gab die Sicht auf einen weitläufigen Vorplatz frei. Obwohl draußen die Sonne schien, war das Foyer hell beleuchtet.

Nur wenige Meter von ihr entfernt standen zwei Personen vor einem Sitzungszimmer. Um sie herum verteilte sich ein halbes Dutzend Polizisten, das die Eingänge bewachte.

»Was hat ausgerechnet der IPCC hier zu suchen?«, hallte eine energische Männerstimme in tiefem Bariton durch den Raum. Sie stammte von dem breitschultrigen Mann, der sich vor einer elegant gekleideten Frau aufgebaut hatte. »Sie hätten das mit uns absprechen müssen!«

»Bei allem nötigen Respekt, aber das ist keine politische Entscheidung«, antwortete die Frau in bestimmtem Ton. »Doktor Dupont wurde sorgfältig überprüft. Wir benötigen eine umfassende Sicht, um die Lage beurteilen zu können. Wenn der IPCC über Informationen verfügt, die uns weiterhelfen, will ich sie kennen.«

Erstaunt darüber, ihren Namen zu hören, folgte Laura Hammond zu den beiden Personen.

»Ah, da sind Sie ja!«, begrüßte die Frau Laura. Sie trug einen hellbraunen Blazer, ihre grauen Haare waren kurz geschnitten, und die Falten in ihrem Gesicht zogen strenge Konturen, die ihr einen Ausdruck von Entschlossenheit und Autorität verliehen. Sie musste etwa Mitte fünfzig sein. Als sie Laura die Hand reichte, setzte sie ein schmales Lächeln auf, das aussah, als hätte sie diese Muskeln schon länger nicht mehr benutzt.

»Ich bin froh, dass Sie so kurzfristig kommen konnten. Mein Name ist Vera Gear. Ich bin die Direktorin von Europol.«

»Hallo, freut mich Sie kennenzulernen.«

»Das hier ist Paul Eeling, der Generalsekretär des EAD, dem Europäischen Auswärtigen Dienst.«

Eeling hatte ein prägnantes Kinn und fein säuberlich nach hinten frisierte Haare. Es war unverkennbar, dass er großen Wert auf sein Äußeres legte: maßgeschneiderter Anzug, eine goldene Rolex, italienische Lackschuhe.

»Guten Tag«, sagte Laura leicht verunsichert, als sie das Misstrauen in seinem Blick bemerkte. »Ich habe gehört, dass Sie eben über mich gesprochen haben. Ist etwas mit dem Klimarat vorgefallen?«

»Allerdings«, bestätigte Gear und sah Laura prüfend an. »Peter Hammond hat Sie ja bereits über Ihre Geheimhaltungspflicht informiert. Was Sie gleich hören werden, darf unter keinen Umständen nach außen dringen. Das gilt auch für den IPCC. Sind Sie bereit, unter diesen Bedingungen für uns zu arbeiten?«

Laura spürte, wie sich in ihrem Hals ein Kloß bildete. Die Sache wurde immer verwirrender. Worin konnte der Klimarat verwickelt sein, das Europol in solchen Aufruhr versetzte? Sie nickte und versuchte, den Kloß in ihrem Hals runterzuschlucken, doch es half nichts. »Ja, natürlich, wenn ich Ihnen helfen kann …«

»Gut, dann kommen Sie mit, wir haben keine Zeit zu verlieren.«

10

Europol, Den Haag, Niederlande

»Heute Morgen um Punkt acht Uhr kam es zu einem Totalausfall des gesamten internationalen Zahlungsverkehrs. Grund dafür war eine vollständige Blockade der Society for

Worldwide Interbank Financial Telecommunication, kurz SWIFT. Diese Organisation unterhält ein Telekommunikationsnetz für den Nachrichtenaustausch zwischen Geldinstituten weltweit. Über SWIFT werden täglich Transaktionen über sechs Billionen Dollar zwischen Banken, Brokerhäusern und Börsen abgewickelt. SWIFT ist damit einer der wichtigsten Eckpfeiler der globalen Wirtschaft.«

Vera Gear saß mit dem Generalsekretär des EAD am Kopf eines ovalen Konferenztisches, der im Gegensatz zum allgemeinen Grau des Europol-Mobiliars aus edlem Mahagoniholz bestand. An ihm war ein gutes Dutzend Personen versammelt, deren Funktion Laura durch die kurze Vorstellungsrunde nur andeutungsweise verstand. Neben einigen Mitarbeitern von Europol waren auch Vertreter von SWIFT, Interpol, der Europäischen Zentralbank, des Cuerpo Nacional de Policía, der spanischen Bundespolizei, und der Europäischen Agentur für Netzwerksicherheit anwesend. Schwache Lichtstreifen zwängten sich durch die heruntergelassenen Vorhänge und tauchten die Anwesenden in düsteres Zwielicht, welches ganz gut die Stimmung im Raum widerspiegelte. Hinter Gear leuchtete ihnen die Projektion des Europol-Logos entgegen, das den angespannten Gesichtern einen leichten Blaustich verpasste.

»Um Punkt neun Uhr löste sich die Blockade wieder auf«, fuhr Gear fort, »ohne dass die Ursache dafür geklärt werden konnte. SWIFT hat den Vorfall den Zentralbanken und Nachrichtendiensten der Länder ihrer Operating Center gemeldet. Auch diese konnten sich den Ausfall nicht erklären. Kurz darauf erhielt EU-Ratspräsident Gregory Pollak dann einen Internetlink zu einer Videobotschaft, die, soweit wir das zum jetzigen Zeitpunkt beurteilen können, auch an andere Regierungen versendet wurde. Sie stammt von einer Organisation, die sich Common Ground nennt. Peter?«

Peter Hammond drückte auf ein Kontrollfeld, das vor ihm auf dem Tisch lag. Das blaue Europol-Logo wich dem markanten Gesicht eines Mannes um die fünfzig. Er hatte eine ausladende Glatze, kantige Gesichtszüge und haselnussbraune Augen, die hart auf die Anwesenden hinabsahen, wie ein Richter, der gleich seinen Urteilsspruch verkündete.

Das Bild setzte sich in Bewegung, und der Mann begann zu sprechen. »Diese Nachricht ist an die Regierungen der UN gerichtet«, sagte er mit tiefer Stimme. »Mein Name ist Aaron Celler. Ich spreche hier zu Ihnen als Repräsentant von Common Ground. Wenn Sie diese Aufnahme sehen, haben Sie bereits unsere Warnung erhalten.«

Ein erregtes Raunen ging durch den Raum.

»Sie können uns als Interessengruppe betrachten, die sich zum Ziel gesetzt hat, die Erderwärmung mit all ihren Folgen für unsere Zivilisation zu stoppen. Wir verfolgen seit einigen Jahren mit großem Bedauern, dass die internationale Gemeinschaft nicht annährend in der Lage ist, dieses Ziel aus eigener Kraft zu erreichen. Ganz im Gegenteil – trotz unzähliger Klimakonferenzen und Abkommen steigt der weltweite Verbrauch von fossilen Energien kontinuierlich an. Es werden immer mehr Treibhausgase in die Atmosphäre gepumpt, obwohl wir seit vielen Jahren beobachten können, wie die Erderwärmung Jahr für Jahr zunimmt. Der IPCC hat unmissverständlich klargemacht, dass die Klimaerwärmung und ihre Folgen nicht mehr rückgängig gemacht werden können, wenn wir nicht *sofort* handeln. Doch es passiert nichts! Das ist eine unfassbare Beleidigung gegenüber der Bedrohung, der wir gegenüberstehen. Unsere Organisation kann und wird dieser Entwicklung nicht mehr tatenlos zusehen.«

Fassungslos starrte Laura auf die Aufzeichnung. Sie fühlte sich innerlich wie gelähmt. Ihr Verstand weigerte sich zu glauben, was sie da gerade hörte. Noch vor zwei Stunden hatte sie zu ihren Studenten etwas ganz Ähnliches gesagt, doch aus Cellers Mund klangen die Worte richtiggehend bedrohlich, regelrecht fanatisch. Konnte es wirklich sein, dass diese Organisation gerade im Namen des Klimaschutzes die gesamte internationale Gemeinschaft herausforderte? Das war doch Irrsinn!

»Wie Sie inzwischen bereits erfahren haben, wurde heute früh für genau eine Stunde lang der internationale Zahlungsverkehr eingestellt«, fuhr Aaron Celler fort. »Diese Unterbrechung ist entstanden, indem wir die Server von SWIFT blockiert haben. Ich nehme an, dass Sie inzwischen eifrig dabei sind, die Ursache des Problems zu analysieren.«

»Verdammter Mistkerl!«

Laura sah zu dem Mann, der ihr am Tisch gegenübersaß. Es war der Leiter der SWIFT-Datenzentrale in den Niederlanden, der sich als Fred Brönner vorgestellt hatte. Er hatte krauses schwarzes Haar und trug eine dickrandige Hornbrille auf der Nase. Er hielt die Arme vor seinem fülligen Körper verschränkt und starrte mit wütendem Blick auf Aaron Celler, der unberührt mit seiner Botschaft fortfuhr.

»Ich denke, dass wir mit dieser Maßnahme Ihre volle Aufmerksamkeit haben dürften. Bitte betrachten Sie uns nicht als Terroristen. Wir haben nicht die Absicht, Ihnen Schaden zuzufügen. Da der politische Weg für ein rechtzeitiges Handeln aber gescheitert ist, sehen wir keine andere Möglichkeit, als unsere Ziele auf diesem Weg durchzusetzen. Falls Sie mit uns kooperieren, werden wir kein weiteres Mal zu dieser Maßnahme gezwungen sein. Es hängt ganz von Ihnen ab, wie weit wir gehen müssen.«

»Das darf doch nicht wahr sein! Was in Gottes Namen wollen die?«, platzte es aus dem Mann neben Fred Brönner heraus. Es war der Vizedirektor der Europäischen Zentralbank, der sich als Gerard Mounière vorgestellt hatte. Seine drahtige Erscheinung war das pure Gegenteil zum Informatikchef von SWIFT: Er war gut einen Kopf kleiner, von schmächtiger Statur und balancierte eine filigrane Nickelbrille auf seiner Nase.

Als hätte er Mounières Frage gehört, begann Celler, seine Forderungen zu stellen.

»Wir haben lange genug zusehen müssen, wie nur leere Worthülsen fallen. Jetzt ist es an der Zeit zu handeln. Wir verlangen von Ihnen, dass Sie den Klimaschutz von nun an als Ihr oberstes Ziel verfolgen. Mit allen Ihnen zur Verfügung stehenden Mitteln. Wir geben Ihnen von heute an sechs Wochen Zeit, ein rechtsverbindliches Abkommen dazu zu treffen. Dieses ist durch sämtliche einhundertdreiundneunzig Staaten der Vereinten Nationen zu unterzeichnen. Als Zielgrößen gelten die Werte des IPCC. Sobald dies geschehen ist, werden wir wieder Kontakt mit Ihnen aufnehmen. Falls Sie es nicht schaffen, diese Forderung zu erfüllen, werden wir die Ziele auf unserem Weg durchsetzen.«

Gear machte einen Fingerzeig zu Hammond, der die Aufnahme stoppte. Aaron Cellers Gesicht gefror zu einer bedrohlichen Maske. Das Licht ging an, und Laura blinzelte gegen die plötzliche Helligkeit an. Sie fühlte sich, als würde sie gerade aus einem bösen Albtraum aufwachen.

»Das soll wohl ein Scherz sein!«, blaffte Mounière.

Gears Miene blieb ausdruckslos. »Was die Motive angeht, können wir bislang nur spekulieren. Wir sehen im Moment noch keinen Grund anzunehmen, dass die Terroristen tatsächlich den Klimaschutz als Ziel verfolgen. Wir müssen aber davon ausgehen, dass sie genau wissen, was sie tun, und dass es ihnen absolut ernst ist. Weder SWIFT noch die Agentur für Netzwerksicherheit konnten etwas gegen die Blockade unternehmen. Wir stufen den Vorfall in die höchste Gefahrenstufe ein.«

Fred Brönner beugte seinen massigen Körper etwas nach vorn. »Was geschieht, wenn die Forderung nicht erfüllt wird?«

»In diesem Fall drohen sie, den internationalen Zahlungsverkehr bis auf unbestimmte Zeit zu unterbrechen.«

Mounière warf einen zornigen Blick zu Brönner. »Wie konnte das verdammt noch mal passieren? Haben Sie nicht immer gesagt, Ihr System sei hundertprozentig sicher?«

»Jetzt machen Sie mal halblang«, gab Brönner zurück. »Unser System *ist* sicher. Diese Organisation hatte in keiner Sekunde Zugriff auf unsere Daten.«

»Und wie haben sie das dann bitte schön angestellt?«

»Das würde ich auch gern wissen«, warf Eeling ein. »In wenigen Stunden wird sich der Ministerrat für Auswärtige Angelegenheiten in Brüssel zu einem Krisengipfel treffen und eine Erklärung erwarten. Wie ist es dazu gekommen, dass das Sicherheitssystem von SWIFT einfach so ausgehebelt werden konnte?«

Brönner nahm mit zusammengekniffenen Lippen die Brille ab und sah in die Runde. »Sie haben allem Anschein nach ein Botnetz benutzt, das unsere Server beschießt und damit unsere Operating Center in Zoeterwoude, Culpeper und Diessenhofen blockiert. Solange das Botnetz aktiv ist, können wir keine einzige Nachricht mehr senden oder empfangen.«

»Ein was?«, hakte Mounière nach.

»Bitte erklären Sie doch den Anwesenden, was ein Botnetz ist«, sagte Gear. »Ich nehme an, dass nur die wenigsten wissen, worum es sich dabei handelt.«

»Okay, ein Botnetz ist ein Netzwerk von Programmen, den Bots, die sich über das Internet auf alle möglichen Computer verbreiten. Der Name Bot kommt von Robot, also Roboter, weil sie darauf programmiert sind, sich selbstständig zu verhalten und auf den infizierten Computern bestimmte Aufgaben auszuführen. Das können einerseits Angriffe auf die

Computer selbst sein, wenn zum Beispiel durch Sniffer oder Password-Grabber Passwörter oder Kreditkartennummern gesammelt werden. Die andere Anwendung ist, wenn sie darauf programmiert sind, von den befallenen Computern aus Spammails in die Welt zu verschicken. Wenn das Botnetz groß genug ist, kann es auch dazu verwendet werden, nur ein einziges Ziel mit solchen Mails oder anderen Informationen zu beschießen. In diesem Fall wird das Opfersystem mit einer solchen Datenflut überschwemmt, dass es überlastet wird und keine anderen Aufgaben mehr ausführen kann.«

»In unserem Fall ist SWIFT das Opfersystem«, stellte Gear fest.

»Wie muss ich das verstehen?«, warf Eeling ein. »Die Terroristen können ja wohl kaum einfach so bei Ihnen reinspazieren, nicht wahr?«

»Natürlich nicht!«, wehrte Brönner ab. »SWIFT ist eines der am besten geschützten Systeme der Welt. Wir unterhalten ein eigenes Netzwerk von Glasfaserleitungen, über die die Finanzinstitute ihre Transaktionen verschlüsselt an unsere Operating Center senden. Jedes angeschlossene Institut hat dafür sein eigenes Terminal, mit dem es die Daten authentifiziert. Dadurch wird verhindert, dass Außenstehende auf unser Netzwerk zugreifen können. Trotzdem sind wir aber für gewisse Übertragungen mit dem Internet verbunden. Deshalb werden sämtliche Daten, die bei unseren Servern ankommen, durch Firewalls darauf überprüft, ob sie das richtige Format, die Verschlüsselung und eine gültige Authentifizierung haben. Und genau dort liegt der Hund begraben. Unsere Server wurden durch das Botnetz mit so vielen Anfragen überschwemmt, dass die Firewalls überfordert waren und sämtliche Finanztransaktionen quasi vor der Haustür abgeblockt wurden.«

»Sie müssen sich das Ganze wie einen Autobahntunnel

vorstellen, durch den nur Fahrzeuge mit einer Bewilligung durchgelassen werden«, übernahm ein Mann auf der anderen Seite des Raums das Wort. Laura glaubte, sich zu erinnern, dass er IT-Forensiker der Europäischen Agentur für Netzwerksicherheit war. »Das funktioniert nur, wenn Sie eine überschaubare Menge an Fahrzeugen haben. Sobald Sie aber Tausende von Wagen haben, die gleichzeitig durch den Tunnel wollen, kommt es zu einem Stau, und selbst diejenigen mit einer Bewilligung kommen nicht mehr durch.«

»Nur dass SWIFT einen absolut gewaltigen Tunnel hat«, fügte Brönner hinzu. »Wir haben weit über sechshunderttausend IP-Adressen mit jeweils mehr als sechzigtausend Ports, auf denen Daten übertragen werden können. Außerdem haben wir ein ausgeklügeltes Datenmanagementsystem, das genau solche Überlastungen verhindern sollte. Wir haben es bisher schlicht für unmöglich gehalten, dass es ein Botnetz geben kann, das groß genug ist, um unser System ernsthaft zu gefährden.«

»Und trotzdem haben sie es geschafft«, meinte Mounière mit finsterem Blick.

»Wie groß müsste ein solches Botnetz sein, um damit eine Organisation wie SWIFT zu blockieren?«, erkundigte sich Gear.

»Wir schätzen, dass es etwa zwischen fünfzig und einhundert Millionen Computer umfassen muss«, meinte der IT-Forensiker. »Zum Vergleich – das größte Botnetz, das wir bisher kennen, besteht aus gerade mal fünf Millionen Computern. Das Schwierige an einem solch großen Netzwerk ist die Koordination. Sie brauchen dafür einen zentralen Computer, den sogenannten Masterbrain, der die Bots steuert. Ich will hier nicht in die Details gehen, aber damit ein solches Netz aufgebaut und unterhalten werden kann, braucht die Organisation vermutlich eine ganze Serveranlage. Die Kosten dafür dürften sich leicht auf fünfzig Millionen Euro belaufen. So etwas besorgt man sich nicht einfach mal so auf dem Schwarzmarkt. Außerdem braucht es sehr viel Zeit, ein solches Netz aufzubauen. Ein solches Unterfangen muss man von langer Hand planen.«

Fünfzig Millionen Euro? Laura war fassungslos. Wer konnte so etwas finanzieren?

Gear nickte. »Dann haben wir es mit einer Gruppe zu tun, die starke Investoren im Rücken hat. Solche Geldbeträge lassen sich nicht einfach im Verborgenen verschieben. Das könnte eine mögliche Spur für uns sein.« Sie wandte sich an einen Mann zu ihrer Linken, der das Gespräch bisher still verfolgt hatte. »Herr Tejada, die spanische Bundespolizei hat bereits mit Celler zu tun gehabt. Was können Sie uns über ihn sagen?«

Tejada lehnte sich vor und faltete die Hände auf dem Tisch. Er war kräftig gebaut, braun gebrannt und trug einen dunklen Dreitagebart. »Was Sie eben beschrieben haben, passt sehr gut in das Profil, das wir vor einigen Jahren von ihm erstellt haben. Aaron Celler ist ein eingefleischter Umweltaktivist und gehört zu den radikalsten in der spanischen Umweltszene. Er ist geborener Spanier, Einwanderer der dritten Generation polnischen Ursprungs und hat mit seiner Familie in der Nähe von Toledo im mittelspanischen Kastilien-La Mancha unter einfachen Verhältnissen auf einem Bauernhof gelebt. 1985 musste die Familie den Hof verlassen und nach Toledo ziehen. Das Land war vertrocknet, nachdem große Teile des Wassers aus dem Fluss Tajo für Obst- und Gemüseplantagen in die südliche Provinz Murcia umgeleitet wurden. Cellers Vater hatte den Verlust nicht verkraftet und sich zwei Jahre nach dem Umzug auf der Toilette erhängt. Wir nehmen an, dass das der Auslöser für Cellers radikale Einstellung war.«

Aaron Cellers Gesicht starrte immer noch auf sie herab, als würde er verächtlich seiner eigenen Geschichte zuhören.

»1988 schloss er sich verschiedenen Umweltbewegungen an, die gegen die Umleitung des Tajo und die Plantagen in Murcia protestierten«, fuhr Tejada fort. »Sie müssen wissen, dass damals ein heftiger Wasserkonflikt zwischen Kastilien-La Mancha und Murcia ausgebrochen ist, der noch bis heute anhält. Nach drei Jahren gründete Celler dann seine eigene Umweltbewegung, die Alianza del Castilla-La Mancha verde, welche offiziell als friedliche Protestbewegung gelten sollte. Wir wissen aber, dass Celler unter ihrem Deckmantel Brandanschläge auf Plantagen in Murcia verübt hat. Außerdem hat er auch Bauprojekte von Hotelanlagen und Ferienwohnungen sabotiert, die im trockenen Süden die Nachfrage nach Wasser erheblich gesteigert haben. Cellers Anschläge waren aber immer so geschickt geplant, dass man ihm nie genug nachweisen konnte, um ihn hinter Gitter zu bringen. Richtig gefährlich wurde er allerdings erst, als er Ende der Neunziger mit seiner Allianz dem radikalen Netzwerk Earth First! beigetreten ist. Dort hatte er Kontakt mit Cyberkriminellen aufgenommen. Er hat mit ihnen eine hoch professionelle Gruppe von Hackern ins Leben gerufen und seine Angriffe auf das Internet verlagert. Wir haben dokumentierte Fälle, bei denen die Gruppe in die Buchhaltungssysteme von Plantagenbetreibern eingedrungen ist und dort sämtliche Geschäftsdaten gelöscht hat. Damals hatten viele Firmen noch keine professionellen Backup-Systeme zur Datensicherung, und einige von ihnen gingen durch die entstandenen Lieferverzögerungen bankrott. In anderen Fällen ist die Gruppe in die Computer von Baufirmen von Murcia eingedrungen und hat bei Lieferanten Bestellungen für Baumaterialien storniert oder andere aufgegeben. Dadurch kam es zu Verzögerungen oder Fehllieferungen, was die Bauprojekte zum Teil für Monate blockiert hat und zu Gerichtsverfahren mit den Lieferanten führte. Daraufhin mussten mehrere Firmen dichtmachen.«

Tejada warf einen Blick auf Cellers Bild und betrachtete ihn wie jemand, der nach langer Zeit seinem Gegner wieder gegenübersteht.

»Ich habe damals die Ermittlungen gegen Celler geleitet. Er ist bei all seinen Angriffen immer sehr geschickt vorgegangen und hat kaum Spuren hinterlassen. Trotzdem konnten wir ihm einige der Fälle nachweisen. Leider ist er jedoch untergetaucht, bevor wir ihn schnappen konnten. Das letzte Mal wurde er vor zwei Jahren in den Niederlanden auf dem Flughafen von Amsterdam gesehen, wo er von der dortigen Fahndungsbehörde auf Überwachungsbändern identifiziert wurde. Seither haben wir nichts mehr von ihm gesehen oder gehört.«

Eine Profilerin von Interpol meldete sich zu Wort. »Ich denke, es steht außer Frage, dass Celler inzwischen mit einem sehr potenten Netzwerk zusammenarbeitet. Dass er sich auf dem Video zu erkennen gibt, muss allerdings nicht heißen, dass er auch der Kopf der Organisation ist. Viel wahrscheinlicher ist, dass seine Person die Glaubwürdigkeit der Forderung unterstreichen soll. Er ist ohne Zweifel ein Fundamentalist, ein radikaler Öko-Terrorist, der mit Überzeugung für seine Ziele einsteht. Wir sollen ohne jeden Zweifel glauben, dass die Organisation tatsächlich die Ziele verfolgt, die sie vorgibt.«

»Haben Sie irgendwelche Vermutungen, worauf sie sonst aus sein könnte?«, fragte Eeling.

»Nein, aber es ist höchst unwahrscheinlich, dass die Organisation mit dem Angriff auf SWIFT direkte finanzielle Ziele verfolgt und den Klimawandel nur als Ablenkung vorschiebt. Wenn es um Geld ginge, wären Banken oder internationale Konzerne deutlich geeignetere Ziele.«

»Wir können vorläufig also davon ausgehen, dass Common Ground tatsächlich ein größeres, vielleicht sogar ideelles Ziel anstrebt«, folgerte Gear. »Es fällt mir allerdings schwer zu glauben, dass es hier wirklich um den Klimawandel gehen soll.« Sie wandte sich an Laura. »Doktor Dupont, Sie sind im IPCC für die klimapolitischen Maßnahmen verantwortlich, auf die sich Celler bezogen hat. Können Sie uns erklären, was passieren würde, wenn die Forderungen der Organisation erfüllt würden? Wer würde davon profitieren, wer verliert?«

»Das ist schwierig zu sagen«, meinte Laura zögerlich. »Die Maßnahmen, die wir für den Klimaschutz empfohlen haben, sind alle auf eine Laufzeit von mehreren Jahrzehnten angesetzt. Es würde also ganz darauf ankommen, wie lange die Organisation ihre Bedrohung aufrechterhalten kann.«

»Sagen Sie uns doch einfach, was theoretisch geschehen würde.«

»Nun, die größten Veränderungen würden im Energiesektor entstehen. Klimaschutz ist hauptsächlich eine Frage davon, wie viel Energie wir verbrauchen und vor allem welche. Die größten Verlierer würden ohne Zweifel alle diejenigen sein, die heute ihr Geld mit fossilen Energien verdienen, also mit Erdöl, Kohle und Gas. Allem voran die Erdöl fördernden Länder wie die OPEC. Und mit ihnen natürlich auch alle Unternehmen, die fossile Energien fördern, verarbeiten und transportieren. Das heißt auch alle Betreiber von Öl- und Gaspipelines und letztlich auch die Kraftwerke, welche auf der Basis von Öl, Gas oder Kohle arbeiten. Auf der Gewinnerseite würden dagegen alle diejenigen stehen, die mit erneuerbaren Energien zu tun haben, da diese nicht zum Treibhauseffekt beitragen. Sie hätten massive Zuschüsse von den Regierungen zu erwarten.«

Laura hielt kurz inne, blickte in die Runde, dann fuhr sie

fort: »Und letztlich würde auch relativ viel Geld von den Industrienationen in Entwicklungsländer fließen. Das ist eine Forderung, die schon sehr lange besteht, da dort noch fast keine Technologie vorhanden ist, um saubere Energie zu erzeugen. Bislang wurden schon Gelder dafür versprochen, aber die Zahlungen sollen erst in einigen Jahren beginnen.«

»Von welchen Beträgen reden wir da?«

»Ungefähr hundert Milliarden jährlich. Das ist etwas weniger als das, was heute für die Entwicklungszusammenarbeit gezahlt wird. Aber dieser Betrag verteilt sich auf mehrere Dutzend Länder auf drei Kontinenten. Ich kann mir nicht vorstellen, dass jemand genug davon profitiert, um dafür ein solches Risiko einzugehen.«

»Nicht nur das«, mischte sich Mounière ein. »Ich halte es für völlig unrealistisch, dass irgendjemand SWIFT bedroht, um dadurch irgendeinen Profit zu erlangen. Schon allein die Information, dass SWIFT nicht mehr hundertprozentig funktionieren könnte, würde eine weltweite Wirtschaftskrise auslösen. Die Märkte sind extrem labil. Alles basiert auf Vertrauen. Wenn sich Banken und Unternehmen nicht sicher sein können, dass ihre Transaktionen auch wirklich am Ziel ankommen, könnte das dazu führen, dass gar keine Geldgeschäfte mehr abgewickelt werden. Denn sie wissen nicht, ob das Geld, das sie ausgeben, auf der anderen Seite wieder reinkommt. In diesem Fall würde jeder verlieren. Wir sitzen schließlich alle im selben Boot.«

Gear sah zu Eeling, der zustimmend nickte. »Na gut«, sagte sie. »Falls es wirklich um die Klimaerwärmung gehen sollte – wie hoch ist die Wahrscheinlichkeit, dass diese Organisation ihre Ziele erreichen kann?«

»Möglich ist es schon«, erwiderte Laura. »In den meisten Ländern gibt es schon jetzt vielversprechende Bemühungen, die erneuerbaren Energien auszubauen. Aber eben nur sehr langsam, da das System sehr träge ist und sehr viele Interessengruppen aus den Öl-, Kohle- und Gasbranchen und den von ihnen abhängigen Industriezweigen diese Entwicklungen bekämpfen. Wenn die Maßnahmen des IPCC tatsächlich umgesetzt würden, hätte das eine beschleunigende Wirkung. Die Industrien der erneuerbaren Energien würden an Stärke gewinnen, die Ölindustrie schwächer werden. Das würde ein neues Kräfteverhältnis schaffen.«

»Das ist doch reines Wunschdenken«, warf Mounière barsch ein. »Glauben Sie wirklich, dass irgendjemand auf eine günstige Energiequelle verzichten würde? Sobald die Bedrohung dieser Idealisten wieder aus der Welt ist, werden die fossilen Energien genauso genutzt wie bisher. Das sind die Gesetze des Marktes. Alles andere wäre naiv zu glauben.«

»Da wäre ich mir nicht so sicher«, entgegnete Laura. »Die Fördermaxima von Erdöl und Gas aus konventionellen und damit günstigen Quellen ist inzwischen schon überschritten. Die neuen Quellen wie Ölsande und Schiefergas sind demgegenüber ungleich viel schwieriger zu erschließen und damit auch wesentlich teurer. Dadurch werden die Preise für fossile Energien in Zukunft weiter steigen, während die Preise für erneuerbare Energien durch ihre zunehmende Verbreitung sinken. In Zukunft werden die erneuerbaren Energien also nicht mehr unbedingt teurer sein. Es gibt für die Forderungen der Organisation deshalb wohl kaum einen besseren Zeitpunkt als jetzt.«

»Was ergibt das für einen Sinn?«, wollte Gear wissen. »Wenn ich Sie richtig verstehe, erledigt sich das Problem ja von selbst, wenn die fossilen Energien zu teuer werden. Warum dann noch diese Forderung?«

»Weil es bis dahin zu spät ist«, sagte Laura. »Die Klimaexperten des IPCC gehen davon aus, dass wir noch etwa bis 2020 Zeit haben, Maßnahmen für das sogenannte 2-Grad-Ziel einzuleiten. Das ist die Klimaerwärmung gegenüber der vorindustriellen Zeit, bis zu der die Auswirkungen des Klimawandels noch verkraftbar sind. Im Moment sind wir allerdings auf einem Kurs, bei dem sich die Erde bis zum Ende des Jahrhunderts um vier bis acht Grad erwärmen wird. Das hätte absolut katastrophale Folgen.«

»Wie meinen Sie das? Von welcher Art werden diese Folgen sein?«

»Sehen Sie, die Klimaerwärmung hat viel weitreichendere Auswirkungen als die allgemein bekannten Dürre- und Unwetterkatastrophen. Bereits eine Erwärmung von nur zwei Grad bewirkt eine Klimazonenverschiebung von mehr als tausend Kilometern. Damit werden wir in Frankfurt schon bald das Klima von Rom haben. Eine solche Verschiebung der Klimazonen wird in vielen Regionen der Welt zu Wassermangel führen und die Ernteerträge der Landwirtschaft reduzieren. Wir haben bereits heute bei Weizen und Mais eine klimabedingte Erntereduktion von drei bis fünf Prozent. Außerdem werden wir wichtige Küstengebiete verlieren. Bis zum Ende des Jahrhunderts müssen wir mit einem Anstieg des Meeresspiegels von bis zu zwei Metern rechnen. Allein bei einem Anstieg von einem Meter würden einhundertfünfzigtausend Quadratkilometer Landmasse überschwemmt und fast zweihundert Millionen Menschen vertrieben.«

Gear spitzte nachdenklich die Lippen.

»Was allerdings am schwersten wiegen wird«, fuhr Laura fort, »ist das Artensterben, das durch die Klimazonenverschiebung ausgelöst wird. Schon eine Erwärmung um zwei Grad könnte ein Massensterben von ungeahnter Dimension nach sich ziehen. In Berggebieten beispielsweise sind bis Mitte des Jahrhunderts vierzig bis fünfzig Prozent aller Arten vom Aussterben bedroht. Die Ökosysteme können mit einem derart schnellen Temperaturanstieg nicht umgehen.

Bei einem Anstieg von über drei Grad droht manchen sogar ein völliger Kollaps.« Laura lehnte sich in ihren Sitz zurück.

»Danke, Doktor Dupont«, sagte Gear. »Ein solches Bedrohungsszenario würde in der Tat für die Theorie sprechen, dass politisch motivierte Aktivisten wie Earth First! hinter dem Anschlag stecken.« Sie wandte sich an Brönner. »Gibt es eine Möglichkeit, wie wir dieses Botnetz bekämpfen könnten?«

Brönner schüttelte den Kopf. »Ich befürchte nein. Wir sind der Organisation auf Gedeih und Verderb ausgeliefert. Wann immer sie beschließt, uns zu blockieren, kann SWIFT nichts dagegen unternehmen.«

»Die einzige Möglichkeit, die wir haben, ist zu verhindern, dass die blockierenden Nachrichten SWIFT überhaupt erreichen«, übernahm der IT-Forensiker. »Bei einem normalen Botnetz könnten wir dafür die Spur der Nachrichten zurückverfolgen, um das verantwortliche Programm auf den infizierten Computern zu identifizieren. Dann könnten wir einen Code entwickeln, mit dem die Antivirus-Software auf den betroffenen Computern das Programm entfernen oder zumindest deaktivieren könnte.«

»Und was genau ist an diesem Botnetz anders?«, wollte Mounière wissen.

»Gleich zwei Dinge. In der Regel sind die Bots eher einfache Programme, die sich nicht voneinander unterscheiden. Egal, welchen Computer sie infizieren, sie bleiben immer gleich. Bei den Bots, mit denen wir es hier zu tun haben, trifft das nicht zu. Sie verfügen über eine Art künstliche Intelligenz, die es ihnen erlaubt, sich zu verändern und den Umständen anzupassen, in denen sie sich befinden. Dadurch können sie alle möglichen Computer befallen, vom normalen Heim-PC bis zum Server eines Firmennetzwerks und sogar internettaugliche Telefone. Dadurch gibt es viele verschiedene Bots, für die wir alle ein Gegenprogramm entwickeln müssten. Das ist eigentlich noch Zukunftsmusik, aber die Signale, die wir bei SWIFT erhalten haben, weisen eindeutig darauf hin.«

»Und zweitens?«, fragte Gear.

»Zweitens senden die Bots ihre Nachrichten nicht direkt an SWIFT. Sie benutzen dafür sogenannte Zombies. Das sind Computer, die zwischen den infizierten Rechnern und SWIFT liegen. Die Bots schicken ihre Signale an ein ganzes Netzwerk von Zombies, sodass wir nicht wissen, von wo sie tatsächlich kommen. Wir können sie also nicht ohne Weiteres zurückverfolgen.«

»Kommen Sie zum Punkt«, forderte Gear ihn auf. »Wie können wir diese Bots bekämpfen?«

»Es bleibt uns nur eine Möglichkeit. Wenn der nächste Angriff stattfindet, müssen wir die Signale identifizieren und bei allen Internetanbietern weltweit blockieren lassen.«

»Dafür müsste aber das Notrecht ausgerufen werden«, wandte Hammond ein.

»Genau, und zwar in jedem einzelnen Staat. Das würde eine absolute koordinative Meisterleistung von internationaler Zusammenarbeit voraussetzen. Und selbst dann würde es vermutlich einige Tage, wenn nicht sogar eine Woche dauern, bis die Signale blockiert wären.«

Laura sah, wie Mounière kreidebleich wurde.

»Was würde das bedeuten, wenn SWIFT für eine Woche ausfällt?«, fragte Gear.

Mounière nahm seine Brille ab und warf sie vor sich auf den Tisch. »Das wäre eine absolute Katastrophe! Es gibt verschiedene Studien darüber, was passieren würde, wenn das Internet oder die Stromversorgung ausfallen. In beiden Fällen stehen die betroffenen Banken innerhalb von nur wenigen Tagen vor einem finanziellen Zusammenbruch.«

»Das Gleiche gilt für international tätige Unternehmen«,

ergänzte Eeling. »Wenn sie für zwei Wochen keine Transaktionen machen können, gehen sie in Konkurs. Möglicherweise genügt schon eine Woche. National tätige Unternehmen und Banken wären davon zwar nicht direkt betroffen, da sie ihre Geldgeschäfte auch über andere Netzwerke abwickeln, aber der Schaden würde sich wie ein Lauffeuer ausbreiten. Wir sind global vernetzt. Wenn die großen Player über die Klippe springen, reißen sie alles andere mit sich mit.«

Mounière sah mit leerem Blick auf seine Brille. Der Ausdruck in seinen Augen wirkte beängstigend. Schließlich sagte er: »Sie müssen sich über eines im Klaren sein – was den internationalen Zahlungsverkehr betrifft, gibt es kcine Alternative zu SWIFT. Wenn SWIFT also tatsächlich für eine ganze Woche blockiert werden sollte, dann reden wir hier nicht mehr von einer Wirtschaftskrise. Das würde eine ganze Reihe von Staaten in den Ruin treiben!« Er sah herausfordernd in die Runde. »Das könnte den totalen Kollaps unseres Wirtschaftssystems bedeuten, verstehen Sie? Wir würden in die Steinzeit zurückgeworfen!«

11

London, UK

Der Whitehall Court lag im Londoner Stadtteil Westminster, eine der wohlhabendsten Gegenden der Stadt, gleich zwischen Westminster Palace und Trafalgar Square und keine fünf Gehminuten von der Downing Street entfernt. Obwohl die Straße lediglich leicht von der dicht befahrenen Parliament Street zurückversetzt war, hatten sich nur wenige Passanten dorthin verirrt, als Karl Orff das große, im Barockstil erbaute Hotel Continental betrat.

»Guten Tag, Mr O'Brian«, begrüßte ihn der Concierge.

»Hallo, Ted«, sagte Orff, ohne von dem übergewichtigen Mann hinter dem Marmortresen besondere Notiz zu nehmen. Dann hielt er doch inne.

»Ach, Ted …«

»Ja?«

»Ich werde Ihr Etablissement verlassen. Können Sie bitte alles Nötige dafür in die Wege leiten?«

»Oh, Sie möchten ausziehen?«, fragte Ted überrascht. »Wann werden Sie denn gehen?«

»In ein paar Tagen«, sagte Orff.

»Ich verstehe«, erwiderte der Concierge, der sein Erstaunen nicht verbergen konnte. »Möchten Sie, dass ich mich um den Umzug kümmere?«

»Nein, das werde ich selbst erledigen.«

»In Ordnung. Wie Sie wünschen.«

Orff nahm den Lift in den vierten Stock. Er trat auf einen breiten Gang mit Stuckaturen verzierten Wänden und weißem Marmorboden. Der Flur strahlte die ehrwürdige Atmosphäre vergangener Jahrhunderte aus. Mit leisen Schritten ging Orff zur hintersten Tür und gab auf einem Tastenfeld seinen Zugangscode ein. Ein grünes Licht leuchtete auf, das Schloss entriegelte sich. Dann tastete er an der oberen rechten Ecke den Bereich zwischen Tür und Rahmen ab. Der feine Nylonfaden, den er heute Morgen dazwischen gespannt hatte, war noch an seinem Platz.

Gewohnheitsmäßig schob er seine Hand in die Manteltasche und umfasste seine Browning 9mm. Dann trat er ein. Anders als der barocke Stil des Gebäudes vermuten ließ, war das Appartement äußerst modern. Der größte Teil wurde durch einen loftartigen Raum eingenommen, von dem aus hohe Fenster den Blick auf die Themse freigaben. Orff hatte die Möbel des Hotels ausräumen lassen und das Zimmer nach seinen ganz spezifischen Wünschen eingerichtet. Die weitläufige Fläche wurde durch eine Bibliothek beherrscht, die sich über zwei Wände und weitere rechtwinklig abgehende Regale erstreckte. Die dicht aneinandergereihten Bücher reichten bis an die hohe Decke. Die Sammlung war das Einzige, was Orff in den letzten zehn Jahren immer mit sich geführt hatte, über drei Kontinente hinweg. Die Werke reichten von philosophischen Schriften wie von Solon, Sokrates, Platon oder Feuerbach, über politische Werke wie *Das Kapital* von Marx oder *Leviathan* von Thomas Hobbes bis hin zu naturwissenschaftlicher Literatur wie *Die Doppelhelix* von James D. Watson.

Der Rest war spartanisch eingerichtet und bestand aus einem einzelnen abgewetzten Ledersessel, der zum Fenster ausgerichtet war, einem Beistelltisch aus Rosenholz im Bauhausstil und einer dunklen Kommode aus derselben Epoche. An der dritten Wand hing ein einzelnes Bild, auf dem sich inmitten tiefster Schwärze zaghafte Flächen von Rot, Weiß und Grün ihren Raum erkämpften: *Die Geburt des Lichts* von Ravel.

Nachdem Orff das Appartement überprüft hatte, legte er den Mantel ab und ging zur Kommode, auf der sich ein elegantes Teeservice befand. In dessen Mitte thronte ein silberner Samowar. Aus einem kleinen Kännchen goss er sich etwas Konzentrat aus gezogenen Schwarzteeblättern in ein filigranes Teeglas und füllte den Rest mit heißem Wasser aus dem Samowar auf. Dann stellte er das Glas in einen goldenen Podstakannik, einen traditionellen russischen Glashalter, und sog genüsslich den herben, malzigen Duft des Assamtees ein.

Ein leichtes Vibrieren am linken Handgelenk ließ ihn seine Teezeremonie unterbrechen. Er schaltete den Alarm seines Chronometers aus, dessen abgewetztes Plastikgehäuse in unvereinbarem Widerspruch zu seinem maßgeschneiderten Armani-Anzug stand, und zog aus der Hosentasche eine kleine unscheinbare Schachtel hervor. Sie war mit hellblauen Kapseln gefüllt. Orff nahm eine heraus und schluckte sie wie gewohnt trocken herunter. Dann setzte er sich mit dem Podstakannik in der Hand auf den Sessel. Die Waffe legte er neben sich auf den Tisch, wo sie sich auf unversöhnliche Weise den Platz mit Platons naturphilosophischem Werk *Timaios* teilte. Orff nippte an seinem Assam und erlaubte sich für einen Moment lang, seinen Blick über die Themse schweifen zu lassen.

Nach einigen Minuten der stillen Kontemplation stellte er das Glas beiseite und zog das Paket aus der Westentasche, das ihm der Detektiv gegeben hatte. Es enthielt ein flaches schwarzes Gerät, das wie ein Smartphone aussah – nur dass es wie aus einem Guss gefertigt zu sein schien. Keine Kanten, keine Fugen. Er drückte auf den einzigen Knopf am oberen Rand des Gerätes, und der Bildschirm erhellte sich. Ein Eingabefeld erschien. Orff gab den Code ein, den ihm sein Auftraggeber bei ihrem ersten Kontakt mitgeteilt hatte.

Im Telefonverzeichnis gab es nur eine Nummer. Er wählte sie.

Bereits nach dem zweiten Rufton meldete sich eine raue Männerstimme. »Wieso hat das so lange gedauert?«

»Wir hatten vereinbart, dass es keinen weiteren persönlichen Kontakt mehr geben wird. Warum haben Sie den Detektiv geschickt und nicht den vereinbarten toten Briefkasten benutzt?«

»Wir mussten unsere Pläne ändern.«

»Inwiefern?«

»Sie müssen sofort zuschlagen. Sind Sie bereit?«

»Ich kann es einrichten«, sagte Orff. »Wer ist die Zielperson?«

»Sie finden alles auf dem Gerät, das ich Ihnen geschickt habe. Wir werden ab jetzt nur noch über diesen Weg kommunizieren. Die Verbindung ist verschlüsselt und kann nicht zurückverfolgt werden.«

»Wie viel Zeit habe ich?«

»Es muss noch heute erledigt werden. Ich will, dass es absolut unauffällig passiert. Niemand darf etwas davon bemerken, haben Sie mich verstanden?«

»Kein Problem.«

»Gut. Die Zielperson befindet sich derzeit in Den Haag. Sie erhalten weitere Anweisungen, sobald Sie dort angekommen sind«, sagte die Stimme und legte auf.

Orff öffnete die gespeicherte Nachricht. Das Bild einer Frau erschien. Zu seinem Erstaunen war sie eine ausgesprochene Schönheit: kastanienbraunes Haar, mandelförmige, dunkelgrüne Augen, hohe Wangenknochen, zierliche Nase, weich geschwungene Lippen.

»Doktor Laura Dupont«, las er den Namen unter dem Bild. »Freut mich, Sie kennenzulernen.«

Dann las er den Rest der Beschreibung. Als er fertig war, legte er das Gerät beiseite und dachte darüber nach, was er zu tun hatte. Kaum eine Regung strich über sein Gesicht, während er tief in Gedanken versunken die einzelnen Schritte seines Vorgehens durchging. Als er seine Überlegungen beendet hatte, zog er sein eigenes Handy hervor und buchte den nächsten Flug nach Amsterdam. Nach wenigen Minuten waren seine Vorbereitungen abgeschlossen.

Zufrieden sah er auf die Uhr. Er hatte noch ein paar Minuten Zeit, bevor er aufbrechen musste. Er zog eine Lesebrille aus der Brusttasche seines Jacketts und setzte sie auf. Vorsichtig nahm er Platons *Timaios* vom Tisch, die in Leder gebundene englische Erstausgabe von 1895. Er zog das Buchzeichen heraus und begann an der Stelle zu lesen, an der er sich am Morgen eine feine Bleistiftmarkierung gemacht hatte. Er hatte schon im Hyde Park darüber nachgedacht, bevor ihn der Detektiv angesprochen hatte. Es war die Passage, in der Timaios seinen Freunden Sokrates, Kritias und Hermokrates das Prinzip der Weltseele erklärt.

Nachdem nun die ganze Anordnung der Seele gemäß der Einsicht ihres Schöpfers vollzogen war, baute er als Nächstes in ihrem Inneren alles das auf, was leibhaft ist, und brachte die beiden zur Übereinstimmung, indem er die Mitte des einen mit der Mitte des anderen zusammenfügte.

Etwas weiter unten las er an der zweiten markierten Stelle weiter.

Und also entstand sowohl der sichtbare Leib des Himmels als auch die Seele, die unsichtbar ist, aber teilhat am Denken und an der Harmonie, sie, die das beste von allen vernunftbegabten und ewigen Dingen ist, die der beste Schöpfer geschaffen hat.

Orff nippte an seinem Tee und dachte über den letzten Satz nach. Sosehr er Platons naturphilosophischen Gedanken bewunderte, ein Punkt darin widersprach seiner tiefsten Überzeugung: Die Seele war mit Sicherheit nicht das Beste an allen Dingen. Ganz im Gegenteil – sie war vollkommen nutzlos, der Antipol der Rationalität, die Behinderung der freien Existenz.

Sie war reiner Ballast.

12

Europol, Den Haag, Niederlande

In Europols Hauptzentrale war eine Hektik ausgebrochen, als wäre soeben eine Bombe hochgegangen. Wie in einem aufgewühlten Ameisennest strömten Gruppen von Polizisten und Agenten durch die Eingangshalle und drängten sich an Laura vorbei.

Sie nahm ihren Laptop von einer Beamtin entgegen und verstaute ihn in der Tasche. Nachdem sie ihre Aufgabe als »externe Beraterin« erfüllt hatte, war sie in ihrer Priorität zurückgestuft worden, und man hatte ihr ein Taxi gerufen, das sie zum Bahnhof bringen würde. In den kommenden Tagen war bereits eine Krisensitzung der Vereinten Nationen in der UNO-City in Wien geplant, an der sie teilnehmen sollte.

Es waren inzwischen erst dreieinhalb Stunden vergangen, seitdem der Agent von Europol sie in der Vorlesung abgeholt hatte, doch Laura kam es vor, als wäre es Tage her. Die Geschwindigkeit, mit der sich die Ereignisse entwickelten, ließ ihr kaum Zeit, die Situation zu begreifen: Eine Gruppe von Terroristen bedrohte im Namen des Klimaschutzes das globale Wirtschaftssystem. Es fiel ihr schwer, diese Realität zu fassen. Genauso unbegreiflich wie der Angriff selbst waren aber die Konsequenzen, die er mit sich führen würde. Es war schockierend, dass eine einzelne Organisation wie SWIFT tatsächlich so wichtig sein konnte, dass ohne sie das gesamte Wirtschaftssystem zusammenbrechen würde.

Europol hatte alle Hebel in Bewegung gesetzt, um die Lage so schnell wie möglich in den Griff zu bekommen und die Organisation aufzuspüren. In Zusammenarbeit mit Interpol sowie den nationalen Polizeibehörden und Geheimdiensten wurde nach Aaron Celler gefahndet und nach dessen Verbindungen zu Earth First! und anderen radikalen Gruppierungen gesucht. Auf allen Ebenen wurden Nachforschungen nach Materiallieferungen und Transaktionen für den Bau des Supercomputers durchgeführt, mit dem die Organisation operierte. Es war unmöglich, dass ein solches Projekt keine Spuren hinterlassen hatte.

Außerdem ging die Agentur für Netzwerksicherheit mit einer Expertengruppe daran, den Signalen des Botnetzes nachzugehen, um dadurch den Standort von Common Ground zurückzuverfolgen. In Zusammenarbeit mit Geheimdiensten wurde auch nach den möglichen Investoren gesucht, welche die Motivation und das Geld hatten, ein solches Unterfangen zu finanzieren. Mit Sicherheit waren genau in diesem Augenblick auch alle anderen Polizeibehörden rund um den Globus damit beschäftigt, die Organisation aufzuspüren.

Laura hatte keine Ahnung, was sie als Nächstes tun sollte. Sie konnte sich nicht vorstellen, jetzt einfach nach Zürich zurückzufliegen und ihre Arbeit fortzusetzen, als wäre nichts geschehen. Außerdem konnte sie ja mit niemandem über den Anschlag sprechen. Nicht einmal der Direktor des IPCC durfte erfahren, was sie vor wenigen Minuten gehört hatte.

Sie beschloss, erst einmal aus diesem Trubel auszubrechen, damit sie wieder einen klaren Gedanken fassen konnte. Sie schulterte die Tasche und bahnte sich einen Weg nach draußen. Als sie auf den Vorplatz trat, versperrte ihr ein Mann in einem dunklen Anzug den Weg.

»Doktor Dupont?«

»Ja?«

»Der Generalsekretär möchte mit Ihnen sprechen. Er wartet bereits auf Sie.«

Ohne ihre Antwort abzuwarten, ging er auf eine Limousine vor dem Eingangstor zu. Eeling stand davor und telefonierte.

»... sehr interessant«, hörte sie ihn sagen, als sie näher kam. Er warf Laura dabei einen seltsamen Seitenblick zu.

»Vielen Dank«, beendete Eeling das Gespräch und schenkte Laura ein undurchsichtiges Lächeln.

»Doktor Dupont«, begrüßte er sie. »Würden Sie mich ein Stück weit begleiten? Ich hätte da etwas mit Ihnen zu besprechen.«

13

Den Haag, Niederlande

Die Limousine scherte vor Europols Hauptzentrale in den Nachmittagsverkehr ein, der seit dem Mittag noch kein bisschen nachgelassen zu haben schien.

Laura sah auf den entgegenkommenden Verkehr. Für die Leute in den Fahrzeugen war es nur ein ganz gewöhnlicher Montagnachmittag. Völlig entrückt wie ein ferner Beobachter sah sie zu, wie die Menschen in vollkommener Normalität ihren Alltag lebten: Leute, die ihren Geschäften nachgingen, andere, die einkaufen fuhren, ihre Freunde besuchen gingen oder die Kinder von der Schule abholten. Sie alle vertrauten darauf, dass das System funktionierte, dass sie auch morgen noch ihre Stelle haben würden, das Guthaben auf dem Bankkonto, das Geld für die Rente, der Wert ihrer Häuser Bestand haben würde, und dass ihre Kinder später dasselbe Leben führen könnten wie sie selbst. Doch ohne dass sie es wussten, hing das alles plötzlich an einem seidenen Faden. Denn falls SWIFT wirklich für mehr als ein oder zwei Wochen blockiert werden sollte, würde das heutige Leben wohl schon nach kurzer Zeit der Vergangenheit angehören. Es wäre dasselbe Bild wie nach einem verlorenen Krieg: ausbleibende Importe, leere Supermärkte, Rationierung von Lebensmitteln und Medikamenten, vernichtete Vermögenswerte durch bankrottgegangene Banken, leere Staatskassen. Wahrscheinlich müsste in den meisten Ländern der Welt der Notstand ausgerufen werden. Und irgendwann, wenn kein Wunder geschah, würde das Chaos ausbrechen.

»Wissen Sie, was mich beschäftigt, Laura? Ich darf Sie doch Laura nennen, oder?«

Die Limousine des Generalsekretärs war weitaus geräumiger, als es von außen den Anschein gemacht hatte. Laura saß neben Eeling in einem ausladenden Sessel aus feinem Ziegenleder, in dem sie fast zu versinken drohte. Eeling hatte die Beine übereinandergeschlagen und bedachte Laura mit einem freundlichen Blick. Doch in seinen lauernden Augen lag noch derselbe misstrauische Ausdruck, der ihr schon vor der Sitzung bei Europol aufgefallen war.

»Ja, sicher«, sagte sie und fragte sich, worauf das Gespräch wohl hinauslaufen würde.

»Sehen Sie, das Vorgehen von Common Ground fällt in keines der bekannten Muster der Terrornetzwerke, die wir bisher kennen. Europol hat schon seit Langem befürchtet, dass SWIFT das Ziel von Cyberattacken werden könnte. Wir sind bisher aber davon ausgegangen, dass SWIFT angegriffen werden könnte, um das Finanzsystem zu schädigen, nicht, um es als Geisel zu nehmen.«

»Wenn es sich um Umweltaktivisten handelt, würde das das Vorgehen erklären«, wandte Laura ein.

»Natürlich, der Gedanke drängt sich auf. Aber Sie müssen wissen, dass die Netzwerke von radikalen Umweltaktivisten viel zu schwach ausgebildet sind, um einen Angriff dieser Größenordnung durchzuführen. Selbst die großen Netzwerke wie Earth First! bestehen nur aus vielen kleinen Zellen, die kaum Kontakt zueinander haben und oft unprofessionell organisiert sind. Sie hätten weder das Geld noch das Know-how, um einen solchen Plan allein zu realisieren.«

»Ich sehe, was Sie meinen. Sie würden Hilfe benötigen. Aber wer würde einen solch irrsinnigen Plan unterstützen?«

»Das ist die Eine-Million-Dollar-Frage, Laura«, erwiderte Eeling. »Genau diese Sache beschäftigt mich schon die ganze Zeit. Dabei ist es aber viel weniger wichtig, wer in der Lage wäre, ein solches Unterfangen zu finanzieren. Viel bedeutender ist die Frage, wer die nötigen Verbindungen dazu hat. Denn wie Aaron Celler durchblicken ließ, wird Common Ground die Bedrohung nicht nur so lange aufrechterhalten, bis die geforderten Klimaschutzabkommen unterschrieben sind. Damit ist noch nichts erreicht. Sie werden kontrollieren müssen, dass die Abkommen auch tatsächlich umgesetzt werden. Das bedeutet, sie müssen in der Lage sein, die Aktivitäten der Vereinten Nationen zu beobachten und ständig darüber informiert zu sein, was sie vorhaben. Sie müssten ihnen immer einen Schritt voraus sein, wenn sie nicht Gefahr laufen wollen, die Kontrolle zu verlieren.«

Laura wurde klar, dass Eeling recht haben musste. »Sie bräuchten einen Insider …«

Der Generalsekretär nickte. »Genau. Sie brauchen jemanden, der auf der richtigen Position ist, um bei allen wichtigen Entscheidungen mit dabei sein zu können. Wie zum Beispiel jemanden, der immer dann da ist, wenn es um Klimafragen geht.«

Laura sah Eeling entgeistert an. Seine aufgesetzte Freundlichkeit war gänzlich von ihm abgefallen, und er fixierte sie mit einem abschätzenden Blick.

»Verdächtigen Sie etwa den IPCC?«

»Liegt das nicht auf der Hand? Solange Common Ground

die Bedrohung aufrechterhalten kann, wird der Klimarat immer in die Geschehnisse involviert sein.«

Laura sah Eeling verständnislos an. »Der IPCC ist eine Organisation der Vereinten Nationen. Es ist einfach lächerlich zu behaupten, dass wir einen solchen terroristischen Angriff unterstützen würden.«

»Bestimmt nicht der IPCC als Ganzes, aber möglicherweise einige seiner Mitglieder«, sagte Eeling unbeeindruckt. »Schließlich dürften viele von ihnen frustriert darüber sein, dass ihre ideologischen Klimaziele nach all den Jahren noch immer nicht umgesetzt werden.«

»Ideologische Ziele? Wie muss ich das verstehen?«, fragte Laura scharf.

Eeling lächelte gönnerhaft und zeigte dabei seine makellosen Zahnreihen. »Sehen Sie, genau das meine ich. Sie und Ihre Kollegen behandeln den Klimawandel inzwischen schon wie einen religiösen Dogmatismus. Aber wir wissen doch beide, dass die Behauptungen des IPCC nicht über alle Zweifel erhaben sind. Ich glaube nur an erwiesene Tatsachen.«

»Dann erstaunt mich Ihre Haltung«, erwiderte Laura kühl. »Denn wir verfügen inzwischen über dreißigtausend Langzeitmessungen, die beweisen, dass sich die Erde im letzten Jahrhundert deutlich erwärmt hat. Nämlich um knapp ein Grad. In gewissen Regionen wie der Sahara oder der Arktis sogar um zwei Grad. Entsprechend ist der Meeresspiegel um dreißig Zentimeter angestiegen und fünfzig Prozent der Sommereisfläche des arktischen Ozeans sind verschwunden – nur um einige der erwiesenen Tatsachen zu nennen.«

Eeling machte eine wegwerfende Handbewegung. »Mag sein. Aber das beweist nicht, dass sie durch den Menschen verursacht sind, wie Sie behaupten. Eine plötzliche Erwärmung ist nichts Ungewöhnliches, das hat es früher auch schon gegeben. War es nicht vor einigen Jahrhunderten sogar einmal so warm, dass das heute vereiste Grönland aufgetaut ist?«

»Das stimmt, aber das war nur auf bestimmte Gebiete beschränkt. Der restliche Teil der Erde hatte sich damals nicht erwärmt. Die Erwärmung, mit der wir es heute zu tun haben, ist global, und es gibt keinen Zweifel daran, dass sie durch den Menschen verursacht ist. Das Einzige, was die Temperaturzunahme in den globalen Klimamodellen erklären kann, ist der Anstieg der Treibhausgase.«

In der früheren Klimaforschung waren Theorien kursiert, dass auch die solare Einstrahlung für die Erderwärmung verantwortlich sein könnte. Es wurde argumentiert, dass die Strahlung der Sonne gewissen Schwankungen unterlag, und die zusätzliche Strahlungsenergie, die seit Anfang des zwanzigsten Jahrhunderts verzeichnet wurde, allein den gemessenen Temperaturanstieg erklären könnte. Es hatte sich später jedoch gezeigt, dass diese Zunahme tatsächlich nur einen sehr geringen Effekt hatte. Nur wenn man die Treibhausgase in die Klimamodelle mit einschloss, konnte damit der gemessene Temperaturanstieg erklärt werden.

»Wissen Sie«, sagte Eeling in herablassendem Ton, »solche Argumentationen habe ich schon damals in den Achtzigerjahren gehört, als alle Wissenschaftler behauptet haben, dass uns in Europa die Wälder wegen des sauren Regens wegsterben. Es wurden Tausende von Zahlenreihen aufgetischt, die halbe Welt wurde in Panik versetzt. Aber die Wälder stehen noch, und sie erfreuen sich bester Gesundheit! Und wissen Sie, was ich glaube? Der ganze Hype um den Klimawandel ist nicht anderes als eine wunderbare Gelegenheit für die Wissenschaftler, um an Forschungsgelder heranzukommen.«

»Sie scheinen da etwas zu verwechseln«, entgegnete Laura, die sich inzwischen bemühen musste, einen sachlichen Ton zu bewahren. »Die einzigen Wissenschaftler, denen unlimitierte Budgets zur Verfügung stehen, sind diejenigen, die von Ölkonzernen wie ExxonMobil finanziert werden, damit sie Behauptungen *gegen* den Klimawandel aufstellen. Die restlichen Forscher müssen sich ihre Gelder mühsam von öffentlichen Fonds zusammenkratzen. Niemand will den Klimawandel. Aber trotzdem ist er da.«

Eeling lächelte zufrieden, und Laura realisierte, dass es ein Fehler gewesen war, sich von ihm provozieren zu lassen.

»Wenn Ihre Kollegen nur halb so überzeugt sind wie Sie, Laura, dann habe ich doch allen Grund anzunehmen, dass jemand aus Ihrer Organisation in die Sache verwickelt sein könnte.«

Laura biss sich auf die Lippen, erwiderte jedoch nichts.

»Lassen Sie mich eines klarstellen, Laura. Und ich will mich dabei ganz unmissverständlich ausdrücken«, sagte Eeling und beugte sich etwas zu ihr herüber. »Der EAD erwartet vom IPCC volle Kooperation. Ich will nicht, dass Sie sich von irgendwelchen Sympathien für die Ziele von Common Ground leiten lassen. Wenn es irgendwelche Hinweise gibt, dass jemand vom IPCC oder sonst jemand aus der Klimaszene etwas mit dieser Organisation zu tun haben könnte, werden Sie uns das sagen. So klein der Hinweis auch sein mag. Das wird Ihre oberste Priorität sein, sonst nichts. Verstehen wir uns?«

Laura sah Eeling scharf an. »Wenn Sie mich einschüchtern wollen, Paul, dann wird Ihnen das nicht gelingen.«

Eeling setzte wieder sein falsches Lächeln auf. »Es liegt mir fern, Sie einschüchtern zu wollen, Laura. Ich möchte nur, dass Sie sich auf die richtigen Aufgaben konzentrieren und sich nicht von falschen Motiven leiten lassen.«

Laura wollte etwas erwidern, entschied dann aber, dass es nichts brachte, weiter auf seine Provokationen einzugehen. »Wäre das alles, was Sie mir sagen wollten?«

»Vorerst, ja«, sagte Eeling. »Wir sind ohnehin gleich beim Bahnhof. Dort können Sie aussteigen. Sie sollen ja keine Zeit verlieren. In Zürich wartet jede Menge Arbeit auf Sie.«

*

Der Hauptbahnhof von Den Haag war ein freudloser Bau aus den Siebzigerjahren, der halb an ein Parkhaus und halb an einen Flughafen erinnerte. Kaum war Laura aus der Limousine ausgestiegen, strich ihr ein kalter Herbstwind durch den dünnen Stoff ihrer Kleider und ließ sie frösteln. Sie zog die für das Nordseeklima viel zu leichte Jacke zu und wollte gerade auf den Eingang des Bahnhofs zusteuern, als sie hinter sich nochmals Eelings Stimme hörte.

»Ach, Laura, da wäre noch ein interessantes Detail.«

Laura wandte sich zum Wagen um. Eeling hatte das Fenster heruntergelassen und sah sie mit kritischem Blick an.

»Ich habe während unserer Sitzung bei Europol nochmals Erkundigungen über Sie einholen lassen. Dabei ist etwas zum Vorschein gekommen, das ich äußerst bemerkenswert finde.«

»Und das wäre?«

»Sie haben an der Technischen Universität Delft gearbeitet, bevor Sie zum IPCC gegangen sind, richtig?«

»Ja, und?«

»Nun, als Sie dort gekündigt haben, war das genau zwei Tage, nachdem Aaron Celler am Flughafen Amsterdam gesehen wurde. Das ist der am nächsten gelegene Flughafen von Delft aus. Ist doch ein interessanter Zufall, nicht wahr?«

Laura sah Eeling sprachlos an. »Verdächtigen Sie mich etwa?«

»Im Moment noch nicht, Sie wurden ja bereits von Europol überprüft. Aber ich werde Sie im Auge behalten.«

Noch bevor sie etwas erwidern konnte, ließ Eeling die Scheibe hoch. »Wir sehen uns.«

Dann fuhr die Limousine los und verschwand im Verkehr.

Laura sah dem Wagen nach und spürte, wie sie auf einen Schlag am ganzen Körper zu zittern begann. Allerdings nicht wegen der Kälte, die sich eisig durch ihre dünne Jacke fraß, sondern weil sie eine Erkenntnis traf, die sie tief bis ins Mark erschütterte.

14

Den Haag, Niederlande

»Sophie Delacroix?«, meldete sich eine dunkle Frauenstimme am anderen Ende der Leitung.

»Sophie!«, rief Laura erleichtert aus. Nachdem man sie beim Büro nicht weiterleiten wollte, hatte sie es ebenso erfolglos über Sophies mobilen Anschluss vom Ministerium versucht und sie schließlich beim zweiten Versuch über ihr privates Handy erreicht. »Hier ist Laura. Sophie, hör zu, ich muss dich dringend sprechen.«

»Oh, Laura«, sagte Sophie überrascht. Sie klang, als hätte sie jemand anderes erwartet. »Liebes, es tut mir leid, aber das ist gerade ein ziemlich schlechter Zeitpunkt. Hier ist seit heute Morgen die Hölle los. Ich kann jetzt nicht mit dir sprechen.«

»Ich weiß. Ich war eben bei Europol.«

Da sie keinen Platz gefunden hatte, wo sie ungestört telefonieren konnte, hatte sich Laura in die Bahnhofshalle gestellt. Es herrschte nur wenig Betrieb, trotzdem sah sie sich immer wieder um, ob sich nicht jemand in Hörreichweite befand. Sie wusste, dass sie die Verschwiegenheitserklärung verletzte, wenn sie mit ihrer Tante über den Anschlag sprach, aber es blieb ihr keine Wahl. Sie brauchte Sophie, um ihren

Verdacht klären zu können. Außerdem war sie sich sicher, dass sie als Regierungsmitglied bereits über alles informiert war.

»Du warst bei Europol?«, fragte Sophie.

Laura glaubte, Besorgnis in ihrer Stimme zu hören. »Ja, als Beraterin. Sie haben mich heute Morgen aus der Schweiz nach Den Haag geflogen.«

Für einen Moment lang blieb es am anderen Ende der Leitung still. »Dann weißt du also Bescheid?«

»Ja, und ich glaube, ich habe etwas herausgefunden.«

»Du hast etwas herausgefunden? Über den Anschlag?«

Laura fiel es schwer, die Worte auszusprechen. Obwohl alle Tatsachen schon auf der Sitzung bei Europol offen auf dem Tisch gelegen hatten, hatte sie die Puzzlesteine erst nach Eelings letzter Bemerkung zusammensetzen können.

»Ich bin mir noch nicht sicher«, sagte sie und zögerte. »Aber es könnte vielleicht sein, dass Dean etwas mit der Sache zu tun hat.«

»Dean?«, fragte Sophie erstaunt. »Wie um Himmels willen kommst du denn darauf?«

»Vor zwei Jahren wurde einer der Terroristen von Common Ground in Amsterdam gesehen. Nur zwei Tage, nachdem ich bei der Universität Delft gekündigt habe. Also zum selben Zeitpunkt, als auch Dean verschwunden ist. Ich weiß noch, wie Dean damals von einem unerwarteten Besuch erzählt hatte. Kurz darauf ist er aus unerklärlichen Gründen von einem Tag auf den anderen verschwunden und ist bis heute wie vom Erdboden verschluckt.«

»Hm, ist das alles?«, meinte Sophie skeptisch. »Das klingt für mich noch nicht sehr überzeugend.«

»Ich habe noch mehr Hinweise, Sophie. Aber bevor ich etwas unternehme, will ich mir absolut sicher sein. Du musst für mich herausfinden, wo Dean steckt. Du hast doch die nötigen Beziehungen dafür. Falls er tatsächlich untergetaucht ist, dürfen wir diese Information nicht zurückhalten.«

»Von welchen weiteren Hinweisen sprichst du?«

»Ich denke, wir sollten nicht weiter am Telefon darüber sprechen. Eigentlich dürfte ich gar nicht mit dir darüber reden. Können wir uns irgendwo treffen?«

»Also gut«, lenkte Sophie nach einer kurzen Pause ein. »Ich kann in einer Stunde im Lafayette sein. Dann kannst du mir den Rest erzählen. In der Zwischenzeit werde ich sehen, ob ich etwas über Dean herausfinden kann.«

Kaum hatte Laura das Gespräch beendet, zog sich ihr Magen rebellierend zusammen. Wie auf ein Stichwort drängten sich Heerscharen ungewollter Erinnerungen an Dean schmerzhaft in ihr Gedächtnis. Ihr erster scheuer Kuss nach dem gemeinsamen Abendessen im Le Vieux Jean, wie er sie bei strömendem Regen mit einem Lächeln und einer Rose in der Hand erwartet hatte, als sie von einem Kongress aus Österreich zurückgekommen war; ihre erste gemeinsame Nacht in einem romantischen Ferienhaus an der Nordsee. Als wollte sich ihr Gewissen dafür rächen, dass sie es wagte, ihn zu verdächtigen, spielte sich vor ihrem inneren Auge ein Film mit ihren schönsten gemeinsamen Momenten ab. Sie fühlte sich wie ein elender Nestbeschmutzer. Doch dann dachte sie wieder an den Brief, den er ihr am letzten Tag auf die Kommode in ihrer Wohnung gelegt hatte, und sie wusste, dass ihr Verdacht nicht unbegründet war. Sie konnte sich noch an jedes seiner Worte erinnern.

Liebe Laura,
es tut mir von Herzen weh, Dir diesen Brief zu schreiben. Du hast diese Form von Abschied nicht verdient, aber ich kann es Dir einfach nicht persönlich sagen. Ich bin mir sicher, dass Du es nicht akzeptieren würdest, aber es gibt keinen anderen Weg.

Ich weiß, dass das, was in den letzten Monaten passiert ist, auch für Dich eine große Belastung war, obwohl Du es mir nie gezeigt hast. Ich danke Dir für all das Verständnis und die Unterstützung, die Du mir entgegengebracht hast.
Das, was geschehen ist, war aber nur der Anfang. Solange ich mit meiner Forschung weitermache, werde ich dafür bekämpft werden. Aber ich werde nicht aufgeben, egal, was noch passieren mag. Das ist allein meine Entscheidung. Doch ich will nicht, dass auch Du dafür bezahlen musst. Du hast eine große Karriere vor Dir. Ich könnte mir nie verzeihen, wenn Du Deine Chancen auf eine erfolgreiche und glückliche Zukunft meinetwegen aufgeben müsstest.
Es ist deshalb für uns beide besser, wenn sich unser Weg hier trennt. Bitte verzeih mir, dass ich es Dir auf diese Art sagen muss. Ich wünsche Dir alles Gute. Ich werde in Gedanken immer bei Dir sein.
Dean

15

Flughafen London Heathrow, UK

Orff sah den Wagen schon von Weitem. Der braune Transporter mit den Rostflecken auf der Haube und der abgebrochenen Antenne bahnte sich seinen Weg durch die parkenden Autos zum Flughafenterminal. Die Luft stank nach Abgasen und den Dämpfen von abgelassenem Kerosin. Der Flughafen war in Orffs Augen einer der verkommensten Orte Londons. Wie ein hässlicher Leberfleck lag er am Rand der Großstadt und stieß nichts als Dreck und Gestank aus. Was er an ihm jedoch am meisten verabscheute, war, dass er ihn in vielerlei Hinsicht an die Städte der alten Sowjetunion erinnerte, in denen er früher stationiert gewesen war. Ihre Exkremente und ihr Elend wucherten aus allen Ritzen und überzogen das Land mit einer Patina des Zerfalls. Wann immer es ging, vermied Orff Orte wie diesen. Heute ließ es sich jedoch nicht umgehen.

Er nahm seinen Aktenkoffer und ging auf den Transporter zu, der quietschend am Straßenrand anhielt. Am Steuer saß eine Frau mit sonnengegerbtem Gesicht und einem ausladenden Haarschopf, der an die Mode der Siebzigerjahre erinnerte. Sie trug eine dunkle Fliegerbrille, die ihr halbes Gesicht verdeckte, und balancierte auf laszive Weise eine Zigarette zwischen den Lippen. Nichts an ihr deutete noch darauf hin, dass sie einst eine Majorin im sowjetischen Militär gewesen war.

»Hey, Schätzchen«, hauchte sie mit rauchiger Stimme, als Orff die Beifahrertür öffnete. »Schon lange nicht mehr gesehen.«

Orff ignorierte den stickigen Zigarettengeruch im Wagen und stieg auf den Beifahrersitz.

»Hallo, Irena«, sagte er. »Wie ich sehe, hast du dich hier schon gut eingelebt.«

»Ja, ich kann nicht klagen. Nettes Örtchen hier. Vielleicht etwas spießig, aber dafür läuft das Geschäft gut.«

»Und wie geht's den Kindern?«

»Bestens.« Sie stieß aus dem Mundwinkel eine Rauchwolke aus. »Nadja ist vor einem Jahr aus der Schule gekommen, und Todd steigt gerade mit ins Geschäft ein. Zwei prächtige Kinder. Du solltest mal zu Besuch kommen.«

Orff schenkte ihr ein schmales Lächeln. »Sicher.« Sie wussten beide, dass das niemals geschehen würde.

»Hast du meine Bestellung dabei?«

»Klar doch, Süßer«, sagte Irena und zog einen weißen Umschlag aus ihrer Handtasche, in der sich ohne Zweifel auch eine Glock befand. Für den Fall, dass es Schwierigkeiten geben sollte.

Sie hielt den Umschlag in die Luft und sagte: »Wenn du das nächste Mal etwas bei mir bestellst, hältst du dich aber an die Lieferzeiten. Ich hab mir den Arsch aufreißen müssen, um die Dinger in der kurzen Zeit noch fertigzukriegen.«

»Ich bezahl dir dafür auch das Doppelte.«

Orff nahm den Umschlag und zog drei Pässe heraus. Alle waren aus verschiedenen Ländern und lauteten auf unterschiedliche Namen. Er faltete sie auf und schwenkte sie im Licht.

»Alles erstklassige Produkte«, bemerkte Irena. »Nicht einmal der gute alte MI6 würde merken, dass es sich um Fälschungen handelt.«

»Gute Arbeit«, sagte Orff, nachdem er seine Prüfung abgeschlossen hatte. Dann zog er ein kleines, mit braunem Papier umwickeltes Päckchen aus seinem Koffer und reichte es ihr.

Sie steckte es, ohne es zu öffnen, in ihre Tasche. »Wozu brauchst du eigentlich gleich drei Pässe? Du willst dich doch wohl nicht zur Ruhe setzen, oder?«

Orff verstaute die Pässe in seinem Koffer. »Man weiß nie, was das Leben so bringt«, erwiderte er und öffnete die Wagentür. »Auf Wiedersehen, Irena.«

Die ehemalige Majorin verzog ihre Lippen zu einem süffisanten Lächeln. »Ja, tschau, Süßer.«

Als Orff die Wagentür schließen wollte, nahm sie ihre Brille ab und sagte: »Ach, Süßer, ich finde übrigens, du solltest damit aufhören, diese Pillen zu nehmen. Du hast mir früher besser gefallen.«

Orff sah sie für einige Sekunden an und schenkte ihr dann ein kaltes Lächeln. »Mach's gut, Irena. Und grüß die Kinder von mir.«

16

Den Haag, Niederlande

Das Lafayette war ein einfaches Restaurant mit abgenutzten Holztischen und mittelmäßigen Ölmalereien an den Wänden. Impressionistische Gegenwartskunst, die hier für ein paar Hundert Euro verscherbelt wurde. Neben Laura gab es nur zwei weitere Gäste, die sich bei einem Bier an der Bar unterhielten. Das Restaurant lag im Zentrum von Den Haag, ganz in der Nähe des Regierungsgebäudes. Laura vermutete, dass ihre Tante dieses Lokal nur deshalb ausgesucht hatte, um nicht zufällig anderen Regierungsvertretern über den Weg zu laufen.

Sie hatte sich an einen Tisch im hinteren Bereich des Lokals gesetzt und die kalten Hände um eine heiße Tasse Grüntee geschlungen, als Sophie eintrat. Laura war immer wieder von der erhabenen Erscheinung ihrer Tante beeindruckt. Ihre ganze Körperhaltung strahlte Autorität und Überlegenheit aus. In ihrem grauen Hosenanzug und dem edlen Kaschmirmantel wirkte sie fast aristokratisch.

Sophie blickte sich prüfend im Lokal um und kam schließlich zu Laura an den Tisch.

»Laura, Liebes, wie geht es dir?«, fragte sie besorgt und drückte ihre Nichte fest an sich. Dann nahm sie etwas Abstand und betrachtete sie mit mütterlichem Blick. »Du siehst blass aus«, sagte sie und strich Laura sanft über den Arm.

»Es geht mir ganz gut«, log Laura, die sich in Wirklichkeit so schlecht wie schon lange nicht mehr fühlte. Dabei war es erstaunlich, dass sie die Erinnerungen an Dean mehr aufgewühlt hatten als der Anschlag auf SWIFT oder die Tatsache, dass der IPCC deswegen offen verdächtigt wurde.

Sophie setzte sich und bestellte bei der Bedienung einen Kaffee. Den Mantel behielt sie an. »Es tut mir leid, dass du da mit hineingezogen wurdest. Ich kann es immer noch nicht fassen, dass so ein Anschlag überhaupt passieren konnte.«

»Früher oder später hätte ich sowieso davon erfahren. Schließlich kann der IPCC als Organisation der Vereinten Nationen bei solch einer Sache kaum umgangen werden.«

»Ist das der Grund, warum dich Europol herbestellt hat?«

»Nein, sie wollten eine Einschätzung von mir haben, wer für einen solchen Angriff ein Motiv haben könnte.« Laura beschloss, Eelings Verdacht gegen sie und den IPCC nicht zu erwähnen. Es war nicht nötig, Sophie auch damit zu beunruhigen.

»Und? Hat Europol schon irgendwelche Vermutungen?«

»Bisher tappen sie noch im Dunkeln. Sie glauben aber, dass radikale Umweltaktivisten von Earth First! dahinterstecken könnten.«

Sophie hob die Augenbrauen. »Earth First!?«, fragte sie verwundert. »Wie kommt Europol darauf, dass ein paar verzettelte Aktivisten für einen Anschlag dieser Größenordnung verantwortlich sein sollten?«

»Weil der Mann aus der Videobotschaft, dieser Aaron Celler, ein Mitglied von diesem Netzwerk war.« Laura nippte an ihrem Tee. »Hast du einen anderen Verdacht?«

»Nein, bei uns herrscht im Moment das reinste Chaos, und niemand rückt mit Informationen raus. Die Regierung ist so verunsichert, dass sie selbst die Ministerien nur tröpfchenweise darüber aufklärt, was passiert ist.«

»Und was geschieht jetzt?«

»Das, was immer in Krisensituationen abläuft«, seufzte Sophie. »Man beschuldigt sich gegenseitig und versucht, jemanden zu finden, dem man die Verantwortung dafür in die Schuhe schieben kann. Ansonsten hat sich noch nicht viel getan. Es wird natürlich darauf spekuliert, dass die Terroristen gefasst werden. Aber so wie es aussieht, dürfte das nicht so leicht werden.«

»Hast du schon etwas über Dean herausgefunden?«, wollte Laura wissen.

Sophie kniff die Augen zusammen. »Wie kommst du darauf, dass er etwas damit zu tun hat? Nur dass er zum gleichen Zeitpunkt verschwindet wie einer der Terroristen in Amsterdam aufgetaucht ist, muss noch lange nichts heißen.«

»Ich weiß«, stimmte Laura zu. »Aber es gibt noch einen anderen Grund.«

Die Bedienung brachte den Kaffee, und Laura wartete, bis sie wieder außer Hörweite war, bevor sie fortfuhr. »Die Programme, die benutzt werden, um SWIFT zu blockieren – diese Bots –, sie verwenden eine Technologie, von der man dachte, dass es sie noch gar nicht gibt.«

»Wie meinst du das?«, fragte Sophie.

»Sie verfügen über künstliche Intelligenz.«

»Ja und?«

»Verstehst du nicht, Sophie? Kurz bevor Dean verschwunden ist, hatte er einen Durchbruch erzielt. Er hat ein weltweit einzigartiges Programm für künstliche Intelligenz entwickelt, das extrem kurze Codes enthält und mit seiner Umwelt interagieren kann. Genauso wie die Bots von Common Ground. Wenn jemand in der Lage ist, ein intelligentes Botnetz aufzubauen, dann Dean.«

»Laura«, sagte Sophie in mildem Ton. »Ich glaube, du hast dich da in etwas verrannt. Ich verstehe, dass du wütend darüber bist, wie Dean dich verlassen hat. Aber ich kann mir kaum vorstellen, dass er sich einer terroristischen Gruppe anschließen würde. Schließlich hat er immer für die gute Sache gekämpft. Und jetzt sollte er plötzlich bei einem Plan mithelfen, der die ganze Weltwirtschaft bedroht?«

»Ich weiß, dass das verrückt klingt«, gab Laura zu. »Aber es passt einfach alles zu gut zusammen. Ich habe Dean in der Woche vor seinem Verschwinden jeden Tag gesehen. Es gab nicht das geringste Anzeichen dafür, dass er vorhatte, mich zu verlassen. Und dann geht er zu diesem ominösen Treffen in Amsterdam und taucht von einem Tag auf den anderen unauffindbar unter. Das kann doch kein Zufall sein!«

»Dean ist nicht verschwunden«, sagte Sophie.

»Was? Du hast ihn gefunden? Warum hast du mir das nicht gleich gesagt?«

»Es war keine große Sache, ihn aufzuspüren.«

»Wie meinst du das? Wo ist er?«

»Ganz in der Nähe. Er ist an der Universität in Utrecht.«

»In Utrecht?« Laura konnte es kaum fassen. »Das ist nur eine Stunde von hier! Ist er immer noch dort?«

»Soweit ich weiß, hält er dort gleich einen Vortrag.«

Laura packte ihre Sachen und stand auf.

Sophie nahm ihre Hand. »Laura, du solltest jetzt nichts überstürzen.«

»Hör zu, Sophie. Ich muss ihn einfach sehen. Ich muss mir absolut sicher sein, dass er nichts damit zu tun hat.«

»Du glaubst doch nicht etwa, dass er dir das einfach so sagen würde.«

»Nein, aber ich werde es merken, wenn ich mit ihm rede. Dafür kenne ich ihn gut genug.« Dann löste sie sich aus dem Griff ihrer Tante und gab ihr einen Kuss auf die Wange. »Wünsch mir Glück, dass ich ihn noch erwische.«

*

Sophie sah Laura aus der Tür verschwinden und überlegte, was sie nun tun sollte. Das Gespräch hatte sich überhaupt nicht so entwickelt, wie sie es sich erhofft hatte. Schweren Herzens nahm sie schließlich ihr zweites Handy aus dem

Mantel, von dessen Existenz nur eine Handvoll Personen wusste. Sie aktivierte es und gab den Geheimcode ein. Dann tippte sie eine Nummer, die sie lieber nicht gewählt hätte. Aber sie hatte keine andere Wahl. Schon nach wenigen Augenblicken meldete sich eine raue Stimme: »Hallo?«

Sophie atmete tief durch und sagte: »Wir haben möglicherweise ein Problem. Sie ist unterwegs zu Dean.«

17

Den Haag, Niederlande

Auf der gegenüberliegenden Straßenseite des Lafayette stand ein unauffälliger anthrazitfarbener Kombi. Eingereiht in eine Schlange parkender Fahrzeuge war er leicht in der Masse zu übersehen. Es fiel deshalb auch niemandem auf, dass der Fahrer nicht ausgestiegen war, sondern seit mehr als einer halben Stunde hinter abgedunkelten Fenstern aufmerksam das Restaurant beobachtete.

Gleich nach seiner Ankunft in Amsterdam hatte sich Karl Orff den Wagen unter falschem Namen bei einem Autoverleih besorgt. Er hatte bar bezahlt und auch die Kaution in großen Scheinen beim Vermieter hinterlegt. Noch vor dem Abflug hatte ihm sein Auftraggeber eine verschlüsselte E-Mail mit dem Aufenthaltsort seiner Zielperson auf das Handy geschickt. Er hatte es dem guten Verkehr zu verdanken, dass er den Ort vor dem angegebenen Zeitpunkt erreichte.

Laura Dupont war nur kurz nach ihm erschienen und direkt ins Lafayette gegangen. Einige Minuten darauf war ihr eine gut gekleidete Frau mittleren Alters in das Restaurant gefolgt. Aus den Unterlagen seines Auftraggebers wusste Orff, dass es sich dabei um Duponts Tante handelte, Sophie

Delacroix. Der Umstand, dass Laura Dupont die Nichte der niederländischen Umweltministerin war, machte es nicht unbedingt leichter, seine Zielperson unauffällig verschwinden zu lassen. Falls Delacroix nach ihr suchen sollte, konnte das rasch zu einer großen Polizeiaktion führen. Doch das war letztlich das Problem seines Auftraggebers. Bis dahin wäre er schon längst untergetaucht.

Orff öffnete seinen Aktenkoffer und entnahm ihm einen klobigen Füllfederhalter. Er drehte Deckel und Boden des Stifts ab und legte sie in den Koffer zurück. Übrig blieb ein Zylinder aus massivem Stahl. Es war der Lauf einer kleinkalibrigen Glock, die ihm ein sehr begabter russischer Waffeningenieur vor vielen Jahren zu einer zusammensetzbaren Pistole umgearbeitet hatte. Die restlichen Bestandteile waren mehrheitlich aus Plastik oder Karbon. Das Patronenlager befand sich im Schloss des Koffers, Griff und Verschalung der Waffe waren in verborgenen Versenkungen im Deckel untergebracht. Die Karbonpatronen waren in einer Schachtel Lutschpastillen versteckt. Alles Gegenstände, die problemlos durch eine Flughafenkontrolle transportiert werden konnten. Auch bei einer genaueren Gepäckkontrolle.

Orff setzte die Waffe mit routinierten Bewegungen zusammen, ohne dabei den Eingang des Lafayette aus den Augen zu lassen. Nach drei Minuten hielt er eine Glock in den Händen, die kaum von ihrem Original zu unterscheiden war. Während er einen acht Zentimeter langen Schalldämpfer auf den Lauf schraubte, bemerkte er, wie Dupont eilig das Restaurant verließ. Seit dem Eintreffen ihrer Tante waren kaum fünf Minuten vergangen.

Dupont wirkte aufgewühlt. Sie sah auf die Straße und hielt die Hand in die Luft, um ein vorbeifahrendes Taxi zu stoppen. Nachdem sie eingestiegen war, startete Orff seinen Wagen.

»Wohin des Wegs, meine Schöne?«, fragte er seine ferne Wegbegleiterin und schwenkte in den Verkehr ein.

18

Europäische Kommission, Brüssel, Belgien

»Das ist eine Kriegserklärung an das globale Wirtschaftssystem und damit ein Angriff auf die Souveränität jedes einzelnen Staates. Für Frankreich – und ich denke, dass ich hier auch für alle anderen in diesem Raum spreche – ist diese Tatsache unter keinen Umständen tolerierbar. Es ist völlig unbedeutend, was diese Terroristen von uns fordern, wir können und werden uns dieser Bedrohung nicht beugen. Frankreich wird nicht verhandeln. Und ich erwarte von allen Mitgliedern der Europäischen Union, dass sie geschlossen zusammenstehen und uneingeschränkt zusammenarbeiten. Es muss unsere oberste Priorität sein, diese Fanatiker so schnell wie möglich zu fassen und unschädlich zu machen. Mit aller Entschlossenheit und mit allen Mitteln.«

Der französische Außenminister ließ sich in seinen Sessel zurücksinken und musterte seine Kollegen, die in einem großen Kreis um den Konferenztisch saßen.

»Danke, Herr Doraine«, sagte Eeling. »Ihre Position deckt sich mit der Grundhaltung der Europäischen Kommission, dass Verhandlungen mit Terroristen grundsätzlich ausgeschlossen sind. Dennoch befinden wir uns in einer äußerst heiklen Situation, die uns zu raschem Handeln zwingt. Wir müssen einen gemeinsamen Weg finden, wie wir mit dieser Angelegenheit umgehen wollen.«

Die Anspannung im Konferenzsaal war förmlich mit den Händen zu greifen. Der Angriff auf SWIFT hatte die Nerven der Außenminister blank gelegt. Seit der Blockade des internationalen Zahlungsverkehrs am Morgen waren kaum sieben Stunden vergangen. Dennoch hatten sich ausnahmslos alle Vertreter der Europäischen Union in Brüssel versammelt. Die Angelegenheit hatte höchste Priorität. Eeling konnte sich nicht erinnern, wann zuletzt eine derart schnelle Zusammenkunft auf europäischer Ebene stattgefunden hatte. Er war sich fast sicher, dass so etwas in der Geschichte der EU bisher noch nie vorgekommen war. Die Staaten waren in höchste Alarmbereitschaft versetzt.

Das Mikrofon des belgischen Außenministers leuchtete auf. »Ich stimme meinem Kollegen aus Frankreich grundsätzlich zu«, hörte Eeling die Stimme der Simultanübersetzerin in seinem Kopfhörer. »Aber ehrlich gesagt glaube ich nicht, dass diese Terroristen wirklich vorhaben, das Finanzsystem ernsthaft zu schädigen. Wenn sie das wollten, hätten sie es schon längst getan. Entweder wollen sie es nicht, oder sie können es nicht, und das Ganze ist nur ein Bluff.«

»Sie haben bereits bewiesen, dass sie es können«, wandte der italienische Minister ein. »Solange wir nicht mehr über die Hintergründe der Forderungen wissen, sollten wir davon ausgehen, dass sie auch die Mittel und den Willen haben, SWIFT ein zweites Mal zu blockieren.«

Der Belgier winkte ab. »SWIFT für eine Stunde auszuschalten ist das eine. Das globale Finanzsystem für mehrere Tage zu blockieren ist etwas anderes. Inzwischen arbeitet jedes Land an Notfallplänen, um mit einem weiteren Ausfall umgehen zu können.«

»Die Hoffnung ist illusorisch«, schaltete sich Spaniens Außenminister ein. »Falls Sie die Finanzdaten nicht mit der Flaschenpost verschicken wollen, führt kein Weg an SWIFT vorbei. Es ist völlig ausgeschlossen, dass innerhalb nur weniger Wochen ein alternatives System aufgebaut werden kann.«

»Ich denke, die dringlichste Frage ist im Moment weniger, ob die Terroristen in der Lage sind, den Zahlungsverkehr ein zweites Mal zu blockieren«, meldete sich Österreichs Minister. »Viel wichtiger ist, dass keine Informationen über den Angriff an die Öffentlichkeit gelangen. Allein schon die Information, dass der Zahlungsverkehr nicht mehr zuverlässig funktionieren könnte, hätte absolut katastrophale Folgen für die Wirtschaft.«

»Sie haben recht«, stimmte der dänische Minister zu. »Die Finanzkrise hat der EU stark zugesetzt. Viele Staaten haben einen Verschuldungsgrad erreicht, der keine weiteren Störungen im Finanzsystem verkraften würde. Das gilt für die nördlichen Länder nicht weniger als für die Mittelmeerstaaten.«

»Was wollen Sie uns damit sagen?«

»Ich denke, wir sollten vorerst zumindest vorgeben, dass wir auf die Forderungen der Terroristen eingehen. Solange wir nicht mehr über ihre Möglichkeiten und Motive wissen, sollten wir keine Risiken eingehen.«

Eeling spürte eine Hand auf seiner Schulter. Henry Logan, der britische Außenminister, hatte den Kopfhörer zur Seite geschoben und sich zu ihm hinübergelehnt. Auch Eeling hob eine Seite des Kopfhörers vom Ohr.

»Ich möchte ganz offen zu Ihnen sein, Paul. Ich denke, wir wissen beide, wie diese Diskussion hier ausgehen wird. Die Finanzkrise steckt den meisten Ländern noch zu sehr in den Knochen, als dass sie den harten Kurs fahren werden. Niemand wird es wagen, das Finanzsystem weiter in Gefahr zu bringen. Es wird deshalb an der Europäischen Kommission liegen, die Forderungen der Terroristen abzuwehren.«

»Worauf wollen Sie hinaus?«

»Ich muss Sie nicht daran erinnern, was auf dem Spiel steht, wenn die EU beginnt, die geforderten Zugeständnisse zum Klimaschutz zu machen. In unserer Energieinfrastruktur steckt ein Investitionsvolumen von mehreren Billionen Euro. Das sind staatliche Investitionen über Jahrzehnte hinaus. Außerdem sind die meisten der betroffenen Energieunternehmen börsennotiert. Wenn wir jetzt auf Klimaschutzkurs gehen, schneiden wir damit nicht nur einen unserer wichtigsten Wirtschaftszweige ab. Wir vernichten auch den Börsenwert der Unternehmen und verlieren damit unser investiertes Geld. Geld, das in den Staatskassen schmerzliche Löcher hinterlassen wird. In dieser Frage sind sich auch die USA, Russland und China ausnahmsweise mal einig – die Forderungen der Terroristen dürfen auf keinen Fall erfüllt werden!«

»Sie haben von ›uns‹ gesprochen. Wen meinen Sie damit?«, wollte Eeling wissen.

»Ich habe vor dieser Sitzung mit den Ministern von Frankreich, Norwegen und den Niederlanden gesprochen. Ich muss ehrlich sagen, dass uns die derzeitige politische Lage die größte Sorge bereitet. Wir müssen davon ausgehen, dass der Kommissionspräsident Pollak der ängstlichen Stimmung in den Mitgliedstaaten nachgeben und bereit sein wird, den Terroristen Zugeständnisse zu machen. Deshalb liegt unsere Hoffnung ganz auf Ihnen, Paul.«

Eeling, der das Gespräch der anderen Minister bisher noch mit halbem Ohr mitverfolgt hatte, wandte Logan nun seine gesamte Aufmerksamkeit zu. »Mein Einflussbereich ist limitiert, ich wüsste nicht, was ich für Sie tun kann.«

»Sie genießen unter den Außenministern hohe Akzeptanz. Sie haben bisher immer große Neutralität bewiesen. Die Minister werden auf Sie hören. Ihre Meinung hat Gewicht. Nutzen Sie das.«

Logan sah kurz in die Runde. »Wenn Sie uns dabei unterstützen, werden wir uns natürlich erkenntlich zeigen. Ich habe gehört, dass Sie für die nächste Amtszeit selbst die Position des Kommissionspräsidenten anstreben. Wenn es Ihnen gelingt, unsere Interessen durchzusetzen, werden wir uns auch für Sie engagieren.«

19

Universität Utrecht, Niederlande

Laura eilte durch die grauen Gänge des Universitätsgebäudes und versuchte, sich mit einem kleinen Lageplan zu orientieren, den sie sich beim Haupteingang geschnappt hatte. Dort hatte bereits ein Schild auf Deans Vortrag hingewiesen.

Antrittsvorlesung Prof. Dr. Lund
»Intelligente Mikrosystemtechnologien«
Departement der Informations- und Computerwissenschaften
16:15 Uhr, Auditorium

Schon als sie die Ankündigung gesehen hatte, nagte wieder das schlechte Gewissen an ihr, dass sie Dean tatsächlich verdächtigte, in die Sache verwickelt zu sein. Eine Antrittsvorlesung bedeutete, dass Dean den Professorentitel zurückerhielt. In ihr brodelte ein Gefühlscocktail, der sie kaum einen klaren Gedanken fassen ließ. Sie spürte, wie sich die alten Wunden wieder öffneten und schmerzhaft brannten. Sein unvermitteltes Verschwinden hatte sie damals schwer getroffen. Konnte es vielleicht sein, dass er sie nie geliebt hatte? Hatte er sie deshalb so abrupt verlassen, um ihr die Trennung leichter zu machen? Sie wusste nicht, ob es ihr verletzter Stolz war oder die Indizien, die sie in der Sitzung bei Europol erfahren hatte. Doch irgendetwas sagte ihr, dass Deans Verschwinden nichts mit ihrer Beziehung zu tun hatte. Vielleicht gab es ja auch eine ganz andere Erklärung, versuchte sie sich zu beruhigen. Irgendetwas, das sein plötzliches Verschwinden in ein ganz anderes Licht rückte.

So oder so, sie musste mit ihm sprechen.

Als sie den Vorlesungssaal erreicht hatte, standen die Türen bereits offen, und die Zuhörer strömten auf den schmalen Korridor. Laura befürchtete schon, dass sie Dean verpasst haben könnte. Doch als sie in den Saal trat und über die Köpfe hinweg sein Gesicht suchte, sah sie ihn plötzlich. Da stand er, ganz unten am Rednerpult, und sah noch genauso aus wie vor zwei Jahren. Er trug einen hellgrauen Anzug mit einem weißen Hemd darunter. Seine Haare waren etwas zerzaust, was ihm einen verwegenen und zugleich leicht zerstreuten Ausdruck verlieh. Ein untersetzter Mann in schwarzem Anzug schüttelte ihm gerade begeistert die Hand.

Lauras Kehle schnürte sich zu. Langsam ging sie eine Stufe nach der anderen zum Rednerpult hinunter. Hatte sie es eben noch kaum erwarten können, ihm endlich wieder zu begegnen, schien sie jetzt eine unsichtbare Hand wieder nach draußen ziehen zu wollen. Fort von Dean, weg von den schmerzhaften Erinnerungen.

Als sie das Rednerpult erreicht hatte, war Dean noch immer in das Gespräch mit dem untersetzten Mann verwickelt. Er sah zu ihr und verstummte mitten im Satz. Er wirkte müde. Leichte Schatten unter seinen Augen zeugten von einem Mangel an Schlaf.

Laura wusste nicht, wie sie beginnen sollte. Es gab so vieles, was sie ihm zu erzählen hatte.

»Hallo, Dean«, sagte sie schließlich.

Dean rang sichtlich mit der Fassung. »Hallo, Laura«, erwiderte er leise.

Ein unangenehmes Schweigen entstand, da keiner von beiden die richtigen Worte fand.

»Wollen Sie mich der Dame nicht vorstellen?«, durchbrach der Mann neben Dean die Stille.

»Ähm, ja natürlich«, stammelte Dean. »Das ist Laura Dupont.« Dann wies er auf den Mann neben sich. »Und das ist Peter Van der Vaart, der Direktor der Universität.«

»Freut mich, Sie kennenzulernen«, begrüßte sie Van der Vaart.

Laura schüttelte halbherzig die gereichte Hand und sagte zu Dean: »Ich muss mit dir sprechen. Allein.«

»Ja, natürlich«, erwiderte er und warf kurz einen nervösen Blick nach oben zur Tür des Vorlesungssaals. Laura folgte seinem Blick und sah einen Mann allein oben an der Treppe stehen. Er trug Jeans und ein schlecht sitzendes Jackett.

»Wenn Sie uns bitte kurz entschuldigen würden«, sagte Dean zum Direktor.

»Kein Problem. Aber nicht zu lange. Wir haben nachher noch einen Fototermin für die Presse.«

Dean nickte und wandte sich an Laura. »Komm mit, wir gehen in den Park. Dort sind wir ungestört.«

Während sie den Vorlesungssaal verließen, suchte Laura den Mann, zu dem Dean eben hochgeschaut hatte, doch er war bereits verschwunden. Schweigend gingen sie durch die Gänge der Universität und vermieden es, sich anzusehen. Laura spürte Wut in sich aufsteigen. Sie wäre Dean am liebsten an die Kehle gesprungen. Gleichzeitig packte sie aber auch das unwiderstehliche Bedürfnis, seine Hand zu nehmen und sich fest an ihn zu schmiegen. Natürlich würde sie nichts von beidem tun. Jedenfalls nicht, solange sie nicht wusste, warum er plötzlich verschwunden war.

Als sie ins Freie traten, sah Dean sie endlich an. »Hör zu, Laura …«, begann er, senkte dann aber wieder den Kopf.

Schweigend gingen sie weiter, bis sie einen kleinen Park erreichten. Es roch nach frisch gefallenem Herbstlaub, und

Laura musste daran denken, wie sie vor drei Jahren wie zwei verliebte Teenager stundenlang durch den Wilhelminapark in Delft spaziert waren.

»Es freut mich, dass du wieder eine Stelle gefunden hast. Es war bestimmt nicht leicht für dich«, brach Laura schließlich das erneute Schweigen.

»Danke«, sagte Dean mit gedämpfter Stimme. »Ich habe gehört, dass du jetzt beim IPCC bist. Das ist ein großer Karriereschritt.«

»Ich bin schon seit zwei Jahren dort. Ich habe mich auf die Stelle beworben, gleich nachdem du verschwunden bist.«

Dean sah Laura mit schuldbewusstem Blick an. »Ich weiß nicht, was ich sagen soll.«

»Wie wär's, wenn du mir erklären würdest, was passiert ist«, schlug Laura vor. »Ich habe dich gesucht, aber du warst wie vom Erdboden verschluckt.«

Dean blieb stehen und presste die Lippen aufeinander. »Es tut mir leid, aber …«

»Aber was?« Ihr Ton war schärfer als beabsichtigt.

»Es tut mir leid, dass ich dich damals so verletzen musste. Es ist mir nicht leichtgefallen, das kannst du mir glauben. Aber du musst dich in meine Lage versetzen. Ich stand ganz oben auf der Abschussliste der Energiekonzerne. Diesen Leuten wäre jedes Mittel recht gewesen, meine Forschung zu stoppen. Ich wusste, dass das niemals aufhören würde, solange ich damit weitermache. Ich hätte nicht verantworten können, dass du das alles mitmachen musst.«

Laura versuchte, ihre Gefühle, eine Mischung aus Wut, Enttäuschung und Fassungslosigkeit, zu unterdrücken. »Wir wussten beide, dass es nicht einfach werden würde. Ich habe dich immer dabei unterstützt, deine Forschung weiterzuführen. Ich war bereit, diesen Weg mit dir zu gehen. Du hättest mit mir reden müssen.«

»Ich wollte es uns nicht noch schwerer machen, als es ohnehin schon war. Du wärst mit diesem Schritt niemals einverstanden gewesen. Ich musste diese Entscheidung allein treffen. Für uns beide.«

Laura schüttelte den Kopf. »Ich verstehe das nicht. Wir hatten schon unsere gemeinsame Zukunft geplant. Wieso hast du auf einmal deine Meinung geändert? Wir hätten mit Sicherheit einen Weg gefunden.«

»Ich wünschte, es wäre so einfach.«

Laura spürte, wie die Wut überhandzunehmen drohte. »Es hat auch keiner behauptet, dass es einfach werden würde. Wir hätten das alles ausgestanden, verstehst du das nicht?«

Dean senkte wieder den Blick, und sie gingen ein Stück weiter. Laura merkte, dass sie so nicht weiterkam. Sie musste in die Offensive gehen, wenn sie wissen wollte, was damals wirklich geschehen ist.

»Dean, ich glaube, du verschweigst mir etwas, und ich will wissen, was es ist. Deine Entscheidung, unsere Beziehung zu beenden, ist das eine. Aber das erklärt noch lange nicht, warum du von einem Tag auf den anderen untergetaucht bist. Wo bist du gewesen?«

»Laura, ich habe damals eine Entscheidung getroffen. Ich habe weiß Gott oft genug darüber nachgedacht, ob es wirklich die richtige war. Aber was geschehen ist, ist geschehen. Wir können es nicht wieder rückgängig machen. Warum willst du weiter in der Vergangenheit bohren?«

»Weil du mir verdammt noch mal eine Erklärung schuldest! Ich werde das Gefühl nicht los, dass du mir etwas verschweigst!«

Dean sah sie lange an. Irgendwo hinter sich hörte Laura einen Zweig knacken. Sie blickte sich um, konnte aber in der hereinbrechenden Dunkelheit nichts erkennen. Konnte es sein, dass sie nicht allein waren? Plötzlich realisierte sie, dass es riskant war, Dean so offen herauszufordern. Wenn er tatsächlich bei Common Ground war, durfte sie nicht zu weit gehen.

Dean steckte die Hände in die Hosentaschen, was er immer tat, wenn er angespannt war. »Ich war eine Zeit lang in den Staaten. Ich hatte ein Angebot einer privaten Sensortechnikfirma in Chicago erhalten. Ich bin nur deshalb wieder zurückgekommen, weil mir die Universität Utrecht eine Stelle angeboten hat.«

Laura bedachte Dean mit einem skeptischen Blick, sagte aber nichts. Sie würde die Sache überprüfen, schließlich musste es irgendwelche Spuren von Deans Arbeit in den Staaten geben. Falls sie nichts fand, würde sie ihn nochmals zur Rede stellen. Bis dahin war es vielleicht besser, die Sache auf sich beruhen zu lassen.

Dean sah auf die Uhr. »Es tut mir leid, aber ich muss jetzt zurück.«

Laura nickte, konnte ihre Enttäuschung aber kaum verbergen. »War's das jetzt einfach?«, fragte sie. »Willst du gar nicht wissen, was ich in den letzten zwei Jahren gemacht habe?«

Dean zögerte. Als er schließlich antwortete, klang seine Stimme belegt. »Hör zu, vielleicht ist es besser, wenn wir es auf sich beruhen lassen.« Mit sichtlicher Verlegenheit faltete er die Hände. »Ich muss jetzt wirklich …«

»Ich weiß«, sagte Laura. »Dein Fototermin.«

Dean sah sie ein letztes Mal an und ging dann ohne ein weiteres Wort zurück zur Universität. Laura sah ihm noch eine Weile hinterher, ihre Kiefer vor Wut und Enttäuschung fest zusammengepresst. Sie verschränkte die Arme vor der Brust, fest entschlossen, sich nicht den Gefühlen hinzugeben, die wie ein aufgeregter Bienenschwarm in ihrem Bauch tobten. Doch es gelang ihr nicht, die Träne aufzuhalten, die sich aus einem Auge löste.

20

Universität Utrecht, Niederlande

Dean konnte Lauras Blick förmlich spüren, als er den Kiesweg zurück zum Universitätsgebäude ging. Selbst nach zwei Jahren konnte er es kaum ertragen, sie wiederzusehen. Er hatte jeden Tag an sie gedacht.

Am liebsten wäre er zu ihr zurückgegangen und hätte sie fest an sich gedrückt. Ihre Nähe gespürt, ihren Geruch eingeatmet. Er liebte sie noch immer, daran hatte sich bis heute nichts geändert. Doch das machte das Ganze für ihn nur umso schwerer.

Er versuchte, nicht mehr daran zu denken und die Situation aus neutraler Perspektive zu betrachten. Obwohl sie skeptisch reagiert hatte, glaubte er, dass sie ihm seine Geschichte abgenommen hatte. Selbst wenn sie nachprüfen würde, was er die letzten zwei Jahre gemacht hatte, würden sich seine Angaben bestätigen. Richard Bloom hatte ihm eine Stelle bei Spektrum in Chicago verschafft, einem kleinen IT-Unternehmen, das für Industrieroboter Sensoriksysteme entwickelte. Bloom hatte es über einen Strohmann aufgekauft, um es als Deckmantel für Mitarbeiter von Common Ground zu nutzen. Auf den Lohnlisten von Spektrum wurde Dean als »freier Mitarbeiter« geführt, was bedeutete, dass er keinen offiziellen Arbeitsplatz bei der Firma hatte. Er hatte auch eine Wohnung im Zentrum der Stadt gehabt. Sie lag in einem anonymen Hochhaus, in dem es niemandem auffiel, dass die Tür im zwölften Stock niemals geöffnet wurde. Dean war zu einem offiziellen Bürger von Chicago geworden, der regelmäßig seine Miete bezahlte, seine Steuererklärung ausfüllte und ein kleines Sparkonto bei der Chicago Community Bank pflegte. Dabei hatte er die letzten zwei Jahre nie einen Fuß in die Stadt gesetzt.

Als Dean den Eingang des Universitätsgebäudes fast erreicht hatte, trat Gregor Hauser aus dem Gebüsch. Nachdem ihm Dean im Vorlesungssaal ein Zeichen gegeben hatte, war er ihnen in den Park gefolgt.

»Hat sie es geschluckt?«, fragte Hauser. Er war ein drahtiger Typ, der Dean um einen halben Kopf überragte. Unter seinem Pullover zeichneten sich durchtrainierte Muskeln ab, und das kantige Gesicht mit den eng zusammenstehenden Augen verlieh ihm einen bedrohlichen Ausdruck.

»Ja, ich glaube schon«, erwiderte Dean.

»Sind Sie sich sicher?«

»Ja, verdammt noch mal! Ich bin mir sicher.«

Dean konnte den Kerl nicht ausstehen. Hauser war einer der Männer, die Aaron Celler für die »groben« Aufgaben angeheuert hatte. Dean war sich bewusst, dass es Leute wie ihn vermutlich brauchte. Celler hatte jeden von ihnen genau überprüft. Dennoch war Dean skeptisch, ob man diesem Schlag von Leuten wirklich vertrauen konnte.

»Na gut. Aber wir werden sie noch eine Weile im Auge behalten. Falls sie doch Verdacht geschöpft haben sollte, werden wir sie festhalten müssen.«

»Sie werden ihr kein Haar krümmen, verstanden?«, drohte Dean.

Hauser sah ihn mit der professionellen Gleichgültigkeit eines Söldners an. »Keine Sorge, ihr wird schon nichts geschehen.«

21

Universität Utrecht, Niederlande

Laura hatte gehofft, dass sich Dean wenigstens noch einmal nach ihr umsehen würde, doch er schien es eilig zu haben, von ihr wegzukommen.

Sie trocknete ihre Tränen mit einem Taschentuch und steuerte in die entgegengesetzte Richtung. Sie wollte sich noch eine Weile die Beine vertreten, um wieder einen klaren Gedanken fassen zu können. In der Dunkelheit erahnte sie den Weg mehr, als dass sie ihn wirklich sehen konnte.

Sie fragte sich, was sie erreicht hatte. Sie hatte nicht das Gefühl, wirklich weitergekommen zu sein. Dean hatte ihren Verdacht nicht aus dem Weg räumen können. Er hatte sich völlig seltsam verhalten, war ihr ständig ausgewichen. Sie spürte, dass er ihr etwas verheimlichte. Immerhin hatte sie jetzt aber einen Anhaltspunkt. Da es nichts gab, was sie hier noch hielt, beschloss sie, in ihr Büro nach Zürich zu fahren und dort Deans Angaben zu überprüfen. Falls er die Wahrheit sagte und tatsächlich in den Staaten lebte, gab es keinen Grund, weiterhin anzunehmen, dass er etwas mit Common Ground zu tun hatte. Zumindest versuchte sie, sich das einzureden.

Plötzlich hörte sie ganz in ihrer Nähe ein Geräusch zwischen den Bäumen. Laura schrak auf und sah sich um. Nichts bewegte sich. Eine Weile lang stand sie still da und lauschte. Außer dem Verkehr der nahe gelegenen Autobahn war nichts zu hören. Wahrscheinlich war es nur ein umherstreifender Fuchs. Immerhin gab es nicht weit von hier einen Wald.

Trotzdem beschleunigte Laura ihren Schritt. Der Park

war nicht besonders groß, und sie sah bereits die Lichter der nächsten Straße. Sie wollte sich schon für ihre Ängstlichkeit tadeln, als sie mit einem Mal einen Schatten aus dem Gebüsch treten sah.

Laura blieb stehen. Nur wenige Meter von ihr entfernt hatte sich ein Mann auf den Weg gestellt. Nach der Silhouette zu urteilen trug er einen Anzug. War das vielleicht jemand von der Universität? Was zum Teufel hatte er zwischen den Bäumen zu suchen?

Der Mann rührte sich, und Laura glaubte schon, dass er sich zum Gehen wandte, als sie eine eisige Stimme hörte. »Guten Abend, Doktor Dupont.«

Laura erstarrte.

Der Mann kam auf sie zu.

»Hallo«, sagte sie vorsichtig. »Kennen wir uns?«

Sie sah, wie etwas in seiner Hand kurz aufblitzte.

»Nicht, dass ich wüsste«, erwiderte er und richtete den Gegenstand auf sie.

Eine Waffe!, realisierte Laura entsetzt.

Ihre Gedanken begannen zu rasen. Es war ihr nicht möglich, die Situation zu erfassen. Es kam ihr völlig unreal vor. Sie begriff nur, dass sie allein und völlig ungeschützt in einem dunklen Park war und wehrlos einem fremden Mann mit einer Waffe gegenüberstand.

»Wer sind Sie?«, fragte sie mit belegter Stimme.

Der Mann trat noch etwas näher. Er hatte militärisch kurz geschnittene Haare und eine tiefe Stirnglatze. Das Gesicht konnte Laura im schwachen Licht nur schemenhaft erkennen.

»Nur ruhig, Frau Dupont. Wenn Sie keine Anstalten machen zu fliehen, wird Ihnen nichts geschehen.«

Laura schnürte es die Kehle zu. »Was wollen Sie denn von mir?«

»Ich möchte, dass Sie jetzt ganz ruhig mit mir mitkommen.« Die Stimme des Mannes klang gleichgültig, unbeteiligt. »Versuchen Sie nicht zu schreien oder wegzulaufen. Ich möchte Ihnen nur ungern wehtun.«

Wie paralysiert sah Laura auf die Waffe.

»Haben Sie das verstanden?«, hakte er nach.

Unfähig, etwas zu sagen, nickte sie stumm.

»Sehr gut, dann hätten wir das schon mal geklärt.« Er griff nach ihrem Arm.

Die Berührung ließ Laura zusammenfahren.

»Wir werden jetzt zusammen zu meinem Wagen gehen«, sagte er und schob sie vorwärts. »Sie werden sich unauffällig verhalten. Falls uns jemand begegnet, sind wir ein Paar, das einen kleinen Abendspaziergang macht.«

Außerstande, sich dem starken Griff des Mannes zu widersetzen, wurde sie in Richtung der beleuchteten Straße gedrängt. Laura spürte, wie eine Welle von Adrenalin durch ihren Körper fuhr und sich der Nebel des Schocks langsam zu lichten begann. Erst jetzt gelang es ihr zu verarbeiten, was gerade passierte. Die Dinge waren so schnell geschehen – sie konnte kaum fassen, dass sie wirklich entführt wurde.

Sie versuchte, die Ereignisse des Tages in eine sinnvolle Abfolge zu bringen. Es musste eine einfache Erklärung dafür geben, was hier vor sich ging. Ihr erster Gedanke galt natürlich Common Ground. Es fiel ihr schwer, den einzigen logischen Schluss zu ziehen, der daraus hervorging. Dean war der einzig mögliche Berührungspunkt, den sie bisher zur Organisation gehabt haben konnte. Aber selbst wenn er etwas mit Common Ground zu tun haben sollte, warum würde er sie entführen lassen? Sie hatte im Gespräch nichts über den Anschlag erwähnt. Er konnte von ihrem Verdacht nichts wissen. Außerdem konnte sie sich beim besten Willen nicht vorstellen, dass Dean so etwas tun würde. Dieses Bild passte nicht im Geringsten zu dem Mann, den sie damals kennengelernt hatte.

Es gab noch eine zweite Erklärung für ihre Entführung – auch wenn sie nicht weniger unwahrscheinlich war als die erste: Jemand konnte vom Anschlag auf SWIFT erfahren haben und wollte nun durch sie an Informationen gelangen. Aber was wusste sie schon, das von genug Interesse sein konnte, um dafür gekidnappt zu werden? Außerdem gab es nur wenige Personen, die überhaupt wissen konnten, dass sie am Morgen bei Europol war. Andererseits – diese Möglichkeit war die einzige Erklärung, warum der Mann so kurz nach ihrem Treffen mit Dean aufgetaucht war. Er musste ihr aufgelauert und gewartet haben, bis sie allein war. Dean hatte bis vor wenigen Minuten nicht wissen können, dass sie einen Verdacht gegen ihn hegte. Aber falls jemand dahintersteckte, der von der Sitzung bei Europol wusste, hätte er genügend Zeit gehabt, die Entführung zu organisieren.

Aus dem Augenwinkel registrierte Laura eine Bewegung. Sie passierten eine Abzweigung, von der ein schmaler Pfad Richtung Osten führte. Ein Pärchen kam aus der Dunkelheit auf sie zu. Arm in Arm lachten sie leise. Laura warf einen unauffälligen Blick zu ihnen hinüber. Das Lachen der beiden verstummte, als sie bemerkten, dass sie nicht allein waren.

Der Griff von Lauras Entführer wurde etwas fester. »Denken Sie nicht einmal dran.« Seine Stimme war ein scharfes Flüstern. »Sie möchten nicht für die Konsequenzen verantwortlich sein, die das für die beiden hätte.«

Mit angespannten Muskeln wandte Laura den Blick wieder ab, und sie liefen an dem Pärchen vorbei. Hinter sich hörte sie, wie die beiden erneut in gedämpftem Ton miteinander zu sprechen begannen. Sie hatten nichts von Lauras prekärer Lage mitbekommen. Das winzige Stückchen Hoffnung, das kurz in ihr aufgekeimt war, verlor sich wie ein vager Geruch im Wind. Sie hätten ihr nicht helfen können. Laura hatte keinen Zweifel daran, dass der Mann jedes seiner Worte ernst meinte.

Eine innere Stimme sagte ihr, dass sie fliehen musste. Sie hatte keine Ahnung, wohin der Mann sie bringen wollte, geschweige denn, was er mit ihr vorhatte. Und sie wollte es sich lieber auch nicht vorstellen. Er hatte sich keine Mühe gemacht, sein Gesicht vor ihr zu verbergen. Das konnte nichts Gutes für sie bedeuten, wenn er nicht Gefahr laufen wollte, dass sie ihn später identifizieren konnte.

Ihr Überlebensinstinkt schaltete sich ein. Vorsichtig, ohne dass der Mann neben ihr etwas davon bemerkte, schob sie ihre Hand in die umgehängte Tasche. So geräuschlos wie möglich tastete sie das Innere ab und hoffte inständig, dass sie am Morgen alles eingepackt hatte. Ihre Suche wurde durch den Laptop behindert, der sperrig in der Mitte der Tasche steckte und das Innere in zwei Hälften teilte. Ihre Finger berührten ihre Brieftasche, die Schlüssel, einen kleinen Notizblock, ihre Haarbürste.

Gott, lass es da sein!

Schließlich, als sie es schon fast aufgeben wollte, stieß sie auf das, wonach sie gesucht hatte. Sie atmete auf und schloss die Hand um einen kleinen zylindrischen Gegenstand aus Metall.

Etwa vor einem Jahr war sie auf dem Heimweg in einer der vielen verwinkelten Züricher Altstadtgassen von zwei betrunkenen Männern belästigt worden und nur durch die Hilfe eines zufälligen Passanten freigekommen. Am nächsten Tag hatte sie sich ein Pfefferspray gekauft und es seither immer bei sich getragen. Bis jetzt hatte sie darin allerdings eher eine psychologische Beruhigungsmaßnahme gesehen, als dass sie wirklich daran glaubte, sich damit in einer Notsituation schützen zu können. Nun war das Spray die einzige Hoffnung, die sie hatte.

Sie entfernte den Deckel mit dem Daumen und zog die kleine Dose aus der Tasche. Als sie das geringe Gewicht in der Hand spürte, kam ihr die Idee plötzlich lächerlich vor. Damit einen Betrunkenen von sich fernzuhalten, war das eine. Einen bewaffneten Profi außer Gefecht zu setzen, etwas anderes. Außerdem lag inzwischen eine ziemlich große Distanz zwischen ihnen und dem Universitätsgebäude. Selbst wenn es ihr gelingen sollte, sich loszureißen, würde der Mann sie vermutlich wieder eingeholt haben, noch bevor sie im Gebäude Schutz suchen konnte.

Ein dumpfes Pochen durchschnitt Lauras Gedanken. Sie konnte nicht orten, woher es kam, aber es klang wie ein Rhythmus. Mit jedem Schritt wurde das Geräusch etwas deutlicher und schließlich erkannte sie, was es war. Irgendwo hinter den Bäumen näherte sich ein Auto mit laut scheppernder Technomusik. Es musste sich auf der Straße befinden, die vor ihnen am Wald vorbeiführte. Es konnte nicht mehr allzu weit entfernt sein. Laura sah ihre Chance. Wenn es ihr gelang, ihren Entführer durch das Pfefferspray vorübergehend außer Gefecht zu setzen, würden nur wenige Sekunden Vorsprung genügen, um auf die Straße zu rennen. Sie konnte nur hoffen, dass das Auto auch anhalten würde.

Laura legte einen Finger auf den Sprühkopf. »Ich nehme an, dass das hier in Zusammenhang mit meinem Besuch bei Europol steht, nicht wahr?«

Der Mann sagte nichts.

»Woher wussten Sie, dass ich hier sein würde? Ich habe niemandem davon erzählt. Oder haben Sie mich verfolgt?«

Sie waren nur noch knapp zwanzig Meter von der Straße entfernt. Auf ihrer rechten Seite waren bereits die Scheinwerfer des Autos zwischen den Baumstämmen zu sehen. Es konnte nur noch wenige Sekunden dauern, bis es an ihnen vorbeifuhr. Lauras Hand krampfte sich fester um das Spray.

Na komm schon, sieh mich an, du Mistkerl!

»Stellen Sie meine Geduld nicht auf die Probe, Frau Dupont.« Der Blick ihres Entführers blieb fest auf die Straße gerichtet. »Wir werden später noch genug Zeit für eine Unterhaltung haben. Bis dahin wäre es in Ihrem eigenen Interesse, wenn Sie sich genau an das halten, was ich Ihnen gesagt habe.«

Endlich wandte er den Kopf zu ihr und sah sie an. Das war der Moment, auf den sie gewartet hatte. »Das sehe ich anders«, sagte sie und sprühte in einer schnellen Bewegung die brennende Flüssigkeit in seine Augen. Sie hatte erwartet, dass er aufschreien und reflexartig die Augen schützen würde. Doch er tat keins von beiden. Stattdessen schlug er ihr das Spray aus der Hand, sodass es in weitem Bogen ins Gebüsch flog. Mit der anderen Hand verstärkte er die Umklammerung an ihrem Unterarm.

Laura wollte sich von ihm losreißen, aber sein Griff war wie ein Schraubstock. Das Dröhnen der Technomusik war jetzt fast direkt vor ihr. Nur zehn Meter trennten sie noch von der Straße, dem Licht, ihrer Rettung. Verzweifelt riss sie ihre Jacke auf, um aus dem Ärmel zu schlüpfen. Sie hätte genauso gut versuchen können, sich den Arm abzureißen. Der Griff ihres Entführers war unüberwindbar. Abrupt drehte sie sich zu ihm um und schwang ihr Knie zwischen seine Beine. Obwohl er eine ordentliche Ladung Pfefferspray in die Augen bekommen hatte, schien er die Bewegung vorausgesehen zu haben und drehte sich ruckartig ab, sodass ihr Angriff ins Leere ging. Dann riss er sie an der Schulter herum und wirbelte sie um die eigene Achse. Bevor sie begriff, was passierte, hatte er ihre Arme hinter dem Rücken verschränkt und sie fest vor sich fixiert. Verzweifelt musste sie mit ansehen, wie der Wagen in diesem Moment an ihnen vorbeifuhr. Die Musik dröhnte durch das offene Fenster, aber der Fahrer nahm keine Notiz von ihnen.

Laura stemmte sich von ihrem Entführer weg und schrie, so laut sie konnte. »Hilfe! Ich werde …« Bevor sie den Satz beenden konnte, spürte sie, wie eine Hand ihren Hals zwischen Unterkiefer und Nacken packte und in ihrem Kopf ein unbeschreiblicher Schmerz explodierte. Dann kam völlige Schwärze.

*

Als Laura wieder zu sich kam, fühlte sie eine feuchte Kälte unter sich. Ihr dröhnte der Kopf, und sie spürte Übelkeit in sich aufsteigen. Mühsam öffnete sie die Augen. Es war dunkel, und sie konnte kaum etwas erkennen. Ihre Hände berührten feuchtes Laub. Dann entdeckte sie über sich ein Mosaik aus tausend kleinen Schatten. Eine Baumkrone. Sie lag auf dem Waldboden.

Es brauchte einen Moment, bis sie begriff, was geschehen war. Sie sah auf. Ihr Angreifer stand direkt vor ihr und schüttelte den Kopf.

»Frau Dupont«, sagte er tadelnd. »Sie erstaunen mich. Ich dachte, Sie wären vernünftiger.«

Er riss sie unsanft vom Boden hoch. Sie taumelte, und ihr Kopf pochte vor Schmerzen.

»Wenn Sie so etwas noch einmal versuchen, wird es nicht mehr so gut ausgehen.«

Dann stieß er sie vorwärts und führte sie auf die Straße. In etwa hundert Metern Entfernung stand ein anthrazitfarbener Kombi am Straßenrand.

22

Universität Utrecht, Niederlande

Die Abenddämmerung hüllte den Campus in trübe Grautöne. Wie eine kleine Insel lag der Eingang des Departements für Informations- und Computerwissenschaften im grellen Lichtkegel surrender Neonröhren. Dean hatte die Hände in die Hosentaschen gesteckt und starrte auf seinen Schatten, der nach wenigen Metern im Zwielicht verblasste. Weiter hinten lag der kleine Park, in dem er eben noch mit Laura gesprochen hatte. Er war nur noch als dunkler Fleck zu erkennen.

Vermutlich würde sich Laura nun auf den Weg zurück nach Zürich machen. Hauser hatte bereits ihre Verfolgung aufgenommen und würde sie die nächsten Tage beschatten.

Dean fuhr mit den Händen über sein Gesicht. Er musste erst mal wieder einen klaren Kopf bekommen, bevor er es über sich brachte, an den Feierlichkeiten seines sorgsam aufgebauten Alibis als Universitätsprofessor teilzunehmen. Richard Bloom hatte darauf bestanden, dass die Mitglieder von Common Ground nicht einfach von der Bildfläche verschwanden, sondern weiterhin ihren offiziellen Funktionen nachgingen. Falls die Polizei in ihren Ermittlungen auf einen von ihnen stoßen sollte, hatte jeder ein lückenloses Alibi vorzuweisen. Das galt ganz besonders für Dean, der durch seine Kenntnisse über künstliche Intelligenz damit zu rechnen hatte, dass früher oder später ein Ermittler an seine Tür klopfte. Wenn er dann unauffindbar wäre, würde das mit Sicherheit Untersuchungen nach sich ziehen. Sie konnten es sich nicht leisten, dass zwischen ihm und der Organisation eine Verbindung hergestellt wurde.

Dean atmete tief durch und sog den erdigen Duft ein, den ihm ein leichter Wind aus dem Park entgegentrug. Lauras Erscheinen hatte ihn völlig aus dem Konzept gebracht. Er hatte alles getan, um sie aus der Sache herauszuhalten. Es wäre sinnlos gewesen, sie einweihen zu wollen. Sie hätte seine Entscheidung niemals verstanden, geschweige denn unterstützt. Für sie war der politische Weg die einzige Lösung, wie die Klimaerwärmung gestoppt werden konnte. Er musste sich eingestehen, dass er schon bei seiner Entlassung von der TU Delft den Glauben an diesen Weg verloren hatte. Aber erst durch Blooms Besuch wurde das vage Gefühl zu Sicherheit. Die Welt war so abhängig vom Öl wie der Junkie von der Nadel. Die Politik wurde durch das Geschäft mit der Energie beherrscht. Niemand hatte auch nur im Entferntesten ein Interesse daran, für den Klimaschutz auf fossile Energien zu verzichten. Wenn nichts unternommen wurde, würde sich daran auch nichts ändern.

Dean sah auf die Uhr und seufzte. Es war höchste Zeit, sich drinnen blicken zu lassen. Der Direktor musste schon ungeduldig auf ihn warten. Mit einem flauen Gefühl wandte er sich zum Gehen. Er hoffte inständig, dass Laura ihm seine Erklärung abgenommen hatte. Es war für ihn unbegreiflich, wie sie überhaupt auf ihn gekommen war. Es war zu befürchten gewesen, dass sie durch ihre Position beim IPCC von dem Ultimatum gegen die Vereinten Nationen erfahren würde. Es war vielleicht auch ein Wink des Schicksals, dass ausgerechnet sie von Europol als Beraterin hinzugezogen wurde. Doch wie konnte es sein, dass sie ausgerechnet ihn verdächtigte? Immerhin hatten sie sich seit zwei Jahren nicht mehr gesehen. Je länger er darüber nachdachte, desto unsicherer wurde er, ob er ihren Verdacht wirklich hatte zerstreuen können.

Als er das Gebäude betrat, hörte er hinter sich einen

Schrei. Instinktiv machte er einen Satz nach draußen. Der Schrei wurde durch einen entfernten Rhythmus überlagert, doch er erkannte darin eindeutig einen Hilferuf. Und er kannte die Stimme.

Laura!

Das Rufen war ohne Zweifel aus der Richtung des Parks gekommen. Er rannte auf den Kiesweg zu, den er vor einigen Minuten gekommen war, überlegte es sich dann aber anders. Die Stimme war weit entfernt gewesen. Vermutlich kam sie vom anderen Ende des Parks. Wenn er an der Anlage vorbei zur Straße lief, erreichte er die andere Seite rascher.

Schnell hastete er auf einem schwach beleuchteten Gehweg auf die Straße zu. Der scheppernde Rhythmus wurde lauter, und einen kurzen Augenblick später sah Dean ein Auto in viel zu schnellem Tempo vor sich vorbeifahren. Ein fürchterlicher Gedanke ließ ihm das Blut in den Adern gefrieren.

Von einer schrecklichen Vorahnung getrieben stürmte Dean in wenigen Sätzen um die Ecke des Parks. Zu seiner unendlichen Erleichterung sah er, dass die Straße leer war. Es hatte keinen Unfall gegeben. Aber was war dann geschehen? Und wo war Laura? Hastig sah er sich um, konnte aber nichts Auffälliges entdecken. Im Laufschritt preschte er die Straße entlang in Richtung Waldweg. Kurz bevor er ihn erreichte, hörte er aus dem Wald eine Stimme.

»Frau Dupont, Sie erstaunen mich. Ich dachte, Sie wären vernünftiger.« Sie klang ausdruckslos und kalt. Die Stelle, von der sie kam, konnte nicht weit entfernt sein. Dean duckte sich und schlich sich durch das Dickicht etwas näher heran. Ganz in der Nähe hörte er ein leises Stöhnen. So geräuschlos wie möglich arbeitete er sich noch etwas weiter voran.

»Wenn Sie so etwas noch einmal versuchen, wird es nicht mehr so gut ausgehen«, hörte er die Stimme erneut. Er schob einen Ast zur Seite und bemerkte wenige Meter vor sich die

Umrisse eines Mannes. Er stand bewegungslos zwischen den Bäumen und schien auf etwas zu warten. In seiner Hand baumelte ein Gegenstand, der wie eine Waffe aussah. Dean sah sich um. Außer dem Mann konnte er nichts weiter erkennen. Was hatte das zu bedeuten? Und wo war Laura?

Der Mann bückte sich, und Dean hörte ein weiteres Stöhnen. Der Fremde richtete sich wieder auf und zog dabei eine zweite Person vom Boden hoch. Obwohl er nur die Silhouette erkennen konnte, hatte Dean keinen Zweifel daran, dass es sich dabei um Laura handelte.

Deans ganzer Körper spannte sich an. Am liebsten hätte er Lauras Entführer geradewegs angesprungen. Es kostete ihn alle Überwindung, in seinem Versteck zu bleiben. Der Mann war vermutlich bewaffnet. Es wäre leichtsinnig gewesen, jetzt einfach draufloszustürmen.

Dean sah zu, wie der Mann Laura auf den Waldweg führte. Sie taumelte benommen, doch der Fremde nahm keine Rücksicht darauf und zog sie mit sich. Geduckt schlich Dean ihnen hinterher. Sie erreichten die Straße und hielten auf einen dunkelgrauen Kombi zu, der in einiger Entfernung am linken Straßenrand stand.

Dean erreichte den Waldweg und beobachtete sie im Schutz eines Baumstamms. Er brauchte einen Plan. Ihm war klar, dass seine Chancen nicht gut standen. Aber wenn er jetzt nicht handelte, wären sie in wenigen Augenblicken verschwunden. Wo verdammt noch mal steckte Hauser?

Dean löste sich aus seinem Versteck und huschte zur anderen Seite des Waldwegs. Als er sich wieder zwischen die Bäume schlug, bemerkte er, dass der Mann stehen blieb. Er drehte sich um und sah direkt in Deans Richtung. Obwohl es kühl war, rann Dean der Schweiß über das Gesicht. Wenn der Kerl ihn gehört hatte, standen seine Chancen, ihn zu überwältigen, gleich null.

Der Mann griff Laura fester am Arm, sodass sie aufstöhnte. Dann ging er mit ihr ein paar Schritte zurück und spähte in den Park. Gespannt und angriffsbereit beobachtete Dean, wie der Fremde mit Laura auf den Kiesweg schritt.

Dean suchte den Boden nach etwas ab, das er als Waffe benutzen konnte. Er fand einen Stein, doch er war nicht besonders schwer und eignete sich nicht wirklich als Waffe. Dann sah er hinter sich etwas Besseres liegen. Er griff einen knorrigen Stock, der gut in der Hand lag und an einem Ende eine knollige Geschwulst hatte. Er würde nicht reichen, den Mann ernsthaft zu verletzen, aber wenn er sich von hinten anschlich und damit seinen Kopf traf, würde es ihn vielleicht für einen Augenblick außer Gefecht setzen.

Der Mann war inzwischen näher gekommen und beäugte mit gehobener Waffe das Gebüsch um sich herum.

»Ich weiß, dass Sie da sind«, hörte Dean eine eisige Stimme.

Verdammt, fluchte er lautlos. Er spürte, wie sein Herz in die Hose sackte, bewegte sich aber nicht.

»Kommen Sie raus, oder ich muss der Dame hier wehtun.«

Einen Augenblick lang passierte nichts, doch dann trat der Mann weiter auf ihn zu. Er stieß Laura vor sich her. Es lagen nur noch knapp zwei Meter zwischen ihnen. Er blieb stehen und drückte Laura die Waffe in den Rücken.

»Verschwenden Sie nicht meine Zeit. Ich werde Sie nicht noch einmal auffordern.«

Dean drehte den Stock in seinen schweißnassen Händen. Ohne den Überraschungseffekt hatte er keine Chance, etwas gegen den Mann auszurichten. Außerdem stand er noch immer zu weit weg. Wenn er Laura nicht gefährden wollte, musste er sich ergeben.

Langsam trat Dean hinter dem Baum hervor. Augenblicklich richtete der Mann die Waffe auf ihn.

»Lassen Sie das fallen«, befahl der und wies auf den Stock.

Dean ließ ihn aus der Hand gleiten. Noch bevor er begriff, was geschah, machte der Mann einen Satz auf ihn zu und schlug ihm mit der Waffe gegen den Kopf. Dean wurde nach hinten geschleudert und fiel zu Boden. Auf seiner linken Schläfe breitete sich ein stechender Schmerz aus. Er keuchte. So schnell er konnte, versuchte er sich aufzurappeln, doch der Mann war bereits über ihm und drückte ihn zu Boden. Laura schrie auf und wollte Dean zu Hilfe kommen, doch der Angreifer richtete die Waffe auf sie. »Keinen Schritt weiter.«

Laura hielt augenblicklich inne. Dann sah der Mann wieder auf Dean herab, der auf dem Rücken lag, völlig unfähig, sich zu bewegen.

»Wer sind Sie?«, fragte er.

Dean verzog vor Schmerzen sein Gesicht. Er spürte, wie ihm Blut über den Kopf rann. »Das möchte ich von Ihnen wissen«, stieß er wütend hervor. »Was wollen Sie von Laura?«

Der Mann drückte Dean die Waffe direkt gegen die verletzte Stelle auf der Schläfe. Dean wurde vor Schmerz beinahe schwarz vor Augen. »Ich glaube, Sie verstehen mich nicht recht. Ich stelle hier die Fragen. Also nochmals, wer sind Sie?«

»Mein Name ist Dean Lund.«

Auf dem Gesicht des Angreifers zeichnete sich der Ausdruck der Erkenntnis ab. »Aber natürlich, Sie sind der Professor. Ich hätte Sie eigentlich gleich erkennen müssen.«

»Woher wissen Sie, wer ich bin?«

Der Fremde löste seinen Griff und erhob er sich langsam. Seine Waffe blieb auf Dean gerichtet. »Stehen Sie auf!«

Dean stützte sich auf dem Boden ab, um sich hochzustemmen. Er verfluchte sich selbst, dass er geglaubt hatte, mit einem einfachen Stock etwas gegen den Mann ausrichten zu können. Er war ein Wissenschaftler, der sein Leben in Büros und Labors verbracht hatte, und kein verdammter Samurai.

»Sie sind beide sehr mutig, das muss ich Ihnen lassen«, sagte der Mann anerkennend.

»Was wollen Sie von ihr?«, fragte Dean.

Der Fremde winkte mit der Pistole zum Auto. »Steigen Sie in den Wagen. Alles andere werden wir später klären.«

Laura lief zu Dean und stützte ihn unter den Armen. »Dean! Bist du verletzt?«

Er spürte, wie sie zitterte, und nahm ihre Hand. »Es geht mir gut«, versuchte er sie zu beruhigen. »Tut mir leid, dass ich es vermasselt habe.«

»Danke, dass du zurückgekommen bist«, flüsterte sie.

»Kommen Sie«, sagte der Angreifer. »Das können Sie sich für später aufheben.«

Sie gingen zum Wagen. Dean überlegte sich, was sie jetzt noch tun konnten. Die Situation war so aussichtslos, wie sie nur sein konnte. Sie waren diesem Kerl völlig ausgeliefert, und er wusste noch nicht einmal, was hier eigentlich gespielt wurde. Was zum Teufel hatte das alles zu bedeuten?

Mit einer Fernbedienung öffnete der Mann den Wagen. »Doktor Dupont, Sie werden fahren.« Er warf ihr den Autoschlüssel zu. »Sie setzen sich auf den Beifahrersitz«, sagte er zu Dean.

Unter den aufmerksamen Augen des Fremden stiegen sie in den Wagen ein. Dann bemerkte Dean, wie sich der Mann plötzlich umdrehte. Er folgte seinem Blick und sah, wie sich jemand überraschend aus dem Gebüsch schlug.

Es war Hauser.

Der Söldner verschanzte sich hinter einem Baum, zielte mit seiner Waffe auf den Entführer. »Waffe fallen lassen!«

Kaum hatte Hauser die Worte ausgesprochen, warf sich der Mann auf den Boden, rollte sich ab und eröffnete das Feuer. Der Schuss war beinahe geräuschlos, doch neben Hausers Kopf platzte ein Stück Baumrinde weg. Der Söldner drehte sich ab und schoss von der anderen Seite des Stamms mit einem lauten Knall zurück.

Lauras Entführer machte einen raschen Satz zur Seite. Dann rannte er in einem engen Bogen vom Auto weg und feuerte dabei gleich mehrere Salven ab. Als Hauser hinter dem Baumstamm Deckung suchte, sprintete er mit vorgehaltener Waffe direkt auf ihn zu. Der Söldner sprang aus seinem Versteck und gab zwei Schüsse ab. Im selben Moment schoss auch der Fremde, und Hausers Schulter schnellte nach hinten. Er taumelte zur Seite, fasste sich aber wieder und gab einen weiteren Schuss ab.

»Halt dich fest!«, rief Laura.

Sie schob den Zündschlüssel ins Schloss und startete den Wagen. Ohne zu zögern, legte sie den ersten Gang ein und trat das Gaspedal durch.

Mit quietschenden Reifen rasten sie davon. Entsetzt sah Dean im Seitenspiegel, wie der Fremde hinter ihnen weitere Schüsse abgab und Hauser in die Brust traf. Kraftlos sackte dieser in sich zusammen und blieb auf der Straße liegen.

Dann wandte sich der Mann dem Auto zu und zielte auf sie.

»Duck dich!«, schrie Dean, kurz bevor mehrere Kugeln ins Heck einschlugen.

Laura drückte das Gaspedal voll durch, sodass der Motor aufheulte. Ein weiterer Schuss zerfetzte den Seitenspiegel. Dann riss Laura das Steuer herum und raste in eine Querstraße.

Das Letzte, was Dean sah, war, wie der Fremde ihnen nachsah und die Waffe sinken ließ.

23

Universität Utrecht, Niederlande

Orff sah seinen Wagen hinter einer Reihe von Bäumen verschwinden. Er hatte sie verloren – zumindest vorerst. Er verspürte weder Wut noch Enttäuschung. Beides waren Empfindungen, die er schon seit vielen Jahren nicht mehr kannte. Gleichermaßen wie Glück, Liebe oder Hass. Das Einzige, was seinen Gemütszustand noch beschreiben konnte, war, ob er zufrieden oder unzufrieden war.

Im Moment war er unzufrieden. Und zwar aufs Äußerste.

Laura Dupont war um einiges widerspenstiger gewesen, als er vermutet hatte. Er hätte nicht erwartet, dass sie es wagen würde, einen Fluchtversuch zu unternehmen. Ihr Schreien musste trotz der lauten Musik des vorbeifahrenden Autos über das gesamte Gelände zu hören gewesen sein. Dass sie dadurch die Aufmerksamkeit des Professors auf sich gezogen hatte, war äußerst unangenehm, mehr aber auch nicht. Mit ihm fertigzuwerden war kein Problem.

Der andere Mann hingegen war ohne Zweifel ein Profi. Er hatte sich derart geschickt angeschlichen, dass ihn Orff erst bemerkt hatte, als er aus dem Gebüsch geschossen kam. Seine Bewegungen waren schnell und effizient, und er verfügte ganz offensichtlich über Nahkampferfahrung. Das war mit Sicherheit kein einfacher Wachmann von der Universität. Orff schätzte, dass es ein ehemaliger Soldat oder ein bezahlter Söldner war. Es konnte kein Zufall sein, dass er so kurz nach dem Professor aufgetaucht war. Er musste zu ihm gehören; was wiederum die Frage aufwarf, warum Lund über einen privaten Begleitschutz verfügte, und warum nichts über ihn in den Unterlagen seines Auftraggebers stand. Entweder hatte sein Auftraggeber nichts davon gewusst, oder er hatte ihm bewusst Informationen vorenthalten. Beides war inakzeptabel. Er musste mit ihm Kontakt aufnehmen.

Da sich das Telefon seines Auftraggebers aber mit seinen anderen Sachen im Wagen befand, musste das allerdings noch etwas warten. Orff dachte an die blauen Kapseln, die zusammen mit dem Smartphone in seinem Koffer lagen. Er würde Dupont finden und seinen Auftrag zu Ende bringen. Und er wusste auch schon, wie. Seine Beute hatte sich etwas Zeit erkauft – mehr aber auch nicht.

Doch zuerst musste er hier aufräumen, bevor die Polizei auftauchte. Die Schüsse hatten mit Sicherheit einiges an Aufmerksamkeit erregt. Inzwischen hatte bestimmt jemand den Notruf verständigt.

Er ging zurück zu der Stelle, wo sich der Mann befand, den er niedergeschossen hatte. Er lag flach auf dem Rücken, die Arme weit von sich gestreckt. Unter ihm hatte sich bereits eine Blutlache gebildet. Orff hatte ihn in die Schulter und in die Brust getroffen. Es war aber nicht sicher, ob er auch wirklich tot war. Er kniete sich nieder und legte zwei Finger auf den Hals. Es war noch ein schwacher Puls zu spüren.

Orff hob den Kopf des Mannes leicht an und umfasste mit einer Hand das Kinn, die andere legte er unter den Hinterkopf. In diesem Moment öffnete der Mann seine Lider und sah ihn mit verschleierten Augen an. Seine Lippen bewegten sich leicht und formten ein kaum hörbares Wort.

»Bitte …«

Orff beobachtete, wie sich die Pupillen seines Gegners verengten. Dieser hob seinen Arm und umfasste mit schwachen Fingern Orffs Bein. Er befeuchtete mit der Zunge seine Lippen. »Bitte …«, setzte er erneut an. »Tun Sie das nicht.«

Orff wandte sich ab und richtete seine Aufmerksamkeit auf die Straße. Sie war noch immer menschenleer. Auch der

Park lag still und dunkel vor ihm. Er war mit seinem Gegner allein. Er sah abermals in die flehenden Augen des Verletzten und umfasste den Kopf etwas stärker. Das Gesicht des Söldners erstarrte vor Angst. Mit einer geübten Bewegung riss Orff den Kopf ruckartig zur Seite.

Zufrieden hörte er das leise Knacken, als das Genick brach.

Teil 2

Schwellenwert

24

Utrecht, Niederlande

»Was zum Teufel war da eben los?«, schrie Laura gegen den heulenden Motorenlärm an. Sie hatte den VW Sharan durch die leeren Straßen des Universitätsgeländes gejagt und raste nun mit durchgedrücktem Gaspedal eine schmale Straße entlang, die neben der Autobahn A28 nach Amersfoort verlief. Sie umklammerte das Steuerrad so fest, dass ihre Knöchel weiß hervortraten.

»Ich weiß es nicht«, entgegnete Dean. »Ich habe deine Schreie gehört und bin zu dir gerannt. Als ich gesehen habe, wie du im Wald auf dem Boden lagst, dachte ich schon …« Er verstummte und legte seine Hand auf ihren Arm. »Geht es dir gut? Bist du unverletzt?«

Laura fühlte, wie Deans Berührung etwas von der Panik wegnahm, die sie seit dem Schusswechsel erfasst hatte. »Ja, ich denke schon.«

Sie warf ihm einen kurzen Blick zu. Die Wunde an seiner Schläfe blutete noch immer stark. »Das sieht schlimm aus«, sagte sie besorgt. »Bist du in Ordnung?«

Dean tastete nach der Verletzung und zerrieb das Blut zwischen den Fingern. »Es geht schon. Ist nur eine Platzwunde.« Dann drehte er den Rückspiegel zu sich und sah nach hinten. »Ich glaube wir sind jetzt in Sicherheit«, stellte er fest.

»In Sicherheit?«, rief Laura. »Ich fühle mich ganz und gar nicht sicher. Der Kerl hat gerade vor unseren Augen einen Mann umgebracht!«

»Ich weiß«, sagte Dean betreten.

»Er wird bestimmt schon hinter uns her sein!«

»Ohne Auto wird er vermutlich nicht sehr weit kommen. Ich denke, wir haben ihn fürs Erste abgehängt.«

Laura schaltete einen Gang herunter, als die Straße in einen kurvenreichen Feldweg überging. Sie hatten sich inzwischen von der Autobahn entfernt und fuhren nun in einen Wald hinein. Wenn sie mit diesem Tempo weiterfuhren, würden sie womöglich noch dem Killer zuvorkommen und einen Unfall verursachen.

»Was war das für ein Kerl?«, fragte Dean. »Was wollte er von dir?«

»Woher soll ich das wissen?«, raunzte Laura ihn an. »Er hat mir im Park aufgelauert, gleich nachdem du gegangen warst. Ich habe keine Ahnung, warum er mich angegriffen hat.«

Langsam legte sich ihr Schock etwas. Der lähmende Griff der Angst löste sich ein wenig, und der rationale Teil ihres Bewusstseins übernahm wieder die Führung. Sie fand keine Erklärung dafür, was hier gerade ablief. Der ganze Tag hatte sich zu einem absoluten Albtraum entwickelt. Eben wurde sie noch verdächtigt, mit Terroristen unter einer Decke zu stecken; jetzt wurde sie von einem Killer verfolgt und hatte mit ansehen müssen, wie ein Mensch vor ihren Augen erschossen wurde. Das war mehr, als sie verkraften konnte.

Sie kamen auf eine Lichtung, und Laura hielt den Wagen seitlich auf einem kleinen Waldweg an.

»Warum hältst du an?«, fragte Dean.

Laura schaltete das Licht aus und atmete tief durch. Sie versuchte, ihre zitternden Hände in den Griff zu bekommen, doch es gelang ihr nicht. Die Welt schien auf einmal völlig verrücktzuspielen. Sie fuhr sich mit den Händen übers Gesicht und sah Dean herausfordernd an. »Willst du mir jetzt nicht endlich sagen, was hier los ist?«

»Das würde ich auch gern wissen. Ich dachte, das könntest du mir sagen.«

Laura spürte genau, dass er etwas wusste. Sie war sich sicher, dass er auf irgendeine Weise in die Sache verwickelt war. »Hör zu, Dean, ich weiß, dass du mir etwas verschweigst. Es ist bestimmt kein Zufall, dass das ausgerechnet jetzt passiert, nachdem ich dich nach zwei Jahren zum ersten Mal wiedersehe. Ich will jetzt endlich wissen, was hier gespielt wird!«

»Ich verstehe nicht, was du meinst«, erwiderte Dean ausweichend. Durch eine Lücke in den Wolken warf der Halbmond ein fahles Licht auf sein Gesicht.

»Hör verdammt noch mal auf, mir etwas vorzumachen! Was war das für ein Mann, der uns eben zu Hilfe gekommen ist? Ich habe genau gesehen, wie du mit ihm im Vorlesungssaal Blicke ausgetauscht hast.«

Einen Moment lang hüllte sich Dean in Schweigen. Sie konnte sehen, dass er mit sich rang.

»Sein Name ist Gregor Hauser«, sagte er nach einer endlos scheinenden Pause.

Laura wartete.

»Er hat mit mir zusammengearbeitet.«

»Seit wann tragen denn deine Mitarbeiter Waffen?«

Dean zögerte. »Die Sache ist nicht so einfach, wie du denkst …«, setzte er an.

»Ach ja?«, warf Laura herausfordernd ein.

In Deans Gesicht fand eine Veränderung statt, die sie bisher noch nicht kannte. Er presste die Kiefer zusammen und blickte ins Leere. Dann entspannten sich seine Züge, und er sah sie entschlossen an. »Na gut, ich denke, ich schulde dir die Wahrheit.«

Laura ahnte schon, was jetzt kommen würde. Sie hoffte inständig, dass sie sich irrte. Dass Dean ihr eine Erklärung lieferte, die nicht darauf hinauslief, was sie seit ihrer Sitzung bei Europol befürchtet hatte. Etwas, das nicht bedeutete, dass er sich einer terroristischen Organisation angeschlossen hatte. Sie klammerte sich an dieser vagen Hoffnung fest wie ein Schiffbrüchiger an einem Stück Treibgut und wartete auf das Unvermeidliche.

»Ich weiß, warum du mich eben aufgesucht hast. Ich bin auch darüber informiert, dass du heute bei Europol warst.«

Laura spürte einen Kloß in ihrem Hals. »Dann stimmt es wirklich«, sagte sie mit erstickter Stimme.

Dean nickte. »Es tut mir leid, dass du da mit hineingezogen wurdest. Ich habe wirklich alles getan, um dich aus der Sache herauszuhalten.«

Laura schüttelte langsam den Kopf. Am liebsten hätte sie mit den Fäusten auf das Lenkrad eingeschlagen, doch das Gefühl der Enttäuschung war stärker als jede Wut. Mit einem Mal konnte sie Deans Nähe nicht mehr ertragen und öffnete mit einem Ruck die Wagentür. Sie stieg aus und ging ein paar Schritte auf die mondbeschienene Lichtung. Zahllose Baumstümpfe ragten aus dem Boden. Sie wirkten wie Grabsteine auf einem Friedhof. Sie sog die kalte Waldluft ein, um sich etwas zu sammeln. Dann hörte sie, wie auch Dean ausstieg.

»Warum?«, fragte sie, als er neben sie trat.

»Gerade von dir hätte ich diese Frage nicht erwartet«, entgegnete er.

Laura starrte konsterniert auf ihre Hände. »Ich dachte wirklich, ich würde dich kennen. Wie konntest du nur so etwas tun? Was ist mit dir passiert, dass du dich einer solchen Organisation angeschlossen hast? Was ist aus deinen Prinzipien geworden?«

»Ich habe mich nicht verändert, Laura.« Er ergriff ihre Hand.

»Fass mich nicht an!«, schrie Laura auf und stieß seine Hand wieder weg.

Dean zog seinen Arm zurück und sah sie eine Weile an. »Ich verstehe, dass du aufgebracht bist. Du hast jedes Recht dazu. Ich würde mich an deiner Stelle sicher genauso fühlen.«

Laura funkelte Dean wütend an. »Wage es nicht, mich mit dir zu vergleichen! Du hast keine Ahnung, wie ich mich fühle.« Eine dumpfe Leere machte sich in ihr breit. »Ich habe dich geliebt, Dean. Und jetzt muss ich erfahren, dass du mit Leuten gemeinsame Sache machst, die Menschen umbringen!«

»Damit haben wir nichts zu tun!«, verteidigte sich Dean entrüstet. »Ich war von dem Angriff genauso überrascht wie du! Ich habe keine Ahnung, wer das eben war.«

»Und das soll ich dir glauben?«

»Das *musst* du mir glauben, Laura! Ich würde nie zulassen, dass dir jemand etwas antut. Geschweige denn, dass jemand ernsthaft Schaden nimmt.«

»Das hättest du dir vielleicht überlegen sollen, bevor du dich diesen Terroristen angeschlossen hast.«

»Du solltest darüber nicht vorschnell urteilen. Wir sind keine Terroristen. Wir verfolgen die gleichen Ziele wie du.«

»Verschon mich mit diesem Quatsch!«, warf Laura barsch ein.

»Hör zu, Laura, wir müssen jetzt zusammenhalten. Wenn du mit mir mitkommst, kann ich dich beschützen. Du musst mir vertrauen.«

»Bist du verrückt? Erwartest du etwa, dass ich mich freiwillig in die Hände dieser Organisation begebe? Ich werde zur Polizei gehen, und du tätest besser daran, dich zu stellen, bevor es zu spät ist.«

»Das würde keinem von uns beiden helfen.«

»Du wirst mich nicht davon abhalten können.«

»Das werde ich auch nicht.«

Laura nickte. »Du weißt, dass ich dich nicht decken werde.«

»Ich weiß«, erwiderte Dean.

Laura sah ihn beschwörend an. »Dean, du musst die Sache beenden! Es ist bereits ein Mensch ums Leben gekommen! Wenn du dich jetzt stellst, bekommst du vielleicht mildernde Umstände. Es ist noch nicht zu spät!«

»Ich werde mich nicht stellen, Laura. Und selbst wenn ich es täte, würde das nichts ändern.«

»Wie meinst du das?« Ein Schauer lief ihr über den Rücken, und sie konnte nicht sagen, ob es wegen der Kälte war oder wegen Deans Worte.

»Lass uns zurück zum Wagen gehen«, meinte er ausweichend.

»Erklär mir zuerst, was du damit gemeint hast.«

»Ich habe dir schon mehr erzählt, als ich eigentlich sollte. Es ist besser für dich, wenn du nicht noch mehr weißt.«

Er wandte sich zum Gehen, doch Laura hielt ihn fest. »Dean!«

Er senkte den Blick. »Ich werde dich in Utrecht vor einem Polizeiposten absetzen. Du musst mir versprechen, dass du dich sofort dort meldest.« Er sah wieder auf. »Hast du verstanden?« Auf seinem Gesicht hatten sich tiefe Sorgenfalten gebildet.

»Warum tust du das?«

»Was meinst du?«

»Warum lässt du mich einfach so zur Polizei gehen?«

Dean nahm ihre Hand von seiner Schulter und drückte sie leicht. Dieses Mal wehrte sie ihn nicht ab.

»Du hattest recht, als du vorhin sagtest, dass der Zeitpunkt dieses Angriffs kein Zufall sein kann. Wer auch immer dich entführen wollte, es muss mit mir zu tun haben. Ich habe keine Ahnung, was hier gerade abläuft. Aber solange ich das nicht rausgefunden habe, will ich nicht, dass du meinetwegen in Gefahr bist.«

»Und was ist mit dir? Was willst du jetzt tun?«

Deans Blick wanderte ins Leere. »Ich weiß es noch nicht.«

»Aber …«, setzte Laura an.

»Wir sollten jetzt wirklich gehen«, schnitt er ihr das Wort ab und fügte etwas milder hinzu: »Bitte.« Dann hielt er auf den Wagen zu.

»Du machst einen Fehler«, rief sie ihm nach, doch er reagierte nicht und setzte sich hinter das Steuerrad.

»Elender Sturkopf!«, fluchte sie vor sich hin und folgte ihm.

Als sie ins Auto einsteigen wollte, sah sie auf der Rückbank etwas liegen. Sie zog die hintere Schiebetür auf und griff danach.

»Was hast du da?«, fragte Dean.

»Einen Aktenkoffer.«

Sie nahm ihn mit nach vorn und legte ihn auf den Schoß. Trotz des spärlichen Innenlichts konnte sie erkennen, dass er mit feinem Leder bespannt war. Der Verschluss bestand aus zwei goldenen Riegeln. Der Koffer hätte eher zu einem Geschäftsmann gepasst als zu einem Killer.

»Lässt er sich öffnen?«, wollte Dean wissen.

Laura griff nach den Riegeln. Sie hatte erwartet, dass der Koffer verschlossen war, doch die Arretierung ließ sich mühelos lösen.

Dean lehnte sich zu ihr hinüber. Das Innere des Koffers sah genauso unverdächtig aus wie sein Äußeres. Neben einigen vergoldeten Stiften, einem Handy und einer Agenda befanden sich darin noch ein ledernes Etui und eine kleine Blechschachtel mit Tabletten.

Dean griff nach der Agenda und blätterte sie durch. Erst ließ er die Seiten im Schnelldurchlauf durch die Finger gleiten, dann blätterte er sie einzeln durch und sah Laura erstaunt an.

»Sie ist leer.«

»Wozu hat er denn eine Agenda dabei, wenn er sie gar nicht braucht?«

»Ich weiß es nicht.«

Laura wandte sich wieder dem Koffer zu und begann, ihn systematisch zu durchsuchen. In einem Fach im Deckel stieß sie auf einen glatten Gegenstand und zog ihn hervor. Es war ein schwarzes Gerät von der Größe eines Smartphones. Die Frontseite wurde durch einen Bildschirm eingenommen, und Laura suchte nach einem Knopf, mit dem man es anschalten konnte. Sie hatte so etwas noch nie gesehen. Es schien weder Fugen noch Kanten zu haben.

Dean nahm es ihr aus der Hand und betrachtete es aus allen Winkeln. In seinem Gesicht zeichnete sich eine seltsame Mischung aus Verwunderung und Sorge ab.

Laura wurde zunehmend unwohl. »Was ist los, Dean? Was ist das für ein Gerät?«

Abwesend hielt er seinen Blick auf das Smartphone gerichtet. Nach einer Weile legte er es sorgsam auf das Armaturenbrett, als wäre es eine zerbrechliche Kostbarkeit. Dann holte er sein eigenes Handy hervor und löste den Deckel zum Batteriefach.

»Was machst du da?«, wollte Laura wissen.

Dean löste die SIM-Karte heraus.

Laura begriff, was er vorhatte. »Du willst nicht, dass uns jemand über das Handysignal orten kann.«

Dean verschloss das Gerät wieder und steckte es zusammen mit der SIM-Karte in die Tasche. »Wir können nicht vorsichtig genug sein. Was ist mit deinem Handy?«

»In meiner Tasche. Sie muss irgendwo im Park liegen geblieben sein, nachdem mich der Killer überwältigt hat.«

Dean nickte und startete den Motor. »Gut, dann werde ich dich jetzt zur Polizei fahren.«

25

Universität Utrecht, Niederlande

Inspektor Petterson steuerte seinen Dienstwagen auf das graue Institutsgebäude zu. Vor dem Eingang standen bereits zwei Streifenwagen, die die Umgebung in zuckendes Blaulicht tauchten. Vor einem der Autos erkannte er Constable Doorsen, der in sein Funkgerät sprach.

Petterson parkte seinen BMW hinter Doorsen und schälte sich mürrisch aus dem Sitz. Eigentlich hatte er sich bereits auf dem Heimweg befunden, als er von der Zentrale wegen eines Schusswechsels an der Universität angefunkt wurde. Normalerweise hätte ihm das nichts ausgemacht, doch ausgerechnet heute fand das Spiel zwischen Ajax Amsterdam und dem FC Utrecht statt. Er hatte sich schon tagelang auf dieses Match gefreut. Wenn sein Heimverein das Spiel gewann, standen die Chancen gut, dass er zum vierten Mal holländischer Pokalsieger würde. Als eingefleischter Fan empfand er es als verdammt herben Schlag, dass er das Spiel jetzt verpassen würde.

Mit grimmiger Miene ging er auf Doorsen zu und verfluchte sich selbst. Hätte er eine halbe Stunde früher Dienstschluss gemacht, müsste sich jetzt ein anderer darum kümmern, und er könnte es sich mit einem Bier vor dem Fernseher gemütlich machen. Immerhin konnte er sich mit dem Gedanken trösten, dass er um Mitternacht noch die Wiederholung auf Eurosport anschauen konnte. Aber das war eben nicht dasselbe.

»Ah, hallo, Inspektor«, begrüßte ihn Doorsen und hängte das Funkgerät zurück in den Wagen.

»Was haben wir denn?«, wollte Petterson wissen.

»Wir wissen es nicht genau. Vermutlich einen 039er.«

Obwohl die Polizeicodes inzwischen schon seit mehr als zwei Jahren durch ein digitales System ersetzt worden waren, wurden sie von den Streifenpolizisten noch immer benutzt. Alte Gewohnheiten ließen sich eben nur schwer brechen. Ein 039er war der Code für Totschlag.

Petterson runzelte die Stirn. »Vermutlich? Was soll das heißen?«

»Einige Zeugen haben angegeben, Schüsse gehört zu haben. Wir haben ganz in der Nähe auch frische Blutspuren entdeckt. Aber es gibt keine Leiche.«

»Keine Leiche? Habt ihr schon die Umgebung abgesucht?«

»Nein, Inspektor. Wir sind auch eben erst eingetroffen. Ludwigsson und Molvaer haben gerade das Gelände abgesperrt. Die Spurensicherung ist auch erst seit wenigen Minuten hier.«

»Na gut«, brummte Petterson. »Dann bringen Sie mich mal hin.«

Der Constable führte ihn um das Gebäude auf einen schmalen Fußweg, der an einem kleinen Park entlanglief. Auf der dahinterliegenden Straße war bereits ein großes Gebiet mit schwarz-gelben Bändern abgesperrt. Davor standen ein weiterer Streifenwagen und der Van von der Spurensicherung. Das Team hatte sich schon am Tatort breitgemacht, sodass der Bereich mit einer Horde von Polizisten bevölkert war.

Erleichtert stellte Petterson fest, dass die Presse offenbar noch keinen Wind davon bekommen hatte. Doch lange konnte das nicht mehr dauern.

Er hob das Absperrband und ging auf einen Mann zu, der am Boden kniete und Proben nahm. Vor ihm war eine riesige Blutlache, die aussah, als wäre hier eine Kuh geschlachtet worden. Das also verstand Doorsen unter »Blutspuren«.

Petterson kniete sich nieder. »Hallo, Lars«, begrüßte er seinen Kollegen. »Schon was gefunden?«

»Hi, Pete«, erwiderte dieser, ohne aufzusehen. Dann hielt er ihm ein blutiges Wattestäbchen entgegen. »Ist noch frisch. Kann nicht mehr als eine Dreiviertelstunde her sein.«

Petterson sah um sich. Nicht weit von der Blutlache entfernt stand ein weiterer Polizist, der zwei schwarze Streifen am Boden fotografierte.

»Die Reifenspuren habe ich auch schon gesehen, aber das war bestimmt kein Unfall«, kam Lars seinen Überlegungen zuvor. »Wenn jemand angefahren wird, kommt es eher zu inneren Verletzungen. Dafür ist hier aber zu viel Blut.«

»Ich weiß«, sagte Petterson. »Das hier sind auch keine Bremsspuren. Solche Abdrücke entstehen nur, wenn beim Anfahren die Räder durchdrehen. Da schien es jemand ziemlich eilig gehabt zu haben, von hier wegzukommen.«

Petterson sah wieder auf das Blut und schätzte, dass es mindestens zwei Liter sein mussten. »Schon irgendwelche Vermutungen?«

»Es sieht mir nach einer Schuss- oder Stichverletzung aus. Vermutlich hat es eine Arterie getroffen.«

»Gut, sag mir Bescheid, sobald du mehr weißt.« Petterson stand auf und inspizierte den Rest des Geländes. Etwas näher beim Park fiel ihm ein kleines Loch im Teer auf. Es hatte etwa die Größe einer Münze. Dahinter waren Teersplitter verteilt. Er rief einen Polizisten, der die Stelle markierte, und ging auf die entgegengesetzte Seite der Straße. Nach einigen Minuten hatte er gefunden, wonach er suchte. Zwischen dem Blut und den Reifenspuren lag eine einzelne Patronenhülse. Er kniete nieder und betrachtete sie eingehend, ohne sie zu berühren. Sie stammte von einer kleinkalibrigen Waffe. Vielleicht von einer Winchester Magnum Rimfire oder einer kleinen Glock. Er ließ auch diese Stelle markieren.

Er suchte das Gelände noch einige Minuten nach weiteren Hinweisen ab und tauschte sich mit seinen Kollegen aus. Er hatte genug gesehen, um sich einen ersten Eindruck zu verschaffen. Trotzdem vermied er es, bereits jetzt seine Folgerungen daraus zu schließen. Dafür war es noch zu früh. Er hatte schon zu oft erlebt, wie voreilige Schlüsse die Ermittlungen auf eine falsche Fährte geführt hatten. Es war besser, erst auf den Bericht der Spurensicherung zu warten.

»Wo sind die Zeugen?«, fragte er Doorsen, der hinter dem Absperrband gewartet hatte, um nicht versehentlich Spuren zu vernichten.

»Wir haben sie im Gebäude versammelt.«

»Na gut, dann wollen wir mal hören, was sie zu sagen haben.«

Doorsen führte ihn in das Gebäude. Als sie eintraten, kam Petterson nicht umhin, sich an seine alte Schule erinnert zu fühlen. Sie liefen durch einen Gang mit einem braunen Linoleumboden und Kleiderhaken an den Wänden. Bestimmt war auch die Pausenglocke nicht allzu weit. Auf der Seite waren Tische aufgereiht, an denen die Studenten vermutlich lernten. Er fragte sich, wie sie es in dieser trüben Umgebung nur aushalten konnten.

Sie kamen in ein Zimmer, das offenbar als Pausenraum der Belegschaft diente. Der hintere Teil war mit Bücherregalen zugestellt, davor stand ein großer Tisch, um den sich eine Gruppe von etwa fünfzehn Leuten versammelt hatte. Sie plapperten auf den Constable ein, der dazu abgestellt war, ihre Aussagen aufzunehmen.

Als Petterson eintrat, vernahm er den Geruch von Schweiß und abgestandenem Kaffee. Ein hochgewachsener Mann in dunkelblauem Anzug stand auf und kam auf ihn zu.

»Sind Sie der zuständige Diensthabende?«, fragte er.

»Ja, und wer sind Sie?«

»Mein Name ist Peter Van der Vaart, ich bin der Direktor der Universität.«

»Haben Sie die Schüsse gemeldet?«

»Nein, das war mein Assistent«, antwortete Van der Vaart. »Aber ich habe den … wie soll ich sagen«, er zögerte kurz, als suche er nach den passenden Worten. »Ich habe den Tatort gesehen. Eine furchtbare Sache.«

»Wissen Sie etwas über den Vorfall?«

»Ich habe es schon Ihrem Kollegen gesagt. Ich bin mir nicht sicher«, erwiderte Van der Vaart mit besorgtem Gesicht. »Wir hatten kurz vorher die Antrittsvorlesung eines neuen Professors. Nach seinem Vortrag ist er unerwartet in den Park gegangen, eine Frau hat ihn begleitet. Ich weiß nicht, worum es ging, aber offenbar wollten sie miteinander reden. Die Frau hat sehr aufgebracht gewirkt.«

»Was ist dann geschehen?«

»Ich hatte ihn gebeten, nicht zu lange zu machen, da wir noch einen Fototermin geplant hatten. Doch er ist nicht wieder erschienen. Ich wollte schon meinen Assistenten losschicken, um nach ihm zu suchen, als wir dann die Schüsse hörten. Wir waren natürlich alle völlig verwirrt und wussten nicht, ob das echte Schüsse waren oder etwas anderes. Also bin ich nach draußen gegangen und habe nach ihm gerufen, doch er und seine Begleiterin waren wie vom Erdboden verschluckt. Danach hat mein Assistent sofort die Polizei angerufen.«

Petterson zückte seinen Notizblock. »Wie heißt der Professor?«

»Dean Lund, er ist Spezialist für intelligente Mikrosystemtechnologien.«

Mit gerunzelter Stirn schrieb Petterson die Angaben auf und murmelte: »Mikro … system … technologie«. Was das genau war, würde er später noch herausfinden.

»Und die Frau?«

»Sie ist mir heute zum ersten Mal begegnet. Aber Professor Lund hatte sie mir kurz vorgestellt. Sie heißt Laura Dupont.«

»Sind Sie sicher?«

»Ja, absolut. Ich vergesse nie einen Namen.«

»Gut, ist Ihnen sonst noch etwas aufgefallen?«

»Nein«, antwortete Van der Vaart und hielt inne. »Vielleicht doch. Ich bin mir aber nicht sicher. Ich kann mich noch erinnern, dass Professor Lund von einem Mann begleitet wurde, als er gekommen ist. Er ist ebenfalls verschwunden.«

Petterson hörte sich noch die weiteren Zeugenaussagen an, doch sie brachten nichts Neues. Sie bestätigten lediglich die Angaben, die Van der Vaart gemacht hatte.

Als er fertig war, winkte er Doorsen zu sich. »Organisieren Sie mir Informationen über den Professor. Und finden Sie heraus, wer diese Laura Dupont ist, die mit ihm in den Park gegangen ist«, wies er ihn an. Dann zückte er sein Handy und rief die Zentrale an.

Am anderen Ende meldete sich Hal Bruckner, der heute Nachtschicht hatte.

»Hör zu, Hal, ich bin's, Pete. Ich bin hier gerade am Tatort der Universität. Wir haben es vermutlich mit einem Fall von Totschlag zu tun, vielleicht auch Mord. Du musst eine Vermisstenmeldung rausgeben. Einmal für einen Professor Dean Lund und einmal für eine gewisse Laura Dupont. Vielleicht gibt es noch eine dritte Person, von der wir den Namen aber noch nicht wissen. Doorsen wird dir die Einzelheiten gleich durchgeben.«

Als Petterson seine Durchsage beendet hatte, legte er auf und seufzte innerlich. Er wusste, dass er die ganze Nacht würde durcharbeiten müssen. Jetzt konnte er sich auch die Wiederholung des Fußballspiels an den Hut stecken. Es war wirklich an der Zeit, sich mal einen HD-Rekorder anzuschaffen.

26

Stadtzentrum Utrecht, Niederlande

Dean brachte den Sharan unter einer großen Linde im Schatten der Straßenlampen zum Stehen und schaltete die Scheinwerfer aus. Er hatte sie auf direktem Weg ins Zentrum von Utrecht gefahren. Etwa fünfzig Meter vor ihnen lag ein hell beleuchteter Polizeiposten. Ein Streifenwagen hatte davor geparkt, doch es war nirgends ein Polizist zu sehen.

»Und das war's jetzt einfach?«, fragte Laura.

Seit sie aus dem Wald losgefahren waren, hatte sie ihn damit gelöchert, was es mit diesem Gerät auf sich hatte und was er damit nun tun wollte. Doch er hatte sich darüber ausgeschwiegen und stur auf die Straße gestarrt. Dann hatte sie versucht, ihn davon zu überzeugen, mit ihr zur Polizei zu gehen und sich zu stellen. Auch darauf hatte er nicht reagiert. Als sie realisiert hatte, dass alles nichts brachte, hatte sie aufgegeben und war die letzten Minuten der Fahrt ebenfalls verstummt.

»Am besten, du erzählst der Polizei alles genau so, wie es passiert ist.«

»Und dann verschwindest du einfach wieder? So wie das letzte Mal?«

Dean wandte sich ihr zu, doch sie konnte sein Gesicht in der Dunkelheit nur schemenhaft erkennen. Er ergriff ihre Hand. »Es tut mir leid, dass ich dich damals so verletzt habe. Aber ich konnte nicht mehr länger mit dir zusammen sein, ohne dich einem Risiko auszusetzen.« Er senkte den Kopf.

»Außerdem hätte ich es nicht mehr fertiggebracht, dich nochmals zu sehen. Ich hätte dir nicht in die Augen schauen und dich dabei anlügen können.«

Laura drückte seine Hand. Seine Nähe fühlte sich noch immer vertraut an. Es war fast, als hätte es die letzten zwei Jahre nie gegeben. »Dean, du bist Wissenschaftler und kein Terrorist. Du kannst nicht so weitermachen. Du musst das jetzt endlich beenden, bevor es zu spät ist. Das ist der einzige Weg!«

»Das würde nichts bringen. Die Polizei könnte in diesem Fall nicht das Geringste unternehmen. Ich habe gar keine andere Wahl.«

Bevor Laura etwas erwidern konnte, klopfte es am Fenster. Sie sah auf und erkannte einen Mann mit einer Polizeimütze.

»Wer ist das?«, flüsterte Dean.

»Die Polizei.«

Bevor Dean etwas dagegen unternehmen konnte, hatte sie das Fenster heruntergelassen. Sie hatte eine Entscheidung getroffen.

Der Polizist bückte sich und sah zu ihnen hinein.

»Guten Abend.«

»Hallo, Officer.« Laura schenkte ihm ein Lächeln. »Ist etwas nicht in Ordnung?«

»Sie stehen im Halteverbot.«

»Ach ja? Das tut mir leid, das müssen wir übersehen haben.«

»Ich muss Sie bitten weiterzufahren.«

»Kein Problem, Officer. Danke, dass Sie es uns gesagt haben.«

»Schon in Ordnung …« Der Officer stockte plötzlich. »Was ist denn mit Ihrem Seitenspiegel passiert?«

Laura rutschte das Herz in die Hose, als sie sah, dass der

halbe Spiegel fehlte. Das war ihr bisher noch gar nicht aufgefallen.

»Das haben wir uns eben auch schon gefragt.« Sie hoffte, dass er das Zittern in ihrer Stimme nicht bemerkte. »Wir waren vorhin bei Freunden zu Besuch, und als wir zurückkamen, war die Hälfte abgeschlagen.« Eine bessere Lüge kam ihr auf die Schnelle nicht in den Sinn. »Vermutlich irgendwelche Vandalen.«

Der Officer nahm seine Stablampe hervor und richtete das Licht auf das zerschmetterte Plastik. Dann leuchtete er in den Wagen und sah sich Dean und Laura an. Zum Glück lag Deans Verletzung auf der abgewandten Seite des Gesichts. Laura betete, dass er das Auto nicht noch weiter untersuchte. Im Heck waren unübersehbar Einschusslöcher.

»Wo hatten Sie den Wagen denn geparkt?«

»Irgendwo in der Nähe des Bahnhofs. Ich weiß nicht mehr genau, wie die Straße hieß. Wir sind nicht von hier.«

»Haben Sie den Vorfall denn bereits gemeldet?«

»Nein, es ist eben erst passiert.«

Der Polizist steckte die Stablampe wieder weg. »Na gut, vergessen Sie es aber nicht.«

»Natürlich«, sagte Laura.

»Und lassen Sie auch den Seitenspiegel umgehend reparieren. Eigentlich dürfte ich Sie gar nicht damit fahren lassen.«

»Vielen Dank, Officer. Wir werden uns gleich morgen darum kümmern.«

»Gut. Einen schönen Abend noch.«

»Ja, ebenfalls«, sagte Laura noch immer lächelnd. Dann ließ sie das Fenster wieder hochfahren und atmete tief durch.

»Warum hast du das getan?«, fragte Dean.

Laura sah ihn an. »Du lässt mir keine andere Wahl.«

»Das wäre die beste Gelegenheit gewesen, mich festnehmen zu lassen.«

»Du hast gesagt, dass die Polizei nichts unternehmen könnte. Vielleicht werde ich es gleich schon wieder bereuen, aber ich glaube dir. Außerdem will ich wissen, wer hinter mir her ist. Und die einzige Spur dazu ist dieses Gerät.«

Dean schüttelte den Kopf. »Du weißt nicht, worauf du dich da einlässt.«

»Sagst du mir jetzt, was du weißt?«

Dean schaltete das Licht an und fuhr los. »Ich weiß nicht mehr als du. Die einzige Erklärung, die einen Sinn ergibt, ist, dass jemand herausgefunden haben muss, dass ich etwas mit dem Anschlag zu tun habe.«

»Aber was hat das mit mir zu tun? Warum sollte mich jemand entführen wollen?«

»Ich weiß es nicht. Vielleicht um mich unter Druck zu setzen.«

»Wofür?«

Dean sah sie ratlos an. »Ich habe keine Ahnung.«

»Und was machen wir jetzt?«

»Wir werden herausfinden, was sich auf dem Gerät befindet. Vielleicht bringt uns das weiter.«

Ein unbehagliches Gefühl begann sich in ihr auszubreiten. Sie wusste nicht, ob sie Dean wirklich vertrauen konnte. Er hatte sie schon einmal für Common Ground fallen lassen. Trotz der Nähe, die sie zu ihm spürte, war sie sich nicht sicher, ob er es nicht wieder tun würde. Vielleicht wäre es klüger gewesen, doch zur Polizei zu gehen. Aber dann würde sie vermutlich nie erfahren, was hier los war. Außerdem würde sie dann die einzige Spur verlieren, die zu Common Ground führte. Die Ermittlungen von Europol würden wahrscheinlich noch Wochen dauern, bis sie die ersten Ergebnisse lieferten. Sie durfte diese Gelegenheit nicht verpassen.

»Wo fahren wir eigentlich hin?«, fragte sie, als er auf die Hauptstraße Richtung Amsterdam einbog.

»Zu einem Freund. Er kann uns vielleicht weiterhelfen.«
»Ein Freund? Ist er auch von Common Ground?«
»Nein, er ist einfach nur ein Freund.«

27

Amsterdam, Niederlande

Etwas kratzte an der Scheibe. Liang sah von seinem Bildschirm auf und strich sich über die flaumigen Haare seines Oberlippenbarts. Draußen war es bereits dunkel geworden, und im Fensterglas war nur die Spiegelung des spärlich beleuchteten Arbeitszimmers zu erkennen. Es kratzte erneut. Liang seufzte und stand auf. Er brauchte nicht hinaussehen zu können, um zu wissen, was los war. Das Geräusch gehörte schon genauso zu seinem Haus wie das Knarren der Holztreppe oder das Pfeifen des altmodischen Wasserkochers seiner Frau.

Liang öffnete das Fenster. Von der Fensterbank aus sahen ihn zwei Augen erwartungsvoll an.

»Wo warst du denn die ganze Zeit, Shasami?« Liang hob die weiße Perserkatze seiner Frau auf den Arm. »Ich hab dich eben schon ständig gerufen.«

Er tätschelte ihren Kopf, woraufhin sie die Ohren anlegte und sich in seinem Arm zu winden begann. Liang ließ das Tier zu Boden gleiten und schloss das Fenster. Shasami blieb unschlüssig stehen und sah sich im Arbeitszimmer um. Mit fragendem Blick sah sie wieder zu Liang hinauf.

»Ja, ich weiß, Kleines«, sagte dieser. »Ich vermisse Yasohi auch. Aber sie ist ja bald wieder da.«

Als hätte ihn die Katze verstanden, wandte sie sich ab und tappte aus dem Zimmer.

Gedankenverloren nahm Liang einen Schluck Grüntee, als das Telefon klingelte. Verdutzt sah er auf die Uhr auf seinem Bildschirm. Es war kurz nach halb acht. Wer rief wohl um diese Uhrzeit bei ihm an? Seine Frau konnte es kaum sein, in Peking war es gerade mitten in der Nacht. Nach dem fünften Klingeln nahm er ab.

»Liang Hsu?«

»Liang, Gott sei Dank erreiche ich dich! Hier ist Dean.«

»Dean? Das ist ja …«, Liang stockte. »Entschuldigung, aber mit dir hätte ich jetzt gar nicht gerechnet! Wie geht es dir?«

»Tja, um ehrlich zu sein, es könnte besser gehen. Bist du allein?«

»Ja … ähm, ich bin allein. Meine Frau und meine Tochter sind bei der Familie. Warum fragst du? Was ist los? Du klingst nicht gut.«

»Ja, hör zu, arbeitest du noch immer bei Cysec?«

»Ja, warum?«

»Ich bin jetzt gerade in einer Telefonzelle am Stadtrand von Utrecht. Ich könnte in etwa einer halben Stunde dort sein. Können wir uns treffen? Dann erklär ich dir alles.«

Liang zögerte. »Willst du mir nicht sagen, worum es geht?«

»Lieber nicht. Nicht am Telefon.«

Liang zupfte am Kabel seines Telefons. »Also gut, ich werde da sein.«

»Danke, mein Freund, bis gleich.«

Als das Freizeichen erklang, legte Liang den Hörer wieder auf. Für einige Augenblicke stand er nur da und sah ins Leere. Ein kratzendes Geräusch aus dem Wohnzimmer riss ihn aus seiner Erstarrung.

»Shasami!«, schimpfte er.

Es gab zwei Dinge, die seine Frau über alles liebte. Shasami und das Chesterfield Sofa – und die Kombination von beidem war nur schwer verträglich. Liang griff nach den Autoschlüsseln auf dem Schreibtisch und holte die Transportbox für die Katze aus der Küche.

28

Centro de Energía Geotérmica, Cervera, Spanien

Die geothermische Anlage des Hot-Dry-Rock-Projekts Cervera lag knapp siebzig Kilometer nordwestlich von Barcelona im Süden Kataloniens. Durch Rohre, die fünf Kilometer tief in den Untergrund getrieben waren, wurden dort pro Minute viertausendachthundert Liter Wasser mit einem Druck von achtzig Bar in rissiges Felsgestein gepresst. Im urzeitlichen Backofen der Erdkruste wurde das Wasser bei über zweihundert Grad aufgeheizt und durch weitere Röhren zurück an die Oberfläche geführt.

Inmitten der staubtrockenen Landschaft von Cervera, wo kaum mehr als die knorrigen Stämme vereinzelter Olivenhaine der Hitze trotzen konnten, jagte das heiße Wasser danach in Stahlrohren durch verschiedene Anlagen hindurch, um seine Reise schließlich unter hohem Druck als Wasserdampf in Hochleistungsturbinen zu beenden.

Durch diesen Prozess konnte das Kraftwerk genügend Strom erzeugen, um damit eine ganze Kleinstadt zu versorgen. Allerdings wurde nur ein Teil davon tatsächlich für diesen Zweck verwendet. Der eigentliche Grund für den Bau der Anlage war ein anderer. Über eine unterirdische Leitung, von der niemand außer dem Betreiber der Anlage etwas wusste, wurde ein Teil der Energie direkt zu einem Gebäude auf dem benachbarten Grundstück geführt.

Das Centro de Energía Geotérmica, auch kurz CEG genannt, war die Forschungsstation der geothermischen Anlage. Das schmucklose Gebäude war ein flach auf den Boden gedrückter Bau, der durch seine rechteckige Form an einen platten Schuhkarton erinnerte. Wie für private Forschungsstationen nicht unbedingt unüblich war auch das CEG von einem hohen Sicherheitszaun umgeben. Dem genauen Beobachter musste allerdings auffallen, dass das Gebäude ungewöhnlich gut bewacht war. Hinter dem massiven Eisentor des Eingangs waren genügend Wachmänner aufgestellt, um damit einen Militärstützpunkt zu sichern. Auch auf dem Grundstück patrouillierte ein halbes Dutzend Männer, die mit Gewehren bewaffnet waren.

Mehrere Kilometer von der nächsten Siedlung entfernt und umgeben von einer großräumigen Sperrzone war die Anlage jedoch abgelegen genug, dass niemand dazu kam, sich darüber zu wundern. Doch für den Mann, der gerade durch die Dunkelheit über das Gelände lief, war dies kein Grund, sich nicht trotzdem darüber Sorgen zu machen.

Unter dem Schutzhelm funkelten seine dunkelbraunen Augen wütend, als er auf die Forschungsstation zumarschierte. Aaron Celler hatte es sich zur Gewohnheit gemacht, jederzeit mit dem Schlimmsten zu rechnen und über Probleme nachzudenken, noch lange bevor sie auftreten konnten. Er überließ nichts dem Zufall. Diese Vorsicht, die schon fast an Paranoia grenzte, hatte ihn in vielen Situationen davor bewahrt, bei seinen Aktionen gefasst zu werden. Und trotzdem befand er sich jetzt in einer Situation, die er um jeden Preis hatte vermeiden wollen.

Er schritt an einem verworrenen Netzwerk von Leitungen vorbei, das sich auf der anderen Seite des Sicherheitszauns über das Areal des Kraftwerks erstreckte. In einiger Entfernung stand im matten Licht einiger Scheinwerfer ein Bohrturm, der aussah wie ein in den Boden gerammtes Krangerüst, auf dem der Schwenkarm fehlte. Im Hintergrund ragten zwei Schornsteine auf und stießen heiße Dampfschwaden aus. Obwohl die Anlage rund um die Uhr arbeitete, herrschte auf dem Gelände zu dieser Stunde kaum Betrieb. Nur das gedämpfte Heulen der Dampfturbinen war aus der Ferne zu hören.

Celler schenkte der gewaltigen Anlage neben sich kaum Beachtung. Er war zu sehr mit den Ereignissen der letzten Stunden beschäftigt, um irgendetwas von seiner Umgebung wahrzunehmen.

Im Gegensatz zu seinen bisherigen Aktivitäten stellte ihn Common Ground vor eine schier endlose Zahl von möglichen Risiken, die kaum alle zu überblicken waren. Obwohl das Projekt perfekt durchdacht und vorbereitet war, hatte sich in ihm schon von Beginn an das unbestimmte Gefühl eingenistet, dass es Probleme geben würde. Es gab einfach zu viele Schwachstellen, die er hatte tolerieren müssen, um das Projekt durchführen zu können.

Der Professor war eine davon.

Als er am Nachmittag von Sophie Delacroix angerufen wurde, sollten sich seine Befürchtungen schneller bewahrheiten, als er erwartet hatte. Noch bevor sie ein Wort gesagt hatte, wusste er schon, dass etwas schiefgegangen sein musste.

Als er den Eingang des Gebäudes erreicht hatte, riss er den Schutzhelm vom Kopf und gab ungeduldig auf einem Zahlenfeld seinen Code ein. Er hatte gerade seine Lagebesprechung mit dem Wachposten beendet und konnte es kaum erwarten, ob Elena inzwischen Neuigkeiten für ihn hatte.

Das Innere der Forschungsstation war hell erleuchtet. Vom Eingang ging nur eine einzige Tür ab, die mit einem Daumenabdruck-Scanner versehen war. Auf der anderen Seite des Raums stand ein weißer Empfangstresen, hinter dem ein bewaffneter Wachmann auf mehreren Monitoren das Areal um die Station herum überwachte.

Celler passierte den Eingang, ohne den Wachmann eines Blickes zu würdigen, und presste seinen Daumen gegen den Scanner. Die Tür glitt zur Seite und gab den Weg in einen langen Gang frei. Direkt vor ihm lag ein Aufzug, der in das Herzstück der Anlage führte. Das BRAIN, wie das Team den dreißig Millionen teuren Server nannte, der jede kleinste Aktivität des Botnetzes steuerte. Der Server war durch zwei massive Schleusentore gesichert und befand sich in einem unabhängigen Bereich zwanzig Meter unter ihnen.

Celler zückte sein Telefon, um Elena zu sich ins Büro zu bestellen, als sich die Fahrstuhltür öffnete und sie hinaustrat. Ihr weißer Labormantel ließ sie beinahe mit den Wänden des Gangs verschmelzen. Auch ihr mit Sommersprossen übersätes Gesicht hatte durch die zwei Jahre Arbeit in fensterlosen Räumen einen blassen, fast weißlichen Ton angenommen. Der einzige farbige Akzent ihrer Erscheinung war ein störrischer Schopf feuerroter Haare, den sie zu einem strengen Pferdeschwanz nach hinten gebunden hatte.

Elenas Aufmerksamkeit war auf einen Tabletcomputer in ihrer Hand gerichtet. Als sie bemerkte, dass sie nicht allein war, sah sie überrascht auf.

»Ich will Sie sofort in meinem Büro sprechen«, befahl Celler ohne Umschweife. »Und bringen Sie Giuliana mit.«

Ohne ein weiteres Wort wandte er sich von ihr ab und hielt auf eine Flügeltür auf der rechten Seite des Ganges zu. Als er eintrat, umhüllte ihn ein Klangteppich aus gedämpften Stimmen. Vor ihm lag das MIND. Die mit modernster Computertechnik ausgerüstete Hauptschaltzentrale war das Gegenstück zum BRAIN und wirkte eher wie ein Militärstützpunkt als wie die illegale Basis einer Aktivistengruppe. In dem Raum von der Größe einer kleinen Lagerhalle befanden sich zwei Reihen von je sechs Arbeitsinseln. Zufrieden stellte Celler fest, dass fast sämtliche Plätze besetzt waren und das

Team konzentriert daran arbeitete, die Spuren des ersten Angriffs auf SWIFT zu verwischen. Niemand sah auf, als er zwischen den Reihen hindurchging. Am Ende des Raums öffnete er eine mattierte Glastür und betrat sein Büro.

Der Raum war spartanisch eingerichtet. Neben einem Schreibtisch aus gebürstetem Aluminium befand sich zur Linken ein kleiner Konferenzbereich mit Möbeln aus Chromstahl und zur Rechten ein Bildschirm, der sich über die gesamte Seitenwand erstreckte. Über dem Bildschirm verteilte sich ein Raster aus Fenstern, welche die Bilder eines lückenlosen Netzes aus Überwachungskameras im Innern der Anlage zeigten. Mit einem Gefühl von Überlegenheit und Macht trat Celler vor den Bildschirm und ließ seinen Blick über die Bilder der Überwachungskameras schweifen. Er machte kein Geheimnis daraus, dass er trotz des sorgfältigen Auswahlprozesses seines Teams niemandem wirklich vertraute. Er kontrollierte es wie ein Gefängnisdirektor seine Insassen.

Die Kamerabilder auf seinem Bildschirm zeigten, was er bereits erwartet hatte: Der Fitnessraum, die Schlafräume und die Kantine waren leer. Wie in einer gut geölten Maschinerie war jeder auf seinem Platz und wusste, was er zu tun hatte. Nach zwei Jahren Vorbereitungszeit waren alle bis aufs Äußerste angespannt. Die Stunden nach dem ersten Angriff waren die entscheidende Phase. Wenn es ihnen gelang, die Spuren des Botnetzes unauffällig zu beseitigen, hatten sie den riskantesten Teil hinter sich. Dann war die UN ihnen auf Gedeih und Verderb ausgeliefert.

Hinter ihm klopfte es an der Tür.

»Herein.«

Elena und Giuliana betraten das Büro. Äußerlich hätte der Kontrast zwischen den beiden Frauen kaum größer sein können. Es war weniger der hellbraune Teint der Spanierin, der sie von Elenas blassem Äußeren unterschied, als der rot-blaue

Trainingsanzug von La Furia Roja, den die ehemalige Earth-First!-Aktivistin wie ein Markenzeichen trug. Seit ihren gemeinsamen Hackerangriffen auf Baufirmen in Murcia hatte er sie nur selten in etwas anderem gesehen.

»Hat sich der Professor inzwischen endlich gemeldet?«, fragte Celler an Elena gewandt.

»Nein, die Verbindung ist tot. Ich konnte ihn auch nicht orten. Er muss sein Telefon ausgeschaltet haben.«

»Und Hauser?«

Elena schüttelte den Kopf. »Es muss etwas passiert sein.«

Celler ballte seine Hand zur Faust. Er hatte alles bis in das kleinste Detail geplant, und nun passierte das! »Hat Lund bereits versucht, über seine Remoteverbindung auf den Server zuzugreifen?«

»Nein, das letzte Mal, als er sich eingeloggt hat, war vor zwei Tagen. Seither hat er seinen Account nicht mehr benutzt.«

»Gut, behalten Sie das genau im Auge. Melden Sie mir sofort, falls er es doch noch versuchen sollte.«

»In Ordnung. Ich halte Sie auf dem Laufenden.«

Celler richtete sich an Giuliana. »Wie stehen Ihre Arbeiten mit dem Botnetz?«

»Bis Mitternacht sollten wir sämtliche Spuren verwischt haben. Falls es den Netzwerkspezialisten der UN überhaupt gelingen sollte, das Botnetz aufzuspüren, werden sie nichts als wertlose Programmfragmente vorfinden.«

»Und wie sieht's mit dem zweiten Botnetz aus?«

»Ist in wenigen Stunden einsatzbereit. Deans Programme verbreiten sich wie eine Grippeepidemie. Inzwischen sind bereits hundertachtzig Millionen Computer infiziert. Dieses Botnetz wird bei einem Angriff auf SWIFT noch unüberwindbarer sein als das erste. Die Pfeifen dort werden uns völlig ausgeliefert sein.«

Celler nickte. »Überwachen Sie weiterhin das Netz nach Spürhunden. Ich will nicht, dass irgendjemand das zweite Botnetz bemerkt, bevor wir es aktivieren.«

Als die beiden Frauen gegangen waren, wandte sich Celler wieder dem Bildschirm zu. Gedankenverloren wanderte sein Blick über die Kamerabilder der Anlage, während er über das Problem mit Lund nachdachte. Bis jetzt hatte alles perfekt geklappt. Und nun wurde dieser verdammte Professor bereits am ersten Tag des Angriffs zum Risikofaktor. Egal, was schiefgelaufen war, sie mussten schnell und entschlossen handeln. Er griff nach dem Telefon und wählte eine Nummer.

»Haben Sie schon etwas herausgefunden?«, meldete sich einen Augenblick später die Stimme von Richard Bloom.

»So wie es aussieht, ist beim Professor etwas vorgefallen«, sagte Celler. Er informierte ihn darüber, was er eben von Elena erfahren hatte.

»Verdammt«, brummte Bloom, nachdem Celler geendet hatte. »Wissen Sie, ob sie verletzt sind?«

»Das können wir jetzt noch nicht sagen.«

»Wie konnte das nur passieren?«

»Ich denke, der Professor hat Mist gebaut.«

»Inwiefern?«, fragte Bloom.

»Vermutlich hat er Skrupel gekriegt, nachdem ihn diese Dupont aufgesucht hat.«

»Dean? Das kann ich kaum glauben.«

»Mir ist egal, was Sie glauben«, blaffte Celler in den Apparat. »Ich werde mir von diesem Kerl keinen Strich durch die Rechnung machen lassen. Wir müssen dieses Problem sofort lösen.«

Auf der anderen Seite der Leitung wurde es für einen Augenblick still. »Was schlagen Sie vor?«, fragte Bloom schließlich.

»Rufen Sie die anderen an. Wir müssen eine Entscheidung treffen.«

29

Cysec International, Amsterdam, Niederlande

»Was genau macht dein Freund?«, fragte Laura und sah an der Fassade des dreistöckigen Bürogebäudes hinauf. In leuchtendem Grün ragte über ihnen der kantige Schriftzug einer Firma, die sich Cysec International nannte.

Sie befanden sich auf einem Industrieareal am Rande von Amsterdam. Um sie herum standen Lagerhallen und weitere Bürokomplexe, die wie riesige Bauklötze in der Dunkelheit lagen. Abgesehen von einem einzelnen Lastwagen, der in einiger Entfernung mit ratterndem Motor vor einer Laderampe parkte, war das Gebiet wie ausgestorben.

Dean hatte das Auto in der Nähe am Straßenrand abgestellt. Den restlichen Weg bis zum Sitz von Cysec waren sie zu Fuß gegangen. Das quaderförmige Bürogebäude war leicht von der Straße zurückversetzt und lag hinter einer gepflegten Rasenfläche. Im zweiten Stock brannte in einem Eckbüro Licht. Der Rest des Gebäudes lag im Dunkeln.

»Er arbeitet in der IT-Security«, sagte Dean. »Seine Firma prüft Sicherheitslücken in Computersystemen von Firmen. Sie spüren Schwachstellen auf, über die jemand anderes in ihre Computer eindringen könnte.«

Sie traten näher zum Eingang, und ein Scheinwerfer sprang an. Wie auf einer Bühne waren sie inmitten der Dunkelheit plötzlich in einen Lichtkegel getaucht. Laura war unwohl dabei. Nach dem Angriff des Fremden in Utrecht fühlte sie sich noch immer verfolgt.

»Woher kennst du ihn?«, erkundigte sie sich.

»Er hat früher auch an der Universität Delft gearbeitet, am Institut für Informatik. Er hat mir damals bei der Programmierung meiner intelligenten Systeme geholfen.«

»Sollte ich ihn dann nicht kennen?«

Dean ging auf die Eingangstür zu, spähte durch die Scheibe ins Innere. »Nein, er hat die Universität schon vor einigen Jahren verlassen. Cysec hatte ihn abgeworben, lange bevor wir uns kennengelernt haben.«

Laura hörte rechts über sich ein leises Surren. Eine Kamera schwenkte auf sie zu und blieb stehen, als sie Dean und Laura im Visier hatte. Sie warfen sich einen kurzen Blick zu und warteten.

Kurz darauf ging im Erdgeschoss das Licht an, und am Ende eines langen Gangs tauchte eine schmale Gestalt auf. Als sie näher kam, erkannte Laura, dass er Asiate war. Seine Haare standen wirr vom Kopf ab, und er trug einen feinen Schnauzbart, der aus nicht viel mehr als einem dünnen Flaum bestand. Laura schätzte ihn auf Mitte dreißig.

Der Asiate winkte ihnen zu und entriegelte die Glastür.

»Dean!«, rief er erfreut und reichte ihm mit einem Lächeln die Hand. Die andere legte er darüber und begrüßte seinen Freund mit einer leichten Verneigung. »Was für eine Überraschung, dich zu sehen! Und dazu noch in so charmanter Begleitung!«

»Liang, alter Freund«, erwiderte Dean. »Es muss eine Ewigkeit her sein.«

»Viel zu lange!«, gab Liang zurück und sah dann zu Laura.

Dean stellte sie einander vor, und Liang wiederholte seine Begrüßungsprozedur.

»Was treibt dich denn in diese abgelegene Gegend?«, fragte er. »Bis du mich eben angerufen hast, dachte ich, du wärst irgendwo am anderen Ende der Welt!«

Als Dean nichts erwiderte, sah er zwischen ihm und Laura hin und her. Dann blieb sein Blick auf Deans Wunde an der Schläfe hängen.

»Ist etwas nicht in Ordnung? Du siehst nicht gut aus!«

»Das ist eine lange Geschichte«, antwortete Dean. »Können wir reinkommen?«

Liang zögerte. Dann setzte er wieder sein Lächeln auf und sagte: »Ja, natürlich! Bitte kommt!«

Er ließ sie herein und schloss danach wieder die Tür zu. »Eigentlich dürfte ich um diese Uhrzeit niemanden in das Gebäude lassen«, erklärte er. »Doch bei dir ist das natürlich etwas anderes.«

»Es tut mir leid, wenn wir dir Unannehmlichkeiten bereiten«, sagte Dean.

»Ganz im Gegenteil«, entgegnete Liang. »Ich freue mich, dich nach so langer Zeit endlich wiederzusehen. Kommt mit, in meinem Büro ist es gemütlicher.«

Er führte sie zu einem Lift am Ende des Gangs. Als sie oben in seinem Büro ankamen, räumte er hastig einen kleinen Sitzungstisch frei. Der größte Teil des Raums lag im Dunkeln, nur der Bereich, in dem der IT-Experte arbeitete, war von zwei Halogenlampen erhellt, die über einer Reihe von Monitoren ragten. Weiter hinten konnte Laura weitere Arbeitsplätze erkennen, die durch halbkreisförmig aufgestellte Monitore wie kleine Cockpits wirkten.

»Ich kann euch leider nicht viel anbieten«, setzte Liang an, »aber wenn ihr mit etwas Tee vorliebnehmen könnt …« Er stockte, als er Deans ernsten Gesichtsausdruck sah.

»Hör zu, Liang«, sagte Dean. »Du musst mir einen Gefallen tun.«

Liang ließ die Thermoskanne sinken, nach der er eben gegriffen hatte. »Das habe ich schon vermutet«, sagte er. Dann wies er auf den Tisch. »Bitte, nehmt doch erst einmal Platz.«

Er nahm zwei Becher aus einem Schrank und goss dampfenden Tee hinein. Sich selbst schenkte er nichts ein.

»Was ist passiert?«, fragte er, als sie sich gesetzt hatten.

Im weißen Licht der Halogenlampen sah Laura, dass Deans Platzwunde größer geworden war. Die Blutung hatte zwar aufgehört, dafür hatte sich aber unter der Haut ein blauvioletter Bluterguss gebildet, der sich über die gesamte Schläfe zog.

»Das kann ich dir nicht sagen, Liang. Je weniger du weißt, desto besser ist es für dich.«

»Wie meinst du das?«, fragte Deans alter Freund verwundert. »Hat das etwas damit zu tun, dass du verschwunden bist? Als ich damals gehört hatte, dass du von der Universität Delft entlassen wurdest, hatte ich versucht, dich zu erreichen. Aber du warst wie vom Erdboden verschluckt.«

Dean lehnte sich nach vorn und sah den Asiaten eindringlich an. »Ich weiß, dass es viel verlangt ist, Liang, aber ich kann dir nicht sagen, worum es geht. Ich ziehe dich wirklich nur ungern in die Sache mit hinein, aber ich habe keine andere Wahl. Ich brauche deine Hilfe, aber du darfst keine Fragen stellen.«

»Hm.« Liang schürzte die Lippen. »Wobei soll ich dir denn helfen?«

Dean zog das Smartphone des Killers aus der Tasche seines Tweedjacketts und legte es auf den Tisch.

»Ich muss an die Informationen rankommen, die sich in diesem Telefon befinden. Nachrichten, E-Mails, Telefonate. Alles, was du finden kannst. Ich muss wissen, mit wem über dieses Handy telefoniert wurde und wo dieser Anschluss liegt. Kannst du das für mich tun?«

Der IT-Experte nahm das Gerät in die Hand und betrachtete es eingehend. »Das sieht mir nach keinem Modell aus, das ich kenne. Es hat auch keine physische Schnittstelle, über die ich darauf zugreifen könnte. Hat es einen Zugangscode?«

»Das nehme ich an. Aber du darfst das Gerät nicht anschalten, ich will nicht, dass man uns orten kann.«

Liang sah Dean forschend an. »Dann werde ich es öffnen müssen, um an die Daten zu kommen.«

Dean nickte. »Wirst du mir helfen?«

Der Asiate schwieg eine Weile und meinte schließlich: »Es gibt ein altes chinesisches Sprichwort, das sagt: ›Verantwortlich ist man nicht nur für das, was man tut, sondern auch für das, was man nicht tut.‹ Es wird eine Weile dauern, aber ich denke, das sollte zu schaffen sein.«

»Ich danke dir, mein Freund. Ich wusste, dass ich auf dich zählen kann.«

30

Europäische Kommission, Brüssel, Belgien

»Vielen Dank, dass Sie dieses kurzfristige Treffen möglich gemacht haben.« Der Botschafter der Vereinigten Staaten reichte Gregory Pollak die Hand.

Der EU-Kommissionspräsident setzte sein diplomatisches Lächeln auf und begrüßte den Gesandten aus dem Weißen Haus. »Selbstverständlich, das Anliegen ist für uns nicht weniger dringend als für die Vereinigten Staaten.« Er wies auf einen schwarzen Sessel vor seinem Schreibtisch. »Bitte setzen Sie sich.«

George William Brown nahm Platz und faltete die Hände vor dem Kinn. Der Botschafter hatte nicht nur dieselben Initialen und die gleichen eng zusammenstehenden Augen wie einer der früheren US-Präsidenten, er schien auch vom selben urtümlichen Schlag von Cowboys abzustammen, wie ihn nur ein Bundesstaat wie Texas hervorzubringen vermochte.

Pollak fiel auf, dass Browns Blick über die Fensterfront hinter dem Schreibtisch glitt. Es gab einen guten Grund, weshalb der Kommissionspräsident hohen Besuch am liebsten in seinem Büro empfing. Die Sicht aus dem zwölften Stock des Berlaymont-Gebäudes war beeindruckend. Das nicht enden wollende Lichtermeer von Brüssel war die perfekte Versinnbildlichung der Macht, die von diesem Ort ausging. Diese leichte Prise Protz und Einschüchterung hatte sich schon in so mancher Verhandlung als nützlich erwiesen. Zufrieden stellte Pollak fest, dass die Wirkung des Ausblicks offenbar auch am Botschafter nicht vorbeiging.

»Kann ich Ihnen etwas zu trinken anbieten?«, fragte er.

»Nein danke, ich denke, wir haben beide nur wenig Zeit.«

Pollak gab dem Sekretär, der Brown hereingebracht hatte, ein Zeichen, dass er nicht mehr gebraucht wurde, und setzte sich hinter seinen Schreibtisch.

»Wenn es Ihnen recht ist, komme ich gleich zum Punkt«, begann der Botschafter.

»Schießen Sie los.«

»Bei uns ist im Moment ganz schön Feuer im Stall, wenn ich das so sagen darf.« Brown machte eine bedeutungsvolle Pause. »Der Angriff auf SWIFT droht sich zu einer diplomatischen Bombe zu entwickeln. Die Tatsache, dass sowohl der Hauptsitz als auch die Operating Center von SWIFT auf europäischem und US-amerikanischem Boden liegen, lässt die ganze Welt auf uns schauen. Und das nicht gerade mit Wohlgefallen.«

»Das war zu erwarten«, erwiderte Pollak. »Für Staaten wie China, die schon länger darauf drängen, ein Operating Center auf ihr eigenes Territorium auszulagern, ist das natürlich ein gefundenes Fressen. Nach diesem Angriff ist die Stabilität des internationalen Zahlungsverkehrs erheblich infrage gestellt. Und wir tragen sozusagen die Hauptlast der Verantwortung.«

»Das ist sicher so«, stimmte Brown zu. »Aber so unpassend solcher politischer Opportunismus in Anbetracht der Lage ist, das steht momentan nicht im Vordergrund. Viel wichtiger ist die Beseitigung der Ursache dieses Problems. Die Welt erwartet, dass wir das in den Griff bekommen. Und wenn ich ehrlich sein soll, blickt die USA auch ein bisschen auf Europa.«

Pollak hatte schon geahnt, worauf der Besuch des Botschafters hinauslaufen würde. Kaum hatte die Krise begonnen, wurde bereits nach dem Schuldigen gesucht, den man am Ende für alles zahlen lassen konnte. »Ich nehme an, Sie spielen dabei auf die europäische Nationalität des mutmaßlichen Kopfes der Terroristengruppe an«, sagte er.

»Teilweise, ja«, stimmte der Botschafter zu. »Die Untersuchungen der CIA deuten derzeit stark darauf hin, dass der Anschlag von europäischem Territorium aus geführt wird. Dafür spricht unter anderem auch, dass der Hauptsitz und der größte Teil der zentralen Infrastruktur von SWIFT in Europa liegen.«

Pollak war klar, dass die derzeitigen Indizien dem Botschafter recht gaben. Allerdings kam es nicht infrage, dass die Ursache des Problems allein bei der EU gesucht wurde. »Ein Angriff auf SWIFT kann von überall auf der Welt geführt werden«, entgegnete er. »Es wäre deutlich verfrüht, bereits jetzt Mutmaßungen bezüglich des Standorts der Terroristen anzustellen.«

Der Botschafter legte die Fingerspitzen aufeinander und deutete ein leichtes Nicken an, das nicht zwingend als Zustimmung zu werten war. Pollak verstand Browns Bemerkung als Warnung, dass die USA nicht unbedingt hinter Europa stehen würden, wenn die Schlammschlacht um die Schuldfrage losginge. Und dass die irgendwann losgehen würde, war so sicher wie das Amen in der Kirche.

»Wie auch immer«, sagte der Botschafter nach einer kurzen Pause, »es ist jetzt von zentraler Bedeutung, dass wir unsere Ressourcen zusammenlegen, um den Terroristen so schnell wie möglich das Handwerk zu legen. Es sickern immer mehr Gerüchte über SWIFTs Ausfall von heute Morgen durch. Wir haben bisher die Strategie gefahren, dass keine Kommunikation die beste Kommunikation ist, um keine schlafenden Hunde zu wecken. Aber bereits gegen Nachmittag sind laut dem FBI mehrere Fälle aufgetreten, wo politische Vertreter, die vom Angriff Kenntnis hatten, ihre Bankkonten leerten, um ihr Vermögen als Bargeld zu horten. Und verschiedene börsennotierte Unternehmen, die Verbindungen in die obersten Zirkel der Politik haben, haben bereits ihren Börsenausstieg bekannt gegeben. Offenbar erwarten einige, dass wir der Lage nicht Herr werden, und haben etwas durchsickern lassen. Beim Pressedienst des Weißen Hauses häufen sich die Anfragen von Journalisten.«

»Ich weiß«, sagte Pollak, »bei uns sieht es ähnlich aus. Ich nehme an, Sie haben einen konkreten Vorschlag?«

»Die Katze ist aus dem Sack. Morgen wird jeder wissen, dass SWIFT für eine Stunde ausgefallen ist. Es werden Fragen gestellt werden. Wir müssen jetzt proaktiv vorgehen.«

»Sie denken an eine gemeinsame Kommunikation.«

»Absolut«, stimmte Brown zu. »Wir können die Angelegenheit nicht mehr SWIFT überlassen. Wir müssen das Vertrauen in das internationale Zahlungssystem stützen. Und das ist Regierungssache. Allerdings sollten wir den Vorfall auch nicht allzu sehr aufblasen, damit keine Ängste geschürt werden. Aus unserer Sicht wäre ein gemeinsames Kommuniqué unserer Zentralbanken am zielführendsten. Sie sollen erklären, dass es zu einem technischen Defekt ungeklärter Ursache gekommen ist, dieser jedoch behoben wurde und wir die Situation unter Kontrolle haben.«

»Die Angelegenheit nicht herunterspielen, aber trotzdem unter dem Radar bleiben.«

»So ist es.«

»Ich finde den Vorschlag gut. Was ist allerdings, wenn das nicht reicht? Was ist, wenn sich die Gerüchte über einen Angriff auf SWIFT halten? Haben Sie auch dafür bereits eine Strategie?«

»Fehlinformationen streuen, Informationsflüsse blockieren, ablenken«, zählte Brown knapp auf. »Denn falls wir die Gerüchte nicht unter Kontrolle bekommen und das Vertrauen in das internationale Zahlungssystem gestört wird – und ich sage bewusst *falls*, denn das darf auf keinen Fall passieren –, könnte das katastrophale Folgen haben. Und die möchten wir uns lieber nicht vorstellen müssen.«

31

Europol, Den Haag, Niederlande

»Sagen Sie mir, dass Sie schon etwas herausgefunden haben«, drängte die Stimme aus dem Hörer. »Ich brauche jetzt auch mal eine gute Nachricht!«

»Tut mir leid, Herr Kommissionspräsident«, sagte Gear, »aber wir haben bisher noch keine konkreten Ergebnisse. Wir verfolgen mit den ausländischen Behörden verschiedene Spuren, doch das braucht Zeit.«

»Zeit ist genau das, was wir nicht haben!«, herrschte Gregory Pollak sie an.

Vera Gear saß mit kerzengeradem Rücken auf ihrem Ledersessel im Büro. Ihr Blick glitt über den Schreibtisch aus poliertem Ebenholz hinweg zu einem imaginären Punkt auf der anderen Seite des Raums. Der ungehaltene Ton perlte an ihr ab wie Wasser an einem Wachstuch. Sie hatte es sich zur Gewohnheit gemacht, stets Ruhe und Distanz zu wahren, egal, welcher Sturm gerade über sie hinwegzog.

»Ich weiß«, erwiderte sie ungerührt. »Doch außer der Identität von Aaron Celler haben wir nicht viel mehr als ein paar vage Hinweise zu einigen Gruppen von Umweltaktivisten, mit denen er früher zusammengearbeitet hat. Wir müssen außerdem davon ausgehen, dass wir es hier mit einer professionellen Organisation zu tun haben, die ihren Angriff über Jahre geplant hat. Die Ermittlungen könnten sich über Tage oder sogar Wochen erstrecken, bis wir eine brauchbare Spur gefunden haben.«

»Hören Sie«, donnerte der EU-Kommissionspräsident am anderen Ende der Leitung. »Es ist mir egal, wie Sie das anstellen, schicken Sie von mir aus jeden gottverdammten Straßenpolizisten los und veranstalten Sie in jedem Dreckloch eine Razzia, aber bringen Sie mir Resultate!«

Gear konnte sich bildlich vorstellen, wie sich Gregory Pollak mit rotem Gesicht und aufgeknöpftem Kragen auf seinen Schreibtisch stemmte und in den Hörer zischte. Sie hatte als Direktorin von Europol inzwischen schon zwei EU-Kommissionspräsidenten kommen und gehen sehen, doch Pollak war mit Abstand der schwierigste von allen. Er war nicht nur ein überheblicher Großkotz, er hatte auch überhaupt keine Ahnung, was gute Polizeiarbeit erforderte. Dieser Kerl war ihr durch und durch unsympathisch. Schon allein sein Gesicht mit den abstehenden Ohren und der Knollennase weckte in ihr Aversionen. Darüber hinaus war er auch erzkonservativ und hatte schon mehr als einmal durchblicken lassen, dass er an der Spitze der Europäischen Polizei lieber einen Mann als eine Frau gesehen hätte. Offenbar war er noch dem alten Bild verfallen, dass man zwei Eier brauchte, um ein guter Polizist zu sein. Gear tröstete sich mit dem Gedanken, dass auch seine Zeit irgendwann vorbei sein würde.

»Herr Präsident, wie Sie wissen, sind wir in diesem Fall dazu gezwungen, sehr behutsam vorzugehen. Da die Öffentlichkeit nichts über die Blockade von SWIFT erfahren darf, sind unsere Möglichkeiten ziemlich eingeschränkt.«

»Das ist mir durchaus bewusst«, zischte Pollak. »Aber ich möchte, dass Ihnen eines klar ist. Common Ground agiert aller Wahrscheinlichkeit von Europa aus, da Celler seine Netzwerke in Spanien, Italien, Frankreich und den Niederlanden hat. Außerdem stehen zwei der drei Server von SWIFT auf europäischem Boden. Alle Augen sind deshalb auf die Europäische Union gerichtet, und man erwartet von uns, dass wir Lösungen bringen. Wenn wir die Sache nicht bald unter Kontrolle haben, werden Köpfe rollen. Und darunter wird ganz bestimmt nicht meiner sein, verstehen Sie mich?«

»Soll das etwa eine Drohung sein?«

»Nein, Frau Gear, das ist nur eine Information«, erwiderte Pollak. »Liefern Sie mir Ergebnisse, und zwar schnell.« Mit einem Klicken war die Verbindung beendet.

Gear legte den Hörer auf und sah auf die elektronische Uhr an der Wand. Es war kurz vor neun. Sie hatte schon zu viele kritische Situationen erlebt, um sich jetzt aus der Ruhe bringen zu lassen. Doch in einem hatte Pollak recht. Sie brauchten dringend eine Spur. Seit dem Angriff auf SWIFT waren inzwischen schon fast dreizehn Stunden vergangen, und sämtliche Ansätze waren bisher im Sand verlaufen. Weder hatte die Europäische Netzwerkagentur nennenswerte Fortschritte bei der Zurückverfolgung der Bots gemacht, noch hatten die Nachforschungen zum Bau eines Supercomputers etwas ergeben.

Großrechner waren inzwischen ein Massenprodukt, und jedes größere Unternehmen verfügte über einen eigenen Server. Anlagen jedoch, wie Common Ground eine verwenden musste, waren schon etwas seltener. Sie beschränkten sich weitgehend auf größere Forschungseinrichtungen, IT-Unternehmen oder Nachrichtendienste. Der Bau einer solchen Anlage musste irgendwelche Spuren hinterlassen haben. Gear rechnete aber nicht damit, dass die Geräte direkt bei einem Hersteller wie IBM, Dell oder HP gekauft worden waren. Es war viel wahrscheinlicher, dass sich die Organisation ihre Computer aus bereits bestehenden Parks zusammengestellt hatte. Dafür musste es Tausende von möglichen Verkäufern gegeben haben, die sie alle würden überprüfen müssen. Sie suchten also die sprichwörtliche Nadel im Heuhaufen.

Auch die Spur zu Aaron Celler war bisher im Sande verlaufen. Außer den zwei Jahre alten Aufnahmen am Flughafen Amsterdam hatte es seither keine weiteren Hinweise mehr gegeben. Weder Interpol noch die nationalen Nachrichtendienste verfügten über irgendwelche brauchbaren Informationen. Nicht einmal die CIA wusste mehr über ihn, obwohl sie weltweit die größten Datenbanken hatte. Der Kerl war wie ein Geist. Er schien in den letzten zwei Jahren regelrecht vom Erdboden verschluckt gewesen zu sein.

Es klopfte an der Tür.

»Herein«, sagte Gear schroff.

Peter Hammond betrat das Büro. Er hatte einen Ausdruck im Gesicht, der auf gute Nachricht hoffen ließ.

»Wir haben möglicherweise eine Spur.«

»Schießen Sie los.«

»Wir haben eine Vermisstenmeldung von einem Polizeirevier in Utrecht reinbekommen.« Er legte eine Mappe auf den Tisch.

Gear öffnete sie und sah sich die Beschreibung an. Als ihr Blick auf die Bilder der beiden Vermissten fiel, sah sie Hammond erstaunt an.

Hammond nickte. »Die Klimawissenschaftlerin.«

»Was ist passiert?«

»Es hat einen Vorfall an der Universität Utrecht gegeben. Dupont hat kurz nach sieben einen Professor Lund aufgesucht. Das ist der zweite Vermisste. Er hatte eine Vorlesung gehalten, als sie ihn aufgefordert hatte, mit ihr unter vier Augen zu sprechen. Nach Augenzeugenberichten hatte sie sehr angespannt gewirkt. Sie sind offenbar in den angrenzenden Park gegangen, wo es dann kurz darauf zu einem Schusswechsel kam. Am Tatort wurden Blutspuren gefunden, und im Park lag Duponts Tasche auf dem Boden. Aber von Dupont und Lund fehlt jede Spur.«

»Das gibt's doch nicht«, murmelte Gear. »Was wissen Sie noch?«

»Ich habe mich über den Professor erkundigt. Über die letzten Jahre steht nur sehr wenig in seinen Akten. Er war eine Weile in den USA und hat dort für eine private Computerfirma gearbeitet. Davor war er an der Universität in Delft, bis er vor zwei Jahren entlassen wurde. Der Zeitpunkt, zu dem er die Universität verließ, deckt sich auf wenige Tage genau mit Cellers Erscheinen in Amsterdam.«

»Verdammt«, sagte Gear. »Das ist keine Stunde von Delft entfernt. Wissen Sie, was sein Fachgebiet ist?«

»Er ist Computeringenieur. Soweit ich das verstanden habe, hat er in Delft an Computerchips mit künstlicher Intelligenz gearbeitet.«

»Künstliche Intelligenz?«

»Ja.« Hammond hob die Augenbrauen. »Er hat offenbar

energiesparende Haushaltsgeräte entwickelt. Er hat seine Forschung mit der Bekämpfung der Klimaerwärmung begründet.«

Gear spürte, wie sie ein Adrenalinstoß durchfuhr. Schwungvoll schloss sie die Mappe und stand auf. »Gute Arbeit, Hammond. Das klingt tatsächlich nach einer echten Spur. Dieser Professor könnte unser Mann sein.«

Hammond verzog keine Miene. Mit den Händen hinter dem Rücken stand er vor ihr wie ein britischer Butler, der auf einen Befehl wartete.

»Klären Sie ab, ob er in der Lage wäre, ein Botnetz aufzubauen«, wies Gear ihn an. »Was wissen Sie weiter über die Schießerei? Könnte das Blut von den Vermissten stammen?«

»Ich habe mit dem zuständigen Beamten gesprochen, einem Inspektor Petterson. Es ist noch nicht geklärt, von wem das Blut stammt. Ein Augenzeuge hatte berichtet, dass der Professor von einem unbekannten Mann begleitet wurde, der ebenfalls nach der Schießerei verschwunden ist. Am Tatort wurden zwei verschiedene Arten von Projektilen gefunden. Außerdem gibt es Reifenspuren, die darauf hindeuten, dass jemand fluchtartig davongefahren ist.«

Gear tigerte vor Hammond hin und her. Vor ihrem geistigen Auge begannen sich verschiedene Szenarien des Tathergangs zusammenzusetzen.

»Haben Dupont oder der Professor einen Waffenschein?«

»Nein. Petterson vermutet deshalb, dass es noch eine vierte Person gegeben haben könnte. Das wird auch dadurch gestützt, dass eines der Projektile ungewöhnlich ist.«

Gear blieb stehen. »Was meinen Sie damit?«

»Das Projektil ist zwar noch in der Ballistik, aber der Inspektor ist sich ziemlich sicher, dass sie aus Karbon ist.«

Gear sah ihn verwundert an. »Das ist tatsächlich ungewöhnlich. Irgendwelche Theorien?«

»Karbonkugeln haben gegenüber normalen Patronen nur einen Vorteil«, sagte Hammond. »Sie sind bei Sicherheitskontrollen wie zum Beispiel an Flughäfen kaum zu entdecken. Außerdem haben die Zeugen von zwei oder drei Schüssen gesprochen. Aber am Tatort wurden sechs Einschusslöcher gefunden. Das weist darauf hin, dass bei einer der Pistolen ein Schalldämpfer verwendet wurde. Wenn man beides zusammennimmt, würde ich darauf tippen, dass es sich bei einem der beiden Schützen um einen Profi gehandelt haben muss, der erst kürzlich ins Land eingereist ist.«

»Hat Petterson eine Vermutung zum Tathergang?«

»Was das anbelangt, hat er sich sehr bedeckt gehalten. Aber am wahrscheinlichsten scheint ihm, dass Lund oder Dupont angegriffen worden sind und der Schusswechsel zwischen Lunds Begleiter und dem vierten Mann stattgefunden hat.«

Gear presste nachdenklich die Lippen aufeinander. Dann griff sie nach der Mappe auf dem Tisch und stürmte zur Tür. »Kommen Sie mit.«

Sie eilte im Stechschritt durch den Gang, Hammond folgte ihr.

»Rufen Sie das Team zusammen. In drei Minuten will ich jeden Profiler, jeden Analysten und jeden leitenden Commissioner im Konferenzraum sehen. Und kontaktieren Sie Interpol, wir brauchen jeden Mann, den wir kriegen können.«

»Was haben Sie vor?«, wollte Hammond wissen.

»Wir müssen herausfinden, wo Dupont und der Professor stecken – falls sie noch leben. Starten Sie eine groß angelegte Fahndung. Ich will, dass alle Flughäfen und Bahnhöfe in einem Umkreis von dreihundert Kilometern kontrolliert werden. Besorgen Sie uns Bilder von den beiden, und schicken Sie sie an alle Polizeistationen. Ich will, dass jeder mit einer Dienstmarke ein Foto von den beiden hat. Außerdem muss ich wissen, mit wem Dupont und der Professor in den letzten Tagen telefoniert haben. Durchleuchten Sie die beiden, Freunde, Familie, mit wem sie in letzter Zeit Kontakt hatten. Alles, was Sie finden können.«

Dann blieb Gear plötzlich stehen. »Und lassen Sie das Blut am Tatort analysieren. Wenn es nicht von Dupont oder dem Professor stammt, könnte es uns Informationen zu einer der beiden anderen Personen geben. Wenn der Professor tatsächlich etwas mit Common Ground zu tun hat, müssen wir davon ausgehen, dass noch jemand anderes hinter der Organisation her ist.«

»Meinen Sie, es könnte eine andere Behörde sein?«, fragte Hammond.

»Das glaube ich kaum. Ich kenne keine Behörde, die Karbonkugeln verwendet. Vielleicht hat irgendwer von dem Plan von Common Ground Wind bekommen und will das Botnetz nun für sich selbst nutzen – wer weiß.«

Gear setzte sich wieder in Bewegung. »Wenn das der Fall sein sollte, haben wir es jetzt nicht mehr nur mit einem, sondern mit zwei Gegnern zu tun.«

32

Utrecht, Hotel Mitland, Niederlande

Kurz nach neun Uhr betrat ein elegant gekleideter Mann das Hotel Mitland am Rande von Utrecht. Die Lobby war mit Geschäftsleuten gefüllt, die aus einer Seitentür am hinteren Ende des Raums strömten. Offenbar war in diesem Moment eine Veranstaltung zu Ende gegangen. Der Mann hielt auf die Rezeption zu, die bereits von einer kleinen Menschentraube bestürmt wurde, und mischte sich unter die Menge. In seinem edlen Anzug war er kaum mehr von den anderen zu unterscheiden. Nur der linke Ärmel seines dunkelblauen Jacketts wies stellenweise leichte Verfärbungen auf, die von einer klebrigen Flüssigkeit zu stammen schienen, und auf einem seiner Schuhe waren feine Kratzspuren zu sehen. Doch in dem dichten Gedränge fiel dies niemandem auf.

Freundlich, aber bestimmt arbeitete er sich zur Rezeption vor, wie jemand, der aus einem bestimmten Grund ein natürliches Vortrittsrecht genoss und durchgelassen werden musste. Als er den Tresen erreicht hatte, fixierte er eine der Rezeptionistinnen und bedachte sie mit einem freundlichen Lächeln. Unvermittelt ließ sie von ihren Unterlagen ab, die sie für einen anderen Gast bearbeitete, und wandte sich ihm zu.

»Entschuldigen Sie«, sagte er. »Ich müsste kurz telefonieren. Können Sie mir sagen, wo sich hier die Apparate befinden?«

Die Rezeptionistin setzte ein Lächeln auf. »Natürlich. Wir haben auf dem Weg zum Restaurant zwei Telefone.« Sie wies ihm mit der Hand die Richtung. »Sie befinden sich gleich um die Ecke, Sie können sie nicht verfehlen.«

Der Mann bedankte sich und löste sich aus der Menge. Als er das Telefon erreichte, ließ er gewohnheitsmäßig seinen Blick über den Raum schweifen. Hinter ihm war ein Apéro für die Besucher der Veranstaltung aufgebaut, doch der Saal war fast leer. Die meisten Gäste schienen es vorzuziehen, so rasch wie möglich wieder nach Hause zu kommen. Der fremde Besucher griff sich einen Hörer und wählte eine Nummer.

Nach einigen Augenblicken meldete sich eine mechanische Frauenstimme.

»Europcar, Filiale Amsterdam Airport. Was kann ich für Sie tun?«

»Guten Tag«, begrüßte sie der Mann höflich. »Mein Name ist Paul Gordon, ich habe heute Vormittag ein Auto bei Ihnen gemietet. Es ist mir etwas peinlich, aber ich bräuchte Ihre Hilfe.«

»Haben Sie Ihre Mietwagennummer?«, fragte die Stimme mechanisch.

»Nein, leider nicht. Die Papiere liegen im Wagen. Ich bin zum ersten Mal in den Niederlanden und habe etwas Mühe, mich hier zurechtzufinden. Irgendwie sehen für mich hier alle Straßen gleich aus, und ich habe leider vergessen, wo genau ich das Auto geparkt habe. Können Sie mir dabei weiterhelfen? Sie haben Ihre Fahrzeuge doch mit einem GPS-System ausgestattet.«

»Ja, das haben wir. Es ist aber nicht ohne Weiteres möglich, darauf zuzugreifen. Ich müsste mich dafür an die Zentrale wenden.«

»Könnten Sie das bitte für mich tun? Ich wüsste wirklich nicht, wie ich das Auto sonst wiederfinden sollte.«

»Haben Sie keinen Anhaltspunkt, wo Sie es stehen gelassen haben könnten?«

»Nein, leider nicht.«

»Na gut. Wie war noch mal Ihr Name?«

»Paul Gordon.«

»Okay, warten Sie bitte einen Moment.«

Nach einer knappen Minute meldete sich die Stimme zurück. »Ich habe Ihr Auto gefunden. Es steht am Molenvlietweg 143. Das ist in Aalsmeer, südwestlich von Amsterdam.«

Der Mann notierte sich die Adresse. »Ganz herzlichen Dank. Sie wissen gar nicht, wie sehr Sie mir weitergeholfen haben.«

»Gern geschehen. Ich wünsche Ihnen noch einen schönen Abend.«

»Danke, den werde ich mit Sicherheit haben.«

33

Cysec International, Amsterdam, Niederlande

Liang zog einen weißen Metallkasten aus dem Schrank und legte ihn auf den Tisch.

»Da sollte eigentlich alles drin sein, was ihr braucht.«

Sie befanden sich in einer kleinen Küche, die einen Stock über Liangs Büro lag. Sie war mit allem ausgestattet, was man von einer modernen Küche erwarten konnte, doch es sah nicht so aus, als ob sie oft benutzt würde. Einzig die Espressomaschine schien sich einer regen Nachfrage zu erfreuen. Auf der Granitplatte neben ihr türmte sich ein kleiner Berg mit Kaffeetassen auf, doch der Rest der Einrichtung wirkte unangetastet.

»Seid ihr sicher, dass ihr nicht lieber ins Krankenhaus gehen wollt? Die Wunde sieht ziemlich übel aus.«

»Danke, Liang, aber ich denke, der Verbandskasten muss vorerst genügen«, sagte Laura.

Der Asiate zuckte mit den Schultern. »Wie ihr meint. Sagt mir, wenn ihr noch etwas braucht.« Dann drehte er sich um und machte sich auf den Weg nach unten.

»Laura …«, begann Dean.

»Setz dich hin«, schnitt sie ihm das Wort ab. »Die Wunde muss versorgt werden. Sie könnte sich sonst noch entzünden.«

Dean zog sich einen der schwarzen Metallstühle heran und nahm Platz, ohne Laura dabei aus den Augen zu lassen. Sie öffnete den Verbandskasten und nahm ein Fläschchen Desinfektionsmittel und Watte hervor. Er sah ihr in die Augen, doch sie ignorierte ihn.

»Warum tust du das?«, fragte er. »Warum hilfst du mir?«

Mit etwas mehr Schwung als nötig riss Laura ein Stück Watte ab und blickte ihn finster an.

»Weil ich immer noch die Hoffnung habe, dass du nicht völlig durchgedreht bist.«

Sie träufelte etwas von dem Desinfektionsmittel auf das Wattestück und trat zu ihm heran. »Dreh den Kopf nach vorn.«

Dean wandte ihr die Schläfe zu, und sie tupfte vorsichtig die Wunde ab. Er verzog leicht das Gesicht, sagte aber nichts.

Obwohl sie dagegen ankämpfte, brach eine Flut von Gefühlen über Laura herein, die sie kaum einzuordnen vermochte. Wut darüber, dass Dean sich einer dubiosen Organisation angeschlossen hatte und zu einem Kriminellen geworden war. Angst davor, dass der Killer vom Park sie weiterhin verfolgte – und davor, was er mit ihr vorhatte, falls er sie finden sollte. Doch am stärksten empfand sie Traurigkeit. Sie wusste nicht, ob es damit zu tun hatte, dass die Gefühle von damals wieder hochkamen, als Dean sie verlassen hatte, oder ob es von der Ohnmacht herrührte, die sie seit den Ereignissen der letzten Stunde zu überrollen drohte.

Laura riss ein weiteres Wattestück ab und wischte das restliche Blut von der Wunde. »Wann hast du dich dazu entschieden, das zu machen?«

Dean schwieg eine Weile, bevor er antwortete. »Kurz nach meiner Entlassung. Sie haben mich in meinem Büro aufgesucht und mir etwas von einem Projekt erzählt, das die Welt verändern würde. Ich habe sie zwei Tage danach noch mal getroffen, da haben sie mir dann genau erklärt, was sie vorhatten. Sie wollten, dass ich das intelligente Botnetz aufbaue.«

»Das war der Tag, an dem du verschwunden bist«, stellte Laura fest.

»Ja.« Dean hob den Kopf und sah sie an. Als er ihren bedrückten Blick bemerkte, stand er auf. »Laura«, sagte er beschwichtigend. »Irgendjemand musste etwas unternehmen, verstehst du das nicht?«

Laura starrte ihn entgeistert an. Der ganze Druck des Tages schien sich mit einem Schlag in ihr aufzustauen und entlud sich in einem Zorn, den sie kaum mehr kontrollieren konnte. Als würde jemand ein Ventil in ihr öffnen, ballte sie die Fäuste und schlug auf Deans Brust ein.

»Du blöder Mistkerl!«

Dean wehrte sich nicht und steckte die Schläge ohne ein Wort ein. Als sie schwächer wurden, zog er Laura zu sich heran, bis ihr Kopf seine Schulter berührte. Laura ließ sich von ihm einige Sekunden lang halten und machte dann einen Schritt zurück. Sie standen noch immer so dicht beieinander, dass sie sein herbes Rasierwasser riechen konnte. Ihre Wut legte sich allmählich und machte einem anderen Gefühl Platz. Es lag etwas in Deans Blick, das sie an die Zeit erinnerte, als sie sich kennengelernt hatten. Sie fühlte eine Spannung in der Luft, ein Knistern, das auch in jenem magischen Moment entstanden war, bevor sie sich das erste Mal geküsst hatten. Es lagen nur wenige Zentimeter zwischen ihnen, und sie konnte sehen, dass er an dasselbe dachte wie sie. Er müsste sich nur etwas nach vorn beugen, und ihre Lippen würden sich berühren.

Doch sie zögerten beide, und der Moment verstrich. Laura senkte den Blick und wandte sich ab. Sie fuhr sich durch die Haare und starrte aus dem Fenster in die Dunkelheit. Sie war wütend über sich selbst, dass sie ihre alten Gefühle zu Dean zugelassen hatte. Sie waren erst seit vier Stunden wieder zusammen, und schon hätte sie sich ihm fast an den Hals geworfen.

»Es tut mir leid, dass ich dich damals im Stich gelassen habe«, hörte sie Dean hinter sich.

Ohne ihn anzusehen, drehte sie sich wieder um und fing an, im Verbandskasten zu wühlen. Sie zog ein Pflaster hervor und löste es aus der Verpackung.

»Setz dich hin, ich muss die Wunde noch zu Ende versorgen.«

Dean gehorchte, und Laura brachte das Pflaster über dem kleinen Riss auf seiner Schläfe an. Der Verband verdeckte nur etwa die Hälfte des Blutergusses, aber immerhin sah es jetzt nicht mehr aus, als hätte er in einer Kneipenschlägerei eine Bierflasche über den Schädel gezogen bekommen.

»Warum bist du jetzt wieder zurück?« Sie setzte sich ebenfalls hin. »Du warst zwei Jahre lang unauffindbar, und jetzt tauchst du plötzlich als frischgebackener Professor wieder aus der Versenkung auf. Warum?«

»Es wäre zu riskant gewesen, dauerhaft unterzutauchen«, erklärte er. »Es ist nur eine Frage der Zeit, bis die Polizei durch die künstliche Intelligenz des Botnetzes auf meine Arbeit mit den intelligenten Systemen aufmerksam wird. Wenn ich dann unauffindbar wäre, würde das Verdacht erregen und weitere Nachforschungen auslösen. Deshalb habe ich weiterhin Publikationen gemacht und mich vor einem halben Jahr für die Stelle an der Universität Utrecht beworben.«

»Und was dann? Hattest du vor, als argloser Professor wieder in dein altes Leben zurückzukehren?«

Dean beugte sich zu ihr vor. »Laura, ich kann gut nachvollziehen, dass es dir schwerfällt, das alles zu verstehen. Aber ich musste das tun. Es gibt keinen anderen Weg.«

»Keinen anderen Weg?«, fuhr sie ihn an. »Ist dir eigentlich bewusst, was ihr mit eurem Angriff anrichtet? Ihr gefährdet damit alle Fortschritte, die in den letzten zwanzig Jahren durch die Klimaverhandlungen erreicht wurden! Wenn ihr scheitert, werden die Klimagegner die Gelegenheit nutzen und uns alle in einen Topf werfen. Für die ist der Klimarat dann nur noch ein Haufen potenzieller Terroristen. Es könnte Jahre dauern, bis das Vertrauen wieder aufgebaut ist und die Verhandlungen normal weiterlaufen.«

»Du irrst dich, Laura. Selbst wenn wir scheitern, wird sich dadurch nichts an der Situation verändern. Die Klimaverhandlungen haben bisher überhaupt nichts gebracht. Die Welt hat sich weiterhin ungebremst erwärmt.«

»Ich kann kaum glauben, was ich da höre!« Laura stand auf und sah zornig auf Dean herab. »Glaubst du etwa, so etwas geht von einem Tag auf den anderen? Siehst du nicht, was gerade passiert? Es gibt keine Regierung mehr, die noch bestreitet, dass der Klimawandel bekämpft werden muss. Die meisten Staaten haben sich inzwischen dazu bereit erklärt, mit allen Mitteln dagegen vorzugehen. Wie kannst du sagen, dass wir nichts erreicht haben?«

Dean lächelte bitter. »Sei nicht so verblendet, Laura. Du weißt genau, dass das nichts zu bedeuten hat. Selbst als sich die Staaten Mitte der Neunzigerjahre durch das Kyoto-Protokoll völkerrechtlich dazu verpflichtet haben, den Ausstoß von Treibhausgas zu senken, hat das zu nichts geführt. Die meisten haben die Ziele nicht einmal annähernd erreicht.«

»Es war ein Anfang, auf dem wir aufbauen können. Außerdem haben mehrere Länder die Ziele erreicht«, entgegnete Laura.

»Ich weiß. Aber die waren so niedrig gesteckt, dass das auch nicht besonders schwierig war. Und selbst wenn *alle* Staaten, die das Protokoll unterschrieben haben, ihre Verpflichtungen erfüllt hätten, wäre dadurch der Anstieg des Ausstoßes nur um ein *einziges* Jahr verzögert worden. Mit diesem Ziel konnte man noch nicht einmal eine Reduktion erreichen.«

»Du siehst das in einem falschen Licht. Damals haben sich wichtige Staaten wie die USA und China nicht beteiligt. Das ist heute anders.«

»Das ist aber nicht das eigentliche Problem. Die Regierungen können noch so viele gut gemeinte Verträge unterzeichnen, solange sich in der Welt da draußen nichts verändert. Warum sollten etwa die USA ihren Ölverbrauch einschränken? Sie haben im Irak die Kontrolle über Ölvorkommen im Wert von geschätzt zwanzigtausend Milliarden Dollar gewonnen. Sie haben einen Krieg dafür geführt, und jetzt werden sie mit absoluter Sicherheit jeden Tropfen davon zu Geld machen. Dasselbe gilt für Europa, China oder Russland, die in Entwicklungsländern wie dem Sudan oder Nigeria Bürgerkriege finanziert haben, um sich deren Ölvorräte zu sichern.«

»Und deshalb führt ihr jetzt euren eigenen Krieg«, stellte Laura nüchtern fest.

»Wir haben der Welt nicht den Krieg erklärt«, erwiderte Dean. »Wir wenden nur dieselben Mittel an, die auch die Staaten benutzen, um ihre Interessen durchzusetzen. Es hat keinen Zweck, noch länger zu bitten. Es wird niemand auf uns hören. Wir müssen sie zwingen.«

Laura schnaubte fassungslos. »Du solltest dich mal selbst reden hören, Dean. Du klingst wie ein verrückter Fanatiker!«

Dean stützte die Ellbogen auf dem Tisch ab und faltete die Hände. Er wirkte wie der Professor, der seinem Studenten geduldig erklärt, wie die Welt funktioniert. Laura hätte ihn ohrfeigen können.

»Ich bin kein Fanatiker, Laura. Ich bin Realist. Und wenn du ehrlich mit dir bist, musst auch du zugeben, dass die Politik schon lange versagt hat.«

»Die Politik hat nicht versagt, sie ist nur nicht so schnell, wie du das gerne hättest. Es ist nur eine Frage der Zeit, bis die Staaten ihren Treibhausgas-Ausstoß senken werden. Genauso wie in Öl investiert wird, werden auch die erneuerbaren Energien ausgebaut. Allein China wird in den kommenden Jahren mehrere Hundert Milliarden in diesen Bereich investieren. Selbst die Arabischen Emirate bauen inzwischen Solarkraftwerke. Wir stecken mitten in einer Energiewende. Wie kannst du das ignorieren?«

»Das ist reine Erbsenzählerei. Solange es noch genügend fossile Energien gibt, werden sie weiterhin ausgeschöpft. Du weißt genauso gut wie ich, dass es für die Staaten noch keinen inneren Anreiz gibt, etwas gegen die Klimaerwärmung zu tun. Warum sollten sie sich für etwas anstrengen, was letztlich der ganzen Welt zugutekommt? Wenn sie aber ihre Investitionen in die Öl-, Kohle- und Erdgasindustrie ausnutzen und so lange fördern, wie sie können, dann gehört der Profit nur ihnen.« Dean sah Laura eindringlich an. »Glaub mir, egal, was in den kommenden Jahren passieren wird, die fossilen Energien werden so lange verbraucht werden, wie sie wirtschaftlich gefördert werden können. Das könnte noch Jahrzehnte dauern.«

Laura setzte sich wieder hin und verstaute das Desinfektionsmittel im Verbandskasten. »Dean, ich kann ja verstehen, dass du was verändern willst. Aber weißt du wirklich, was du da tust? Was ist, wenn sich die Staaten nicht so kooperativ verhalten, wie du erwartest? Was ist, wenn sie sich wehren? Gibt es dann eine zweite Machtdemonstration? Und eine dritte?«

»Sie werden unsere Forderungen erfüllen«, entgegnete Dean. »Sie haben gar keine andere Wahl.«

»Woher willst du das wissen? Was ist, wenn ihr doch mehr Druck ausüben müsst? Bist du bereit, einen weltweiten Wirtschaftskollaps zu riskieren? Bist du bereit, die Verantwortung für das Schicksal von sieben Milliarden Menschen zu tragen?«

»Ich habe lange darüber nachgedacht, Laura. Und es war weiß Gott keine einfache Entscheidung. Aber du kannst es drehen und wenden, wie du willst. Ohne Druck wird sich die Welt nicht ändern. Nicht rechtzeitig.«

Laura schüttelte langsam den Kopf. »Der Preis, den wir vielleicht dafür bezahlen müssen, ist einfach zu groß. Außerdem gibt es noch andere Risiken. Was ist beispielsweise mit diesem Killer? Was ist, wenn die Leute, für die er arbeitet, es auf eure Waffe abgesehen haben? Kannst du verantworten, dass sie vielleicht *anderen* Terroristen in die Hände fällt?«

Dean schwieg für einen Moment. Dann sagte er: »Lass uns wieder runter zu Liang gehen. Vielleicht hat er schon etwas herausgefunden.«

*

Das Gerät lag in seine Einzelteile zerlegt auf Liangs Pult. Hülle, Mikrofon, Lautsprecher, Bildschirm und die restliche Peripherie der Hardware waren zu einem Haufen zusammengeschoben. Die Platine, auf der sich der Prozessor und der Speicher befanden, lag nackt vor ihm und war über verschiedene Drähte mit einer Schnittstelle an seinem Computer verbunden.

Liang gab einige Befehle ein und stellte die Verbindung zum freigelegten Speicher her. Auf dem Bildschirm seines Computers erschien ein Eingabefeld, das nach einem Passwort verlangte. Die meisten mobilen Telefone verwendeten numerische Schlüssel von vier bis sechs Stellen. Damit waren etwas mehr als eine Million verschiedene Zahlenkombinationen möglich. Es gab allerdings auch Geräte, die deutlich besser geschützt waren und über alphanumerische Passwörter von bis zu zehn Stellen verfügten. Bei einem solchen Code, der sowohl Ziffern als auch Buchstaben enthielt, stieg die Anzahl möglicher Kombinationen auf ganze dreieinhalb Billiarden an.

Ohne Anhaltspunkte zur Beschaffenheit des Passworts kam nur ein systematisches Vorgehen infrage. Liang wählte die Brute-Force-Methode, was so viel wie »rohe Gewalt« hieß.

Es war eines der einfachsten Verfahren in der Kryptoanalyse, bei dem systematisch alle möglichen Varianten des Passworts durchprobiert wurden. Liang kopierte den verschlüsselten Inhalt von Deans Gerät auf den zentralen Server, einem System z196 von IBM, und startete das Entschlüsselungsprogramm. Dann sah er auf die Uhr. Es war gleich halb zehn. Um diese Uhrzeit war der Server kaum ausgelastet, und die Rechenleistung der sechsundneunzig Prozessorkerne des z196 konnte sich fast vollständig auf die Entschlüsselung des Passworts konzentrieren. Selbst wenn das Smartphone über einen sehr langen Code verfügte, würde der Prozess nicht viel länger als ein paar Minuten dauern.

Liang sah schweigend auf die kleine Sanduhr am Bildschirm. Er hatte mehr als drei Jahre mit Dean zusammengearbeitet und ihm als Freund voll und ganz vertraut. Dennoch fühlte er sich jetzt zunehmend unwohl bei der Sache. Erst war er für zwei Jahre völlig von der Bildfläche verschwunden, dann tauchte er plötzlich ohne Vorankündigung bei ihm auf und verlangte seine Hilfe. Verletzt und mit einer unbekannten Frau im Schlepptau. Liang hatte ihn schon früher oft verschlossen und geheimnisvoll erlebt. Unter Forschern war das durchaus üblich, und Liang hatte sich rasch daran gewöhnt, in diesen Fällen keine Fragen zu stellen. Aber dieses Mal war es eindeutig unklug gewesen, keine Erklärung zu verlangen. Dean war in Schwierigkeiten, ohne Zweifel.

Aus dem Augenwinkel sah Liang einen Schatten an der Tür vorbeigleiten. Erst dachte er, dass Dean mit seiner Begleiterin zurückgekommen wäre, doch der Türrahmen war leer.

»Hallo?«, rief er.

Keine Antwort.

Irritiert sah Liang um sich und spähte in den hinteren, abgedunkelten Bereich des Büros. Außer dem vertrauten Bild leerer Arbeitsplätze konnte er nichts erkennen.

Erschreckt zuckte er zusammen, als ihn etwas am Bein streifte. Er sah hinunter und stöhnte erleichtert auf.

»Ach, du bist es, Shasami!« Die Siamkatze strich an seinem Hosenbein entlang und sah ihn auffordernd an.

Liang rügte sich für seine Ängstlichkeit und tätschelte der Katze leicht den Kopf. Deans mysteriöses Auftauchen und seine seltsame Verschwiegenheit schienen ihn stärker verunsichert zu haben, als er dachte.

»Wo hast du denn gesteckt?«, fragte er die Katze. »Hast du dich etwa wieder in den anderen Büros herumgetrieben?«

Shasami beantwortete die Frage mit einem kurzen Miauen und lief zu ihrem Schälchen, das neben Liangs Schreibtisch auf dem Boden stand. Liang stand auf und schüttete etwas Wasser aus einer Karaffe hinein. Erwartungsfroh steckte Shasami ihre Nase hinein. Zögerlich schnüffelte sie am Wasser und zog den Kopf wieder zurück. Sie sah zu Liang hinauf und maunzte vorwurfsvoll.

»Tut mir leid, Kleines, aber Futter gibt es erst wieder zu Hause.«

Shasami leckte sich über die Lefzen. Als sie merkte, dass nichts weiter kommen würde, schlich sie unter Liangs Schreibtisch und rollte sich in ihrem Körbchen zusammen.

Liang wandte sich wieder dem Bildschirm zu. Obwohl inzwischen schon eine Minute vergangen war, war noch immer die Sanduhr zu sehen.

Sein Blick wanderte zu den zerlegten Einzelteilen von Deans Gerät. Er fragte sich, wer wohl der Besitzer sein mochte und was Dean eigentlich darauf suchte. Er hatte es bewusst in Kauf genommen, sich durch seine Hilfe selbst strafbar zu machen. Seine Loyalität gegenüber seinem alten Freund war zu groß, um ihm diese einfache Bitte abschlagen zu können. Aber was war, wenn es um mehr als nur um ein Kavaliersdelikt ging?

Kurz entschlossen öffnete er einen Browser und durchforstete das Internet nach Informationen zu seinem alten Freund. Konzentriert durchstöberte er verschiedene Seiten und stieß auf Zeitungsartikel und wissenschaftliche Publikationen zu seinen intelligenten Systemen. Bis vor zwei Jahren stammten alle von der TU Delft, danach gab es ein paar wenige Veröffentlichungen über das Illinois Institute of Technology in Zusammenarbeit mit einer Softwarefirma, die sich Spectrum nannte.

»Also dort hast du gesteckt«, murmelte Liang.

Er durchforstete die Seite von Spectrum und fand heraus, dass Dean dort inzwischen gekündigt hatte. Doch es gab keine Informationen darüber, was danach kam. Liang wechselte seine Strategie und suchte nach Deans Namen in Kombination mit den intelligenten Systemen. Nach wenigen Augenblicken fiel sein Augenmerk auf die Seite der Universität Utrecht. Er war fündig geworden. Ein kurzer Absatz berichtete über Deans Ernennung zum Professor am Departement der Informations- und Computerwissenschaften. Seine Antrittsvorlesung hatte erst vor wenigen Stunden stattgefunden. Da der kurze Text nicht besonders ergiebig war, gab Liang eine neue Suche nach Deans Namen und der Universität Utrecht ein.

Bereits das erste Ergebnis ließ ihn aufmerksam werden. »Mord an der Universität Utrecht«, verkündete der Link des *De Telegraaf*. Liang wähle den Artikel an und erfuhr, dass es an der Universität gegen halb sechs zu einer Schießerei gekommen war, durch die eine unbekannte Person getötet wurde. Von der Leiche fehlte jede Spur. Liang überflog hastig den Text, ohne ihn richtig zu lesen, bis er auf Deans Namen stieß. Wie er schon befürchtet hatte, fand der Vorfall kurz nach Deans Vorlesung statt. Als Liang noch etwas weiter nach unten scrollte, stockte ihm der Atem. Vor ihm lagen die Bilder seiner zwei Besucher. Dean Lund und Laura Dupont. Auf einem Banner darunter stand: »Vermisst«.

Fassungslos ließ sich Liang in seinen Stuhl zurücksinken und starrte auf die beiden Fotos. Ein leiser Ton ließ ihn aufschrecken. Eine Meldung erschien auf dem Bildschirm.

Code entschlüsselt.

34

Malietoren, Den Haag, Niederlande

Ausgerechnet der Malietoren. Das Taxi hielt vor der schmalen Zufahrt von Den Haags größtem Bürogebäude, einem Koloss aus Stahl und Glas, der über fast zwanzig Stockwerke in die Höhe ragte. Massive Querverstrebungen zogen sich v-förmig über die Front bis unter das Dach. Vor dem Gebäude standen drei Masten, auf denen zwei beleuchtete Fahnen der Niederlande und eine von Südholland wehten. Das Gebäude wirkte eher wie ein offizieller Regierungssitz als wie ein Bürokomplex.

Sophie Delacroix bezahlte den Taxifahrer und gab ihm ein kleines Trinkgeld. Nicht viel, aber auch nicht zu wenig. Gerade genug, dass der Fahrer keinen Anlass hatte, sich deshalb an sie zu erinnern. Sie stieg aus und hielt sich mit einer Hand den Kaschmirmantel zu, um sich gegen den kalten Wind von der Nordsee zu schützen. In der Nähe rauschte der Verkehr der Stadtautobahn, die in einem Tunnel versenkt unter dem Malietoren durchlief. Mit schnellen Schritten hielt sie auf den Eingang zu. Der Saum ihres Mantels wehte hinter ihr her.

Mit einem Ruck stieß sie durch die gläserne Drehtür und eilte zu den Aufzügen. Der Eingang des Gebäudes wurde durch quer stehende Betonsäulen dominiert, die durch neongrünes Licht angestrahlt waren. Das schwache Deckenlicht vermochte die dunklen Stellen dazwischen kaum aufzuhellen. Außer einem Mann, der sich am Empfang in seine Unterlagen vertieft hatte, war der Eingang zu dieser Stunde wie leer gefegt.

»Na komm schon«, murmelte Sophie ungeduldig, während die Anzeige über ihr einen schleppend langsamen Countdown anzeigte. Als die Lifttüren endlich aufgingen, stürmte sie hinein und drückte den Knopf für die oberste Etage. Auf einem goldenen Schild daneben stand der schwungvolle Schriftzug der Global Warming League.

Sophie hatte sich immer dagegen gewehrt, ihre Treffen im Malietoren abzuhalten. Sie hätte sich lieber an einem weniger exponierten Ort getroffen. Doch Richard Bloom hatte darauf bestanden. »Nur wer sich versteckt, zeigt, dass er etwas zu verbergen hat«, lautete seine Devise. Dennoch: Der Zeitpunkt hätten nicht schlechter gewählt sein können. So kurz nach dem Angriff auf SWIFT war es viel zu riskant, sich mit den anderen zu treffen. Doch Blooms Nachricht hatte ihr keine Wahl gelassen.

Die Türen glitten auf, und sie trat in einen hell erleuchteten Gang.

»Bitte folgen Sie mir«, sagte ein Mann in schwarzem Anzug, der vor dem Aufzug auf sie gewartet hatte.

Sophie brauchte einen Moment, bis sie ihn erkannte. Richard Blooms Assistent war ein Typ Mann, der sich nur sehr schwer beschreiben ließ. Er hatte eine durchschnittliche Statur, schlank und mittelgroß, und ein undefinierbares Alter, das irgendwo zwischen fünfunddreißig und fünfundvierzig liegen mochte. Auch sein Gesicht wies keine besonderen Merkmale auf: eine mittelgroße Nase, Augen, die nicht zu weit, aber auch nicht zu eng zusammenlagen und eine undefinierbare Farbe hatten, keine abstehenden Ohren, ein normal proportioniertes Kinn und kurz geschnittene dunkle Haare. Ein absoluter Allerweltstyp, den man wieder vergessen hatte, sobald er aus dem Blickfeld verschwand.

Sophie folgte ihm zu einem Raum, der am Ende des Gangs lag. Als sie näher kam, hörte sie aufgeregte Stimmen.

»Beruhigen Sie sich erst einmal«, hörte sie Richard Bloom sagen. »Das ist jetzt nicht der richtige Zeitpunkt, um den Kopf zu verlieren.«

Sophie betrat den Raum und blieb kurz nach dem Türrahmen stehen. Bloom stand leicht vorgebeugt am Ende eines Konferenztisches und hielt mit festem Griff die Lehne eines Stuhls umfasst. Mit energischem Blick sah er auf die anderen beiden Männer im Raum.

Links von Sophie stand Leonard Danquist, der Geschäftsleiter der Global Warming League. Er fuhr sich nervös durch seine immer lichter werdenden krausen Haare. Professor Cohen, der dritte Mann im Raum, saß auf einem Stuhl auf der Fensterseite und hatte die Beine übereinandergeschlagen. Der Klimaphysiker sah durch seine Nickelbrille mit distanziertem Blick zu Danquist.

»Was ist passiert? Ist etwas mit Laura geschehen?«, wandte sich Sophie an Bloom, ohne die anderen zu begrüßen.

Bloom richtete sich auf und wandte sich ihr zu. »Das wissen wir nicht. Aber Dean ist verschwunden.«

»Was?«

Er wies auf einen freien Stuhl vor Sophie. »Bitte setzen Sie sich«, sagte er, darum bemüht, einen freundlichen Ton anzuschlagen. »Sie auch, Leonard.«

Er zog den Stuhl zurück und nahm Platz. Sophie und Danquist folgten seinem Beispiel. Bloom warf einen Blick zu seinem Assistenten, der sich daraufhin zurückzog und die Tür hinter sich schloss.

»Aaron Celler hat mir mitgeteilt, dass sowohl Dean als

auch Hauser nicht mehr erreichbar sind. Wir haben versucht, sie über ihre Handys aufzuspüren, aber die Signale sind verschwunden. Hausers letzter Standort war vor der Universität Utrecht, bei Dean konnten wir die Spur noch bis in ein Waldstück in der Nähe der Universität verfolgen, bevor wir ihn verloren haben.«

Sophie sah Bloom verwirrt an. »Wann war das?«

»Etwa um halb sechs.«

»Das gibt's doch nicht!«, entfuhr es ihr. »Da musste Laura schon bei ihm gewesen sein.«

»Ja, das war sie«, bestätigte Bloom. »Hauser hat es Celler gemeldet, als sie bei Dean angekommen ist.«

»Wie konnte das passieren?«, zischte Danquist Bloom wütend an. »Sie hatten doch gesagt, dass diese Frau keine Probleme machen würde. Wie ist sie überhaupt auf Dean gekommen?«

»Sie war bei Europol«, sagte Sophie. »Sie wurde als Beraterin zu den Ermittlungen hinzugezogen. Kurz darauf hat sie mich angerufen und ihre Vermutung geäußert, dass Dean in den Anschlag verwickelt sein könnte. Ich glaubte, es würde ihren Verdacht zerstreuen, wenn sie weiß, dass er nicht untergetaucht ist.«

»Das scheint ja nicht wirklich geklappt zu haben«, giftete Danquist sie an.

»Kommen Sie wieder runter, Leonard«, sagte Bloom. »Es konnte niemand wissen, dass das schiefgehen würde.«

»Hat Celler eine Vermutung, was geschehen sein könnte?«, meldete sich Cohen. Er saß noch immer zurückgelehnt in seinem Stuhl und sah mit leicht erhobenem Kinn zu Bloom. Im Blick des Klimawissenschaftlers lag diese seltsame Mischung aus Neugier und Überheblichkeit, die Sophie schon immer auf die Nerven gegangen war. Es schien, als würde ihn Deans Verschwinden nicht im Geringsten beunruhigen.

»Er denkt, dass Dean Skrupel bekommen hat, als ihn Laura Dupont aufgesucht hat.«

»Dean?«, sagte Sophie ungläubig. »Das kann ich mir nicht vorstellen. Wieso sollte er seine Meinung plötzlich nur wegen Lauras Besuch ändern? Das ergibt doch keinen Sinn.«

»Das habe ich zuerst auch gedacht«, erwiderte Bloom. »Aber es hat bereits einen Bericht in der lokalen Presse gegeben. Es wurde davon berichtet, dass es an der Universität Utrecht eine Schießerei gegeben hat.«

»Was? Und das sagen Sie uns erst jetzt!«, rief Danquist.

Bloom überging Danquists Äußerung. »Es ist nicht bekannt, wer darin verwickelt war, aber man hat Blut am Tatort gefunden. Eine ganze Menge Blut sogar. Es wird davon ausgegangen, dass jemand dabei getötet wurde. Ich habe einen unserer Männer hingeschickt, um sich das Ganze aus der Nähe zu betrachten. Er hat alles bestätigt. Doch das Beunruhigendste ist, dass die Polizei eine Vermisstenanzeige nach Dean und Dupont ausgegeben hat.«

Sophie spürte, wie sich ihr der Magen umdrehte. Die Neuigkeiten nahmen immer katastrophalere Ausmaße an. Wenn Laura etwas zugestoßen war, würde sie sich das nie verzeihen können.

Bloom lehnte sich nach vorn. »Die Lage ist ziemlich ernst. Wir wissen weder, wie es zu dieser Schießerei gekommen ist, noch von wem das Blut stammt. Wir wissen nur, dass Dean und Dupont verschwunden sind und Hauser möglicherweise tot ist.«

»Wie kommen Sie darauf, dass Hauser das Opfer war?«, fragte Cohen.

»Weil er sonst schon lange Kontakt mit uns aufgenommen hätte.«

»Dann glauben Sie, dass Dean Hauser bei dem Versuch getötet hat, mit Laura zu fliehen?«

»Ich weiß es nicht«, antwortete Bloom mit resigniertem Gesichtsausdruck. »Aber solange wir nicht mehr wissen, müssen wir davon ausgehen.«

»Das darf doch nicht wahr sein«, stöhnte Danquist. »Wenn uns dieser Dreckskerl bei der Polizei verpfeift, sind wir geliefert.«

»Das wird er nicht«, sagte Sophie. »Er hat wie Sie und wir alle den Test am Lügendetektor gemacht. Er ist absolut loyal.«

»Außerdem würden wir jetzt nicht hier sitzen, wenn er uns wirklich verraten wollte«, fügte Cohen hinzu. »Dann hätte uns die Polizei schon lange die Türen eingerannt.«

»Und was ist, wenn Europol von der Sache Wind bekommt? Wenn sie erfahren, dass die Klimawissenschaftlerin, die am Morgen an ihrem Tisch saß, plötzlich mit Dean auf einer Vermisstenanzeige steht, werden sie sofort auf unsere Spur kommen!«

»Jetzt machen Sie sich nicht ins Hemd, Leonard«, sagte Cohen kühl. »Es besteht keine einzige Verbindung zwischen Dean und uns. Es gab nie einen offiziellen Kontakt, den man uns nachweisen könnte. Außerdem hat er ein lupenreines Alibi.«

»Hören Sie«, wandte sich Danquist an Bloom. »Ich habe mich nur bereit erklärt, bei der Sache mitzumachen, weil Sie beteuert haben, dass das Ganze sicher ist.«

»Jetzt halten Sie mal die Luft an«, übernahm Cohen erneut die Antwort. »Sie wussten ganz genau, dass wir mit diesem Angriff Risiken eingehen. Jetzt seien Sie nicht so ein Schlappschwanz, der gleich beim ersten Problem einknickt.«

»Was sollen wir jetzt tun?«, fragte Sophie den Milliardär, der abwesend seinen Gedanken nachging.

»Ich habe bereits eine Suche nach Dean starten lassen«, sagte er. »Wenn es uns gelingt, ihn vor der Polizei zu finden, können wir vielleicht das Schlimmste verhindern. Außerdem will Celler, dass wir den Terminalcode ändern lassen.«

»Den Terminalcode? Finden Sie nicht, dass das noch etwas verfrüht ist? Wir wissen ja noch nicht einmal, ob Dean uns wirklich verraten hat.«

»Wir sollten kein Risiko eingehen«, erwiderte Bloom. »Solange wir nicht wissen, was passiert ist, müssen wir ihn ausschließen. Er darf keinen Zugang mehr zu den Rechnern haben.«

»Und was ist, wenn er unsere Hilfe braucht?«

»Wir können nicht mehr tun, als ihn zu suchen. Bis dahin ist er auf sich allein gestellt.«

35

Cysec International, Amsterdam, Niederlande

Als sie Liangs Büro betraten, bemerkte Laura, dass etwas nicht stimmte.

Der Asiate saß mit steifem Rücken auf dem Stuhl und bedachte sie mit einem finsteren Blick. Vom Licht abgewandt lagen seine Augen in dunklen Höhlen, und sein flaumiges Bärtchen zeichnete einen schwarzen Schatten über den Lippen. Aus dem Gesicht des hageren Mannes war jegliche Freundlichkeit gewichen.

»Was ist los?«, fragte Dean, der die Veränderung ebenfalls bemerkt hatte.

Der Asiate machte einen Wink in Richtung Monitor. Auf dem Bildschirm entdeckte Laura zwei Fotos. Eines von Dean und das andere von sich selbst. Sie erkannte ihr Bild sofort wieder: Es stammte von der offiziellen Webseite des IPCC.

»Ihr werdet gesucht«, sagte Liang tonlos.

In Lauras Hals bildete sich ein Kloß. Von den Ereignissen derart überrollt hatte sie gar nicht daran gedacht, dass inzwischen auch die Polizei auf sie aufmerksam geworden sein musste.

»Du bist mein Freund, Dean«, fuhr Liang fort, als keiner von beiden etwas sagte. »Nur deshalb habe ich bis jetzt noch nicht die Polizei gerufen. Aber ich hoffe, dass du eine verdammt gute Erklärung dafür hast, was heute Abend in Utrecht passiert ist.«

Deans Gesichtszüge spannten sich an. »Wie hast du davon erfahren?«

»Die Medien sind inzwischen voll davon«, erklärte Liang. »Eure Bilder waren sogar schon im lokalen Fernsehen. Sie sprechen davon, dass jemand erschossen wurde. Und kaum zwei Stunden später tauchst du mit diesem Gerät bei mir auf und willst, dass ich dir helfe. Was ist passiert, Dean? Was hast du mit dieser Schießerei zu tun?«

Dean zögerte. »Wir wurden angegriffen«, sagte er schließlich. »Wir wissen weder von wem noch warum. Wir vermuten aber, dass sich Informationen dazu auf dem Gerät befinden. Das ist alles, was ich dir im Moment dazu sagen kann.«

Der Asiate zog die Augenbrauen zusammen. »Tut mir leid, aber solange ich nicht weiß, welche Rolle du und deine Freundin in der Sache spielen, kann ich euch nicht helfen.«

»Glaub mir, Liang, es ist besser für dich, wenn du es nicht weißt. Sag mir einfach, was du gefunden hast, und wir verschwinden wieder.«

Deans Freund schüttelte mit geschlossenen Augen den Kopf. Als müsste er über etwas nachdenken, verharrte er einen Augenblick mit leicht gesenktem Kinn und sah dann wieder zu Dean. »Du kannst nicht von mir verlangen, dass ich dir helfe, Dean. Ich lebe inzwischen nicht mehr allein. Ich habe jetzt eine Frau und eine kleine Tochter, an die ich denken muss. In was auch immer du da hineingeraten bist, ich kann mich nicht mit hineinziehen lassen.«

Er wandte sich zu seinem Schreibtisch und begann, die Einzelteile des Smartphones zusammenzusammeln. »Ich werde niemandem sagen, dass ihr bei mir wart. Aber ihr müsst jetzt gehen.«

Liang zupfte ein Kabel aus einer metallischen Platte, die etwa die Größe einer Kreditkarte hatte. In Laura stieg Verzweiflung auf. Ohne die Informationen auf dem Handy kamen sie nicht weiter. Das Gerät war ihr einziger Anhaltspunkt, wer der Killer war und warum er sie angegriffen hatte. Wenn Liang ihnen den Zugang verweigerte, würde sich Dean vermutlich an seine eigenen Leute wenden. Sie fragte sich, warum er das nicht schon lange getan hatte.

Dean ging auf seinen Freund zu und legte ihm seine Hand auf den Arm. Der Asiate sah zu Dean auf.

»Liang, wir kennen uns jetzt schon seit acht Jahren, und ich haben dich noch nie um einen Gefallen gebeten. Aber jetzt brauchen wir deine Hilfe. Unser Leben könnte von den Informationen in diesem Gerät abhängen.«

Liang kniff seine Augen zusammen, bis nur noch zwei schmale Schlitze zu sehen waren.

»Sobald es geht, werde ich dir alles erklären. Aber bis dahin musst du mir vertrauen. Bitte!«

Liang sah auf Deans Hand, sagte jedoch nichts. Dann ließ er die angespannten Schultern sinken. »Also gut. Ich werde euch sagen, was ich gefunden habe. Aber danach müsst ihr verschwinden.«

Dean nickte. »Danke, mein Freund.«

Liang zog die Tastatur heran. »Auf dem Gerät ist nur ein einziger Anruf eingegangen, aber ich konnte nicht zurückverfolgen, von wem er kam. Ich habe aber ein paar E-Mails gefunden, die euch interessieren könnten.«

36

Amsterdam, Niederlande

Karl Orff parkte seinen neuen Mietwagen, einen 3er BMW Kombi, hinter dem dunkelgrauen Sharan. Er stand noch immer an der Stelle, die ihm die Frau von Europcar angegeben hatte.

Das Auto lag im Schatten zwischen zwei Straßenlampen, die in einer lang gezogenen Kette den Molenvlietweg mit gelben Lichtkegeln erhellten. Auf der anderen Seite der Straße waren die dunklen Umrisse von Lagerhallen und quaderförmigen Bürokomplexen zu erkennen. Vor einer der Hallen stand ein Lastwagen an einer Laderampe und ratterte im Leerlauf.

Orff ließ das Licht seines BMW brennen und stieg aus. Mit einer beinahe andächtigen Bewegung zog er eine Taschenlampe aus dem Jackett und ging auf den Wagen zu. Wäre das Auto mitten in der Stadt abgestellt worden, hätte es sein können, dass sie nur das Fahrzeug gewechselt haben. Aber in ein abgelegenes Industriegebiet fuhr man nur, wenn man ein ganz bestimmtes Ziel hatte. Orff war sich sicher, dass Dupont und der Professor nicht weit sein konnten.

Er richtete den Strahl der Taschenlampe auf den Sharan. Auf der Hecktüre waren mehrere Einschussstellen zu sehen. Er umrundete den Wagen und leuchtete in den Innenraum. Er brauchte sich nicht die Mühe zu machen, das Auto aufzubrechen. Es war leer. Sie mussten den Koffer mitgenommen haben.

Der Chronometer an seinem Handgelenk begann zu vibrieren. Orff schaltete den Alarm aus. Es konnte nicht mehr lange dauern, bis das Medikament seine Wirkung verlor. Er sah sich um. Zu dieser Uhrzeit gab es hier nicht viele Möglichkeiten, wo Dupont und der Professor hingegangen sein konnten.

Orff machte einige Schritte die Straße entlang, bis er ein grünliches Licht bemerkte, das sich hinter einer Lagerhalle verbarg. Er bog um das Gebäude und entdeckte einen von der Straße zurückversetzten Bürokomplex. Ein leuchtend grüner Schriftzug zog sich über die Fassade. Cysec International. In einem der Räume darüber brannte Licht.

Orff trat einen Schritt zurück und verschwand wieder hinter dem Gebäude. Wäre er in der Lage gewesen, Emotionen zu empfinden, hätte er jetzt gelächelt.

Für einen kurzen Augenblick hatte er einen Hinterkopf mit langen kastanienbraunen Haaren gesehen.

37

Cysec International, Amsterdam, Niederlande

»Das Gerät war mit einem zehnstelligen alphanumerischen Code gesichert. Von wem auch immer ihr dieses Ding habt, die Person wollte um jeden Preis verhindern, dass jemand anderes an die Daten herankommt.«

Liang saß vor dem Monitor und öffnete die Dateien, die er aus dem Speicher extrahiert hatte. Dean hatte einen Stuhl herangezogen und sich ebenfalls vor den Computer gesetzt. Laura stand neben ihm, eine Hand hinter ihm auf die Lehne gelegt.

Auf dem Bildschirm erschienen mehrere kleine Fenster. Jedes von ihnen zeigte Laura aus einer anderen Perspektive.

»Das hier sind die Bilder, die mit der ersten Nachricht gesendet wurden.«

Lauras Hand verkrampfte sich, als sie erkannte, dass es sich um Aufnahmen handelte, die versteckt geschossen worden sein mussten. Ein Bild zeigte, wie sie ihr Bürogebäude an der ETH Zürich verließ, ein anderes, wie sie in einem Restaurant in eine Zeitung vertieft war. Es handelte sich um mehr als ein halbes Dutzend Fotos, die sie bei ihrer Arbeit, vor ihrer Wohnung oder in der Freizeit zeigten.

»Es scheint Sie jemand ziemlich genau beobachtet zu haben.«

»Weißt du, wann die geschossen wurden?«, fragte Dean.

»Nein, die digitalen Zeitstempel wurden bei der Übertragung gelöscht.«

»Was ist mit der Nachricht?«, fragte Laura.

Liang klickte auf ein kleines Fenster am Rand des Bildschirms und vergrößerte es. Ein Text erschien.

»Die Nachricht ist bereits einige Tage alt. Ich habe sie erst kurz überflogen, aber so wie es aussieht, steht da alles drin, was Sie in den letzten Jahren gemacht haben. Wo Sie wohnen, arbeiten, mit wem Sie sich treffen und welche Gewohnheiten Sie haben.«

Dean runzelte die Stirn. »Stand nichts über mich drin?«

»Nein, nur, dass ihr mal zusammen wart.«

»Und was ist mit den anderen Nachrichten?«

Liang öffnete eine weitere Datei. »Die zweite Nachricht ist viel kürzer. Sie stammt von heute Mittag.«

Laura begann zu lesen.

Restaurant Lafayette, Den Haag, 15:30 Uhr

Ihre Augen weiteten sich. »Das ist das Restaurant, in dem ich mich heute mit Sophie getroffen habe. Genau um diese Zeit. Wie konnten die davon wissen?«

»Hast du irgendjemandem davon erzählt?«, fragte Dean.

»Nein. Ich habe sie angerufen, nachdem ich von Europol entlassen wurde. Ich wollte, dass sie herausfindet, wo du steckst. Wir haben uns im Lafayette verabredet, aber außer ihr wusste niemand davon.«

»Europol?« Liang sah Laura mit großen Augen an. »Was haben Sie dort gemacht?«

Dean überging die Frage. »Laura, ist es möglich, dass dir jemand bei dem Telefonat zugehört hat?«

Laura schüttelte den Kopf. »Nein, ich stand mitten im Bahnhof von Den Haag. Es war niemand in meiner Nähe.«

»Hast du irgendwann dein Handy weggegeben? Vielleicht zur Reparatur?«

»Nein, nie.« Laura zögerte kurz. »Außer bei Europol natürlich. Dort musste ich all meine Sachen bei der Eingangskontrolle abgeben.«

Dean presste die Kiefer zusammen und starrte auf den Monitor.

»Was ist los, Dean?«, fragte Laura.

»Es gibt nur eine Möglichkeit, wie sie so schnell von deinem Treffen mit Sophie wissen konnten.«

»Glaubst du, ich wurde abgehört?«

»Ja, du oder Sophie.« Dean wandte sich an Liang. »Gibt es noch weitere Nachrichten?«

»Nur noch eine. Sie wurde erst vor zwei Stunden versendet.«

Liang wählte sie an, und ein neuer Text erschien.

Westerhoofd 23, Amsterdam
335128

»Eine weitere Adresse«, stellte Laura fest.

»Wir brauchen ein Satellitenbild«, sagte Dean.

Liang ließ seine Finger über die Tastatur gleiten, und eine Aufnahme von Amsterdams Hafenanlage erschien.

Laura trat hinter Deans Stuhl hervor und rückte näher an den Bildschirm. Die eingegebene Adresse war ein einzelnes Haus in der Nähe des Wassers. Es lag etwas zurückversetzt an einer schmalen Straße. Auf der östlichen Seite verlief eine Eisenbahnlinie daran vorbei.

»In dieser Gegend wird eine neue Hafenanlage gebaut«, sagte Liang. »Das ist ein Abbruchhaus.«

Dean zeigte mit seinem Finger auf einen Bereich neben dem Gebäude. »Kannst du das bitte vergrößern?«

Der Asiate zoomte auf den Bereich. Eine Reihe alter Bootsrümpfe und kleinerer Wellblechdächer kam ins Bild. Daneben lagen zu Haufen aufgetürmte Stangen und Röhren. »Sieht nach einer Art Schrottplatz aus«, meinte er.

Dean starrte auf das Bild, ohne etwas zu sagen.

»Fällt dir etwas auf?«, wollte Laura wissen.

Er schüttelte leicht den Kopf. »Nein, ich glaube nicht.« Er richtete sich an Liang. »Was ist mit dem Anruf, den du erwähnt hast?«

»Voice over IP«, sagte dieser. »Der Anruf wurde über das Internet geführt. Ich habe versucht, ihn zurückzuverfolgen, aber es ist unmöglich, den Ursprungsort herauszufinden.«

Dean nahm einen Stift von Liangs Schreibtisch und notierte sich die Nachricht auf einem Zettel. Dann stand er auf und schob den Stuhl zur Seite. »Danke, Liang. Du warst uns eine große Hilfe. Bitte entschuldige, dass ich dich da mit hineinziehen musste.«

»Wo willst du hin?«, wollte Laura wissen.

»Wir müssen zu dieser Adresse in Amsterdam. Ich glaube, dass der Killer den Auftrag hatte, dich dorthin zu bringen.«

»Ist das nicht viel zu gefährlich?«

»Wir haben keine Wahl, das ist unsere einzige Spur.«

»Und was ist, wenn der Killer schon dort ist?«

»Das glaube ich kaum. Die Nachricht kam, nachdem wir

das Gerät schon in unserem Besitz hatten. Er kann also nichts davon wissen.«

»Wartet mal«, meldete sich Liang. »Von welchem Killer redet ihr?«

Bevor Laura etwas sagen konnte, bemerkte sie aus dem Augenwinkel eine Veränderung. Sie sah aus dem Fenster. Das Einzige, was sie erkennen konnte, waren die Blätter einer Buche, die einige Meter vom Haus entfernt stand. Sie ging einen Schritt auf das Fenster zu. Die Blätter wippten leicht im Wind. Erst verstand sie nicht, was sie daran störte, aber dann begriff sie es.

»Was ist los?«, fragte Dean besorgt.

»Die Buche lag vorhin noch im Dunkeln. Jemand muss draußen Licht gemacht haben.«

Liang ging zum Fenster und sah hinunter. »Der Bewegungsmelder wurde aktiviert.«

»Erwartest du Besuch?«, fragte Dean.

»Nein.«

»Kannst du von hier aus die Überwachungskamera vor dem Eingang ansteuern?«

Liang sah Dean verwundert an. »Ja, ich bin mit dem zentralen Rechner vernetzt, über den auch die Kameras laufen. Aber wozu? Der Bewegungsmelder kann durch alles Mögliche aktiviert werden. Wahrscheinlich …«

»Bitte, Liang«, unterbrach ihn Dean. »Tu mir den Gefallen.«

Der Asiate zog die Augenbrauen zusammen, setzte sich aber wieder vor den Computer. Er öffnete ein neues Fenster, und ein Bild des Gebäudevorplatzes erschien. »Sieht alles ganz normal aus«, stellte er fest. »Es passiert immer wieder, dass …« Er verstummte, und seine Augen weiteten sich. »Was zum …«

Auf dem Bild tauchte plötzlich eine weiße Katze auf, die vor der Kamera vorbeirannte.

»Shasami!«, rief er erstaunt und warf einen Blick unter den Tisch. Erst jetzt fiel Laura auf, dass darunter ein Katzenkorb stand. Er war leer.

Dean rückte näher an den Bildschirm. »Ist das deine Katze?«

Liang nickte. »Ja, die meiner Frau. Sie dürfte aber gar nicht draußen sein. Die Eingänge sind alle elektronisch verschlossen. Jemand muss die Tür geöffnet haben.«

»Ein Mitarbeiter?«, fragte Dean.

»Unwahrscheinlich«, entgegnete Liang. Dann sah er zu Dean. Sein Blick war alarmiert. »Was ist los? Werdet ihr etwa verfolgt?«

Dean ignorierte Liangs Frage. »Spul die Aufnahme zurück!«

Liang wandte sich wieder zum Bildschirm und ließ die Aufzeichnung zurücklaufen.

Als sich die Farbe des Bildes verändert hatte, tippte Dean Liang auf die Schulter. »Halt.«

Der Vorplatz lag nun in hellen Grüntönen vor ihnen. Die Aufnahme erinnerte Laura an Filmszenen, in denen ein Nachtsichtgerät eingesetzt wurde.

»Die Kamera schaltet auf Infrarot, wenn es dunkel ist«, erklärte Liang.

»Lass es wieder laufen.«

Für einige Sekunden blieb das Bild unverändert. Dann sah Laura, wie etwas am unteren Rand der Aufnahme vorbeihuschte.

»Was ist das?«, fragte Liang. Er spulte etwas zurück und hielt die Aufzeichnung an, als der Schatten erneut ins Bild kam.

Ein Adrenalinstoß durchfuhr Lauras Körper, als sie realisierte, dass es sich um einen Kopf handelte. Die Haare waren militärisch gestutzt. Ein kalter Schauer lief ihr über den Rücken. »Das ist er«, flüsterte sie.

»Wer?«, fragte Liang.

»Der Killer«, antwortete Dean. »Wir müssen sofort hier weg!«

»Aber …«, setzte der Asiate verwirrt an.

Dean riss seinen Freund vom Stuhl. »Wie kommen wir am schnellsten nach draußen?«

»Durch … den Hinterausgang«, stammelte Liang.

»Na dann los!« Dean trieb seinen Freund zur Tür. Auf halbem Weg kehrte er um und riss die Stromkabel neben Liangs Schreibtisch aus der Steckdose. Mit einem kurzen Flackern wurden die Bildschirme schwarz.

Hastig ergriff Laura den Aktenkoffer. »Dean, das Gerät!«

»Dafür bleibt keine Zeit mehr.«

Als sie auf den Gang stürmten, blieb Dean plötzlich abrupt stehen und starrte auf den Lift. »Hört ihr das auch?«

Aus dem Aufzugschacht war ein tiefes Surren zu vernehmen.

»Er lässt den Aufzug hinunter«, flüsterte Liang.

Dean sah zu Laura. »Er will uns den Weg abschneiden.«

Laura fixierte die Treppe neben dem Lift. Der Killer konnte jeden Moment auftauchen. »Gibt es noch eine andere Möglichkeit herunterzukommen?«

In Liangs Augen zeichnete sich Entsetzen ab. »Nein, das ist der einzige Weg.«

*

Die Tür des Aufzugs glitt auf. Orff zerschlug mit seiner Stablampe den Sensor der Lichtschranke, damit sie sich nicht wieder schloss. Er machte sich keine Mühe mehr, unbemerkt zu bleiben. Irgendetwas hatte draußen den Bewegungsmelder ausgelöst und die Aufmerksamkeit auf ihn gelenkt. Durch das Treppenhaus hörte er leise Stimmen, die kurz darauf wieder verstummten.

Falls sie die Polizei rufen sollten, blieben ihm etwa zehn Minuten, bis der erste Streifenwagen eintraf. Vielleicht auch eine Viertelstunde, da das Industriegebiet ein gutes Stück von der Stadt entfernt lag. Allerdings glaubte er nicht, dass Dupont und der Professor das tun würden. Sie mussten einen guten Grund haben, dass sie nach seinem Angriff nicht direkt zur Polizei gegangen waren. Es war viel wahrscheinlicher, dass sie erneut versuchen würden zu fliehen. Und das würde ihnen zum Verhängnis werden.

Orff zog seine Glock aus dem Halfter. Sie lag leicht und geschmeidig in seiner Hand. Vorsichtig spähte er das Treppenhaus hinauf. Ein gedimmtes Licht enthüllte Stufen aus einer leichten Metallkonstruktion. Er legte die Hand auf das Geländer. Es waren keine Vibrationen zu spüren. Er begann, die Treppe hinaufzusteigen. Ein grauer Spannteppich dämpfte seine Schritte.

Der erste Stock war ebenfalls von einem schwachen Licht erhellt. Vor ihm lag ein etwa zwanzig Meter langer Gang, der bis ans andere Ende des Gebäudes führte. Sämtliche Türen waren verschlossen. Orff horchte. Er hatte ein Geräusch gehört. Er rührte sich nicht und lauschte weiter. Nach wenigen Sekunden war über ihm leises Schleifen zu vernehmen. Es klang, als schabe Metall auf Metall. Orff folgte dem Geräusch in den zweiten Stock.

Das Licht brannte hier heller. Mit der Waffe im Anschlag nahm er die letzten Stufen und sah sich um. Der Gang vor ihm war leer. Die Treppe führte einen weiteren Stock nach oben. Dem letzten Stock.

Eine offen stehende Tür zog Orffs Aufmerksamkeit auf sich. Der Lage nach musste es das Büro sein, in dem er Dupont gesehen hatte. Langsam ging er darauf zu und behielt dabei den Gang und das Treppenhaus im Auge. Vorsichtig spähte er in den Raum, die Waffe schussbereit. Er erwartete nicht, dass sie sich hier versteckten. Seine Zeit in der russischen Armee hatte ihn aber gelehrt, immer mit dem Unerwarteten zu rechnen.

Abgesehen von einem einzelnen Büroplatz gegenüber der Tür lag der Raum im Dunkeln. Orff schaltete das Licht ein. Im hinteren Bereich des Raums gab es weitere Arbeitsflächen. Er bückte sich und sah unter den Tischen hindurch. Es gab keine Möglichkeit, wo sich hier jemand hätte verstecken können. Er richtete sich wieder auf und sah zum beleuchteten Tisch. Neben der Tastatur lagen die Einzelteile eines zerlegten Gerätes. Am Rande des Tisches erkannte er die Hülle eines Smartphones. Es war das Gerät aus seinem Koffer. Daneben lag ein kleines Lederetui mit feinen Werkzeugen.

Orffs Aufmerksamkeit wanderte zu einem anderen Gegenstand. Neben dem Computerbildschirm stand eine Telefonstation.

Der Apparat fehlte.

*

»Du stellst meine Freundschaft ganz schön auf die Probe, Dean.«

Obwohl Liang flüsterte, konnte Laura hören, dass seine Stimme leicht zitterte. Genauso wie sie.

Der Raum, in dem sie sich befanden, lag im Halbdunkel. Durch die Fenster drang ein kaum wahrnehmbares diffuses Licht von der Straße. Die einzige Lichtquelle war das Notausgangsschild, das über der Tür befestigt war. Durch ein kleines Fenster konnte sie direkt auf den dunklen Gang sehen. Liang hatte sie in den dritten Stock geführt. Das verschaffte ihnen etwas Zeit. Es konnte aber nicht sehr lange dauern, bis der Killer sie hier oben entdeckte.

Der Asiate stand vor einem Regal und suchte hektisch die Ablageflächen nach etwas ab.

»Was hast du vor?«, fragte Dean.

Liang zog etwas Längliches aus dem Regal, und ein Lichtstrahl durchschnitt die Dunkelheit. Er hielt eine Taschenlampe in der Hand.

Die unscharfen Konturen ihres Verstecks wurden klarer. In der Mitte des Raums stand ein Tisch, der Laura an die Arbeitsflächen in den Chemielaboratorien der Universität Delft erinnerte. Nur dass im Licht der Taschenlampe keine Reagenzgläser zu sehen waren, sondern Lötkolben, kleine Schweißgeräte, Platinen und gestapelte Elektronikteile, aus denen unzählige Drähte hervorquollen. Hinter dem Tisch lagen eine zweite Tür und ein breites Fenster.

Liang kam auf Laura zu und reichte ihr ein Telefon, das er aus der Hosentasche gezogen hatte.

»Rufen Sie die Polizei an.«

»Das geht nicht«, wandte Dean ein.

Liang drehte sich um. »Dean, ich habe keine Ahnung, in was für Schwierigkeiten du steckst. Aber ich werde dafür nicht mein Leben aufs Spiel setzen. Wir müssen die Polizei rufen.«

»Er hat recht«, sagte Laura. »Wir haben gar keine andere Wahl.«

Dean sah zwischen Laura und Liang hin und her. »Wie lange wird es dauern, bis sie da sind?«

»Ich weiß es nicht, zehn Minuten vielleicht.«

»Liang, so viel Zeit haben wir nicht«, drängte Dean. »Wir müssen einen anderen Weg finden.«

»Wir gehen aufs Dach. Dort wird er uns nicht vermuten.«

»Wie kommen wir dort hinauf?«, fragte Laura.

»Durch die Lüftungsschächte.« Liang drückte Dean die Taschenlampe in die Hand und holte einen Werkzeugkasten aus einem Regal. »Sie sind gerade groß genug, dass wir hindurchpassen.«

Er stellte den Kasten auf den Tisch und öffnete ihn. Dean hatte sich auf die andere Seite des Tisches gestellt und gab ihm mit der Taschenlampe Licht.

Laura wählte den Polizeinotruf und sah zu Liang. »Wo liegen die Lüftungsschächte?«

»Wir sind hier im obersten Stock direkt vor unserer Serveranlage«, erklärte Liang mit gedämpfter Stimme und holte einen Akkuschrauber aus der Werkzeugkiste. »Die Schächte gehen direkt von der Anlage aus bis zum Dach. Wir müssen dafür nur die Verschlussklappe öffnen.«

Laura nahm das Telefon vom Ohr und sah auf das Display. »Was ist denn das?«, flüsterte sie. Das Rufsignal war unvermittelt abgebrochen. Kurz darauf begann das Telefon in ihrer Hand zu vibrieren und eine laute Melodie ertönte. Es war Beethovens *Fünfte*.

Liang sah Laura entsetzt an. »Das ist der interne Rufton!«

*

Karl Orff stand im Gang und horchte. Wenn sie sich noch im selben Stock befanden, musste das Telefon mit Sicherheit zu hören sein. Nur ein einziger kurzer Ton. Mehr brauchte er nicht.

Orff schloss die Augen und konzentrierte sich. Es war so ruhig, dass er sein eigenes Herz schlagen hörte. Seine Waffe baumelte entspannt in seiner Hand. Nach einigen Sekunden ertönte eine leise Melodie. Kurz darauf verstummte sie wieder. Orff öffnete die Augen und sah zum Treppenhaus. Das Geräusch war von oben gekommen.

Er hielt auf die Treppe zu und stieg geräuschlos in den dritten Stock. Dort erreichte er einen unbeleuchteten Vorraum, der sich über die gesamte Breite des Gebäudes erstreckte. Von draußen fiel ein schwaches Licht durch die Fenster. Im Gegensatz zu den unteren Stockwerken verlief der Gang hier nicht durch die Mitte des Gebäudes, sondern der Westseite entlang. Orff schlich an die Ecke des Raums, die Waffe schussbereit vor seiner Brust. Er warf einen kurzen Blick in den Gang. Er war leer.

Es gab auf diesem Stockwerk nur drei Türen. Leise ging er zur ersten. Sie verfügte über ein kleines Fenster. Im Raum war es dunkel. Neben der Tür kennzeichnete ihn ein kleines Schild als Elektrolabor.

Leise drückte Orff die Klinke hinunter. Der Raum war unverschlossen. Er öffnete die Tür einen Spalt weit und ließ seine Hand rasch ins Innere gleiten. Seine Finger berührten den Lichtschalter, und eine Reihe von Neonröhren blitzte auf. Mit der Waffe im Anschlag rammte er die Tür auf und suchte den Raum mit routiniertem Blick ab. Es gab keinen besseren Überraschungseffekt, als seinen Gegner beim Angriff zu verwirren. Nach mehreren Minuten in der Dunkelheit löste ein unerwarteter Wechsel zu hellem Licht im ersten Augenblick Desorientierung aus. Diese Zeit genügte, die Situation zu überblicken und die Kontrolle zu gewinnen.

Orff ließ die Waffe wieder sinken. Abgesehen von Labortischen, technischen Geräten und aufgeschraubten Computergehäusen war der Raum leer. Er trat wieder in den Gang und wiederholte die Prozedur im zweiten Raum. Auch hier hielt sich niemand versteckt.

Als er vor den letzten Raum trat, sah er durch das Sichtfenster einen schwachen Lichtschein. Vorsichtig stellte er sich neben die Tür und drückte die Klinke hinunter. Auch dieser Raum war unverschlossen und identisch mit den vorangehenden, nur dass hier ein Labortisch in der Mitte stand. Neben einer offensichtlich hastig ausgeräumten Werkzeugkiste lag ein Telefon. Orff schob sich durch die Tür und inspizierte das Labor. Das Licht, das er gesehen hatte, stammte von einem weiteren Raum, der durch eine Stahltür verschlossen war. Daneben lag ein Fenster, durch das er eine Reihe grau verschalter Computerracks erkennen konnte.

Ein Serverraum.

Orffs sämtliche Sinne schlugen Alarm. Irgendetwas stimmte hier nicht. Der Serverraum war eine Sackgasse. Es gab keine weiteren Ausgänge, über die sie hätten flüchten können. Jemand, der sich verstecken wollte, hätte außerdem nicht das Licht brennen lassen.

Es gab keine logische Erklärung, warum sie sich hierhin zurückgezogen hatten. Außer …

Orff stellte sich neben das Fenster und spähte hinein. Der Serverraum war leicht erhöht und von grauen Bodenplatten bedeckt. Im hinteren Bereich klaffte ein kleines Loch im Boden. Ohne zu zögern, öffnete Orff die Tür. Als er eintrat, streifte ihn ein leichter Luftzug. Die Luft war kühl und trocken. Zur Linken surrten die grauen Computerracks. Sie reichten bis zur Seitenwand. Es bestand keine Möglichkeit, sich dahinter zu verstecken. Auf der rechten Seite befanden sich auf Augenhöhe Lüftungsrohre. An der Decke waren Kabelkanäle gelegt, die sich quer durch den ganzen Raum zogen. Irgendwo war ein Rauschen zu hören.

Langsam schritt Orff auf das Loch im Boden zu und suchte jeden Winkel nach möglichen Verstecken ab. Als er das Ende des Raums erreichte, kniete er sich vor dem Loch nieder. Unter dem Boden befand sich die Öffnung einer Röhre, die durch die Wand führte. Sie hatte etwa einen halben Meter Durchmesser. Orff stieg in das Loch. Der gesamte Bereich unter der Serveranlage war hohl. Der Luftzug war hier stärker und kühler. Orff leuchtete mit seiner Taschenlampe in die Öffnung. Sie führte nach einem knappen Meter nach oben.

Als er seine Taschenlampe wieder wegstecken wollte, um durch die Röhre zu kriechen, hörte er ein Geräusch. Es kam jedoch nicht aus der Röhre vor ihm, sondern aus dem Hohlraum *hinter* ihm. Ruckartig drehte er sich um und leuchtete in die Richtung, aus der er das Geräusch gehört hatte. Der Lichtstrahl streifte ein Bein, das aus einer Öffnung im vorderen Bereich der Serveranlage nach oben verschwand.

Orff sprang aus dem Loch. Er entdeckte Dupont, die gerade die Tür des Serverraums zuzog. Ihr Blick strahlte Wut und Entschlossenheit aus. Bevor Orff seine Waffe ziehen konnte, rastete das Schloss ein. Augenblicklich ertönte eine schrille Sirene.

Orff rannte auf die Tür zu, wurde aber auf halbem Weg von einem harten Luftstoß erfasst, der ihn taumeln ließ. Er ließ sich auf den Boden fallen und sah nach oben. Aus den Metallrohren gegenüber den Computerracks zischten an mehreren Stellen unter Hochdruck Gasstrahlen in den Raum. In Sekundenschnelle war die Serveranlage mit einem feinen Nebel gefüllt.

Das Feuerlöschsystem!

Orff hielt die Luft an. Ihm wurde schwindlig. Er hatte bereits etwas vom Gas eingeatmet. Geduckt rannte er zur Tür, drückte die Klinke, doch sie bewegte sich nicht.

Das Gas brannte ihm in den Augen. Er nahm Anlauf und warf sich mit seinem ganzen Gewicht gegen die Tür. Sie knirschte, gab aber nicht nach. Er richtete die Waffe auf das Schloss und gab drei Schüsse ab. Die Karbonkugeln prallten am Metall ab und zersplitterten. Orff rammte die Tür ein zweites Mal. Sie bewegte sich noch immer nicht.

Orffs Lungen schrien nach Luft. Er richtete die Waffe auf das Fenster und schoss das Magazin leer. Die Kugeln hinterließen in der Scheibe ein feines Netz aus Rissen. Orff packte einen Bürostuhl, der neben dem Eingang vor einem Tisch stand, und schwang ihn mehrere Male gegen die Scheibe. Die Risse vergrößerten sich, doch die Scheibe zersplitterte nicht.

Der Raum um Orff fing zu rotieren an. Er musste sich an der Wand abstützen, um nicht das Gleichgewicht zu verlieren. Er hatte schon zu lange nicht mehr geatmet. Er brauchte Sauerstoff.

In einer letzten Kraftanstrengung riss Orff den Stuhl erneut hoch und ließ ihn abermals gegen das Fenster knallen. Dieses Mal brach aus der Mitte ein Stück heraus. Orff hielt sein Gesicht an das Loch und machte einen gierigen Atemzug. Frische Luft durchströmte seine Lunge und ließ ihn wieder zu Besinnung kommen. Er trat einen Schritt zurück und schlug wiederholt zu. Nach dem dritten Hieb hatte er das Loch so weit vergrößert, dass er hindurchpasste. Er warf den Stuhl zur Seite und sprang hindurch. Auf der anderen Seite rollte er sich ab und gewährte sich zwei weitere tiefe Atemzüge. Dann eilte er auf den Gang hinaus. Währenddessen ließ er das leere Magazin aus seiner Glock gleiten und griff in seiner Tasche nach einem neuen. Als er das Ende des Gangs erreichte, hörte er draußen ein Reifenquietschen. Er blieb stehen und sah durch die Fensterfront. Unter ihm schoss ein alter Volvo aus einer Tiefgarage und raste davon.

Orff ließ die Waffe sinken und starrte auf die kleiner werdenden Rücklichter. Der Volvo bog um eine Ecke und verschwand aus seinem Sichtfeld. Er steckte die Waffe langsam weg. Sein Blick verharrte auf der Stelle, wo das Auto verschwunden war. Die Finger seiner linken Hand begannen leicht zu zucken. Dann ballten sie sich zu einer Faust, dass das Leder seiner Handschuhe knirschte.

Zum ersten Mal seit undenkbar langer Zeit empfand Orff Wut.

*

Der alte Volvo jagte aus der Tiefgarage von Cysec International und bog mit quietschenden Reifen auf die Straße.

Laura drehte sich auf der Rückbank nach hinten und sah aus der Heckscheibe. Der Killer war nirgends zu sehen.

Ihr Puls raste, und ihr standen Schweißperlen auf dem Gesicht. Sie hätte nie gedacht, dass Deans Plan, sich unter dem Boden der Serveranlage zu verstecken, aufgehen würde. Aber es war ihre einzige Option gewesen. Nachdem der Killer sie durch das Telefon aufgespürt hatte, wäre ihnen nicht mehr genug Zeit geblieben, den Durchgang im Lüftungsschacht zu öffnen.

»Er verfolgt uns nicht«, stellte sie fest.

Liang starrte auf die Straße. Seine Hände umklammerten verkrampft das Lenkrad. Der altersschwache Motor röhrte, während auf ihrer linken Seite die dunklen Schatten von Lagerhallen vorbeizogen.

»Die Tür zum Serverraum ist ziemlich stabil«, sagte er. »Außerdem wurde der Raum durch den Feueralarm mit einem Inertgas geflutet, das den Sauerstoff verdrängt. Wenn wir Glück haben, hat der Killer das Bewusstsein verloren, bevor er es rausgeschafft hat.«

Dean saß schweigsam auf dem Beifahrersitz. Auch er sah erschöpft aus. Die Haare klebten ihm auf der Stirn, und er hatte sich den Hemdkragen aufgeknöpft, um sich etwas Luft zu verschaffen.

Er zog den Zettel aus seinem Jackett, auf dem er die Adresse am Hafen von Amsterdam notiert hatte. »Was mir mehr Sorgen macht, ist, wie er uns so schnell gefunden hat.«

»Er muss uns irgendwie geortet haben«, vermutete Laura.

Dean sah zu ihr nach hinten. »Hast du noch den Koffer aus dem Auto?«

»Er liegt neben mir.«

»Wir müssen ihn loswerden.«

Laura zögerte. »Aber vielleicht befinden sich darin noch weitere Hinweise.«

»Entweder er hat uns durch das Auto geortet oder durch etwas, das wir mitgenommen haben. Wir können nicht riskieren, dass er uns nochmals findet.«

Laura strich über das Leder des Koffers. Dann kurbelte sie das Fenster hinunter und warf ihn ins Gebüsch. »Und jetzt?«, fragte sie, als sie die Scheibe wieder hochgelassen hatte. »Willst du wirklich zu dieser Adresse?«

»Seid ihr verrückt?«, warf Liang ein. »Ihr könnt auf keinen Fall dorthin gehen. Wir werden jetzt zur Polizei fahren!«

Dean legte ihm seine Hand auf den Arm. »Liang, der Killer ist im Moment nicht unser größtes Problem. Wir müssen zum Hafen. Das ist die einzige Möglichkeit herausfinden, warum er hinter uns her ist.«

Liang schüttelte den Kopf. »Hör zu, Dean, erst verschweigst du mir, dass du in einen Mord verwickelt bist, dann führst du einen Killer zu mir, und jetzt willst du, dass ich *nicht* zur Polizei gehe und euch stattdessen ohne weitere Erklärung zu diesem Ort fahre?« Er sah zu Dean. »Wirklich, langsam gehen mir die guten chinesischen Sprichwörter aus, warum ich dir noch helfen sollte!«

Dean antwortete nicht sofort. Seine Finger zerknautschten den Zettel, den er noch immer auf dem Schoß hielt. »Ich habe mich einer Organisation angeschlossen, die den Klimaschutz durchsetzen will«, brach er schließlich sein Schweigen.

»Ja und?«, entgegnete der Asiate. »Das wollen viele. Wenn ihr eure Forderungen aber nicht an die Villa von Al Capone gesprayt habt, gibt es keinen Grund, warum ihr deshalb von einem Killer verfolgt werden solltet.«

»Wir haben ein Botnetz aufgebaut.«

Liangs Blick wirkte alarmiert. »Wozu?«

»Wir haben damit SWIFT blockiert.«

Liang trat auf die Bremse und hielt am Straßenrand an. »Ihr habt *was* gemacht?«

38

Malietoren, Den Haag, Niederlande

Richard Bloom trat aus dem Eingang des Malietoren in die kalte Nacht. Von der Nordsee wehte ihm ein feuchter Wind entgegen. Es roch nach Regen.

Sein Assistent hatte bereits die Limousine vorgefahren und erwartete ihn vor dem Wagen. Bloom stieg die kurze Treppe des Bürogebäudes hinunter. Er stützte sich etwas mehr auf seinen Stock als üblich. Das Gespräch mit Sophie und den anderen Mitgliedern des Rats hatte ihn stärker angestrengt als erwartet. Er richtete sich auf und nahm das Gewicht vom Stock. Er durfte keine Schwäche zeigen. Nicht jetzt. Nicht einmal vor Sandorin.

Der Assistent hielt ihm die Tür auf. »Fahren wir zu Ihrem Haus in Amsterdam?«

»Ja. Haben Sie dafür gesorgt, dass alle Anrufe auf mein Mobiltelefon umgeleitet werden?« Bloom registrierte, dass seine Stimme etwas angeschlagen klang.

»Selbstverständlich.«

Als Bloom in den Wagen stieg, drang ein leichtes Keuchen aus seiner Kehle.

»Kann ich Ihnen helfen?«

»Danke, Sandorin, es geht schon.«

Der Assistent schloss die Wagentür und stieg vorn ein. Bloom sah aus dem Fenster. In den umliegenden Gebäuden brannte fast nirgends mehr Licht.

Bloom hielt den Perlmuttgriff seines Stocks umfasst, den er vor sich aufgestellt hatte. Nervös tippte er mit einem Finger auf den geschmeidigen Stein. Es war schon nach zehn, Dean hatte sich noch immer nicht gemeldet.

Als sie losfuhren, ließ er die Trennscheibe zum Fahrerbereich hinunter.

»Haben Sie Celler benachrichtigt?«

»Ja. Er ist bereits dabei, den Terminalcode zu ändern.«

»Gut. Wenigstens eine Sache, die ohne Probleme verläuft.«

Bloom knöpfte sich den Hemdkragen auf und zog den Stoff etwas zur Seite. Ihm wurde heiß, und ein Schweißfilm legte sich über seine Stirn. Es fühlte sich an, als ob es im Wagen mindestens dreißig Grad wären.

»Was gedenken Sie jetzt zu tun?«, hörte er Sandorin fragen.

»Im Moment können wir nur abwarten.«

Er zog ein Taschentuch aus seinem Jackett und tupfte sich die Stirn ab. »Sandorin, drehen Sie bitte die Temperatur etwas niedriger. Es ist viel zu heiß hier drin.«

Der Assistent blickte durch den Rückspiegel nach hinten. Seine ausdruckslosen Augen musterten Bloom. »Das Thermostat ist auf zwanzig Grad eingestellt. Geht es Ihnen nicht gut?«

»Doch, doch«, log Bloom. »Stellen Sie es einfach noch niedriger.«

Er umklammerte seinen Stock etwas fester. Ein beengendes Gefühl breitete sich in seiner Brust aus. Es fühlte sich an, als hätte sich jemand auf seinen Oberkörper gesetzt. Seine Atmung wurde flacher, und er musste sich darauf konzentrieren, dass ihm nicht übel wurde. Seine Hände verkrampften sich.

Nicht jetzt!, flehte er innerlich. *Noch nicht!*

Sandorin warf erneut einen Blick in den Rückspiegel. »Sie sehen wirklich nicht gut aus. Soll ich Sie vielleicht ins Krankenhaus fahren? Ihre Dialyse ist schon seit zwei Tagen überfällig.«

Bloom schluckte schwer und schloss die Augen. Dann sah er wieder auf, und sein Blick traf den von Sandorin.

Er musste sich eingestehen, dass es keinen Zweck mehr hatte, sich etwas vorzuspielen. Er war krank, und er konnte nicht das Geringste dagegen tun, dass sich sein alter Körper Stück für Stück von ihm verabschiedete.

Aber er musste durchhalten. Wenigstens noch so lange, bis er die Sache durchgestanden hatte.

»Sie haben recht«, sagte er schließlich und fügte grimmig hinzu: »Dann fahren Sie mich eben ins verdammte Krankenhaus.«

39

Centro de Energía Geotérmica, Cervera, Spanien

Mit einem leisen Klicken öffnete sich der Verschlussmechanismus der zehn Zentimeter dicken Stahltür. Elena Kursnjik nahm den Daumen vom Fingerabdruck-Scanner und presste zornig die Lippen aufeinander. Ungeduldig sah sie zu, wie die schwere Tür nach innen aufschwang.

Als der Spalt breit genug war, zwängte sie sich hindurch und eilte auf eine zweite Sicherheitstür zu. Auch hier legte sie ihren Daumen auf einen identischen, in die Wand eingelassenen Scanner. Der Bildschirm leuchtete rot auf und gab einen Warnton ab.

»*Bljad!* So ein Mist!«, fluchte sie ungehalten.

Sie sah zurück und wartete, bis sich die erste Tür wieder geschlossen hatte. Als sie den Riegel einschnappen hörte, versuchte sie es erneut. Die Tür gab ihr den Weg frei.

Das unterirdische Herzstück des Centro de Energía Geotérmica erinnerte eher an den Reinraum einer Klinik als an ein

Rechenzentrum. Elena schritt zwischen den weiß verschalten Servern hindurch, die in zwei Reihen die Mitte des Raums füllten. Ihre Schuhe pochten auf dem hohlen Boden. Sie hielt auf den Kontrollraum zu, der am Ende der Serverreihen lag. Es handelte sich um eine Art Kubus, der sich an die Rückwand des Raums drückte. Die gesamte Frontseite war verglast. Ihre Befürchtung bestätigte sich, als sie im Inneren Celler und Giuliana erblickte.

Ohne anzuklopfen, stürmte sie durch eine unscheinbare Tür auf der Seite des Kontrollraums.

»Was geht hier vor sich?«, rief sie wütend.

Celler stand am Hauptterminal. Er hatte ihr den Rücken zugekehrt. Giuliana saß neben ihm an einer Tastatur und wandte sich überrascht um.

Elenas Blick blieb auf den Monitor geheftet. Darauf entdeckte sie die Porträts von Celler und Dean. Daneben war in einem Feld ein Handabdruck abgebildet, ein zweites identisches Feld war leer. Elena durchlief eine Welle des Schocks.

»Was immer ihr da gerade macht, hört sofort auf damit!«, befahl sie Giuliana.

»Ich dachte, du wärst informiert …«

»Fahren Sie fort«, sagte Celler bestimmt.

Giuliana warf Elena einen entschuldigenden Blick zu. Dann drehte sie sich wieder um und drückte eine einzelne Taste auf der Tastatur. Celler legte seine Hand auf einen Scanner.

»Celler!«, schnaubte Elena. »Ist es etwa das, wonach es aussieht?«

Ein Summen ertönte, und Deans Bild verschwand vom Monitor.

»Die Eingabe wurde bestätigt«, sagte Giuliana.

Celler drehte sich um. Seine Augen waren dunkel und kalt. »Der Rat hat die Änderung des Terminalcodes freigegeben.«

»Warum?«

»Wir müssen sicherstellen, dass Lund keinen Zugang mehr zum Botnetz hat.«

»Warum haben Sie mich nicht informiert?«

»Das war nicht nötig.«

Elena starrte ihn fassungslos an. »Was soll das heißen? Sie wissen ganz genau, dass ich seit Deans Verschwinden die technische Leiterin bin. Ich muss vollständigen Zugang zum System haben! Außerdem verstößt es gegen die Sicherheitsbestimmungen, dass nur eine Person die Kontrolle über das Botnetz hat.«

»Das weiß ich«, entgegnete er kühl.

Elenas Augen verengten sich zu Schlitzen. »Ich glaube kaum, dass der Rat dem zugestimmt hat.«

Celler kam auf sie zu, bis er knapp vor ihr stand. Er wirkte bedrohlich. Elena widerstand dem Drang, einen Schritt nach hinten zu machen.

»Es spielt keine Rolle, ob der Rat dem zustimmt oder nicht«, sagte er. »Ich habe lange genug toleriert, von Amateuren abhängig zu sein. Das wird jetzt ein Ende haben. Ich werde kein weiteres Risiko mehr eingehen.«

»Was soll das heißen?«, fragte Elena. »Vertrauen Sie mir etwa nicht?«

Cellers Gesicht blieb ausdruckslos. »Nehmen Sie es nicht persönlich, aber ich vertraue niemandem.«

40

Hafengebiet Amsterdam, Niederlande

Das Hafengebiet von Amsterdam umfasste eine Fläche von mehr als zweitausendachthundert Hektar. Als internationaler

Umschlagplatz für Rohstoffe, Industriegüter und Konsumprodukte war er einer der wenigen Orte in der Stadt, an dem rund um die Uhr Hochbetrieb herrschte.

Liang parkte den Volvo auf einer kleinen Nebenstraße vor einem Bahnübergang. Auf der anderen Seite der Gleise erstreckte sich ein von Flutlichtern erhellter Zwischenlagerplatz. Lastwagen brachten Container, die durch einen Ladekran auf ein Frachtschiff gehoben wurden.

»Das ist die Eisenbahnlinie, die zum Haus führt«, sagte Liang. »Es sollte etwa hundert Meter nördlich von hier liegen.«

Dean schnallte sich ab. »Danke, dass du uns hergebracht hast. Du hast schon mehr getan, als ich von dir verlangen kann.«

Liang zog aus der Seitentür eine Taschenlampe hervor und reichte sie Dean. »Glaub nicht, dass ich dir helfe, weil ich damit einverstanden bin, was du tust. Betrachte es als einen letzten Gefallen. Ich mache das als Freund. Aber wenn wir hier fertig sind, musst du mir versprechen, dass ich nie wieder von dir höre.«

Dean nickte und nahm die Taschenlampe entgegen. »Wenn ich nicht in einer Viertelstunde zurück bin, fahrt ihr los und ruft die Polizei.«

»Ich werde mitkommen«, sagte Laura.

»Nein …«, setzte Dean an, aber sie stieg bereits aus dem Wagen.

Draußen roch es nach Salz und feuchter Erde. Laura bückte sich zurück in den Wagen. »Danke, Liang.«

Der Asiate lächelte schwach. »Seid vorsichtig.«

»Du solltest bei Liang bleiben«, sagte Dean, nachdem er ebenfalls ausgestiegen war.

»Ich werde nicht tatenlos hier herumsitzen und einfach nur abwarten.«

»Es ist zu gefährlich. Wir wissen nicht, was uns dort erwartet.«

Laura ging an Dean vorbei auf die Gleise zu. »Dann lass es uns rausfinden.«

Seitlich der Eisenbahnlinie führte ein schmaler Trampelpfad entlang. Auf der linken Seite lag eine Hecke, deren feine Blätter im Mondlicht schimmerten.

Dean schloss zu ihr auf. »Ich kann mich gar nicht daran erinnern, dass du früher so stur warst.«

»Das liegt wohl daran, dass mich damals auch noch kein Killer gejagt hat.«

Dean leuchtete mit der Taschenlampe auf den Weg. »Das ist ein Argument.«

Schweigend folgten sie dem Pfad. Dean schaltete die Lampe wieder aus. Es war auch so hell genug.

»Warum hast du eigentlich bisher noch keinen Kontakt zu deiner Organisation aufgenommen?«, flüsterte Laura nach einer Weile.

»Ich habe schon daran gedacht, das zu tun. Aber wenn ich mich an die anderen wende, könnte es sein, dass ich sie dadurch aufdecke. Außerdem …«

»Was?«

»Es ist schon schlimm genug, dass du meinetwegen von einem Killer verfolgt wirst. Ich will nicht, dass du auch noch mit Common Ground in Verbindung gebracht wirst.«

»Mach dir um mich mal keine Gedanken. Ich kann schon auf mich aufpassen.«

»Ich verstehe, dass du wissen willst, wer dich entführen wollte. Aber du gehst hier nur ein unnötiges Risiko ein. Du hättest in Utrecht zur Polizei gehen sollen.«

»Das hätten wir beide tun sollen. Außerdem war es meine Entscheidung, mit dir zu kommen. Ich muss zuerst wissen, was hier gespielt wird. Danach werde ich zur Polizei gehen.«

Die Hecke endete, und sie befanden sich vor einer offenen Fläche. Dean hob den Finger an die Lippen. Er bedeutete ihr, sich zu ducken. »Das ist es«, raunte er ihr zu.

Auf der rechten Seite des Grundstücks waren die Bootsrümpfe zu erkennen, die sie schon auf dem Satellitenbild gesehen hatten. Der restliche Bereich war eine Art Abfalldeponie.

Dahinter lag ein heruntergekommenes Haus mit einem Giebeldach, von dem die Ziegel abzubröckeln begannen. Es wurde auf der Seite durch eine Laterne von der gegenüberliegenden Straße beleuchtet. Die ihnen zugewandte Seite lag im Dunkeln. In den Fenstern war kein Licht zu sehen.

»Es sieht verlassen aus«, stellte Laura fest. Dean sagte nichts. Als sie ihn ansah, lag ein seltsamer Ausdruck auf seinem Gesicht. »Was ist los?«

»Ich weiß nicht. Ich habe das Gefühl, dass ich schon mal hier war.«

»Wann?«

Dean schüttelte leicht den Kopf. »Das kann ich nicht sagen. Vielleicht täusche ich mich auch. Ich will mir die andere Seite ansehen. Vielleicht finden wir dort einen Weg, wie wir reinkommen.«

Leise stiegen sie über einen niedrigen Drahtzaun, der das Grundstück vom Weg abgrenzte. Geduckt schlichen sie auf einen Abfallhaufen zu, der ihnen etwas Deckung bot. Er bestand aus aufeinandergestapelten Autoreifen, Stangen und zerschlagenen Brettern. Etwas näher beim Haus lagen weggeworfene Möbel. Dazwischen entdeckte Laura sogar einen Kühlschrank, der im Mondlicht glänzte. Zwischen den Abfällen zogen sich lange Schatten.

»Richtig gemütlich hier«, murmelte Laura und zog ihre Jacke etwas enger zu. Nicht zum ersten Mal wünschte sie sich, am Morgen etwas Wärmeres angezogen zu haben.

Sie folgten dem Abfallhaufen, bis sie die alten Boote erreichten. Es waren kleine Barkassen, die vermutlich für Ausflugsfahrten benutzt worden waren. Sie standen erhöht auf rostigen Anhängern.

Langsam tasteten sie sich an einem Rumpf entlang. Es roch nach verrottetem Holz und Rost. Hinter der Barkasse stießen sie auf einen Zaun, der zum Haus führte. Im Schutz der Boote huschten sie voran.

Auch auf der anderen Seite des Gebäudes brannte kein Licht. Von der Fassade war an mehreren Stellen der Putz abgebröckelt, und bei einigen Fenstern hingen die Läden schief oder fehlten ganz.

»Warte hier«, flüsterte Dean und eilte zum Haus. Er blieb seitlich von einem Fenster stehen und spähte kurz herein. Dann hielt er auf eine morsch aussehende Holztür zu. Als er am Knauf drehte, bewegte sie sich. Er öffnete sie und winkte Laura zu sich.

Als sie eintrat, leuchtete Dean bereits mit der Taschenlampe einen schmalen Flur hinunter. Er war leer. Dean strahlte den Boden entlang nach vorn. Er war mit einer dicken Staubschicht bedeckt. Der Lichtstrahl schwenkte auf den Bereich, den sie bereits betreten hatten. Hinter ihnen waren deutlich ihre Schuhabdrücke zu sehen.

»Hier muss seit Jahren niemand mehr gewesen sein«, stellte Laura fest.

Sie betraten einen Raum, der vermutlich ursprünglich als Esszimmer gedient hatte. Der Lichtstrahl der Taschenlampe traf einen Holztisch in einer Ecke. Von der Decke hing eine einzelne Glühbirne. Durch ein Fenster an der Ostseite drang das schwache Licht der Straße herein. Die Schubladen waren aufgezogen und leer. Über den Herdplatten hing Kochbesteck, eine einzelne Pfanne lag in einer Ecke auf dem Boden.

»Hier gibt es nichts«, sagte Laura. »Warum sollte mich der Killer hierherbringen?«

Sie gingen zurück in den Flur. Gegenüber der Vordertür führte eine Treppe in den ersten Stock. Daneben lag der Eingang zum Keller. Dean leuchtete die Treppe hinauf. Sie mündete in einen Vorraum, der in unheilvoller Dunkelheit lag. Er wandte sich wieder vom ersten Stock ab und konzentrierte sich auf die Kellertür, die aus einem glatten, hellbraunen Material bestand.

»Das ist seltsam«, bemerkte Laura. »Diese Tür sieht neuer aus als die anderen. So als wäre sie erst viel später eingebaut worden.«

Dean sagte nichts, sondern griff nach dem Knauf. Die Tür ließ sich ohne Probleme öffnen. Graue Betonstufen kamen zum Vorschein, und ein fauliger Geruch drang ihnen entgegen. Dean drückte den Lichtschalter. Unter ihnen erhellte sich ein Gang.

Dean sah zu Laura. »Eigentlich dürfte es hier gar keinen Strom mehr geben.«

Er schaltete die Taschenlampe aus, und sie stiegen die Treppe hinunter.

Der Keller war größer als erwartet. Vor ihnen lagen auf der linken Seite zwei Räume. Danach führte der Gang um eine Ecke. Der erste Raum war eine alte Waschküche. Die Maschinen waren entfernt worden, lediglich eine Reihe schlaffer Wäscheleinen hing an der Decke. Der zweite Raum war mit alten Kartonschachteln gefüllt, die von Schimmelpilz überwuchert waren. Über die Wände zogen sich feuchte, schwarze Streifen. Laura musste die Luft anhalten, damit ihr nicht übel wurde. Es roch, als wäre hier ein Tier verendet.

Sie wandten sich ab und gingen an einem alten Sicherungskasten vorbei um die Ecke.

Am Ende des Gangs lag eine verschlossene Tür. An der

Stelle, wo sich normalerweise der Knauf befand, war ein Zahlenfeld eingelassen.

»Ein elektronisches Schloss«, stellte Dean fest.

Sie sahen sich ratlos an.

Laura drückte eine Taste, und ein kleiner LCD-Bildschirm erwachte zum Leben.

»Wir brauchen den Code.«

»Ein Code …«, wiederholte Dean und tastete seine Taschen ab. Er zog den Zettel hervor, auf dem er sich die Adresse des Hauses notiert hatte.

»In der Nachricht war auch eine Nummer angegeben. Ich hatte mich schon gefragt, was sie zu bedeuten hat.«

Er drückte Laura den Zettel in die Hand. »Lies vor.«

Laura gab die Nummer durch, die er eintippte. Eine Diode neben dem Bildschirm leuchtete grün auf, und sie hörten ein leises Klicken. Dean schob die Tür auf, und sie traten ein. Es war dunkel. Laura drückte den Lichtschalter, und eine Reihe von Neonröhren blitzte auf.

Sie fanden sich in einem länglichen Raum wieder. Laura hatte alles Mögliche erwartet, eine schalldicht isolierte Zelle vielleicht oder ein unterirdisches Labor, aber sicher nicht das.

Das Einzige, was sie sah, waren graue Betonwände. Der Raum war völlig leer.

»Scheiße«, fluchte sie. »Hier ist nichts!« Sie wandte sich an Dean.

Sein Gesicht war kreidebleich geworden. Mit einem fassungslosen Ausdruck starrte er um sich.

»Was ist los?«, fragte sie besorgt.

Als er nicht reagierte, fasste sie ihn bei der Schulter.

»Dean! Was ist los?«

Sein Blick wanderte noch immer unruhig umher. »Ich kenne diesen Ort.«

»Du warst schon mal hier?«

Er nickte schwach.

»Wann? Was hast du hier gemacht?«

Langsam drehte er den Kopf zu ihr. »Hier hat mich Aaron Celler rekrutiert.«

41

Hafengebiet Amsterdam, Niederlande

Liang sah auf seine Uhr. Inzwischen waren dreizehn Minuten vergangen, und sie waren immer noch nicht zurück.

Noch zwei Minuten. Wenn sie bis dahin nicht auftauchten, würde er zur Polizei fahren. Obwohl er sich natürlich Sorgen machte, erleichterte ihn dieser Gedanke. Jeder Nerv in ihm drängte darauf, die Ereignisse dieses Abends so schnell wie möglich hinter sich zu lassen.

Wenn er Glück hatte, konnte er den Vorfall einigermaßen unbeschadet überstehen. Er war verantwortlich für das, was in seiner Firma geschehen war. Als er das Gebäude betreten hatte, wurde er durch das elektronische System am Eingang registriert. Es blieb ihm keine Wahl, als der Polizei die Wahrheit zu erzählen. Es widerstrebte ihm zwar, seinen Freund zu verraten. Aber wenn er es nicht tat, konnte er der Mittäterschaft beschuldigt werden. Er würde dadurch seine Existenz verlieren. Das Gefängnis war dabei nicht seine größte Sorge. Es war vielmehr die Schande, in der seine Frau und seine Familie in Zukunft würden leben müssen.

Immerhin musste Yasohi die nächsten Tage nichts davon mitbekommen. Sie und seine kleine Tochter Sinawi waren noch für weitere fünf Tage bei ihrer Familie in Peking. Das war auch der Grund, warum Dean ihn überhaupt hatte erreichen können. Wäre Sinawi zu Hause gewesen, hätte er den

Stecker des Telefons gezogen, damit sie nicht durchs Klingeln geweckt werden konnte. Manchmal schaltete er es auch ab, wenn er selbst nicht gestört werden wollte. Nur an diesem Abend nicht.

Liang verfluchte sich selbst. Er hätte niemals abheben dürfen.

Dean hätte ihn nicht *anrufen* dürfen.

Was sein Freund getan hatte, war unverzeihlich. Er konnte sein Motiv zwar nachvollziehen, aber der Zweck heiligte nicht die Mittel. Nicht *dieses* Mittel.

Liang sah abermals auf die Uhr. Die Viertelstunde war vorüber. Er wollte gerade den Motor starten, als er zwei Silhouetten auf sich zurennen sah. Er nahm seine Hand vom Zündschlüssel und atmete tief durch.

Dean riss die Beifahrertür auf. »Liang«, keuchte er außer Atem. »Ich brauche dein Telefon!«

»Ist alles in Ordnung? Was ist passiert?«, fragte Liang besorgt.

»Das Telefon«, drängte Dean. »Bitte!«

42

Centro de Energía Geotérmica, Cervera, Spanien

»Es tut mir leid, was eben passiert ist«, sagte Giuliana. »Ich hätte dich informieren müssen.«

Elena Kursnjik warf ihr einen kurzen Blick zu. Sie saßen gemeinsam im MIND an Elenas Arbeitsplatz und überprüften an ihrem Terminal die Aktivität des zweiten Botnetzes. Inzwischen war es auf hundertneunzig Millionen infizierte Rechner angewachsen. Wie ein hoch ansteckendes Virus hatten sich die Programme durch das World Wide Web über den gesamten Globus verteilt und sich in jeden erdenklichen Bereich der binären Welt eingenistet: PCs, Tablets, Smartphones, Firmennetzwerke, Server. Richtig eingesetzt waren diese kleinen Programme, von denen jedes einzelne für sich völlig harmlos war, eine der größten Waffen, die jemals entwickelt wurden.

Und gerade eben hatte Aaron Celler die alleinige Kontrolle darüber erhalten.

»Ja, das hättest du tun müssen«, sagte Elena.

Im MIND herrschte ein gedämpfter Klangteppich aus leisen Stimmen. Das Team arbeitete konzentriert daran, das alte Botnetz abzubauen und die Spuren zu löschen, die zu Common Ground zurückführen könnten.

»Ich dachte, Celler hätte es mit dir abgesprochen«, begann sich Giuliana zu rechtfertigen. »Ich konnte ja nicht wissen …« Sie wurde unterbrochen, als das Telefon klingelte.

Elena drückte auf das Headset, das in ihrem Ohr steckte. »Hallo?«

Sie hielt den Atem an, als sie die vertraute Stimme am anderen Ende der Leitung hörte.

»Elena, sag jetzt nichts. Hier ist Dean.«

Elena sah verwirrt um sich.

»Geh an einen Ort, an dem dich niemand hören kann«, fuhr er fort.

Sie zögerte kurz. Sie hätte mit allem gerechnet, nur nicht mit einem heimlichen Anruf von Dean.

»In Ordnung«, sagte sie, als sie sich wieder etwas gefasst hatte. Sie legte Giuliana die Hand auf den Arm. »Bitte entschuldige mich. Ich bin gleich wieder da.«

Sie hielt auf die Tür zu. Es war seltsam, wie rasch man sich beobachtet fühlen konnte, wenn man ein Geheimnis mit sich trug. Ihr war, als würden ihr die Blicke der anderen hinter ihrem Rücken folgen.

Sie eilte auf die Toilette am anderen Ende des Gangs zu. In ihrem Kopf überschlugen sich die Fragen: Warum zum Teufel meldete sich Dean erst jetzt? Warum ausgerechnet bei ihr? Und warum durfte niemand davon wissen?

Die Toilette war leer, aber zur Sicherheit überprüfte sie auch die Kabinen.

»Wo hast du gesteckt?«, fragte sie, als sie sicher war, ungestört zu sein.

»Bist du allein?«, fragte Dean.

Elena warf einen Blick auf die Kamera, die von der Decke zu ihr herabschaute. Sie ging in eine der Kabinen und verschloss die Tür. »Ja. Was ist passiert?«

»Wir wurden angegriffen«, hörte sie Dean sagen.

»Angegriffen?«, wiederholte Elena. »Von wem?«

»Das ist jetzt nicht wichtig. Ich muss wissen, was in den letzten fünf Stunden bei euch passiert ist. Habe ich noch Zugang zum Terminalcode?«

»Ich verstehe nicht ganz, was …«

Dean fuhr ihr dazwischen. »Elena, bitte sag mir einfach, ob ich noch autorisiert bin.«

»Nein.« Sie fragte sich, worauf das Gespräch hinauslaufen sollte. »Als du plötzlich verschwunden warst, haben wir die Codes geändert.«

»Wer hat jetzt Zugriff?«, wollte Dean wissen.

»Celler«, sagte sie.

»Nur Celler?« Die Anspannung in Deans Stimme hatte zugenommen. »Du selbst bist nicht zugriffsberechtigt?«

»Nein, er hat die Codes ohne mich geändert. Ich bin ausgeschlossen, so wie alle anderen auch.«

Auf der anderen Seite des Apparats wurde es still.

»Was ist los, Dean?«

Das Headset blieb stumm. Elena befürchtete schon, dass er aufgelegt hatte, als sich seine Stimme wieder meldete.

»Du musst mir jetzt genau zuhören, Elena. Bei euch ist etwas faul.«

»Wie meinst du das?«

»Es ist kein Zufall, dass Celler jetzt der Einzige ist, der noch Zugang hat.«

»Was?«, entfuhr es Elena. »Wie kommst du darauf?«

»Celler tut nichts ohne Grund. Ich glaube, ich weiß, was er vorhat. Aber du musst mir noch etwas Zeit geben. Sag niemandem, dass ich dich angerufen habe.«

»Warum sollte ich dir vertrauen?«

»Weil ich mich nicht selbst zur Zielscheibe gemacht hätte, wenn ich der Organisation schaden wollte«, entgegnete Dean. »Weißt du, wo ich Bloom finden kann?«

Elena zögerte kurz. »Er ist im Sint Lucas Krankenhaus in Amsterdam.«

»Was ist passiert?« Dean klang alarmiert.

»Seine Niereninsuffizienz. Er ist bei der Dialyse.«

»Gut, ich melde mich wieder.«

»Warte, Dean!«, warf Elena ein. »Was hast du vor?«

Doch die Verbindung war schon tot.

*

Celler stand vor dem Plasmabildschirm und beobachtete konzentriert, was sich vor ihm abspielte. Der Monitor zeigte die Bilder sämtlicher Überwachungskameras. Sein Interesse galt jedoch nur einem ganz spezifischen Ausschnitt.

Der Damentoilette.

Auf dem Bild schritt Elena aus der Tür und sah sich um. Sie trug ein Headset. Celler lehnte sich weiter nach vorn, denn etwas lag in ihrem Blick, das ihn aufmerksam machte. Sie war eindeutig aufgeregt.

Celler griff zum Telefon und bestellte Giuliana in sein Büro.

»Was ist los?«, fragte sie, als sie eintrat.

»Ich will wissen, mit wem Elena eben gesprochen hat.«

»Warum?«

Celler funkelte sie ungeduldig an. »Fragen Sie nicht, sondern besorgen Sie mir die Aufzeichnung!«

43

Hafengebiet Amsterdam, Niederlande

Als Dean Laura damals mitgeteilt hatte, dass seine Professur an der Universität Delft gestrichen wurde, war in seiner Stimme nicht das geringste Anzeichen von Wut oder Entrüstung zu erkennen gewesen. Seine Gesichtszüge waren entspannt, kein Zucken um den Mund oder Mahlen der Kiefer ließ darauf schließen, wie er sich in diesem Moment fühlte. Nur seine Augen zeigten, was er wirklich empfand. Laura würde den Schmerz und die Enttäuschung, die darin lagen, niemals vergessen.

Heute, zwei Jahre später, zeigten sie denselben Ausdruck.

»Es ist so, wie ich befürchtet hatte«, sagte er matt und gab Liang das Telefon zurück.

Sie standen neben der Eisenbahnlinie, der sie vor kaum zwanzig Minuten zum verlassenen Haus gefolgt waren. Laura kam es aber so vor, als wäre es schon Stunden her. Die Ereignisse hatten sie seither wie eine Lawine überrollt. Es gelang ihr zwar noch nicht, die einzelnen Puzzleteile dieser Geschichte zusammenzusetzen. Aber immerhin hatten die Leute, die sie jagten, jetzt ein Gesicht bekommen.

Liang sah Dean fragend an. »Was ist passiert?«

Aus dem Hafen war das dröhnende Horn eines einfahrenden Frachters zu hören. Deans Blick schweifte zum Wasser.

»Es gab nie jemanden, der durch mich an Common Ground rankommen wollte«, antwortete er. »Der Killer, der uns verfolgt, stammt aus meiner *eigenen* Organisation.«

Laura konnte nachvollziehen, welch ein Schlag das für Dean sein musste. Zum zweiten Mal in seinem Leben stand er vor einem Trümmerhaufen. Wie ein Pokerspieler hatte er seinen ganzen Einsatz auf ein einziges Blatt gesetzt und alles verloren. Laura sah den Mann an, mit dem sie sich vor zwei Jahren fast verlobt hätte. Derselbe Mann, der ihr ohne besonderen Grund Rosen geschenkt hatte, nur um ihr zu zeigen, wie sehr er sie liebte. Sie konnte nicht leugnen, dass sie immer noch viel für ihn empfand. Trotzdem fiel es ihr schwer, in dieser Situation Mitgefühl für ihn zu verspüren. Er war zu weit gegangen. Er musste sich seiner Verantwortung stellen.

»Was hat das zu bedeuten?«, fragte sie. »Warum sollte mich deine eigene Organisation entführen wollen?«

Deans Augen wirkten müde. »Um mich damit unter Druck zu setzen. Es gibt einen Terminalcode, mit dem das Botnetz deaktiviert werden kann. Es gibt nur zwei Personen, die den Code eingeben können. Ich bin eine davon.«

»Warte mal«, warf Laura ein. »Soll das heißen, dass du den Angriff also jederzeit verhindern könntest?«

»Jetzt nicht mehr«, sagte Dean. »Nach unserer Flucht hat Common Ground den Terminalcode geändert.«

»Was hat es mit diesem Code auf sich?«, fragte Liang.

»Er ist das einzige Mittel, das Botnetz zu stoppen. Er ist dazu bestimmt, die Bots zu deaktivieren, wenn die Vereinten Nationen unsere Forderungen erfüllt haben. Oder wenn die Dinge aus dem Ruder laufen sollten. Celler ist neben mir der Einzige, der den Terminalcode eingeben kann.«

»Willst du damit sagen, dass Celler hinter dem Killer steckt?«, hakte Laura nach.

Dean nickte. »Das Haus am Hafen gehört zu einer geheimen Zelle von Earth First!. Celler hat sich immer völlig bedeckt gehalten, was seine Kontakte zu diesem Netzwerk betrifft. Er hat niemandem von Common Ground gesagt, wo er die Leute für die Rekrutierung hinbringt. Er hat mir damals einen Sack über den Kopf gezogen, damit ich nicht wusste, wohin ich gefahren werde. Außer Celler konnte niemand aus der Organisation von diesem Ort wissen.«

»Weißt du, was er vorhat?«

»Es gibt nur eine mögliche Erklärung«, meinte Dean. »Er wollte den Terminalcode unter seine Kontrolle bringen. Ich denke, dass er mich durch deine Entführung erpressen wollte. Als ich mich nach dem Angriff des Killers nicht mehr gemeldet habe, konnte er die anderen von Common Ground davon überzeugen, dass mein Zugang gesperrt werden muss. Dadurch ist er jetzt die einzige Person, die Zugriff darauf hat. Nur er kann jetzt noch darüber entscheiden, ob und wann das Botnetz deaktiviert wird.«

»Von wem redet ihr da eigentlich?«, wollte Liang wissen.

Dean wandte sich zu ihm. In seinen Augen hatte sich etwas verändert. Der Ausdruck der Resignation war verschwunden. Er presste die Kiefer zusammen und sah auf die Uhr. In seinem Gesicht mischten sich Anspannung und Sorge. »Ich weiß, dass es noch viele Fragen gibt«, sagte er mit drängendem Blick, »aber wir haben nicht mehr viel Zeit. Wir müssen auf dem schnellsten Weg ins Sint Lucas Krankenhaus. Ich werde euch auf der Fahrt alles erklären.«

»Nein«, entgegnete Laura bestimmt. »Wir werden jetzt Europol informieren. Die Sache ist völlig aus dem Ruder gelaufen. Du kannst deine Organisation nach allem, was passiert ist, jetzt nicht mehr schützen.« Sie wandte sich ab und steuerte auf das Auto zu.

»Warte«, sagte Dean.

Laura drehte sich um und verschränkte die Arme vor der Brust. »Was?«

Er trat zu ihr. »Ich weiß, dass ich dich enttäuscht habe. Ich hätte mich nie Common Ground anschließen dürfen.«

Laura sah ihn finster an, wartete ab.

»Aber bitte vertrau mir. Die Polizei wird uns nicht dabei helfen können, Celler aufzuhalten.«

»Was soll das heißen?«, fragte sie misstrauisch.

»Es ist nicht so einfach, wie du denkst. Es gibt Dinge, von denen du nichts weißt.«

»Welche Dinge?«

»Ich werde dir alles auf der Fahrt erklären. Wenn du danach immer noch zur Polizei gehen willst, werde ich dich nicht daran hindern.«

Laura schüttelte ratlos den Kopf. »Ich weiß nicht …«

»Bitte, Laura.«

Resigniert fuhr sie sich mit der Hand durch die Haare. »Warum willst du ins Krankenhaus?«

»Es gibt dort jemanden, der uns helfen kann.«

*

Liang fuhr Richtung Süden. Die Straße lief auf einen Autobahnring zu, der sich um das Zentrum von Amsterdam zog und sie direkt zum Krankenhaus führte.

»Das Botnetz wird durch eine Serveranlage in Spanien gesteuert«, begann Dean seine Erklärung. »Wenn wir Europol einschalten, werden sie die Anlage vermutlich noch heute Nacht angreifen.«

Er saß mit Laura auf der Rückbank. Wenn sie nicht den ernsten Ausdruck in seinem Gesicht gesehen hätte, wären ihr Zweifel an seinem Urteilsvermögen gekommen. »Worauf willst du hinaus? Wenn die Anlage das Botnetz aktivieren kann, muss sie zerstört werden!«

»Wenn ich sage, dass die Anlage das Botnetz steuert, dann meine ich nicht, dass sie es einschalten kann.«

»Das verstehe ich nicht.«

»Der Server hält das Botnetz in einem latenten Zustand.«

»Was?«

»Das System ist so eingerichtet, dass der Server *verhindert*, dass das Botnetz seine Signale sendet. Es ist eine Sicherheitsmaßnahme, die Common Ground vor Angriffen schützen soll. Wenn jemand gewaltsam in die Anlage eindringt, wird der Server durch Säure zerstört und die Bots starten automatisch den Angriff auf SWIFT.«

Und damit werden wir zurück in die Steinzeit geworfen, vervollständigte Laura den Satz in ihren Gedanken.

»Wenn die Polizei vom Server erfährt«, fuhr Dean fort, »würden wir damit direkt in Cellers Hände spielen.«

»Wer ist dieser Celler?«, erkundigte sich Liang.

Dean warf einen Blick nach vorn. »Er stammt aus der radikalen Umweltszene. Er hat früher über Earth First! Anschläge in Spanien durchgeführt. Jetzt hat er die Kontrolle über die Serveranlage. Er ist sozusagen der Henker, der die Falltür aufklappt, wenn die Vereinten Nationen unsere Forderungen nicht erfüllen.«

»Da hast du dich ja in einer richtig reizenden Gesellschaft aufgehalten«, bemerkte Liang sarkastisch.

»Wieso meinst du, dass wir Celler mit einem Angriff in die Hände spielen würden?«, überging Laura Liangs Bemerkung.

»Ich habe mich von Anfang an in ihm getäuscht«, antwortete Dean. »Ich glaube, dass er überhaupt nie vorhatte, das Botnetz nur als Drohung einzusetzen.«

»Du meinst, er will die Anlage *absichtlich* angreifen lassen?«

»Es kann nur einen Grund geben, warum Celler zum jetzigen Zeitpunkt die Kontrolle über den Terminalcode haben will. Er will verhindern, dass er eingesetzt wird.«

»Weshalb so kompliziert?«, schaltete sich Liang ein. »Warum hat er das Botnetz nicht einfach selbst aufgebaut?«

»Er muss das schon seit Langem geplant haben. Er hätte nie genug Geld zusammenbringen können, um das Botnetz allein aufzubauen. Er brauchte Common Ground.«

Laura konnte ihm nicht folgen. Deans Erklärungen hatten bisher mehr Fragen aufgeworfen als beantwortet. »Warum sollte er aber jemanden brauchen, der die Anlage angreift? Er hat doch die Kontrolle über den Server.«

Liang bog auf die Autobahn ein, und der Motor röhrte auf, als er das Tempo beschleunigte.

Dean sah zu Laura. »Common Ground ist nicht einfach eine Gruppe von Aktivisten. Die Organisation ist professionell gegliedert und verfügt über ein Sicherheitssystem. Es gibt niemanden, der allein entscheiden könnte, ob das Botnetz ausgelöst wird. Celler bräuchte dafür erst die Einwilligung des Rats.«

»Welcher Rat?«

»Der Rat ist unsere Kontrollinstanz. Die Entscheidung, ob das Botnetz seinen Angriff starten soll, muss auf zwei Ebenen gefällt werden. Nur der Rat kann beschließen, ob und wann das Botnetz aktiviert werden soll …«

»… und nur dann kann Celler die Falltür aufspringen lassen«, ergänzte Liang.

»Warum zerstört er den Server nicht einfach selbst?«, hakte Laura nach.

Dean schüttelte den Kopf. »Die Anlage ist eine Hochsicherheitszone. Sie wird durch bewaffnete Wachen gesichert. Celler hat zwar die Kontrolle über sie, aber ohne den expliziten Befehl des Rats würden die Wachen nicht zulassen, dass er die eigene Anlage zerstört.«

»Was wirst du jetzt tun?«, fragte Liang. »Willst du den Rat informieren, damit er Celler stoppt?«

»Nein. Eine Einmischung des Rats würde als Versuch gewertet werden, selbst die Kontrolle über den Server zu bekommen. Ohne konkrete Beweise würde ihnen niemand in der Anlage glauben.«

Laura verlor langsam die Geduld. Sie hatte genug davon zu hören, was *nicht* möglich war. Sie wollte endlich wissen, was Dean vorhatte, um diesem Wahnsinn ein Ende zu bereiten. »Komm auf den Punkt, Dean. Wie können wir das Botnetz stoppen?«

Dean zögerte kurz. »Die einzige Möglichkeit ist, das Botnetz manuell auszuschalten. Ich muss dafür nur auf den Server zugreifen können. Celler wird zwar inzwischen meine Zugangsberechtigung gelöscht haben, aber ich habe eine Hintertür in die Programmierung eingebaut.«

»Eine Hintertür?« Laura war verwirrt.

»Eine Trapdoor«, erklärte Liang. »Das machen viele Programmierer. Es ist ein zusätzlicher Teil in einem Programm, mit dem man eine Sicherung umgehen kann.«

Dean nickte. »Das Problem ist nur, dass die Verbindung über meinen Laptop blockiert ist. Deshalb muss ich nach Spanien zur Anlage und die Hintertür direkt vom Server aus öffnen.«

Laura zog fragend die Augenbrauen hoch. »Wie stellst du dir das vor? Wir können wohl kaum einfach so in die Anlage reinspazieren.«

»Nein, das kann ich nicht«, stimmte Dean zu. »Deshalb müssen wir ins Sint Lucas Krankenhaus. Dort gibt es jemanden, der uns dabei helfen kann.«

Laura sah ihn skeptisch an. »Wer?«

»Richard Bloom. Er ist eines der Ratsmitglieder.«

In Laura stieg Unbehagen auf. Hilfe bei Deans eigener krimineller Organisation zu suchen war das Letzte, was sie wollte.

»Und was ist mit dem Motiv?«, lenkte Liang Laura von ihren Gedanken ab. »Ich verstehe jetzt, warum wir nicht die Polizei einschalten können. Aber warum sollte Celler SWIFT überhaupt angreifen wollen?«

Laura war bisher so sehr mit dem Botnetz beschäftigt gewesen, dass sie sich diese Frage noch gar nicht gestellt hatte. Aber Liang hatte recht. »Er weiß genau, dass er damit das Wirtschaftssystem zusammenbrechen lassen kann.«

Deans Gesichtsausdruck verfinsterte sich. »Ich denke, dass er in seiner fanatischen Ideologie genau das tun will. Das Botnetz war von uns immer nur als Drohmittel gedacht. Aber so wie es aussieht, hatte Celler nie vor, auf die Reaktion der UN zu warten. Er will die Sache selbst in die Hand nehmen.«

»Das ergibt doch keinen Sinn!«, wunderte sich Liang. »Warum sollte das jemand tun wollen?«

»Man könnte es als eine Art endgültige Lösung betrachten«, sagte Dean bitter.

Laura traf die Erkenntnis mit der Macht eines rasenden Güterzugs. »Er will den Kollaps verhindern.«

»Welchen Kollaps?«, fragte Liang.

»Die Folgen des Klimawandels gehen viel weiter, als den meisten bewusst ist«, erklärte Laura, die langsam die perverse Logik von Cellers Plan zu verstehen begann. »Der Meeresspiegelanstieg, die Dürren oder Unwetterkatastrophen werden bei Weitem nicht unser größtes Problem sein. Wenn wir die Klimaerwärmung weiterhin so voranschreiten lassen wie bisher, droht ein vollständiger Kollaps der Ökosysteme.«

»Der Ökosysteme? Was meinen Sie damit?«

»Wir sind in einer ähnlichen Situation wie vor zweihundertfünfzig Millionen Jahren an der Perm-Trias-Grenze. Damals ist es auch zu einem raschen Anstieg der Temperatur gekommen. Das Klima hat sich über einige Tausend Jahre um etwa sechs Grad erwärmt. Das hat die Lebensbedingungen auf unserem Planeten innerhalb kürzester Zeit fundamental verändert. Die Ökosysteme haben das nicht überstanden, und rund neunzig Prozent aller Arten sind ausgestorben. Damals wurde fast das ganze Leben auf der Erde ausgelöscht.«

»Sechs Grad ist etwa dieselbe Erwärmung, die wir bis zum Ende dieses Jahrhunderts erwarten müssten, wenn wir so weitermachen wie bisher«, ergänzte Dean.

»Einige Szenarien gehen sogar von acht Grad aus«, sagte Laura, »und das in einem Bruchteil der Zeit, die es beim letzten Massenaussterben gebraucht hat.«

Liang legte den Kopf schief. »Was hat das mit dem Botnetz zu tun?«

»Wenn das Wirtschaftssystem durch eine Blockade von SWIFT zusammenbricht«, erklärte Dean, »führt das automatisch zu einer schlagartigen Abnahme des Treibhausgas-Ausstoßes. Dadurch würde die Klimaerwärmung deutlich schwächer ausfallen.«

Laura lehnte sich vor. »Es gibt auch noch einen anderen Grund. Wir haben inzwischen eine Erwärmung von fast einem Grad. Das Klimasystem reagiert sehr empfindlich auf solche Veränderungen. Wenn die Temperaturen weiterhin steigen, werden Schwellenwerte erreicht, die eine zusätzliche natürliche Klimaerwärmung auslösen können.«

»Was meinen Sie mit natürlicher Klimaerwärmung?«, fragte Liang.

»Wenn die Klimaerwärmung einen bestimmten Schwellenwert überschreitet, kommt es zu einer unkontrollierbaren Abwärtsspirale«, sagte Laura. »Auf der Nordhalbkugel tauen Permafrostböden auf, die immense Vorkommen an Methan speichern. Wenn das Methan dadurch in die Atmosphäre gelangt, wirkt es zwanzigmal stärker auf die Klimaerwärmung als CO_2. Ein ähnlicher Effekt wird durch das Abschmelzen der Polkappen erzeugt. Vereiste Flächen reflektieren den größten Teil der Sonnenenergie zurück ins All. Das ist wie ein natürlicher Kühlmechanismus. Wenn das Eis aber schmilzt, trifft das Licht auf dunkles Wasser, das sich dadurch aufheizt und das Klima zusätzlich erwärmt. Es gibt noch andere solche Mechanismen, aber sie haben alle eines gemeinsam: Wenn ein gewisser Schwellenwert überschritten ist, ist es beinahe unmöglich, sie wieder zu stoppen.«

Liang warf einen überraschten Blick in den Rückspiegel. »Und wann ist dieser Schwellenwert erreicht?«

»Das weiß niemand so genau«, meinte Laura. »Man geht davon aus, dass die kritische Grenze bei ungefähr zwei Grad liegt. Das heißt, dass sich die Welt von heute an nur noch um ein weiteres Grad erwärmen dürfte. Wenn der Ausstoß von Treibhausgas also nicht sofort drastisch reduziert wird, laufen wir auf ein ökologisches Armageddon zu.«

44

Europol, Den Haag, Niederlande

An der Tür war ein dezentes Klopfen zu hören. Gear sah von ihrem Laptop auf. »Herein.«

Hammond erschien. »Frau Delacroix ist da.«

»Gut. Sie soll reinkommen.«

Die niederländische Umweltministerin betrat den Raum und sah um sich. Ihre Ähnlichkeit mit Dupont war nicht zu übersehen: dieselben hohen Wangenknochen, ein schmales, elegantes Gesicht und klare, ausdrucksstarke Augen. Sie hatte eine aufrechte Haltung, wie sie nur Menschen mit starker Willenskraft und einem unerschütterlichen Selbstvertrauen besaßen. Ihr Kinn war leicht angehoben, was ihr erhabenes

Auftreten unterstrich. Sie zählte mit Sicherheit zu jenen Menschen, deren bloße Präsenz schon die Aufmerksamkeit der anderen auf sich zog.

Gear wies auf den Stuhl vor ihrem Schreibtisch. »Bitte setzen Sie sich.«

Delacroix nahm Platz und ließ den Mantel, den sie sich über den Arm gelegt hatte, auf die Stuhllehne gleiten.

Gear entschied sich, zunächst mit einer milden Gangart zu beginnen. Die Umweltministerin gehörte sicherlich nicht zu den Personen, die für Einschüchterungen empfänglich waren. »Danke, dass Sie so schnell kommen konnten«, sagte sie und setzte sich Delacroix gegenüber an den Schreibtisch.

»Ich nehme an, dass Sie einen guten Grund dafür haben werden, dass Sie mich zu dieser späten Stunde hierherbestellt haben.«

Gear legte die Hände in den Schoß. »In der Tat, den habe ich.«

Das Gesicht der Ministerin blieb ungerührt, aber aufmerksam.

»Der Ministerpräsident hat mir mitgeteilt, dass Sie über die Ereignisse des heutigen Tages informiert sind.«

Delacroix nickte leicht.

»Das vereinfacht die Sache.« Gear fixierte die Ministerin. »Ich nehme an, dass Sie heute ziemlich viel zu tun hatten.«

»Mein Tag ist noch nicht zu Ende«, antwortete Delacroix. »Ich wäre Ihnen deshalb verbunden, wenn Sie gleich zur Sache kommen würden.«

Gear lächelte schmal. »Ich weiß, wir haben heute alle ein bisschen mehr zu tun.« Sie ließ ihr Lächeln wieder verschwinden und fragte: »Wussten Sie, dass Ihre Nichte heute bei uns war?«

Delacroix schwieg einen Moment. »Ja, ich habe heute mit ihr gesprochen.«

»Ich weiß. Sie hat Sie kurz nach unserer Sitzung dreimal angerufen. Einmal bei Ihrer Sekretärin und zweimal auf Ihrem Handy.«

Der Blick der Ministerin verfinsterte sich. »Sie haben ihre Telefonate überprüft? Warum?«

Gear ignorierte die Frage. »Worüber haben Sie gesprochen?«

Die Gesichtszüge von Delacroix spannten sich leicht an. »Sie war aufgelöst. Sie hat aber nicht gesagt, weshalb.«

»Und?«

»Nichts weiter. Sie hat lediglich meine Zuwendung gesucht.«

»Nur Ihre Zuwendung?«, wiederholte Gear.

»Worauf wollen Sie hinaus?«

»Nun, es ist etwas geschehen, was uns ziemliches Kopfzerbrechen bereitet.«

»Was?«

»Ich muss Ihnen leider mitteilen, dass Laura Dupont inzwischen als vermisst gilt.«

Die Ministerin riss erschrocken die Augen auf. »Wie bitte? Was ist passiert?« Sie zeigte ehrliche Sorge.

Es konnte allerdings auch nur gespielt sein. Als professionelle Politikerin musste sie sicherlich über ein gewisses schauspielerisches Talent verfügen.

»Das wissen wir nicht«, sagte Gear. »Es hat an der Universität Utrecht einen Vorfall gegeben, in den sie verwickelt war. Es ist zu einer Schießerei gekommen, bei der vermutlich eine Person getötet wurde.«

»Um Himmels willen! Wissen Sie, ob Laura verletzt ist?«

»Das lässt sich nicht mit Bestimmtheit sagen. Aber wir wissen bereits, dass das Blut, das am Tatort gefunden wurde, von einem Mann stammt.«

Der Blick von Delacroix wurde abwesend, dann fragte sie:

»Gibt es schon irgendwelche Hinweise? Wurde eine Suche nach ihr gestartet?«

Gear nickte. »Ich habe ein Team darauf angesetzt, das sich nur mit diesem Fall beschäftigt.« Für einen kurzen Augenblick glaubte sie Angst im Gesicht der Ministerin zu sehen. Der Ausdruck war aber so schnell wieder verflogen, wie er gekommen war.

»Warum beschäftigt sich Europol damit?«

»Wir gehen davon aus, dass das Verschwinden Ihrer Nichte mit den Ereignissen von heute Morgen in Verbindung steht.«

»Wie kommen Sie darauf?«

Gear lehnte sich etwas nach vorn. Die kommende Frage war der zentrale Punkt des Verhörs. Auch wenn sie der Ministerin bisher nicht suggeriert hatte, dass es sich überhaupt um ein Verhör handelte.

»Kennen Sie einen Professor Lund?«

Das Zögern war nur kurz, aber es reichte Gear, ihren Verdacht zu bestätigen. Nach den Hunderten von Verhören, die sie bisher geführt hatte, hatte sie ein untrügliches Gespür dafür entwickelt, wenn sie einen empfindlichen Nerv getroffen hatte.

»Laura war vor einigen Jahren kurz mit ihm zusammen«, antwortete Delacroix. »Aber es hat nicht lange angehalten. Was hat das mit dem Fall zu tun?«

Gear entschied sich, in die Offensive zu gehen. »Lassen Sie uns nochmals auf das Gespräch mit Ihrer Nichte zurückkommen.«

»Was ist damit?«

»Finden Sie es nicht auch seltsam, dass Ihre Nichte kurz danach verschwunden ist?«

»Ich wüsste nicht, in welchem Zusammenhang das stehen sollte.«

»Haben Sie sich nach dem Gespräch vielleicht nochmals getroffen?«

»Nein«, sagte Delacroix bestimmt.

Gear zog eine Akte auf ihrem Schreibtisch zu sich und klappte sie auf. »Wir haben allen Grund zu der Annahme, dass Ihre Nichte in den Anschlag verwickelt sein könnte. Wenn es irgendetwas gibt, das Sie darüber wissen, haben Sie die Verpflichtung, mir das mitzuteilen. Sie dürfen Laura nicht schützen.«

»Wie kommen Sie darauf, dass meine Nichte etwas damit zu tun haben könnte?«

»Wir haben entsprechende Hinweise. Mehr kann ich Ihnen dazu nicht sagen.« Sie hob ihren Blick. »Ihre Sekretärin war so freundlich, mir einen Auszug Ihres Terminkalenders von heute zukommen zu lassen.« Sie zog theatralisch die Augenbrauen nach oben. »Ziemlich voll. Sie mussten tatsächlich sehr viel zu tun gehabt haben.«

»Wie kommen Sie dazu, in meinem Terminkalender herumzuschnüffeln?«

»Weil ich meine guten Gründe dafür habe. Können Sie mir zum Beispiel erklären, wo Sie gegen halb vier waren? Um diese Zeit gibt es eine Lücke in Ihrem Kalender. Auch Ihre Sekretärin wusste nicht, wohin Sie gegangen sind.«

Die Hände im Schoß der Ministerin verkrampften sich leicht. »Ich bin heute von Sitzung zu Sitzung gerannt. Ich kann mich wirklich nicht mehr an den Zeitpunkt jedes einzelnen Gesprächs erinnern. Ich muss vergessen haben, meine Sekretärin über den Termin zu informieren.«

»Wirklich?«, hakte Gear nach.

Delacroix setzte sich in ihrem Stuhl auf. »Was fällt Ihnen eigentlich ein? Wie können Sie sich erlauben, so mit mir zu reden!«

»Ich bin mir bewusst, welche Position Sie haben«, entgegnete Gear trocken. »Deshalb habe ich Sie auch nicht in einen Verhörraum bringen lassen, sondern ein persönliches Gespräch in meinem Büro vorgezogen.«

Die Ministerin ließ sich zurücksinken. »Ich werde bald im Parlament zurückerwartet. Also lassen Sie Ihre Spielchen, und kommen Sie zur Sache.«

Gear klappte die Akte wieder zu. »Ich ermittle hier in einem Fall der internationalen Sicherheit. Schon allein das Telefonat mit Ihrer Nichte würde genügen, Sie so lange festzuhalten, wie ich es für richtig halte.«

Delacroix sah sie unverwandt an. »Da Sie im Konjunktiv sprechen, gehe ich nicht davon aus, dass Sie das zu tun gedenken.«

»Nein, ich denke, wir sind hier vorerst fertig. Außer, Sie haben mir noch etwas zu sagen.«

»Ja, das habe ich. Sorgen Sie dafür, dass meine Nichte gefunden wird. Und hören Sie auf, mich in meiner Arbeit zu behindern.« Die Ministerin stand auf. Sie nahm ihren Mantel und ging, ohne ein weiteres Wort zu sagen, zur Tür.

»Ich will, dass Sie die Stadt nicht verlassen«, sagte Gear.

Delacroix blieb mit der Hand am Türknopf stehen, drehte sich aber nicht um.

»Halten Sie sich in der Nähe auf. Es könnte sein, dass wir uns schon bald wiedersehen.«

Als Delacroix gegangen war, bestellte Gear Hammond zu sich.

»Eine ziemlich undurchsichtige Person«, sagte er, als er eintrat. Er hatte das Gespräch im anderen Raum mitverfolgt.

»Sie weiß etwas«, sagte Gear.

»Was wollen Sie jetzt tun?«

»Zapfen Sie ihr Telefon an. Ein Detective soll sie außerdem rund um die Uhr beobachten. Ich will über jeden ihrer Schritte in Kenntnis gesetzt werden.«

45

Sint Lucas Andreas Krankenhaus, Amsterdam, Niederlande

Das Sint Lucas lag im Westen von Amsterdam, nur einen Steinwurf von der Autobahn entfernt. Liang hatte den Volvo vor dem Haupteingang geparkt. Der Eintrittsbereich erinnerte eher an ein Museum für moderne Kunst als an eine Klinik. Über ihnen ragte ein hoher Vorbau, der bis zur Straße reichte. Ein breiter Metallsteg führte über eine unterirdische Galerie hinweg auf eine getönte Glasfront zu. An den Seiten hingen überlebensgroße Monitore von der Decke, die schwer identifizierbare gelbliche Muster zeigten. Der Vorbau selbst wurde von schlanken Säulen getragen, die an den Spitzen leuchteten. Dazwischen waren Lichter eingestreut, die das Dach wie ein kleines Planetarium wirken ließen.

»Ich werde nicht mitkommen.«

Laura und Dean, die sich bereits auf dem Weg in das Gebäude befunden hatten, sahen sich um. Liang war vor dem Auto stehen geblieben.

»Ich muss an meine Familie denken, ich hoffe, ihr versteht das.«

»Natürlich«, sagte Dean, als sie zu ihm zurückgekehrt waren. »Wo ist deine Familie jetzt?«

»Auf einem Besuch in Peking. Sie werden noch die nächsten paar Tage dort sein.«

»Gut. Du solltest dich im Moment von deiner Firma fernhalten. Geh auch nicht nach Hause. Am besten ziehst du die nächsten Tage in ein Hotel. Wir können nicht wissen, ob der Killer versuchen wird, uns über dich aufzuspüren.«

Liang nickte.

Dean legte seinem Freund die Hand auf die Schulter. »Danke, dass du uns bis hierhin geholfen hast. Du hast viel mehr für uns getan, als ich von dir verlangen durfte.«

Liang legte die Hände zusammen und verbeugte sich leicht. »Ich wünsche euch viel Glück. Passt auf euch auf.«

Er wiederholte den Abschiedsgruß bei Laura. Sie erwiderte ihn und sagte: »Wir werden uns bei Ihnen melden.«

Liang lächelte schwach und stieg in seinen Wagen.

Nachdem er losgefahren war, fragte Laura: »Meinst du wirklich, dass er in Gefahr ist?«

Dean sah dem Wagen nach. »Ich hoffe nicht.«

Sie betraten den Empfangsbereich, der dieselbe kühle Nüchternheit ausstrahlte, wie sie in allen Krankenhäusern rund um den Globus anzutreffen war. Es roch nach Desinfektionsmitteln und abgestandenem Kaffee. Der größte Teil des Empfangs wurde durch einen offenen Wartebereich dominiert, in dem sich allerdings nur eine Handvoll Leute befand. Die meisten hatten sich in irgendwelche Broschüren vertieft. Gegenüber lag die Rezeption, an der eine ältere Krankenschwester saß.

Als sie Dean und Laura kommen sah, zog sie ein Blatt Papier aus einer Schublade und legte es auf den Tresen.

»Bitte tragen Sie hier Ihre Personalien und die Versicherungsnummer ein«, sagte sie und schob Dean den Zettel zu. Als sie seinen verwunderten Gesichtsausdruck bemerkte, sagte sie: »Wollen Sie nicht wegen Ihrer Kopfverletzung behandelt werden?«

Dean fasste sich kurz an die behelfsmäßig verbundene Schläfe. Die Pflaster konnten die Schwellung darunter nur teilweise verbergen. »Ähm, nein. Wir wollen zu einem Patienten.«

Die Krankenschwester zuckte mit den Schultern. »Sie sollten das untersuchen lassen. Das sieht nicht gut aus.« Dann zog sie das Papier wieder zurück. »Wen möchten Sie denn besuchen?«

»Richard Bloom. Er kann noch nicht lange hier sein.«

Sie gab den Namen in den Computer ein und sah wieder auf. »Tut mir leid, aber wir haben keinen Patienten mit diesem Namen.«

In Lauras Bauch braute sich bereits ein ungutes Gefühl zusammen, als Dean sagte: »Vielleicht ist er nicht in den normalen Patientenakten erfasst. Er ist zu einer Dialyse hier.«

Die Krankenschwester konsultierte den Computer erneut. »Ja, Sie haben recht, er ist in einem der Behandlungszimmer.«

»Wo können wir ihn finden?«

Sie wies auf einen langen Korridor neben dem Wartebereich. »Gehen Sie einfach nach da hinten und dann um die Ecke. Zimmer einhundertvierzig.«

Laura hasste Kliniken. Sie konnte sich nicht erinnern, wann sie seit dem Tod ihrer Mutter jemals wieder einen Fuß über die Schwelle eines Krankenhauses gesetzt hatte. Sie war erst zehn Jahre alt gewesen, als ihre Mutter starb. Als sie damals in die Klinik gebracht wurde, hatte sie noch gesund gewirkt und Laura aufmunternd zugelächelt. In den darauffolgenden Monaten der Behandlung hatte sich ihr Zustand aber von Woche zu Woche verschlechtert. Die letzten Tage ihres Lebens hatte sie nur noch im Krankenbett gelegen und konnte kaum mehr sprechen.

Das letzte Bild ihrer Mutter hatte sich für immer in Lauras Gedächtnis eingebrannt. Ihre grau verfärbte Haut, die dunklen Tränensäcke unter den Augen, die zahllosen Schläuche, die aus der Nase und den Armen ragten. Laura war damals zu jung gewesen, um die Zusammenhänge zu verstehen. Sie wusste nur, dass ihre Mutter das Krankenhaus gesund betreten und einige Wochen später auf einer Bahre und mit einem weißen Tuch über dem Kopf hinausgeschoben wurde. Erst später hatte sie verstanden, was der Begriff Chemotherapie bedeutete. Ihre Mutter hatte Brustkrebs in einem fortgeschrittenen Stadium. Ihr Körper hatte die Medikamente, die sie für die Therapie einnehmen musste, nicht verkraftet. Letztlich war sie an Nierenversagen gestorben.

An diesem Tag hatte sich Laura geschworen, nie wieder ein Krankenhaus zu betreten. Außer wenn ihr irgendetwas abzufallen drohte.

Oder wenn die Welt kurz davorsteht, in die Zeit der Pferdekutschen zurückversetzt zu werden.

Laura wischte die schmerzhaften Erinnerungen beiseite. »Erzähl mir von Richard Bloom.«

Dean sah zu ihr hinüber. »Hast du schon mal von der Global Warming League gehört?«

»Das ist eine amerikanische Stiftung, die für den Klimaschutz lobbyiert. Soviel ich weiß, verfügen sie über ein ziemlich hohes Kapital.«

»Ja, Richard Bloom hat sie vor etwa sieben Jahren gegründet.«

Sie traten zur Seite, als die zwei Pfleger ein Krankenbett an ihnen vorbeischoben. Der Anblick des Patienten jagte Laura einen kalten Schauer über den Rücken. Der arme Kerl war von der Brust bis zum Kopf einbandagiert.

Hoffentlich sehe ich nicht bald auch so aus, dachte Laura. Der eiskalte Blick des Killers hatte sie seit ihrem kurzen Zusammentreffen in der Serveranlage nicht mehr losgelassen.

»Bloom hat sein Vermögen im Ölgeschäft gemacht. Vor einigen Jahren hat er sich dann davon abgewendet und begonnen, sich für den Klimaschutz einzusetzen. Er ist zu einem der härtesten Gegner derjenigen Industrie geworden, für die er fast sein ganzes Leben gearbeitet hatte.«

»Das ist eine ziemliche Kehrtwende«, bemerkte Laura.

»Allerdings. Richard Bloom ist einer der energischsten Klimaschützer, die ich kenne.«

»Hat er auch Common Ground gegründet?«

»Nicht direkt. Er hatte sich immer wieder in den Medien dafür ausgesprochen, dass die Politik die Industrie dazu zwingen müsse, vom Öl abzukommen. Celler hat ihn darauf in einem anonymen Brief angeschrieben und den Vorschlag von Common Ground gemacht.«

Sie erreichten das angegebene Behandlungszimmer und blieben davor stehen.

»Woher weißt du, dass er dir glauben wird?«, flüsterte Laura.

Dean sah sie mit einem Blick an, der sagen sollte: »Ich weiß es nicht«, und klopfte an die Tür.

Im Innern war ein leises Räuspern zu hören. »Herein«, sagte eine angeschlagene Stimme.

Als sie eintraten, fiel Lauras Blick auf einen Mann, der vollständig angezogen auf einem Krankenbett lag. Er sah nicht im Geringsten so aus, wie sie ihn sich vorgestellt hatte. Statt eines kalten und berechnenden Industriemagnats fand sie einen ausgesprochen freundlich wirkenden alten Mann vor. Mit seinem weißen Vollbart wirkte er eher wie der nette Großvater von nebenan als wie jemand, der in einen der größten Terroranschläge der Geschichte verwickelt war.

Sie näherten sich dem Bett, und Bloom öffnete die Augen. Er wirkte erschöpft. In seinem rechten Arm steckten zwei Kanülen, von denen Schläuche zu einem Dialysegerät führten. Vor dem Gerät stand ein Pfleger, der den Monitor überprüfte. Er hatte ihnen den Rücken zugewandt.

»Dean!«, sagte Bloom, als er seine Besucher erkannte. Er lächelte. Falls er überrascht war, ließ er es sich nicht anmerken.

»Hallo, Richard«, sagte Dean.

Der Pfleger drehte sich um und sah ihn aus ausdruckslosen Augen an. In einer raschen Bewegung schwang er den Kittel zur Seite und zog eine Waffe hervor.

Bloom hob die Hand. »Lassen Sie das, Sandorin. Das wird nicht nötig sein.«

Der Mann warf Dean einen kühlen Blick zu und schob sichtlich unzufrieden die Waffe wieder in sein Halfter zurück.

Bloom ließ den Kopfteil des Betts etwas nach oben fahren und sah zu Laura. »Und Sie müssen die charmante Laura Dupont sein.«

Sie nickte.

»Hast du uns erwartet?«, fragte Dean erstaunt.

»Elena hat mir bereits mitgeteilt, dass du kommen würdest.«

Deans Gesichtsausdruck wirkte plötzlich alarmiert. »Weiß sonst noch jemand darüber Bescheid?«

»Nein. Ich wollte mir zuerst anhören, was du zu sagen hast.«

Der vermeintliche Pfleger wandte sich wieder dem Gerät zu, behielt Dean und Laura aber im Auge.

»Ich nehme an, dass dich Elena auch darüber informiert hat, dass Celler nun als Einziger die Kontrolle über den Terminalcode hat«, sagte Dean.

Bloom schob sein Kissen zurecht. »Ja, und sie hat mir außerdem gesagt, dass du angegriffen wurdest.« Er musterte Deans Platzwunde. »Was ist passiert?«

»Ein Killer hat versucht, mich zu entführen«, sagte Laura.

Die Stirn des alten Mannes runzelte sich. »Sie?«

»Ich denke, dass mich Celler damit unter Druck setzen wollte«, übernahm Dean. »Ich war neben ihm der Einzige, der auf den Terminalcode Zugriff hatte.«

»Warum glaubst du, dass Celler dahintersteckt?«

»Wir konnten mit dem Auto des Killers fliehen. In seinen

Sachen haben wir ein Telefon mit der Adresse des Hauses gefunden, in dem mich Celler rekrutiert hat.«

Bloom sah überrascht auf. »Bist du dir ganz sicher?«

Der Mann, den er Sandorin genannt hatte, wandte sich wütend um. »Sie werden ihm doch nicht etwa glauben?«

Der alte Mann schenkte ihm keine Beachtung.

»Wir waren dort«, sagte Dean.

Bloom nickte nachdenklich. »Nun gut. Aber falls Celler wirklich dahinterstecken sollte, was würde er deiner Meinung nach damit bezwecken wollen?«

»Es gibt nur eine Erklärung. Er will das Botnetz aktivieren.«

Der Milliardär legte die Stirn in Falten. »Das Botnetz aktivieren? Das ist unmöglich! Niemand würde das wollen!«

»Da wäre ich mir nicht so sicher«, fuhr Dean unbeirrt fort. »Ich glaube, Celler hat nie vorgehabt, die Reaktion der Vereinten Nationen abzuwarten. Er musste schon von Anfang an geplant haben, das Botnetz zu aktivieren.«

»Du musst dich irren, Dean. Ohne unsere Zustimmung hat er gar keine Möglichkeit dazu.«

»Doch, es gibt eine Möglichkeit. Wir haben unser gesamtes Sicherheitssystem darauf ausgerichtet, dass niemand alleine das Botnetz unter seine Kontrolle bringen kann. Aber wir sind nie von dem Fall ausgegangen, dass jemand das Botnetz unwiederbringlich auslösen wollen könnte. Celler braucht es dafür gar nicht unter seine Kontrolle zu bringen. Es reicht, wenn er den Server zerstört. Damit wird das Botnetz automatisch aktiviert.«

Bloom sah Dean fragend an.

»Er muss dafür nur den Vereinten Nationen den Standort der Anlage bekannt geben.«

»Er soll seine *eigene* Organisation angreifen lassen? Glaubst du das wirklich?«

»Es gibt nur diese Möglichkeit, den Rat zu umgehen.«

»Aber warum sollte er das tun?«

»Das kann ich nur vermuten. Am wahrscheinlichsten ist, dass er nicht daran glaubt, Common Ground werde wirklich etwas verändern. So wie es aussieht, strebt er eine endgültige Lösung an. Er hat schon früher bewiesen, dass ihm keine Methode zu radikal ist, um seine Pläne durchzusetzen.«

Der Milliardär ließ sich ins Kissen zurücksinken. Seine Augen nahmen einen in sich gekehrten Ausdruck an. Dann sah er auf und bedachte Dean mit einem langen Blick. »Warum kommst du damit zu mir?«

»Ich habe eine Hintertür in das System eingebaut. Ich kann das Botnetz damit deaktivieren. Es lässt sich aber nur vor Ort machen. Ich brauche deine Hilfe, um an die Anlage heranzukommen.«

Sandorin meldete sich erneut: »Woher sollen wir wissen, dass er nicht nur kalte Füße bekommen hat? Was ist, wenn er das Botnetz zerstören will, weil er einen Rückzieher machen will?«

»Dann wäre keiner von uns hier«, übernahm Bloom die Antwort. »Um das Botnetz unschädlich zu machen, wäre es für ihn weitaus einfacher gewesen, den Rat an die Polizei auszuliefern. Er hätte nur den Verdacht auf uns lenken müssen, und wir würden bereits in Untersuchungshaft sitzen. Aber das ist nicht passiert.« Er sah wieder zu Dean. »Wie kannst du dir sicher sein, dass Celler tatsächlich vorhat, das Botnetz auszulösen?«

»Es gibt keinen anderen Grund, warum er den Terminalcode zu diesem Zeitpunkt unter seine Kontrolle bringen sollte.«

Bloom überlegte, dann meinte er: »Wenn es tatsächlich stimmt, was du sagst, dann müssen wir handeln, bevor Celler den Standort der Anlage verraten kann.«

»Wir wissen nicht, ob er das vielleicht bereits getan hat«, wandte Dean ein.

»Wie kommst du darauf?«

»Unsere Flucht stellt für ihn ein Sicherheitsrisiko dar. Er wird unter Zeitdruck stehen.«

Bloom wirkte nicht überzeugt.

»Was würdest du an seiner Stelle tun?«, fragte Dean.

Bloom überlegte kurz. »Du hast recht«, murmelte er. »Ich würde vermutlich schnell handeln. Dennoch, ich werde nicht zulassen, dass das Botnetz zerstört wird. Es ist unser einziges Druckmittel.«

»Ihr Vorhaben ist gescheitert«, drängte Laura. »Woher wollen Sie wissen, dass so etwas nicht wieder geschehen kann?«

»Laura hat recht«, fuhr Dean fort. »Keiner von uns will, dass das Botnetz wirklich aktiviert wird. Wir können das Risiko nicht mehr eingehen.«

»Es muss einen anderen Weg geben«, beharrte Bloom.

»Den gibt es nicht«, entgegnete Dean. »Wir können nicht verhindern, dass Celler den Standort der Anlage verrät – falls er das nicht schon längst getan hat.«

Der alte Mann verfiel in Schweigen. »Ihr wisst nicht, was ihr da von mir verlangt«, sagte er schließlich. »Ich muss das mit dem Rat besprechen.«

»Ich befürchte, dass uns dafür keine Zeit mehr bleibt«, widersprach Dean.

Bloom schwieg erneut. Für einen Moment lang war nur das regelmäßige Piepsen des Dialysegeräts zu hören. »Bist du absolut sicher, dass wir keine andere Option haben?«, fragte er dann.

Dean nickte.

Bloom brummte etwas Unverständliches, das wie ein Fluchen klang. »Und bist du dir auch sicher, dass du das Botnetz deaktivieren kannst, wenn ich dich einschleuse?«

»Ich werde dafür etwas Zeit brauchen. Wir müssen dafür sorgen, dass wir unbemerkt eindringen können.«

Laura bemerkte, wie sich in Blooms Augen etwas veränderte. Sie tauschte einen unsicheren Blick mit Dean aus. Die Nachricht musste den alten Mann schwer treffen. So kriminell sein Vorhaben auch gewesen war, sie war sich sicher, dass er damit nur Gutes hatte bewirken wollen.

Unvermittelt richtete sich Bloom auf. Ein Ausdruck der Entschlossenheit war in seine Augen getreten. Er wandte sich an Sandorin. »Chartern Sie uns ein Flugzeug. Ich will, dass wir so schnell wie möglich eine Maschine startklar haben.«

Er zog die Nadeln aus dem Arm und stieg mit einem Schwung aus dem Bett, den ihm Laura gar nicht zugetraut hätte.

»Was tun Sie da?«, fragte Sandorin überrascht. »Sie dürfen die Behandlung noch nicht abbrechen.«

»Ach was!«, grunzte Bloom. »Ich bin zwar alt, aber noch lange kein Krüppel!«

Dann schlug er seinen Ärmel herunter und sagte: »Ich habe in meinem Leben sehr vieles falsch gemacht. Common Ground war für mich die Möglichkeit, endlich einmal das Richtige zu tun. Aber ich werde nicht zulassen, dass mich irgendein verrückter Aktivist für seine fanatischen Pläne missbraucht.«

Er griff nach seinem Stock und trat vor Dean. Seine Augen funkelten energisch. »Dann wollen wir Celler doch mal gehörig in den Hintern treten!«

46

Amsterdam, Niederlande

Das schwarze Wasser der Amstel zog langsam und träge unter Liang Hsu vorbei. Wie zähflüssiges Öl schwappte es schwerfällig gegen die am Ufer vertäuten Schiffe.

Liang hatte die Hände auf das kalte Geländer der Berlage-Brücke gestemmt und versuchte darüber nachzudenken, was er jetzt tun sollte. Hinter ihm brummte der Motor seines Volvos, den er einfach mitten auf der Brücke am Straßenrand hatte stehen lassen. Er brauchte dringend frische Luft, um wieder einen klaren Kopf zu bekommen.

Trotz des kalten Windes, der ihm entgegenschlug, weigerte sich sein Verstand, auch nur einen einzigen brauchbaren Gedanken hervorzubringen. Kaum kontrollierbar blitzten die Bilder der letzten zwei Stunden vor seinem geistigen Auge auf und tauchten ihn in eine Stimmung der absoluten Hilflosigkeit. Wie gelähmt starrte er ins Wasser.

Das Klingeln seines Handys ließ ihn zusammenzucken. Es war weniger das Geräusch an sich, das ihn aufschrecken ließ, als die Melodie, die das Gerät spielte. Er hatte sie nur für eine einzige Nummer ausgewählt. Mit klammen Fingern zog er das Telefon aus der Tasche und sah auf das Display.

Wie kann das sein?, dachte er verwirrt. Der Anruf stammte von seinem eigenen Anschluss von zu Hause.

Zögerlich hob er das Handy ans Ohr. »Hallo?«

»Bin ich mit Liang Hsu verbunden?«, fragte eine tiefe, aber angenehme Stimme am anderen Ende der Leitung.

»Wer spricht da?«

»Wenn Ihnen Ihre Familie etwas wert ist, werden Sie jetzt still sein und mir genau zuhören.«

Liang gefror das Blut in den Adern. Das Bild des kurz geschorenen Schädels auf dem Überwachungsvideo schoss ihm durch den Kopf. Er wollte etwas sagen, aber seine Stimme versagte.

»Ich nehme Ihr Schweigen als Zeichen, dass Sie mich verstanden haben. Als Erstes will ich von Ihnen wissen, ob die beiden noch bei Ihnen sind. Nur ein einfaches Ja oder Nein.«

»N... nein«, stotterte Liang. »Ich bin allein.«

Im Hintergrund war ein kurzes schleifendes Geräusch zu vernehmen. Es klang, als würde etwas über einen Tisch gezogen. »Sie haben eine wirklich entzückende Familie«, sagte der Killer. »Eine ziemlich große sogar.«

Liang begann zu zittern. Der Killer musste sich in seinem Wohnzimmer befinden, wo die Bilder der Verwandtschaft auf dem Klavier seiner Frau standen. »Hören Sie, wir haben uns vor einer Viertelstunde getrennt. Ich weiß nicht, wo sie sind.«

»Nur nichts überstürzen«, sagte der Killer. »Das ist nicht das Einzige, was ich von Ihnen will. Wie wär's, wenn wir uns in Ihrem Haus weiter unterhalten. Ihre Katze wartet auch schon auf Sie.«

47

**Sint Lucas Andreas Krankenhaus,
Amsterdam, Niederlande**

Der Ostflügel vom Sint Lucas verlor sich in einer endlosen Reihe von Gängen. Hinter jeder Glastür, die sie durchquerten, öffnete sich eine weitere Station, die sich einzig durch die Färbung einer breiten Linie an den Wänden von der vorherigen zu unterscheiden schien.

Bloom führte sie mit einer Zielstrebigkeit durch die Stationen, als würde er sich jeden Tag hier aufhalten. Er strahlte eine Energie aus, die nicht im Geringsten erkennen ließ, dass er noch vor wenigen Minuten an ein Dialysegerät angeschlossen war.

»Ihr steht inzwischen auf der internationalen Fahndungsliste«, sagte er, während sie auf einen Fahrstuhl zuhielten. Sandorin hatte sich etwas zurückfallen lassen und telefonierte.

»Es ist praktisch ausgeschlossen, euch über einen normalen Flughafen nach Spanien zu bringen. Ihr würdet verhaftet werden, noch bevor wir einen Fuß in das Terminal gesetzt hätten.«

»Was hast du vor?«, wollte Dean wissen.

»Der einzige Weg, dich und Laura in ein Flugzeug zu bringen, ist, euch über einen der kleineren Flughäfen einzuschleusen. Sandorin bestellt gerade ein Charterflugzeug zu einem Privatflughafen in der Nähe von Amsterdam. Ein Hubschrauber wird uns dorthin bringen.«

Sie erreichten den Fahrstuhl, und Bloom drückte den Knopf. Sandorin trat zu ihnen und sagte: »Der Hubschrauber ist organisiert, wir können in wenigen Minuten losfliegen.«

Bloom nickte. »Danke.«

»Sind die kleineren Flughäfen nicht auch überwacht?«, fragte Laura.

»Vermutlich schon«, sagte Bloom. »Aber die Sicherheitsbestimmungen sind viel niedriger. In der Regel gibt es keine besonderen Kontrollen, wenn ein Hubschrauber dort landet. Es könnte höchstens im Flughafengebäude zu einer Überprüfung kommen. Aber wir werden direkt auf dem Flugfeld umsteigen.«

Laura vermutete, dass Bloom sein Auto in der Tiefgarage hatte und sie damit zu einem Helikopterlandeplatz fahren würden. Doch als der Lift, den sie soeben betreten hatten, mit einem Ruck anfuhr, realisierte sie, dass es aufwärts ging. »Wohin fahren wir?«

»Zum Helikopterlandeplatz«, antwortete Bloom.

»Der Helikopter landet direkt auf dem Dach des Krankenhauses? Ich dachte, dort dürfen nur Einsatzhubschrauber landen.«

Der alte Mann lächelte sie verschmitzt an. »Das ist einer der Vorteile, die man hat, wenn man ein großzügiger Gönner ist.«

48

Amsterdam, Niederlande

Unfähig, einen einzigen Schritt weiterzugehen, stand Liang vor dem Eingangstor und starrte auf seine Haustür. Er besaß ein kleines Reihenhaus im Westen von Amsterdam. Es war eine gemütliche Gegend, in der tagsüber die Kinder auf der Straße spielten und die Nachbarn an den Wochenenden gelegentlich ein Grillfest veranstalteten. Auch wenn Liang und seine Frau eher zurückgezogen lebten, genossen sie die familiäre und ruhige Atmosphäre, die dieser Ort ausstrahlte.

In diesem Moment wirkte das Viertel allerdings alles andere als vertraut auf ihn. Die dunklen Fassaden der anderen Häuser kamen ihm kalt und abweisend vor. Die nachbarschaftliche Geborgenheit, die sonst immer von ihnen ausgegangen war, hatte sich in Gleichgültigkeit verwandelt. Selbst sein Haus wirkte fremd und bedrohlich. Wie ein unheilvolles Versprechen brannte eine einzelne Lampe in seinem Wohnzimmer.

Liang löste sich aus seiner Starre und öffnete das Gartentor. In ihm schrie alles danach, sofort umzudrehen und so weit wie möglich wegzurennen. Stattdessen ging er langsam auf den Eingang zu, sein Blick auf das beleuchtete Fenster geheftet. Die Drohung des Killers ließ ihm keine andere Wahl. Seine Worte hatten sich fest in Liangs Gedächtnis gebrannt: *Wenn Ihnen Ihre Familie etwas wert ist …*

Die Tür war nicht verschlossen. Langsam schwang er sie auf und betrat den Flur. Sein Blick fiel auf den kleinen Regenmantel seiner Tochter, der am Kleiderhaken hing. Darunter standen zwei winzige Stiefel. Es sah alles so aus, wie er es vor einigen Stunden verlassen hatte. Und trotzdem war alles anders. Die kleinen Details in seinem Leben hatten sich zu Requisiten eines grausamen Schauspiels verwandelt. Kalter Schweiß lief ihm über die Stirn.

»Kommen Sie herein«, hörte er die dunkle Stimme des Killers aus dem Wohnzimmer.

Unvermittelt packte Liang eine unbändige Wut. Der Mann war wie eine Bombe in sein Leben geplatzt, hatte seine Stelle ruiniert, ihn gejagt und seine Familie bedroht. Und nun war er in sein Haus eingedrungen, um sich noch den Rest zu nehmen, was von seinem Leben übrig geblieben war.

Liang ballte seine Fäuste und bog wutgeladen ins Wohnzimmer. Das Bild, das sich ihm dort bot, brachte ihn aber abrupt zum Stehen. Der Killer hatte auf einem Sessel Platz genommen. Seine Hand fuhr durch Shasamis Fell, die auf seinem Schoß lag und leise schnurrte. Mit der anderen Hand hielt er eine Waffe auf Liang gerichtet. Seine grauen Augen strahlten eine Kälte und Gleichgültigkeit aus, die Liang einen eisigen Schauer über den Rücken jagten.

Der Killer wies mit der Waffe auf den zweiten Sessel im Wohnzimmer. »Setzen Sie sich.«

»Was wollen Sie von mir?«, presste Liang hervor.

Der Killer ließ die Waffe erneut zum Sessel schwenken. Mit Blick auf die Pistole nahm Liang Platz.

»Wo sind Dupont und der Professor?«, kam der Killer direkt auf den Punkt.

»Ist das alles, was Sie wissen wollten?«

»Beantworten Sie meine Frage.«

»Ich weiß es nicht«, antwortete Liang wahrheitsgemäß. Inzwischen konnten die beiden schon überall sein.

»Machen Sie es sich nicht schwerer, als es ohnehin schon ist«, sagte der Killer. »Ich will wissen, wo sie hingegangen sind.«

Liang hatte schon unterwegs die Entscheidung getroffen, dem Killer alles zu sagen, was er wusste. Er musste an seine Familie denken. Außerdem gab es ohnehin nicht viel, was er erzählen konntc. »Ich weiß nur, dass sie vorhaben, nach Spanien zu fliegen. Ich habe aber keine Ahnung, wohin genau.«

»Keine Hinweise?«

Liang schüttelte den Kopf.

Der Killer sah ihn durchdringend an. »Wenn ich herausfinden sollte, dass Sie mich angelogen haben, wird das sehr ungesunde Konsequenzen für Ihre Familie haben. Verstehen Sie mich?«

Seine Hand strich ruhig durch Shasamis Fells, als ob er Liang gerade zu einem Barbecue eingeladen hätte.

»I… ich weiß wirklich nicht …«, stotterte Liang.

Der Killer hob die Hand und brachte ihn zum Schweigen. »Ich glaube Ihnen. Haben sie noch den Koffer bei sich?«

Liang runzelte die Stirn. Dann erinnerte er sich an den schwarzen Lederkoffer, den Dean mit in sein Büro gebracht hatte. »Wir haben ihn unterwegs aus dem Auto geworfen.«

Für den Bruchteil einer Sekunde glaubte Liang eine Veränderung in den Augen des Killers zu entdecken. Er konnte es nicht richtig deuten, aber es sah so aus wie … Verzweiflung.

»Nun gut«, sagte der Killer nach einer Weile und zeigte auf den Couchtisch, der zwischen ihnen stand.

Liang hatte sich bisher so sehr auf die Waffe konzentriert, dass ihm die kleine Stofftasche darauf noch nicht aufgefallen war.

»Öffnen Sie sie.«

Liang folgte der Aufforderung. Als er sah, was sich darin befand, wurde ihm auf einmal klar, warum der Killer ihn persönlich hatte treffen wollen. In dem Beutel lagen die Einzelteile des Smartphones, das Dean mitgebracht hatte.

»Ihr Werkzeug ist auch dabei«, hörte er den Killer sagen. »Ich wäre Ihnen verbunden, wenn Sie es wieder zusammensetzen würden.«

49

Europäische Kommission, Brüssel, Belgien

Vera Gear kochte vor Zorn. »Raus da!«, rief sie wütend einer Gruppe von Anzugträgern zu, die gerade in den Lift steigen wollten. Verwundert drehten sie sich um. Wie erschrockenes Wild blieben sie stehen und starrten auf Gear, die im Stechschritt auf sie zukam. Sie hastete an ihnen vorbei und betrat den Aufzug.

»Nur ruhig, Lady«, sagte einer von ihnen.

»Schnauze halten«, zischte Gear und schlug auf den Aufzugknopf der obersten Etage. Der Lift schloss sich und begann seine Fahrt in die heiligen Räumlichkeiten der Europäischen Kommission.

Diese verdammten Pissnelken!, fluchte sie zum wiederholten Male in sich hinein.

Sie hatte den alles verändernden Anruf der Kommission kurz nach ihrem Gespräch mit Delacroix erhalten. Der Kommissionspräsident hatte sich nicht einmal die Mühe gemacht, selbst zum Telefon zu greifen, und einfach irgendeinen Lakaien vorgeschoben. Keine zwei Minuten später war Gear ins Auto gestiegen und hatte sich mit eingeschalteten Sirenen von Hammond nach Brüssel fahren lassen. Sie hatten die Strecke in einer Rekordzeit von fünfzig Minuten zurückgelegt.

Der Lift öffnete sich, und Gear steuerte im Eiltempo auf das Sitzungszimmer des Kommissionspräsidenten zu. Ein Sicherheitsbeamter, der sich neben dem Aufzug postiert hatte, lief ihr hinterher. »He! Bleiben Sie stehen!«

Gear zückte ihre Marke und hielt sie wortlos über die Schulter nach hinten. Als sie das Zimmer erreicht hatte, riss sie die Tür auf und betrat Europas Zentrum der Macht.

Der Kommissionspräsident Gregory Pollak saß am Kopfende eines großen Tisches. Um ihn herum hatte sich ein Stab von Beratern versammelt. Unter ihnen entdeckte Gear auch das Gesicht von Eeling, der direkt neben Pollak saß.

»Woher nehmen Sie sich das Recht, sich in polizeiliche Ermittlungen einzumischen?«, rief sie wütend über die Köpfe hinweg.

Die Sitzungsteilnehmer drehten sich nach ihr um. Ein entrüstetes Murmeln machte sich breit.

Pollak sah sie überrascht an, hatte sich aber schnell wieder gefasst. »Ich kann mich nicht daran erinnern, Sie zu dieser Sitzung eingeladen zu haben. Aber wenn Sie schon mal da sind, können Sie gerne Platz nehmen.«

»Ich werde verdammt noch mal *nicht* Platz nehmen«, fauchte sie. »Sie werden mir jetzt sofort erklären, was hier gespielt wird.«

Pollak entgegnete ihren scharfen Blick. Die Spannung im Raum war förmlich zu greifen. Dann tauschte er ein paar unverständliche Worte mit Eeling aus und sagte: »Meine Herren, wir machen fünf Minuten Pause.«

Das Murmeln im Raum wurde wieder lauter. Die Berater standen auf und schoben sich in einem schwerfälligen Strom an Gear vorbei. Einige von ihnen machten ihrem Unmut durch getuschelte Bemerkungen Platz, aber keiner wagte es, sie direkt anzusehen.

Als der Letzte den Raum verlassen hatte, wies der Kommissionspräsident auf einen Stuhl neben sich. »Wollen Sie sich jetzt bitte setzen?«

Eeling war ebenfalls im Raum geblieben und musterte Gear.

Gear folgte der Aufforderung, nahm jedoch mit einem gewissen Abstand zu Pollak Platz. Sie wollte keinen vertrauten Zirkel schaffen. Auch wenn der Kommissionspräsident ihr streng genommen übergeordnet war, sollte die Distanz ihn spüren lassen, dass Europol eine unabhängige Instanz war, deren Autorität ihm nicht direkt unterstand.

»Also?«, fragte sie auffordernd.

»Wie Sie bereits wissen, haben wir von Common Ground eine weitere Nachricht erhalten«, begann Pollak.

»Ihr Assistent hat es mir mitgeteilt. Ich wüsste gern, warum sie nicht direkt an mich weitergeleitet wurde.«

»Weil es nicht Gegenstand Ihrer Ermittlungen ist.«

»Das habe nur ich zu entscheiden. Ich trage die Verantwortung in diesem Fall. Sie haben kein Recht, mir Informationen vorzuenthalten.«

Pollak nahm die Brille von seiner Knollennase. Seine buschigen Augenbrauen und die flache Stirn erinnerten leicht an die Züge eines Neandertalers. Seine häufigen cholerischen Anfälle verstärkten dieses Bild. Der scharfe Verstand, der sich aber in seinen klaren Augen widerspiegelte, strafte diesen Eindruck Lügen. Gear wusste, dass es einen guten Grund geben musste, warum er sie übergangen hatte. Es wollte sich ihr aber nicht erschließen, was das sein konnte.

»Das sehe ich nicht so«, sagte er trocken. »Unter den gegebenen Umständen habe ich absolut das Recht dazu.«

»Von welchen Umständen sprechen Sie?«, fragte Gear. »Um was ging es in der Nachricht?«

»Es scheint einen Überläufer zu geben«, meldete sich Eeling. »Jemand aus dem innersten Kreis von Common Ground.«

»Wie bitte?«

»Sie haben richtig gehört«, sagte Pollak. »In der Nachricht, die er uns geschickt hat, bietet er uns die exakten Koordinaten der Serveranlage an, die das Botnetz steuert. Er fordert dafür drei Milliarden Schweizer Franken, die ihm auf ein Konto der russischen International Clearance Bank überwiesen werden sollen.«

Gear kannte die Bank aus einem internationalen Geldwäschereifall. Geführt von Kriminellen und mit Kontakten bis in die oberste Regierungsebene war die Bank der ideale Kandidat, illegales Geld für immer verschwinden zu lassen.

»Wann haben Sie den Deal erhalten?«, fragte sie überrascht.

»Vor etwas mehr als einer Stunde.«

Gear musterte den Kommissionspräsidenten eindringlich. Diese Information gab dem Fall eine ganz neue Wendung. Die Ermittlerin in ihr schaltete sich wieder ein. Skeptisch neigte sie den Kopf zur Seite. »Woher wissen Sie, dass die Nachricht von Common Ground kommt? Es könnte sich dabei auch um einen Trittbrettfahrer handeln.«

»Die Nachricht war anonym«, sagte Eeling, »aber wer auch immer sie gesendet hat, verfügte über Informationen, die nur ein Insider wissen kann.«

»Und das wäre?«

»Er hat uns einen Programmcode mitgeschickt. Die Agentur für Netzwerksicherheit hat ihn bereits überprüft. Sie bestätigt, dass es sich dabei um denselben Code handelt, mit dem SWIFT angegriffen wurde. Sie haben ihn inzwischen bereits auf einigen Rechnern identifizieren können.«

Gear sah ihn verblüfft an.

»Das ist die gute Nachricht«, fuhr Eeling fort. »Die schlechte ist, dass es offenbar *zwei* Botnetze gibt.«

»Wissen Sie das auch von diesem Insider?«

Eeling nickte.

Gear ließ die Information kurz sacken. Die Erklärung klang plausibel. Es konnte durchaus sein, dass es unter den Terroristen ein faules Ei gab, das sich nun eine goldene Nase verdienen wollte. Trotzdem sagte ihr eine innere Stimme, dass an der Sache etwas nicht stimmen konnte. »Ich sehe bislang noch keinen Grund, warum Sie mir diese Information vorenthalten sollten. Sie wissen ganz genau, dass wir dieser Sache nachgehen müssen, bevor wir eine Entscheidung treffen können.«

»Dafür bleibt uns keine Zeit«, entgegnete Pollak. »Der Informant hat uns ein Ultimatum gesetzt. Wir haben für unsere Antwort eine Frist von neunzig Minuten erhalten.«

»Das soll wohl ein Scherz sein!«, platzte es aus Gear heraus.

Pollak blieb ungerührt. »Wir haben uns vor einer halben Stunde dafür entschieden, auf das Angebot einzugehen. Das Geld sollte in diesem Moment überwiesen werden.«

Gear sprang vom Stuhl auf. »Haben Sie eigentlich den Verstand verloren? Sie müssen die Transaktion sofort abbrechen! Ihnen muss doch bewusst sein, dass dieses Ultimatum nur dem einzigen Zweck dient, eine eingehende Überprüfung zu verhindern. Der Informant könnte ein völlig anderes Motiv haben als Geld.«

»Sie haben möglicherweise recht«, sagte Eeling. »Aber Ihnen muss eines klar sein. Wenn wir das Angebot ablehnen, wird es andere geben, die die Chance ohne Zögern nutzen werden. Wir sprechen hier von einer der gefährlichsten Waffen, die jemals entwickelt wurden! Wir müssen um jeden Preis verhindern, dass sie in die falschen Hände gerät.«

Gear sah fassungslos zu Pollak.

»Wir haben den Fall bereits an die Vereinten Nationen übergeben«, sagte der Kommissionspräsident. »Ab sofort ist dies keine polizeiliche Ermittlung mehr, sondern eine militärische Angelegenheit. Der UNO-Sicherheitsrat entscheidet in diesen Minuten über den Angriff. Die NATO ist bereits in den Vorbereitungen. Sobald wir die Koordinaten des Servers haben, schlagen wir zu.«

50

Amsterdam, Niederlande

»Wo haben Sie gesteckt?«, kratzte die verzerrte Stimme durch das Telefon.

»Es hat Schwierigkeiten gegeben«, sagte Orff. Er sah auf den schmächtigen Programmierer, der neben ihm am Esstisch saß und zu ihm aufblickte. Er hatte das Gerät in nur wenigen Minuten wieder funktionstüchtig gemacht. »Ich habe die Zielperson verloren.«

»Ich weiß«, sagte die Stimme.

»Ich möchte wissen, was hier vor sich geht«, fuhr Orff den Unbekannten an. »Dupont hatte Kontakt zu einem Professor. Von ihm stand nichts in meinen Unterlagen. Er war in Begleitung eines Profis mit Nahkampferfahrung. Warum haben Sie mich nicht darüber informiert?«

»Die Dinge haben sich nicht so entwickelt, wie wir es uns vorgestellt haben. Es war nicht eingeplant, dass Dupont den Professor aufsuchen würde.«

Orffs Augen verengten sich zu Schlitzen. »Ich erwarte von Ihnen, dass Sie mir in Zukunft keine Informationen mehr vorenthalten werden.«

»Und ich erwarte, dass Sie keine Fehler mehr machen. Wie ist Ihre aktuelle Position?«

Orff warf einen Blick auf den Asiaten. »Ich bin in einem Vorort westlich von Amsterdam. Nach meinen letzten Informationen sind Dupont und der Professor ebenfalls in der Stadt. Sie haben vor, nach Spanien zu fliegen.«

»Gut, Sie melden sich gerade noch rechtzeitig. Sie werden sich mit jemandem treffen. Er wird Ihnen weitere Anweisungen geben.« Die Stimme nannte ihm den Treffpunkt. »Sie müssen in einer Dreiviertelstunde dort sein. Schaffen Sie das?«

»Ja. Wie erkenne ich die Kontaktperson?«

»Sie werden gleich eine Nachricht mit allen nötigen Informationen erhalten. Seien Sie pünktlich.« Die Verbindung wurde unterbrochen.

Orff steckte das Smartphone in seine Westentasche, dann richtete er die Waffe auf den Asiaten.

Der Programmierer zuckte erschrocken zurück. Seine Augen starrten entsetzt auf den Lauf. »Was … was tun Sie da?«, stammelte er und sah ihn flehend an. »Ich habe doch alles getan, was Sie wollten!«

Orff legte den Finger auf den Abzug. »Tut mir leid«, sagte er. Er war beinahe überrascht, als er bemerkte, dass es ihm tatsächlich leidtat.

⋆

Es heißt, dass sich angesichts des sicheren Todes nochmals das ganze Leben wie ein Film vor dem inneren Auge wiederholt. Es sei ein letzter verzweifelter Versuch des Gehirns, in einer hoffnungslosen Situation doch noch einen Ausweg zu finden.

In Liangs Kopf gab es keinen solchen Film. Wie eine Python hielt ihn eine unüberwindbare Ohnmacht umschlungen, die sämtliche Gedanken erstickte. In seinem Geist herrschte völlige Leere. Das Einzige, was er in den letzten Momenten seines Lebens wahrnahm, war die Mündung der Pistole.

Der Schuss löste sich. Mit einer Geschwindigkeit von mehr als vierhundert Metern pro Sekunde trat die Kugel aus dem Lauf. Schneller als der Schall legte sie die kurze Distanz in der Zeit eines Wimpernschlags zurück und durchschlug Liangs Stirn.

Der Asiate war tot, noch bevor er das spuckende Geräusch der Waffe überhaupt hören konnte.

51

Flughafen Den Helder, Niederlande

Der Helikopter verlor an Höhe und folgte den Lichtern einer einsamen Straße. Inmitten dunkler Wiesen fanden sich vereinzelt die schwarzen Umrisse von Gebäuden. Die Landschaft unter dem Helikopter lag in friedlicher Stille.

Laura saß mit Dean im hinteren Teil des Hubschraubers. Durch den schweren Kopfhörer, den sie trug, war das Schlagen der Rotorblätter nur als dumpfes Brummen zu hören. Dean nahm ihre Hand. Er drückte sie leicht und lächelte ihr mit einem Ausdruck zu, der sagen sollte: *Es wird schon schiefgehen.* Sie wusste nicht, ob er ihr nur Mut machen wollte, oder ob es auch etwas anderes zu bedeuten hatte. Sie hatte sich bisher nicht überlegt, wie es zwischen ihnen weitergehen könnte. Ein Teil in ihr freute sich, ihn zu sehen, so ungünstig die Umstände auch waren. Ein anderer Teil sagte ihr aber, dass sie ihre Chance gehabt hatten. Laura hatte mehr als zwei Jahre gebraucht, um ihre Gefühle für ihn zu überwinden. Obwohl sie seit ihrem Wiedersehen in Utrecht wieder aufgekeimt waren, war Laura nicht bereit, sich nochmals auf ihn einzulassen. Nicht nach allem, was passiert war. Sie hatte mit ihrer Beziehung abgeschlossen, es war vorbei und daran würde ihr Wiedersehen auch nichts ändern.

Für einen kurzen Augenblick erwiderte sie den Druck seiner Hand und legte so viel Zuversicht in ihr Lächeln, wie sie konnte. Sie hoffte, dass er ihre Geste nicht falsch verstand. Dann löste sie sich aus der Berührung und fragte: »Wo genau in Spanien liegt die Serveranlage?«

Dean zog auch seine Hand wieder zurück und wirkte etwas verlegen. »In Cervera, etwa siebzig Kilometer nördlich von Barcelona«, rief er in das Mikrofon. »Wir werden einen kleinen Sportflughafen in der Nachbarstadt Igualada anfliegen.«

»Wie kommen wir von dort zur Anlage?«

»Wir haben dort immer ein Auto stehen. Vom Flughafen aus sind es dann noch etwa zwanzig Minuten.«

Der Helikopter legte sich schief, als Sandorin einen Bogen flog. Sie waren inzwischen auf eine Höhe von höchstens hundert Metern abgesunken und eine an den Seiten beleuchtete Landebahn kam in Lauras Sichtfeld.

In ihrem Kopfhörer begann es kurz zu rauschen und Sandorins Stimme meldete sich. »Delta-Bravo-Bravo drei eins vier an Tower. Wir befinden uns jetzt im Landeanflug.«

Es zischte erneut. »Hier Tower. Willkommen in der Pampa!«

»Wo liegt unser Landefeld?«

»Hey, zu dieser gottverlassenen Stunde könntet ihr direkt vor meinem Fenster landen, und es würde niemanden kratzen«, lachte der Mann am anderen Ende der Leitung. »Aber am besten nehmt ihr direkt das Feld Nummer acht neben dem Hangar. Dann seid ihr gleich beim Eingang.«

»Danke«, sagte Sandorin und schaltete den Scheinwerfer ein. Der Lichtstrahl fiel auf einen Maschendrahtzaun, der den Flughafen umrundete. Das Gras daneben bog sich unter dem Wind der Rotorblätter.

Sandorin ließ den Helikopter weiter sinken und steuerte auf ein markiertes Feld neben einem flachen Gebäude zu.

Die Stimme aus dem Tower meldete sich erneut. »Wenn ihr gelandet seid, muss ich euch bitten, kurz beim Terminal vorbeizukommen. Die Polizei hat eine Großfahndung ausgegeben, und ich muss jeden registrieren, der hier landet. Da scheint wohl ein ziemlich großer Fisch verloren gegangen zu sein.«

Sandorin tauschte einen kurzen Blick mit Bloom aus. Der alte Mann nickte ihm zu.

»Ich habe nur einen Passagier«, sagte Sandorin. »Ich melde mich, wenn wir am Boden sind.«

»Roger. Tower Ende.«

Der Helikopter setzte auf, und Sandorin schaltete das Triebwerk aus. Mit einem lang gezogenen Heulen lief der Propeller langsam aus.

Bloom nahm seinen Kopfhörer ab und sah nach hinten. »Dann wollen wir mal.«

Laura stieg aus und blickte über das Flughafengelände. Außer ihnen war kein anderer Mensch zu sehen. Weiter hinten lagen mehrere kleinere Flugzeuge neben der Landebahn in der Dunkelheit. Von der Maschine, die Bloom bestellt hatte, fehlte noch jede Spur.

»Das Flugzeug sollte jeden Augenblick ankommen«, sagte Sandorin und wandte sich an Dean und Laura. »Achten Sie darauf, dass Sie niemand sieht. Es ist wahrscheinlich, dass eine Polizeistreife hier patrouilliert.«

Bloom trat einen Schritt näher. »Sandorin wird für uns den Papierkram erledigen, damit wir freie Bahn für den Flug haben. Sobald wir in der Maschine sind, ist der Rest der Reise ein Kinderspiel.«

»Was ist mit dem Piloten?«, fragte Dean. »Ist es nicht ein Risiko, dass er uns zusammen sieht?«

»Sandorin wird fliegen.«

Laura starrte ihn verwundert an. »Er ist auch Flugzeugpilot? Gibt es vielleicht etwas, das er nicht kann?«

Bloom hob amüsiert die Augenbrauen. »Nicht, dass ich wüsste.«

52

Alkmaar, Niederlande

Karl Orff hatte Amsterdam hinter sich gelassen und jagte den BMW durch die Straßen von Alkmaar Richtung Norden. Er sah auf die Uhr. Bis zum Treffen blieben ihm noch knapp zwanzig Minuten. Die Zeit verrann ihm in doppelter Weise. Inzwischen waren mehr als vier Stunden vergangen, seitdem er eine weitere Kapsel hätte einnehmen müssen.

Er drückte das Gaspedal durch und raste bei Gelb über eine Kreuzung. Er spürte, dass die Droge schon deutlich an Wirkung verloren hatte. Bis heute hatte er nicht ein einziges Mal daran zurückgedacht, wenn er ein Leben ausgelöscht hatte. Das Töten war sein Beruf. Es war eine Entscheidung, die er auf rein rationaler Ebene traf. Er machte es, weil er gut darin war. Er verdiente sein Geld damit. Es gab keine moralische Instanz in ihm, die ihn jemals über Recht und Unrecht hätte nachdenken lassen.

Orff schaltete einen Gang hoch und trieb den Wagen mit

steigender Geschwindigkeit an den dunklen Häusern vorbei. Es ging ihm weniger darum, schneller das Ziel zu erreichen, wie er sich eingestehen musste, als die Distanz zum Haus des Asiaten zu vergrößern. Etwas hatte sich grundlegend verändert. Er hatte es schon wahrgenommen, als er den Programmierer erschossen hatte. Zu diesem Zeitpunkt war es nicht mehr als eine ferne Ahnung gewesen. Aber inzwischen konnte er es deutlich fühlen. Ein unangenehmes Empfinden begann sich in ihm auszubreiten. Es erinnerte ihn an den Druck, den er in seiner Brust bemerkt hatte, als ihm Dupont und der Professor aus der Serveranlage entkommen waren. Aber es war dennoch anders. Stärker. *Tief greifender.*

Der flehende Gesichtsausdruck des Asiaten drängte sich vor sein inneres Auge. Der erschrockene Blick, als ihn die Kugel traf. Das Blut an der Wand. Die Gehirnmasse, die von der Tapete hinunter auf die kleine Stoffpuppe seiner Tochter tropfte. Er sah das kleine Mädchen vor sich, das auf dem Familienfoto in die Kamera sah. Es hielt die Hand seines Vaters. Auf dem Bild hatte sie gelächelt. In Orffs Erinnerung lagen Vorwurf und Hass in ihrem Blick.

Das unangenehme Gefühl kroch Orff durch die Eingeweide. Er konnte sich nicht erinnern, wann er zum letzten Mal so etwas empfunden hatte. Es war, als würde in seinem tiefsten Innern etwas an ihm reißen. Er kniff die Augen zusammen und schüttelte den Kopf. Aber es half nichts. Das tote Gesicht des Asiaten baute sich wieder vor ihm auf. Orff versuchte, es zu verdrängen und sich auf seinen bevorstehenden Auftrag zu konzentrieren. Aber die Gedanken an die zusammengesackte Gestalt ließen ihn nicht los. Je mehr er sich bemühte, das Bild beiseitezuschieben, desto klarer wurde es.

Orff hatte Mühe, sich auf die Straße zu konzentrieren. Dennoch behielt er sein Tempo bei und überholte einen vor ihm fahrenden Wagen.

Die Gestalt des Asiaten fing an zu verschwimmen. Ein neues Gesicht setzte sich vor ihm zusammen. Es war schmutzig, und dichte Bartstoppeln zogen sich über die Wangen. Der Mann kniete vor einer Wand und faltete flehend die Hände vor sich. Orff sah sich selbst, wie er vor ihm stand und eine Waffe auf ihn richtete. Der Schuss löste sich, und der Mann fiel rückwärts gegen die Wand. Sein Kopf hing schlaff auf seiner Brust. Blut floss ihm aus einem Loch in der Stirn und versickerte im trockenen Boden.

Orff schluckte schwer. Seine Kehle war wie ausgetrocknet. Er wollte die morbiden Bilder abschütteln, aber mit der Gewalt einer Brechstange drängten sich weitere Erinnerungen in sein Bewusstsein. Wie auf einem verblichenen Foto sah er sich zwischen einer Reihe von Soldaten stehen. Sie hatten sich in geordneter Formation auf einem staubigen Kasernenplatz aufgestellt. Ein eisiger Nordwind zerrte an den Uniformen. Ein Sanitätsoffizier schritt an ihnen vorbei und drückte jedem eine kleine Metalldose in die Hand. Auf Befehl öffneten sie die Schatulle. Blaue Kapseln glänzten im klaren Morgenlicht.

»Kennen Sie keine Furcht. Kennen Sie keine Gnade. Kennen Sie kein Mitleid!«, hörte er den kommandierenden Hauptmann über den Kasernenplatz schreien. »Der Feind wird auch kein Erbarmen mit Ihnen haben!«

Der Platz vor Orffs Augen verschwand und verwandelte sich in ein eilig gegrabenes Loch. Leichen von Exekutierten lagen aufeinandergehäuft darin und starrten ihn aus toten Gesichtern an. Sie hatten alle das Gesicht des Asiaten.

Kalter Schweiß trat Orff auf die Stirn. In seiner Brust baute sich ein Druck auf, der ihm den Atem abschnürte. Er zerrte seinen Hemdkragen auf und schnappte nach Luft. Fast hätte er dabei übersehen, wie sich ein dunkler Schatten vor ihm auf die Straße schob. Hastig riss er das Steuer zur Seite und wich einem Bus aus, der vom Straßenrand auf die Spur einschwenkte. Hinter sich hörte er ein schrilles Hupen.

Eine Welle von Adrenalin überschwemmte seinen Körper und ließ ihn bis in die Fingerspitzen zittern. Als würde jemand mit einer Fernbedienung durch sein Gedächtnis zappen, zogen immer neue Bilder seiner Opfer an ihm vorbei. Die Erinnerungen seiner Morde strömten gnadenlos auf ihn ein. Er hatte nie gezählt, wie viele Menschen er getötet hatte. Aber es waren mehr, als er jetzt verkraften konnte. Hundertfach sah er sich den Abzug drücken, Blut spritzte auf, blutige Körper zuckten vor ihm auf dem Boden, während das Leben aus ihnen rann.

Der Schweiß lief Orff inzwischen über das Gesicht. Er wischte ihn mit dem Handrücken weg und tastete nach dem Knopf des Fensterhebers. Als die Scheibe hinunterfuhr, schloss er kurz die Augen und ließ die kühle Luft über sein Gesicht fahren. Trotz der ernüchternden Wirkung des Fahrtwinds ließ der Druck in seinem Innern nicht nach. Orff öffnete die Augen wieder. Hätte er sie etwas länger geschlossen gehalten, wäre es zu spät gewesen.

Nur wenige Autolängen entfernt tauchten rote Lichter vor ihm auf. An einer Ampel versperrte ihm ein wartendes Auto den Weg. Orff trat auf die Bremse. Das Auto schlitterte unkontrolliert über den Boden. In letzter Sekunde trat er wieder auf das Gas und schleuderte den Wagen auf den Bürgersteig. Ein Fußgänger sprang erschrocken zur Seite. Wie durch ein Wunder verfehlte er den Ticketautomaten einer Bushaltestelle.

Orff trat erneut auf die Bremse, aber der BMW schlitterte über den Gehsteig hinaus auf eine Querstraße. Ein Auto zog hupend an ihm vorbei, und er zerrte reflexartig das Steuerrad herum. Mit quietschenden Reifen schrammte er nur wenige Zentimeter an dem Fahrzeug vorbei und zwang den

BMW mit röhrendem Motor wieder zurück auf die Spur der Hauptstraße. Das Auto jagte über einen Fußgängerüberweg und schoss in die nächste Häuserschlucht.

Orffs Puls raste. Langsam nahm er das Tempo weg und bremste am Straßenrand ab. Er löste seine verkrampften Hände vom Steuerrad und atmete tief durch. Als befände er sich in einem Kokon, nahm er nichts als Stille wahr. Mit geschlossenen Augen wartete er, bis sich sein Puls wieder beruhigt hatte. Langsam drang das gleichmäßige Brummen des Motors in sein Bewusstsein.

Nach einigen Momenten sah er wieder auf. Die Bilder seiner Opfer waren zu einem schwachen Glimmen geworden, und auch das erstickende Gefühl in seiner Brust hatte sich etwas abgeschwächt. Orff war sich allerdings sicher, dass es nicht lange dauern konnte, bis es wieder zurückkam.

Er schaffte es, die Erinnerungen abzuschütteln, und sah auf die Uhr. Noch fünfzehn Minuten bis zum Treffpunkt. Er legte den ersten Gang ein und fuhr los.

53

Flughafen Den Helder, Niederlande

Der Flughafen wurde sowohl zivil als auch militärisch genutzt. Er war einer der größten Heliports der Niederlande und diente als wichtiger Knotenpunkt für Transporte zu den Ölplattformen in der Nordsee. Obwohl die zivile Nutzung stark überwog, verfügte der Flughafen über ein Netz von Sicherheitskameras, die bei Militäreinsätzen eine lückenlose Überwachung des Terminals und der unmittelbaren Umgebung des Gebäudes erlaubten. Die Daten der Kameras flossen in einem Kontrollraum unter dem Tower auf einer Phalanx von Monitoren zusammen – ein Umstand, der Constable Lars Volgens am heutigen Abend zugutekam.

»Findet demnächst ein Flug auf eine der Plattformen statt?«, fragte er Jan Groenig, den Sicherheitsbeamten, der die Monitore überwachte.

»Nein, um diese Zeit ist hier nicht besonders viel los. Es gibt nur einen Nachtflug einer Flugschule, aber der ist schon vor einer Stunde gestartet. Bis morgen sind keine weiteren Helikopterflüge angemeldet.«

Constable Volgens war von der Zentrale an den Flughafen abkommandiert worden. Sein Einsatz war Teil einer Großfahndung, die die ganzen Niederlande und Teile von Deutschland und Belgien umfasste. Volgens war inzwischen seit zwanzig Jahren im Dienst, aber eine derart groß angelegte Polizeiaktion hatte er bisher noch nie erlebt. Vor ihm lagen die Bilder der beiden gesuchten Personen. Dean Lund, ein Professor der Universität Utrecht, und Laura Dupont, eine Mitarbeiterin des IPCC – was auch immer dieses Kürzel zu bedeuten hatte. Volgens war nicht darüber informiert worden, worum es bei der Fahndung ging. Aber es musste verdammt wichtig sein. Wie er erfahren hatte, ging die Fahndung direkt von Europol aus.

Bisher hatte sich am Flughafen allerdings nur wenig getan. Außer einigen wenigen Helikopterflügen und einem vor Kurzem gelandeten Privatjet war es in letzter Zeit ruhig geblieben.

»Wer ist dann dieser Mann, der über das Flugfeld läuft?«, fragte er und deutete auf einen Bildausschnitt. Eine Gestalt lief zwischen einer Reihe roter Einsatzhubschrauber auf das Gelände hinaus. »Ist das einer Ihrer Mitarbeiter?«

»Nein, unsere Leute auf der Piste tragen alle gelbe Westen.«

»Was hat er dann dort zu suchen?«

Groenig zuckte mit den Schultern. »Sieht so aus, als wollte er zum Flugzeug.«

Volgens beobachtete, wie der Mann auf den Jet zuhielt. Das Flugzeug war rund fünfzig Meter vom Tower entfernt und lag im Halbdunkel. »Seltsam«, murmelte er. »Ich habe vorhin gesehen, wie der Pilot mit einem Taxi den Flughafen verlassen hat.«

»Der Jet steht nicht auf einem regulären Parkfeld«, sagte Groenig. »Es sieht so aus, als würde er wieder weiterfliegen.«

Volgens runzelte die Stirn. »Können Sie mit der Kamera etwas näher herangehen? Ich möchte mir das mal etwas genauer ansehen.«

Der Sicherheitsmann ließ die Kamera heranfahren, bis der Jet die gesamte Bildfläche einnahm. Die Ansicht zeigte das Heck des Flugzeugs, einer der Flügel behinderte die Sicht auf den Eingang. Etwas an dem Bild störte Volgens, aber er konnte nicht genau sagen, was es war. Der Mann, der eben das Gebäude verlassen hatte, trat ins Bild und ging auf die Vorderseite zu. In diesem Moment erkannte Volgens, was ihn aufmerksam gemacht hatte. Er sah eine Bewegung auf der Treppe. Kurz darauf verschwand ein Schatten im Eingang. Nur wenige Sekunden später stieg auch der Mann die Treppe hinauf und betrat das Flugzeug.

»Haben Sie das auch gesehen?«

Der Sicherheitsmann zuckte mit den Schultern. »Wird wohl einer der Passagiere gewesen sein.«

Volgens richtete sich auf. »Finden Sie es nicht auch seltsam, dass ein Flugzeug bei einer Zwischenlandung den Piloten wechselt?«

»Das ist schon eher ungewöhnlich«, stimmte Groenig zu.

»Wer hat die Kontrolle über die Passagierlisten?«

»Um diese Uhrzeit macht das der Tower.«

»Gut. Stellen Sie mich durch.«

Der Sicherheitsbeamte wählte eine Nummer und reichte Volgens den Hörer.

Als sich der Mann vom Tower meldete, sagte er: »Geben Sie mir bitte die Passagiere des Jets durch, der da draußen steht.«

Durch den Hörer drang ein kurzes Papierrascheln. »Ein Richard Bloom und ein Sandorin Petrowsky. Sie sind eben gerade per Helikopter angekommen.«

»War noch jemand anderes im Hubschrauber?«

»Nicht, dass ich wüsste.«

»Was soll das heißen?«

»Im Normalfall machen wir bei Helikopterflügen keine Passagierkontrollen.«

»Also könnten es auch mehr als zwei Personen gewesen sein«, fasste Volgens nach.

»Könnte schon sein.«

Volgens Instinkt schlug Alarm. Ein Transfer von einem Helikopter zu einem Flugzeug – mitten in der Nacht auf einem kleinen abgelegenen Flughafen mit reduzierten Sicherheitskontrollen. Wenn es einen Weg gab, jemanden unbemerkt außer Landes zu schaffen, dann diesen.

»Gut, halten Sie sie hin. Und erteilen Sie ihnen auf keinen Fall die Starterlaubnis. Ich werde mir das Flugzeug vorher mal aus der Nähe ansehen.«

54

Flughafen Den Helder, Niederlande

Der dunkle BMW fuhr im Schritttempo an der verglasten Front des Flughafens Den Helder vorbei. Langsam rollte er einem Parkplatz am nördlichen Ende des Geländes entgegen.

Aufmerksam ließ Orff seinen Blick über das Gebäude gleiten. In regelmäßigen Abständen waren Überwachungskameras zu erkennen, die auf den Ankunftsbereich des Flughafens gerichtet waren. Als Orff auf den Parkplatz zuhielt, entdeckte er einen Polizeiwagen, der am Ende des Terminals abgestellt worden war. Er fuhr daran vorbei und stellte den BMW neben einem Kleinbus ab. In gelb-schwarzer Schrift war an dessen Seitentür der Schriftzug »Fly Netherlands – Central Heli School Den Helder« zu lesen. Neben dem Transporter standen nur zwei weitere Fahrzeuge auf dem Parkplatz.

Orff stieg aus und zog seine Glock aus der Tasche. Er ließ das Magazin in seinen Lederhandschuh gleiten und überprüfte die Munition. Es waren nur noch zwölf Patronen übrig. Er schob das Magazin in das Griffstück zurück, bis es mit einem Klicken einrastete, dann verstaute er die Waffe wieder im Jackett.

Wie ihm sein Auftraggeber in der Nachricht beschrieben hatte, befand sich neben dem Terminal ein zweiter Zugang zum Flughafen. Es war eine einzelne Flügeltür, die direkt gegenüber dem Parkplatz lag. Daneben fand er auf einem Schild den Namen der Helikopterschule wieder. Ohne sich den Linsen der Überwachungskameras zu entziehen, ging er auf das Gebäude zu und öffnete wie ein ganz normaler Kunde die Tür.

Im Innern brannte helles Licht. Er befand sich in einem kleinen Hangar. Der größte Teil des hohen Raums wurde durch zwei Propellermaschinen eingenommen. Auf der anderen Seite führten zwei weit geöffnete Tore auf das Flugfeld hinaus.

Gegenüber den Flugzeugen war eine Art Bürobereich eingerichtet. Ein einzelner Mann saß an einem Schreibtisch und war in Unterlagen vertieft. Als er Orff bemerkte, runzelte er die Stirn. »Wenn Sie auf einen Nachtflug wollen, kommen

Sie zu spät. Der letzte Heli ist schon vor einer Stunde gestartet.«

Orff ging auf ihn zu und stellte sich vor den Schreibtisch. Mit sichtlichem Unbehagen sah der Mann zu ihm auf.

Orff schob seine Hand in das Jackett. »Danke, aber ich habe schon meine eigene Maschine.«

Bevor der Mann reagieren konnte, hatte er seine Waffe gezogen und schwang sie ihm mit einem harten Schlag gegen den Kopf. Der Mann fiel seitlich zu Boden und sackte bewusstlos zusammen.

Orff schritt an ihm vorbei und tauchte durch das große Tor in die Dunkelheit.

55

Flughafen Den Helder, Niederlande

Sandorin Petrowsky saß im Cockpit der Cessna Citation Sovereign und überprüfte den Status der Maschine. Mit geübten Bewegungen ließ er die Startklappen ausfahren, kontrollierte Bremsen und Ruder und ließ seinen Blick über die Anzeigen von Tankvolumen, Altimeter und der meteorologischen Messgeräte gleiten.

Im Kopfhörer meldete sich eine Stimme. »Tower an Tango-Echo-Bravo eins zwei acht, bitte kommen.«

»Hier Tango-Echo-Bravo eins zwei acht«, sagte Sandorin, »was gibt's?«

»Hören Sie, es gibt ein Problem. Ich kann Ihnen vorerst keine Starterlaubnis erteilen.«

»Was meinen Sie damit?«

»Eine Polizeistreife ist unterwegs zu Ihnen. Ich soll Ihnen mitteilen, dass niemand das Flugzeug verlassen darf.«

Sandorins Hände verkrampften sich. »Bitte wiederholen.«

»Sie haben keine Starterlaubnis«, sagte der Mann vom Tower erneut. »Bleiben Sie im Flugzeug, bis die Polizei bei Ihnen eintrifft.«

»Wo liegt das Problem?«

»Ich bin nicht befugt, Ihnen das mitzuteilen. Bleiben Sie einfach, wo Sie sind, haben Sie das verstanden?«

Aus dem Augenwinkel sah Sandorin, wie der Boden neben dem Flugzeug in flackerndes Licht getaucht wurde. Er beugte sich nach vorn und spähte durch das Fenster. Von hinten näherten sich drei Polizeifahrzeuge mit eingeschaltetem Warnlicht.

»Roger«, sagte Sandorin und riss den Hörer vom Kopf. Er schwang sich aus dem Sessel und eilte in die Kabine. »Wir haben ein Problem!«

*

Constable Volgens brachte den Streifenwagen vor dem Eingang der Cessna zum Stehen. Das Flugzeug lag still vor ihm da. Die Fenster waren verdeckt, sodass nicht zu erkennen war, was sich dahinter abspielte.

Während Volgens die Unterstützung mobilisiert hatte, war der Jet durch die Flughafenkameras überwacht worden. In der Zwischenzeit hatte niemand das Flugzeug verlassen.

Die Tür der Cessna entriegelte sich und schwang nach unten auf. Volgens stieg aus dem Auto und befahl den Polizisten der beiden anderen Wagen, sich bereit zu machen.

Eine Gestalt erschien in der Tür. Es war derselbe Mann, den Volgens zuvor auf den Bildern der Überwachungskamera gesehen hatte. Aus den Unterlagen des Towers wusste er, dass es sich um Sandorin Petrowsky handeln musste.

»Lassen Sie die Treppe runter und treten Sie zur Seite«, verlangte Volgens.

In Petrowskys Gesicht zeichnete sich Verwunderung ab. »Was ist hier los?«

»Ich ordne Ihnen an, die Treppe herunterzulassen!«

Der Mann starrte ihn einige Sekunden lang an und ließ schließlich die Treppe ausfahren. Volgens machte den anderen ein Zeichen und bestieg mit drei Männern die Maschine.

Widerwillig trat Petrowsky zur Seite und sah Volgens finster an. In der Mitte der geräumigen Maschine stand ein älterer Mann, der sich auf einen Stock stützte und fragend die Augenbrauen hob. »Guten Tag«, sagte er. »Würden Sie uns bitte erklären, was hier vor sich geht?«

Volgens ignorierte ihn und wandte sich an seine Kollegen. »Überprüfen Sie das Flugzeug. Nehmen Sie jeden Winkel unter die Lupe.«

»Haben Sie einen Durchsuchungsbefehl?«, fragte Petrowsky scharf, während die Polizisten im Flugzeug ausschwärmten.

»Lassen Sie nur, Sandorin«, meldete sich der ältere Mann. Es musste sich um Richard Bloom handeln. »Die Herren von der Polizei werden für ihren Besuch sicher einen triftigen Grund haben.« Er fixierte Volgens mit einem durchdringenden Blick. »Würden Sie uns bitte aufklären, was Sie in unserem Flugzeug zu finden gedenken?«

Volgens trat auf ihn zu. »Wir suchen nach zwei flüchtigen Personen. Wir haben Grund zu der Annahme, dass sie sich in dieser Maschine befinden.«

Bloom machte einen fragenden Gesichtsausdruck. »Flüchtige? Wie kommen Sie darauf, dass sie hier an Bord sein sollten?«

»Das tut im Moment nichts zur Sache.« Volgens blickte um sich. »Was ist der Grund für Ihre Reise?«

»Ich bin geschäftlich unterwegs.« Der alte Mann sah ihn aufmerksam an. Er wirkte nicht wie jemand, der etwas zu verbergen hatte.

»Constable?« Officer Van Buyten stellte sich neben sie. »Draußen befinden sich Gepäckfächer. Sie müssen von innen geöffnet werden.«

Bloom nickte Petrowsky zu. »Seien Sie dem Officer bitte behilflich.«

Volgens sah den beiden Männern nach, wie sie im Cockpit verschwanden. Im hinteren Bereich des Flugzeugs hob ein anderer Officer die Kissen einer Sofaecke an und kontrollierte den Hohlraum unter der Sitzfläche.

Volgens sah sich ungeduldig um. Das Flugzeug war nicht besonders groß. Es gab nicht viele Orte, wo sich zwei Personen verstecken ließen. Er wandte er sich wieder an den alten Mann. »Sie sind eben mit einem Helikopter hier angekommen. Waren auf diesem Flug noch andere Passagiere?«

»Nein, mein Pilot und ich reisen allein.«

»Warum fliegen Sie über Den Helder?«

»Ich komme direkt aus einer Behandlung im Sint Lucas Krankenhaus und muss dringend nach Spanien zu einem Geschäftstermin.«

Volgens ließ nicht locker. »Sie hätten auch über Schiphol fliegen können. Dieser Flughafen liegt näher bei Amsterdam.«

Blooms Ton wurde ungeduldig. »Ich habe diesen Flug kurzfristig arrangiert. Über einen Flughafen von der Größe von Schiphol zu fliegen hätte zu viel Zeit gekostet. Dieser Flughafen hier ist weitaus unkomplizierter.«

Volgens sah, wie einer seiner Kollegen aus der Toilette kam. Er schüttelte den Kopf. Auch die anderen schienen nichts gefunden zu haben. Nach nur drei Minuten hatten sich die Polizisten wieder versammelt. »Wir haben nichts Verdächtiges entdecken können«, sagte Officer Van Buyten. »Hier hält sich mit Sicherheit niemand versteckt.«

»Haben Sie auch die Böden und die Verschalung nach versteckten Hohlräumen überprüft?«

»Ja, alles sauber.«

Constable Volgens nickte. Er bedachte Bloom mit einem langen Blick. Die Augen des alten Mannes funkelten ihm abwartend entgegen. Er wirkte gelassen. In Volgens Augen etwas zu gelassen, dafür dass sein Flugzeug gerade von der Polizei durchsucht wurde. Volgens wurde das Gefühl nicht los, dass er etwas übersehen hatte. Es passte alles zu gut zusammen. Den Helder war die logische Wahl, um unbemerkt über die Landesgrenzen zu kommen: ein kleiner Flughafen mit geringen Sicherheitskontrollen bei privaten Flügen, der Anflug mit dem Helikopter, um die Sicherheitskameras im Terminal zu umgehen, der Transfer zum Flugzeug in der Dunkelheit.

Volgens wog seine Optionen ab. Außer seinem Bauchgefühl hatte er keine Beweise für seinen Verdacht. Er war befugt, Bloom für einige Stunden hier festzuhalten. Aber falls er falschlag, würde er damit nur Einsatzkräfte binden, die möglicherweise woanders dringender benötigt wurden. Er griff nach seinem Funkgerät und sagte zu Bloom: »Bitte entschuldigen Sie mich für einen Augenblick.«

Er trat nach draußen auf die Treppe des Flugzeugs. Das Blaulicht der Einsatzfahrzeuge flackerte unruhig in der Nacht. Im Tower am Ende des Flugfelds schimmerte ein schwaches Licht.

»Tower, hier Constable Volgens, bitte melden.«

Das Funkgerät knackte. »Hier Tower, was kann ich für Sie tun?«

»Konnten Sie inzwischen überprüfen, woher der Helikopter gekommen ist?«

»Ja, er gehört einer privaten Charterfirma. Er wurde zum Sint Lucas Krankenhaus in Amsterdam bestellt.«

»Wann war das?«

»Einen Augenblick.«

Volgens wartete und sog die kühle Nachtluft ein. So weit,

so gut. Zumindest bei der Herkunft des Helikopters schienen die Angaben des alten Mannes zu stimmen.

»Das war vor knapp einer Stunde«, meldete sich die Stimme zurück.

»Gut, danke.« Volgens steckte das Funkgerät zurück in den Gürtel und trat erneut in die Flugzeugkabine.

Auch der Zeitpunkt des Abflugs klang plausibel. Außerdem hatte der diensthabende Sicherheitsbeamte bestätigt, dass in der Zwischenzeit niemand das Flugzeug betreten oder verlassen hatte. Volgens schüttelte seine letzten Zweifel ab. Es gab nichts, was er hier weiter tun konnte. Er sah zu den Officers und bedeutete ihnen mit einem Nicken, das Flugzeug zu verlassen.

»Bitte entschuldigen Sie die Störung«, sagte er schließlich zu Bloom. »Ich hoffe, Sie haben Verständnis dafür, dass wir allen Spuren nachgehen müssen.«

Der alte Mann sah ihn nachsichtig an. »Natürlich. Und viel Glück bei der weiteren Suche. Ich hoffe, dass Sie die flüchtigen Personen bald finden werden.«

56

Flughafen Den Helder, Niederlande

Der Jet rollte langsam auf das Flugfeld zu. Mit heulenden Triebwerken richtete er sich für den Start aus. Der Scheinwerfer der Maschine huschte über die umliegende Wiese und streifte für einen Augenblick zwei Gestalten, die im Gras kauerten.

Sandorin brachte das Flugzeug zum Stehen und verließ das Cockpit. Bloom hatte bereits die Tür entriegelt. Sie glitt hinunter, und Sandorin fuhr die Treppe aus. Er sah nach draußen und winkte in die Dunkelheit. Nach einigen Augenblicken sah er eine Bewegung. Lund und Dupont liefen ihnen geduckt entgegen.

»Beeilt euch!«, rief Bloom ihnen zu, der sich neben Sandorin vor die Tür gestellt hatte.

Rasch stiegen sie die Treppe hinauf. Der Milliardär begrüßte sie mit einem Lächeln. »Willkommen an Bord!«

»Hat es Probleme gegeben?«, fragte Dean, als sie drinnen waren.

»Nicht mehr, als ich befürchtet hatte«, sagte Bloom. »Wir können von Glück reden, dass Sandorin erfahren hat, dass die Polizei den gesamten Bereich um den Tower mit Videokameras überwacht. Das hätte sonst ganz schön ins Auge gehen können.«

»Schnallen Sie sich an«, meldete sich Sandorin zu Wort. »Wir haben bereits die Starterlaubnis bekommen.«

Bloom führte die beiden in die Kabine. Sandorin sah zu, wie sie sich hinsetzten und angurteten. »Lassen Sie die Fensterklappen unten, bis wir in der Luft sind. Das Flugfeld wird zwar nicht überwacht, aber wir sollten vorsichtig sein.«

Dann zog er den Vorhang des schmalen Durchgangs zum Eintrittsbereich zu und ging zur Tür. Aus der Kabine drang Blooms Stimme, der die Durchsuchung der Polizei schilderte. Sandorin stellte sich wieder in die Tür und sah hinaus. Nach einigen Sekunden bewegte sich ein weiterer Schatten neben dem Flugfeld.

*

Orff beobachtete, wie Dupont und der Professor in die Maschine stiegen. Er hatte die letzten Stunden damit verbracht, sie zu jagen. Jetzt waren sie zum Greifen nah. Doch sein Auftraggeber hatte klare Anweisungen gegeben. Er hatte andere Pläne für sie. Orffs Einsatz würde später kommen.

Die beiden verschwanden in der Maschine. Kurz darauf tauchte erneut eine Silhouette in der Tür auf. Der Mann suchte mit seinem Blick das Gelände ab. Orff näherte sich dem Flugzeug.

Als der Mann ihn sah, winkte er ihn zu sich.

Teil 3

Kollaps

57

Binnenhof, Den Haag, Niederlande

Einst als Jagdsitz des Grafen Wilhelm II. erbaut, war der Binnenhof ein mittelalterliches Schloss, das im siebzehnten Jahrhundert das Zentrum der europäischen Diplomatie bildete. Heute dienten die erhabenen Räumlichkeiten als Sitz der niederländischen Regierung.

Sophie Delacroix folgte mit abwesendem Blick den vergoldeten Stuckaturen des Trêves-Saals, der für Sitzungen des Kabinetts und offizielle Empfänge diente. An dem von schweren Marmorbeinen getragenen Sitzungstisch hatte sich der vollständige Ministerrat zusammengefunden. Die Stimmung unter den Ministern war aufgeregt. In dezentem Gemurmel spekulierten sie über den Grund ihrer Versammlung. Wie die anderen war auch Sophie nicht über die Gründe ihrer Sitzung aufgeklärt worden. Der Ministerpräsident hatte ihnen bisher lediglich mitgeteilt, dass es im Fall der Terrorattacke auf SWIFT zu einer »entscheidenden Entwicklung« gekommen war.

Sophie hatte ein ungutes Gefühl. Sie hatte keine Zeit mehr gehabt, sich bei den anderen Ratsmitgliedern zu erkundigen, was passiert sein konnte. Das einzig vorstellbare Ereignis war, dass Europol Laura und Dean aufgespürt hatte. Aber in diesem Fall hätte sie erwartet, bereits etwas von Gear gehört zu haben. Außerdem betraf eine solche Entwicklung nur die Minister für Innere Sicherheit und Verteidigung, nicht aber das gesamte Kabinett.

»Haben Sie eine Ahnung, worum es hier gehen könnte?«, wandte sich der Wirtschaftsminister an sie. »Ich habe gehört, dass Westernhoof vor einer halben Stunde einen Anruf des Europäischen Auswärtigen Diensts erhalten hat. Es muss sich schon um eine außergewöhnliche Information handeln, dass wir alle dafür versammelt werden.«

Sophie schüttelte abwesend den Kopf. Auch sie hatte von diesem Anruf an den Ministerpräsidenten gehört, aber sie konnte sich keinen Reim darauf machen. Der Wirtschaftsminister redete weiter auf sie ein, aber sie hörte nur noch mit halbem Ohr zu. Ihre Gedanken wanderten zu Laura. Sie hatte sie inzwischen schon unzählige Male zu erreichen versucht, aber es ging immer nur die Mailbox dran. Sophie befürchtete das Schlimmste. Wenn ihr etwas zugestoßen war …

Der Ministerpräsident trat ein, und es wurde still im Saal. Sophies Unbehagen wuchs, als sie den triumphierenden Ausdruck in seinem Gesicht bemerkte.

»Ich fasse mich kurz«, sagte Westernhoof und blickte in die Runde. »Ich möchte Sie über eine Neuigkeit informieren, die einen entscheidenden Fortschritt im Fall SWIFT darstellt.«

Die Blicke der Kabinettsmitglieder waren gebannt auf den Ministerpräsidenten gerichtet.

»Brüssel hat einen Hinweis bekommen, wo sich die Terroristen versteckt halten«, ließ Westernhoof die Katze aus dem Sack. »Die NATO hat inzwischen die genauen Koordinaten ihres Standorts erhalten.«

Die Neuigkeit schlug ein wie eine Bombe. Rund um den Tisch breitete sich ein aufgeregtes Stimmengewirr aus. Wie gelähmt starrte Sophie auf den Ministerpräsidenten. Die Worte fanden nur verzögert in ihr Bewusstsein. Der Schock traf sie mit einer derartigen Wucht, dass sie im ersten Moment nicht fassen konnte, was er gesagt hatte. Wie ein wild gewordenes Insekt begann Westernhoofs letzter Satz in ihrem Verstand zu rotieren: *Die NATO hat die Koordinaten …*

Der Ministerpräsident hob die Hand. »Bitte beruhigen Sie sich.« Der Geräuschpegel legte sich etwas. »In diesem Moment bereitet die NATO einen Angriff vor«, fuhr er fort. »Da es sich um eine geheime Operation handelt, haben wir noch keine Informationen über die genaue Lage ihres Verstecks, aber wir wissen, dass es sich in Spanien befindet.«

Sophie faltete ihre zitternden Hände zusammen. Um sie herum brach eine euphorische Stimmung aus. Der Wirtschaftsminister warf ihr einen begeisterten Blick zu. »Das ist ja eine unglaubliche Neuigkeit!«

Obwohl ihr der Schock bis in die Knochen fuhr, versuchte Sophie, ein Lächeln aufzusetzen. Wie aus ferner Distanz sah sie zu, wie sich die anderen gegenseitig die Hände schüttelten. Nur der Verteidigungsminister schien sich nicht von der siegessicheren Stimmung anstecken lassen zu wollen.

»Warum die NATO?«, wandte er ein. »Wenn sich die Terroristen auf spanischem Boden aufhalten, ist das eine Angelegenheit der Europäischen Union. Warum übernimmt nicht eine der spanischen Spezialeinheiten den Fall? Das wäre um einiges effektiver als der Einsatz von NATO-Truppen.«

Der Blick des Ministerpräsidenten wurde ernst. »Auf der Ebene der Vereinten Nationen gibt es sicherheitspolitische Bedenken, was die Waffe der Terroristen betrifft. Ein solches Instrument wäre militärisch sehr wertvoll. Man könnte damit die Kommunikation von Geheimdiensten stören oder Satelliten blockieren. Es herrscht deshalb die Angst, dass die Waffe bei einem Angriff in die Hände eines einzelnen Staates fallen könnte und damit zu einem strategischen Vorteil wird. Letztlich hat der UNO-Sicherheitsrat entschieden, dass die NATO als transatlantisches Bündnis am besten geeignet ist, dieses Problem zu lösen.«

Im Saal wurde es wieder laut. Sophie sah nervös zur Tür. Sie musste unbedingt hier raus. Und zwar schnell. Sie griff nach ihrem Telefon und hob es ans Ohr. »Delacroix?« Sie sah sich um. Niemand schien ihr besondere Beachtung zu schenken. Nach einigen Sekunden fuhr sie ihren vorgetäuschten Anruf fort: »Einen Augenblick, ich kann Sie nicht verstehen.«

Sie stand auf und hielt mit dem Apparat am Ohr auf den Eingang zu. Als würde der alte Parkettboden gegen ihre Flucht protestieren wollen, ließ er bei jedem Schritt ein lautes Knarren hören. Mit pochendem Herz quetschte sie sich durch die Flügeltür nach draußen.

Der Gang davor war leer. Sophie nahm den Hörer vom Ohr und mahlte mit den Kiefern. Common Ground hatte zwei Jahren lang alles bis in das kleinste Detail vorbereitet. Es war undenkbar, dass ihnen irgendjemand in so kurzer Zeit auf die Spur hätte kommen können. Die logische Schlussfolgerung war, dass Dean dahinterstecken musste. Es war möglich, dass Laura ihn durchschaut hatte und er sich dazu drängen ließ, zur Polizei zu gehen. Aber diese Erklärung hatte einen Haken: Hauser. Er war ein militärisch ausgebildeter Nahkämpfer. Es war praktisch ausgeschlossen, dass Dean in der Lage war, ihn zu überwältigen, geschweige denn zu töten. Abgesehen davon wusste Dean haargenau, dass Common Ground bei einem Angriff das Botnetz als Druckmittel einsetzen würde. Die Zerstörung der Anlage führte automatisch zu einer Blockade von SWIFT.

Sophie hörte, wie sich aus dem Innern des Trêves-Saals Stimmen näherten. Sie trat von der Tür weg und lief den Gang hinunter. Je länger sie darüber nachdachte, desto unwahrscheinlicher erschien es ihr, dass Dean der Informant war. Selbst wenn er Hauser hätte überwältigen können, und selbst wenn er Common Ground hätte verraten wollen, wäre er nicht so dumm gewesen, als Erstes den Standort der Anlage preiszugeben. Es wäre viel effektiver gewesen, die Identität des Rats offenzulegen. Damit wäre Common Ground völlig handlungsunfähig geworden.

In Sophie keimte eine beunruhigende Frage auf. Wenn nicht Dean der Informant war, wer war es dann? Und aus welchem Grund? Und was hatte Deans Verschwinden damit zu tun?

Sophie steuerte auf die Damentoilette zu. Als sie eintrat, überprüfte sie, ob sich jemand in den Kabinen befand. Als sie sich sicher war, allein zu sein, verriegelte sie die Tür und wählte eine Nummer.

Es gab nur eine Person, der sie jetzt noch vertrauen konnte.

58

SHAPE, Mons, Belgien

Das Supreme Headquarters Allied Powers Europe, das oberste Hauptquartier der NATO, lag in Casteau, einem kleinen Vorort von Mons. Es war der militärstrategische Knotenpunkt des aus dem Zweiten Weltkrieg hervorgegangenen Militärbündnisses zwischen den Vereinigten Staaten, Kanada und dem größten Teil Europas. In einem dreißigtausend Quadratmeter umfassenden Gebäudekomplex wurden hier sämtliche militärischen Operationen der NATO geplant, vorbereitet und geleitet.

In der langen Tradition der Geschichte der alliierten Streitkräfte wurde das Hauptquartier durch den SACEUR geführt, den Supreme Allied Commander Europe. In genauso langer Tradition handelte es sich dabei immer um einen General oder Admiral der Vereinigten Staaten.

Im Innersten des Hauptquartiers betrat der siebzehnte Saceur der NATO im Stechschritt das Kommandozentrum. Es herrschte eine angespannte, aber konzentrierte Atmosphäre. Aufklärungs- und Nachrichtensoldaten sowie militärstrategische Spezialisten arbeiteten auf Hochtouren an den Vorbereitungen der Operation Cleansweep.

Am Ende des Raums zeigten Großbildschirme die Satellitenbilder eines geothermischen Kraftwerks in der Nähe der katalonischen Stadt Cervera. Abgesehen von wenigen Lichtern und den rötlichen Signallampen der Schornsteine lag die Anlage in völliger Dunkelheit. Neben dem Livebild zeigte ein weiterer Monitor eine fünf Tage alte Aufnahme des Helios-IIA-Satelliten bei Tag. Durch die hohe Auflösung von weniger als drei Zentimetern war das Kraftwerk gestochen scharf in allen Einzelheiten zu erkennen.

Den Blick auf die Aufnahme gerichtet steuerte Saceur Archibald Orland auf den diensthabenden Adjutanten zu. Neben der eigentlichen Anlage erkannte er einen flachen Bau, der durch eine bislang noch nicht identifizierte bewaffnete Kampftruppe bewacht wurde. Ein vergrößerter Ausschnitt zeigte die Aufsicht eines einzelnen Kämpfers. Obwohl sich der Satellit in siebenhundert Kilometern Höhe befand, konnte der Saceur ohne Probleme die SIG 550 in der Hand des Mannes erkennen. Das Sturmgewehr war definitiv keine Waffe, die für den Schutz eines normalen Kraftwerks verwendet wurde.

»Saceur!« Der Adjutant salutierte.

»Rühren«, befahl Orland und trat vor ihn. »Ist das Regiment in Valencia einsatzbereit?«

»Die Vorbereitungen laufen, Sir. Sie werden voraussichtlich um null einhundert Uhr einsatzbereit sein.«

»Wann werden sie im Zielgebiet sein?«

»Die geplante Ankunftszeit ist null zweihundert.«

»Wie weit ist der Mowag?«

»Der Radpanzer wird gerade für den Transport vorbereitet. Er wird mit einem Boeing-Vertol-MH-47G-Transporthubschrauber zu den Zielkoordinaten gebracht.«

Saceur Archibald Orland hatte während seiner Laufbahn im US-Militär drei große Einsätze geführt und jeden erfolgreich abgeschlossen. 1991 hatte er als Kommandeur im Zweiten Golfkrieg die 1. US-Infanteriedivision geführt und in der Operation Desert Storm die irakischen Truppen vor Umm Qasr in Kuwait zurückgeschlagen. Acht Jahre später hatte er als Kommandeur der US-Truppen die einleitenden Operationen im Kosovokrieg geführt, wo er in der Operation Allied Force die Luftangriffe der US-amerikanischen Kampfflugstaffeln gesteuert hatte. Kurz nach den Anschlägen des 11. September hatte er schließlich in einem NATO-Einsatz in Afghanistan kriminelle Netzwerke von Drogenbaronen ausgehoben, die mit Opiumhandel den Guerillakrieg der Taliban finanzierten. Jeder seiner Einsätze war bis ins Detail geplant, und er hatte seine Truppen mit der Wucht einer Panzerfaust durch das feindliche Gebiet geführt. Archibald Orland war bekannt für seine schnelle und vernichtende Kriegsführung. Seine Philosophie war einfach. Sie folgte dem Grundsatz: *capture or kill* – entweder der Feind wurde gefasst, oder er wurde getötet.

»Verbinden Sie mich mit dem Generalsekretär«, befahl er.

Der Adjutant führte ihn zu einem der Großbildschirme und stellte die Verbindung her. Eine halbe Minute später erschien das Gesicht von Fernando Santini. Obwohl er erst Mitte vierzig war, hatte er bereits schütteres graues Haar und wirkte eher wie ein Buchhalter als wie der oberste politische Vertreter der NATO. Orland spürte eine Abneigung in sich aufsteigen, wie sie nur ein altgedienter Berufsmilitär entwickeln konnte. Bevor er zum Saceur ernannt wurde, hatte er seine Befehle immer von einem militärischen Vorgesetzten oder direkt aus dem Pentagon entgegengenommen. Es war ihm zutiefst zuwider, dass er jetzt zumindest formal einem Politiker unterstand, der keine Ahnung von Kriegsführung hatte.

»Ist Ihr Einsatzkommando bereit?«, fragte Santini, ohne ihn zu begrüßen.

»Wir haben eine schnelle Eingreiftruppe auf der Militärbasis in Valencia«, sagte der Saceur. »Der zuständige Oberleutnant bereitet in diesem Moment den Einsatz vor.«

Der Generalsekretär nickte. »Gut, der Nordatlantikrat hat für die Operation Cleansweep vor wenigen Minuten die Freigabe erteilt. Ich will, dass Sie die Sache so schnell wie möglich über die Bühne bringen. Die Terroristen dürfen keine Gelegenheit erhalten, ihre Waffe noch ein zweites Mal gegen die Vereinten Nationen einzusetzen.«

»Verstanden, Sir. Das Einsatzkommando wird in einer Stunde bereit für den Abflug sein. In etwa vier Stunden ab jetzt wird der Angriff beginnen.«

»Ich habe gehört, dass Sie den Einsatz selbst führen werden«, meinte der Generalsekretär. »Was ist der Grund dafür? Normalerweise ist ein Major vom Stützpunkt für diese Aufgabe zuständig.«

»Der Einsatz ist zu wichtig, als dass ich ihn einem untergeordneten Offizier anvertraue.«

»Nun gut, das muss ich Ihrem Urteil überlassen.« Das Gesicht des NATO-Generalsekretärs wurde besorgt. »Ich muss Sie aber nicht darauf hinweisen, dass dieser Einsatz eine politisch höchst heikle Angelegenheit ist. Die Vereinten Nationen werden jeden unserer Schritte genau beobachten. Ich möchte nicht, dass nochmals so ein Fehler passiert wie damals bei Ihrem Einsatz in Kabul.«

Orland blieb ungerührt. Er wusste, worauf der Generalsekretär anspielte. Bei einem seiner letzten Einsätze in Afghanistan hatte sein Regiment eine Mohnplantage der Taliban angegriffen, auf der auch Zivilisten gearbeitet hatten. Es konnte nie klar ermittelt werden, wie viele von ihnen bei diesem Angriff getötet wurden, aber Orland wurde später vorgeworfen, bei der Planung nicht mit genügender Sorgfalt vorgegangen zu sein. Letztlich wurde aber nie eine genauere Untersuchung durchgeführt, und er wurde für seinen Einsatz in Afghanistan mit dem Silver Star ausgezeichnet.

Die zivilen Toten waren in Orlands Augen allerdings keine Fehlplanung. Sie waren ein einkalkulierter Verlust. Wer auf den Plantagen arbeitete, arbeitete damit für die Taliban und war dadurch auch kein unschuldiger Zivilist mehr. Aber solche Dinge konnte man Saubermännern wie dem Generalsekretär nicht erklären.

»Was wollen Sie mir damit sagen, Herr Generalsekretär?«, fragte Orland scharf.

Santini sah ihn eindringlich an. »Ich will darauf hinaus, dass dieser Einsatz völlig sauber durchgeführt werden muss. Die Waffe der Terroristen ist von großem militärischem Interesse. Falls sie vernichtet wird, darf kein Zweifel darüber aufkommen. Und wenn Sie in der Lage sind, sie unter Ihre Kontrolle zu bringen, muss sichergestellt werden, dass sie auf direktem Weg an eine Kommission des UNO-Sicherheitsrats übergeben wird. Die Operation muss völlig korrekt und transparent verlaufen. Andernfalls droht der NATO eine politische Schlammschlacht. Ich will nicht, dass unser Ruf durch diese Angelegenheit unterminiert werden könnte.«

Orland schenkte dem General einen abgebrühten Blick. »Die Diplomatie ist Ihre Angelegenheit«, sagte er trocken. »Ich habe die Verantwortung, dass die Bedrohung vernichtet wird. Alles andere hat untergeordnete Priorität.«

59

Über Rotterdam, Niederlande

»Unsere Serveranlage liegt etwa zwanzig Meter unter dem Hauptgebäude.«

Dean nahm ein Blatt mit den Sicherheitsanweisungen für die Flugzeugpassagiere und begann, auf der Rückseite eine grobe Skizze anzufertigen. Laura und er saßen zusammen mit Bloom an einem kleinen ausklappbaren Tisch in der Mitte der Kabine. Die Maschine hatte den Steigflug beendet und zog ruhig durch die Dunkelheit.

Laura sah zu, wie Dean die Konturen des Hauptgebäudes skizzierte. Davon ausgehend zeichnete er einen Gang, der in die Serveranlage führte. Sie reichte etwa zur Hälfte über das Gebäude hinaus. Dean fügte eine weitere, größere Fläche hinzu, die über dem zweiten Teil der Anlage lag.

»Das Hauptgebäude befindet sich direkt neben einem geothermischen Kraftwerk«, erklärte Dean. »Offiziell ist es eine private Forschungsstation.«

Laura brauchte einen Moment, um zu begreifen, was das bedeutete. »Ihr habt eure eigene Energiequelle«, stellte sie erstaunt fest.

Dean sah auf. »Ja, eine Serveranlage von der Größe, wie wir sie haben, benötigt Unmengen an Strom. Wenn sie am normalen Netz angeschlossen wäre, würde das nicht unbemerkt bleiben. Die Polizei könnte die Anlage darüber aufspüren, wenn sie nach verdächtigen Großverbrauchern sucht.«

Woher zum Teufel haben die das Geld für ein eigenes Kraftwerk?, fragte sich Laura.

Bloom schien ihren Gedanken zu erraten. »Der Bau des

Kraftwerks wurde durch die Stadt Cervera an eine meiner Tochterfirmen vergeben. Der Standort war der ideale Platz für unsere Serveranlage, weil das Kraftwerk weit außerhalb der nächsten Ortschaft errichtet wurde. Bei dem Verfahren, das dort angewendet wird, besteht am Anfang eine gewisse Erdbebengefahr, da dabei die tief liegenden Gesteinsschichten aufgebrochen werden müssen, um das Wasser zirkulieren lassen zu können. Da es theoretisch auch jetzt noch zu kleineren Beben kommen könnte, wird das Kraftwerk von einer großräumigen Sicherheitszone umgeben.«

»Könnte das zu einem Problem werden, wenn wir uns der Anlage nähern wollen?«, fragte Laura.

Dean schüttelte den Kopf. »Nein. Das Gebiet wird nicht überwacht. Es ist lediglich eine Bauverbotszone. Die eigentliche Schwierigkeit liegt beim Hauptgebäude. Es ist von einem Sicherheitszaun umgeben und wird durch bewaffnete Wachen gesichert. Auf diesem Weg gibt es keine Möglichkeit, wie wir unbemerkt zur Anlage gelangen können. Wir würden entdeckt werden, noch bevor wir uns dem Sicherheitszaun genähert hätten. Aber es gibt noch eine andere Möglichkeit.«

Dean zeichnete einen weiteren Gang, der vom Serverraum aus nach Norden führte. »Für den Fall, dass das Hauptgebäude angegriffen werden sollte, wird es evakuiert und das Team zieht sich in die Serveranlage zurück. Von dort aus gibt es einen Fluchtweg, der durch eine unterirdische Röhre führt. Sie folgt dem Wasserversorgungskanal des Kraftwerks, der bis zu einer Quelle oberhalb der Anlage verläuft.«

Bloom zeigte auf den Punkt, an dem Deans gezeichneter Weg endete. »An dieser Stelle befindet sich ein verlassenes Bauernhaus, das wir beim Bau der Anlage gekauft haben. Es liegt etwa einen Kilometer entfernt hinter einem Waldstück. Der Ausgang der Röhre befindet sich direkt darunter. Das

Bauernhaus lässt sich über einen Feldweg erreichen, der weiter östlich von der Hauptstraße abgeht.«

Laura wurde erst in diesem Moment bewusst, welche Dimensionen Common Ground wirklich hatte. Eine als Forschungsstation getarnte Operationsbasis, eine in völliger Geheimhaltung gebaute unterirdische Serveranlage, eine Kampftruppe, die das Gelände sicherte, eine unabhängige Energieversorgung durch ein eigenes Kraftwerk. Und jetzt auch noch ein geheimer, durch ein Bauernhaus getarnter Fluchtweg. Common Ground war nicht einfach eine Gruppe fehlgeleiteter Idealisten, die aus irgendeinem Versteck ihr Computervirus in den Äther schickten. Es war ein bis ins kleinste Detail durchstrukturiertes Unternehmen, das durchaus in der Lage war, seine Bedrohung über mehrere Jahre aufrechtzuerhalten. Trotz des unverantwortbaren Zwecks, den die Organisation verfolgte, musste sie die Leistung anerkennen, die hinter diesem ambitionierten Vorhaben steckte.

»Befinden sich im Bauernhaus Wachen?«, fragte sie.

»Nein, aber der Eingang wird durch Videokameras überwacht. Außerdem ist der Fluchtweg an zwei Stellen durch Schleusen gesichert, die nur von der Anlage aus geöffnet werden können.« Dean sah zu Bloom. »Wir werden Hilfe von innen benötigen.«

Der Milliardär zeigte sich nicht überrascht. »Wir müssen Kontakt mit Elena aufnehmen.«

Laura erinnerte sich, dass sie den Namen heute schon einmal gehört hatte. »Ist das die Frau, mit der du in Amsterdam telefoniert hast?«, fragte sie Dean.

»Sie war bei der Programmierung des Botnetzes meine rechte Hand«, erklärte er. »Es gibt niemanden in der Anlage, der sich mit den elektronischen Sicherheitssystemen besser auskennt als sie. Sie ist die einzige Person, die uns unbemerkt zum Server bringen kann.«

»Außerdem ist sie meine Schwiegertochter«, fügte Bloom hinzu. »Wenn sie von Cellers Plan erfährt, wird sie uns helfen.« Er zog sein Handy aus der Tasche und fing an, eine Nummer zu wählen. Dann sah er irritiert auf das Display. »Wir haben keinen Empfang!«

Er drückte einen Knopf, der sich seitlich des Tischs unter einem Fenster befand. Kurz darauf kam Sandorin aus dem Cockpit.

Bloom hob das Telefon in die Höhe. »Gibt es in diesem Flugzeug kein Signal?«

»Doch«, entgegnete Sandorin. »Aber es schaltet sich während des Starts automatisch ab. Ich werde es wieder aktivieren.«

»Machen Sie das bitte«, sagte Bloom sichtlich beruhigt.

Bevor Sandorin wieder im Cockpit verschwand, warf er einen kurzen Blick zu Laura. Er wirkte abweisend.

Für einen kurzen Moment hatte Laura das Gefühl, dass Blooms Assistent nicht in derselben Mannschaft spielte wie sie.

60

Centro de Energía Geotérmica, Cervera, Spanien

Aaron Celler betrat das MIND und machte sich auf den Weg in sein Büro. Seit am Morgen das erste Botnetz deaktiviert worden war, hatte kaum jemand seinen Platz verlassen. Das Team arbeitete noch immer konzentriert daran, sämtliche Spuren des Angriffs zu verwischen. Keiner von ihnen konnte ahnen, dass die Arbeit vergebens war. In nur wenigen Stunden würde nichts von dem hier noch existieren.

Aus dem Augenwinkel beobachtete Celler, wie sich Elena

Kursnjik ans Headphone fasste. Als er an ihr vorbei war, hörte er, wie sie ihren Stuhl zurückschob und den Raum verließ.

Ohne sich umzusehen, setzte er seinen Weg fort. Als er in seinem Büro ankam, schloss er die Tür hinter sich und wählte auf dem Display seiner Telefonstation die Liste der Anschlüsse. Ein grünes Zeichen hinter Elenas Rufnummer zeigte, dass sie in einem Gespräch war. Celler drückte auf Elenas Nummer und horchte.

»… werden in knapp zwei Stunden landen«, hörte er Richard Blooms Stimme durch den Lautsprecher. »Du musst alles vorbereiten, dass wir unbemerkt über den Fluchtweg in den Serverraum gelangen können.«

»Das ist viel zu gefährlich«, widersprach Elena. Ihre Stimme klang aufgeregt. »Es sind überall Überwachungskameras installiert. Ihr würdet sofort bemerkt werden.«

»Uns bleibt keine andere Wahl. Es ist die einzige Möglichkeit, wie wir das Botnetz deaktivieren können.«

Elena zögerte einen Augenblick. »Also gut, ich werde mir etwas einfallen lassen.«

»Ich weiß, dass du das schaffst«, machte Bloom ihr Mut.

»Wann werdet ihr beim Bauernhaus sein?«

»Etwa eine halbe Stunde nach der Landung. Sandorin wird dir kurz vorher Bescheid geben.«

»In Ordnung«, sagte Elena. »Ich muss jetzt zurück an meinen Platz, ich will nicht, dass Celler Verdacht schöpft.«

»Sei vorsichtig«, meldete sich Blooms väterliche Stimme.

»Ihr auch!«

Das Gespräch wurde beendet. Celler sah durch die Glasfront seines Büros auf das MIND. Nach wenigen Sekunden tauchte Elena in der Tür auf. Celler beobachtete, wie sie mit angespanntem Gesicht auf ihren Platz zulief.

Er hätte sie ohne Weiteres unter Arrest stellen können. Aber er hatte etwas Besseres mit ihr vor.

61

Über dem Centro de Energía Geotérmica, Cervera, Spanien

In zweitausend Metern Höhe glitt die satellitengesteuerte Drohne des Typs RQ-4 Global Hawk über die Zielkoordinaten hinweg. Die im Nachtsichtmodus aktivierte CCD-Kamera erfasste trotz einer bodennahen Nebelschicht jedes Detail der unter ihr liegenden Landschaft. Als sie das Zielgebiet überflogen hatte, wendete sie und streifte über den nächsten Sektor ihres vorprogrammierten Kurses. Das Turbofan-Triebwerk von Rolls-Royce ließ bei ihrem Manöver kein Geräusch bis zum Boden dringen.

Die Infrarotkamera der Drohne registrierte im Zentrum ihres Aufklärungsgebiets ein Mosaik aus Rottönen. Zwei Hitzequellen hinterließen auf dem Film blendend weiße Punkte, die sich in auffächernden Kegeln verdunkelten. Dreißig Meter weiter östlich schimmerte ein rechteckiges Gebilde in schwachem Violett. Davor registrierte die Drohne dreizehn sich bewegende hellrote Punkte. Danach kam Dunkelheit.

Nach fünf Minuten hatte die Drohne ihren Aufklärungsflug beendet und kehrte zu ihren Ausgangskoordinaten zurück. Im selben Moment stiegen auf dem Stützpunkt der NATO Response Forces in Valencia sechs NH90-Militärhubschrauber auf und flogen der Drohne entgegen.

62

Über Troyes, Frankreich

Seit dem Start von Den Helder war inzwischen eine Stunde vergangen. Laura beobachtete die Lichter, die unter ihr vorbeizogen. Sie mussten sich jetzt in etwa auf der Höhe von Paris befinden. Laura spürte, wie sie mit jedem Kilometer, den sie ihrem Ziel näher kamen, unruhiger wurde. Sosehr sie sich zu versichern versuchte, dass Deans Plan ihre einzige Option war, Cellers Absichten zu vereiteln, ihr Gefühl sagte ihr, dass es zu viele Risiken darin gab. In der Theorie klang das Vorhaben noch machbar: in die Anlage eindringen, das Botnetz durch eine sogenannte Trapdoor im Server deaktivieren und wieder unbemerkt verschwinden. Aber allein, ob Elena es wirklich schaffen konnte, die Sicherheitskameras zu umgehen und sie ungesehen in die Anlage hineinzuschmuggeln, war alles andere als klar. Außerdem konnte alles Mögliche passieren, sobald sie sich im Innern befanden. Und der wichtigste Punkt von allen war, ob Dean es wirklich schaffen konnte, das Botnetz ohne Zugangsberechtigung zu deaktivieren.

Laura sah zu Dean, der auf der anderen Seite des Flugzeugs eine Reihe hinter ihr in seine Notizen vertieft war. Er hatte sich vor einigen Minuten zurückgezogen, um sein Vorgehen in der Serveranlage nochmals in Ruhe durchzugehen. Er wirkte so sehr in seine Gedanken versunken, dass sie ihn nicht mit ihren Sorgen stören wollte. Einen Sitz vor Dean hatte Bloom seine Lehne nach hinten gelassen und döste. Er sah blass aus. Laura vermutete, dass ihm die abgebrochene Dialyse nach seiner anfänglichen Vitalität nun doch zusetzte.

Laura stand auf und ging zum Cockpit. Verwundert darüber, die Tür geschlossen vorzufinden, klopfte sie an. Als sie sie zu öffnen begann, erschien Sandorin und stellte sich vor sie. Seine breiten Schultern versperrten ihr die Sicht ins Cockpit.

»Was kann ich für Sie tun?«

Laura war von seinem plötzlichen Erscheinen derart überrascht, dass sie fast ihre Frage vergessen hätte. »Ähm, ich würde gern wissen, wie lange der Flug noch geht.«

»Wir haben bald die Hälfte hinter uns. Falls alles nach Plan verläuft, sollten wir etwa um drei Uhr ankommen.«

Wieder bemerkte Laura diesen seltsamen Blick, den er ihr vorhin schon in der Kabine zugeworfen hatte. »Danke«, sagte sie, blieb aber weiter vor ihm stehen. Auch Sandorin bewegte sich nicht. Um die unangenehme Situation zu beenden, nickte Laura ihm mit einem verkniffenen Lächeln zu und kehrte in die Kabine zurück. Sie hörte, wie die Tür hinter ihr wieder einrastete. Laura schüttelte den Kopf und schrieb Sandorins verwunderliches Verhalten der angespannten Situation zu, in der sie sich alle befanden.

»Ist etwas nicht in Ordnung?«, fragte Dean, der von seinen Unterlagen aufsah und ihren Gesichtsausdruck bemerkt hatte.

»Nein, alles bestens«, antwortete sie und setzte sich ihm gegenüber hin. »Hast du darüber nachgedacht, wie du an das Botnetz rankommen willst?«

Dean machte eine abschätzende Geste. »Eigentlich sollte es kein Problem sein. Meine Hintertür ist ein kleines Unterprogramm im Betriebssystem des Servers. Damit kann ich die Sicherheitsbarrieren umgehen und direkt auf das Botnetz zugreifen.« Als er Lauras fragenden Blick bemerkte, fügte er hinzu: »Du musst dir das wie das elektronische Schloss eines Tresors vorstellen. Wenn du auf dem Zahlenfeld den richtigen Code eingibst, wird im Innern ein Schaltkreis unter

Strom gesetzt, und ein kleiner Motor schiebt die Riegel zur Seite. Wenn du aber Zugriff auf die *Elektronik* des Schlosses hast, kannst du diesen Schaltkreis direkt aktivieren, ohne dass du dafür den Code eingeben musst.«

»Dann ist deine Hintertür also so etwas wie der Zugang zur Elektronik des Servers«, versuchte Laura, das Beispiel auf ihre Situation anzuwenden.

»Im übertragenen Sinne ja«, bestätigte Dean. »Nur dass diese Elektronik in unserem Fall ein Programm ist.«

»Weiß außer dir sonst noch jemand von diesem Zugang?«

»Nein. Das hätte niemand zugelassen. Ich habe ihn aber dennoch eingerichtet, falls der Server aus irgendeinem Grund abstürzen sollte und wir selbst mit unserer Zugangsberechtigung nicht mehr an die Daten kommen. Das ist zwar sehr unwahrscheinlich, aber auch die beste Programmierung hat ihre Fehler. In unserer Situation hätte es fatale Konsequenzen gehabt, die Kontrolle über das Botnetz zu verlieren.«

»Ich wusste schon immer, dass Dean einen brillanten Verstand hat«, sagte Bloom, der zu ihnen getreten war und sich mit der Hand auf eine Sitzlehne stützte. Er war noch immer blass, doch er schien wieder etwas an Energie gewonnen zu haben. Er wandte sich an Dean. »Aber dass du den anderen so weit voraus bist, dass du sie an der Nase herumführen konntest, überrascht mich doch etwas.«

Bevor Dean antworten konnte, begann auf dem Tisch Blooms Telefon zu vibrieren. Der Milliardär sah nach, wer ihn anrief. Sein Gesicht wurde besorgt. Er warf einen Blick zu Dean. »Entschuldigt mich bitte für einen Moment.«

Hoffentlich nicht noch mehr schlechte Nachrichten, dachte Laura. Der heutige Tag hatte schon genug schockierende Wendungen gebracht.

»Bloom?« Der Milliardär hörte aufmerksam zu. »Das hatte ich schon befürchtet«, sagte er schließlich. »Ja, sie sind bei mir.« Er drehte sich kurz zu Laura um. »Nein, es geht ihr gut …«

Laura stand auf und trat einen Schritt näher. Wer konnte das sein? Wer von Common Ground sollte sich nach ihr erkundigen wollen? Auch Dean war aufgestanden und gesellte sich zu ihr.

»Wir sind auf dem Weg dorthin«, fuhr Bloom nach einer Pause fort. »Nein, es ist die einzige Möglichkeit.« Der Anrufer schien sehr aufgeregt zu sein, denn Bloom musste ihn immer wieder beruhigen. »Ich werde mich wieder melden, sobald es geht«, sagte er nach einer Weile. »Unternimm bis dahin nichts.«

Bloom legte auf. Er wirkte völlig aufgewühlt. »Du hattest mit deiner Vermutung recht«, sagte er zu Dean. »Die Europäische Kommission hat in einer anonymen Nachricht die Koordinaten der Anlage erhalten. Der UNO-Sicherheitsrat hat den Angriff legitimiert. Eine NATO-Einheit befindet sich schon in der Vorbereitung.«

»Weiß sie, wie lange das her ist?«, fragte Dean beunruhigt.

»Nein, aber sie hat es schon vor einer Stunde erfahren. Zu diesem Zeitpunkt hatten wir aber noch keinen Empfang.«

»*Sie*?«, schaltete sich Laura ein. »Wer war der Anrufer?«

Dean sah sie betreten an. Auch Bloom hüllte sich in Schweigen.

»Ich kenne die Person, nicht wahr?«

»Frau Dupont«, sagte Bloom beschwichtigend. »Bevor Sie erfahren, wer es ist, möchte ich, dass Sie wissen, dass es meine alleinige Entscheidung war, sie einzubeziehen.«

Laura spürte, wie sich ihr Bauch zusammenzog. »Jetzt rückt schon raus damit!«

»Laura«, sagte Dean, »es ist Sophie.«

»Was?«, platzte es aus ihr heraus. »Waru…«, das Wort blieb ihr im Hals stecken. Fassungslos sah sie die beiden Männer an. »Wie konntest du das zulassen?«, fuhr sie Dean mit bebender Stimme an. »Du weißt ganz genau, dass Sophie der einzige Mensch ist, der mir aus meiner Familie noch geblieben ist! Wie konntest du mir das nur antun?«

»Dean wusste nichts davon«, mischte sich Bloom ein. »Er war noch nicht dabei, als ich Sophie angesprochen habe.«

Lauras Gefühle drohten, sie zu überrollen. Als könnte sich ihr Verstand nicht entscheiden, brachen gleichzeitig Wut, Verzweiflung und Entsetzen wie ein Wasserfall über sie herein.

Sophie gehört zu Common Ground, rotierte es in ihrem Kopf.

»Es tut mir leid, Laura«, sagte Dean betroffen. »Sophie ist eines der Ratsmitglieder. Sie war von Anfang an mit dabei.«

Laura musste sich setzen. Nachdem sie eine Weile geschwiegen hatte, fragte sie Dean: »Gibt es sonst noch irgendwelche Hiobsbotschaften, die du mir bisher vorenthalten hast?«

Dean schüttelte den Kopf.

Laura atmete tief durch. Ausgerechnet diejenigen Menschen, die ihr am nächsten gestanden hatten, hatten sich einer kriminellen Organisation angeschlossen. Dean hatte sie dafür verlassen, und Sophie hatte sie über zwei Jahre lang angelogen. Laura wusste nicht, wie sie das verdauen sollte. In diesem Moment war sie sich sicher, dass es kaum noch schlimmer kommen konnte.

63

Cervera, Spanien

Eineinhalb Kilometer südlich des geothermischen Kraftwerks setzte ein NH90-Helikopter auf einem abgeernteten Weizenfeld auf. Fünfzehn mit XM25-Sturmgewehren bewaffnete Soldaten der NATO Response Forces sprangen hinaus und begannen sofort damit, eine mobile Operationsbasis aufzubauen.

In kurzer Distanz setzten fünf weitere NH90 auf und entluden weitere sechzig Soldaten des Sondereinsatzkommandos. Das auf Häuserkämpfe spezialisierte Regiment bestand aus einem Sturmtrupp, einer Sperrtruppe, dem Trägertrupp und einer Gruppe von Aufklärern und Nachrichtensoldaten. Die durchschnittliche Einsatzzeit des Kommandos betrug zwölf Minuten pro Gebäude. Gefangene wurden dabei nur selten gemacht.

»Verbinden Sie mich mit SHAPE«, befahl der Gesamteinsatzleiter dem Nachrichtensoldaten, der neben ihm im Hubschrauber saß.

»Ja, Sir.« Der Soldat stellte eine verschlüsselte Funkverbindung ins Supreme Headquarter Allied Powers Europe her und reichte ihm den Hörer.

»Lagebericht?«, meldete sich die Stimme des Saceurs.

»Wir sind im Zielgebiet angekommen«, informierte ihn der Gesamteinsatzleiter. »Unser Aufklärungstrupp wird in wenigen Minuten die Lage sondieren.«

»Gut, ich will laufend über den aktuellen Stand informiert werden.«

»Sir, unsere Nachforschungen haben gezeigt, dass es sich bei dem Zielgebäude um eine Forschungsstation handelt. Es könnten sich möglicherweise Zivilisten darin befinden. Wie lauten Ihre Befehle?«

»Es handelt sich um eine Terroristenzelle«, erwiderte der Saceur. »Gehen Sie mit der entsprechenden Härte vor. Falls Sie das Gebäude nicht innerhalb von zehn Minuten sichern können, sprengen Sie den Laden in die Luft. Unser Informant hat uns mitgeteilt, dass die Anlage direkt unter dem Hauptgebäude liegt. Setzen Sie die Sprengladung so an, dass der Komplex zusammenstürzt.«

64

Über Vielha, Spanien

Dean setzte sich neben Laura, die sich auf das Sofa im hinteren Teil des Flugzeugs zurückgezogen hatte. Nachdem er ihr mitgeteilt hatte, dass auch Sophie zu Common Ground gehörte, war sie für längere Zeit auf der Toilette verschwunden. Dean sah ihr an, dass sie den Schock der Nachricht noch immer nicht ganz überwunden hatte.

»Wie geht es dir?«, fragte er vorsichtig.

Laura sah ihn aus ihren klaren grünen Augen an. Trotz der kräftezehrenden Hetzjagd, die sie seit dem frühen Abend durchstehen mussten, wirkten ihre Züge sanft und anmutig. Dean hatte sich in den letzten zwei Jahren oft ihr Bild angesehen, aber jetzt erschien sie ihm schöner denn je.

Seit ihrer Begegnung an der Universität Utrecht waren seine Gefühle für sie wieder in voller Stärke aufgekommen. Obwohl er zu Beginn versucht hatte, sie zu unterdrücken, hatte er sich im Hubschrauber dazu hinreißen lassen, ihre Hand zu nehmen. Für einen kurzen Augenblick war das vertraute Gefühl von früher entstanden. Aber in dem Moment, als sie seinen Druck erwiderte, wurde ihm bewusst, dass er damit einen Fehler machte. Selbst wenn Laura es zugelassen hätte, es war undenkbar, dass ihre Beziehung eine zweite Chance erhalten konnte. Spätestens nachdem Europol den Zusammenhang zwischen ihm und dem Angriff auf SWIFT hergestellt hatte, gab es kein Zurück mehr für ihn. Er war zu einem gesuchten Terroristen geworden.

Aber die Gefühle gehorchten bekanntlich nicht der Vernunft. Mit jeder Stunde, die Laura in seiner Nähe war, löste sich sein Vorsatz zunehmend in Luft auf, sie nach dieser Nacht nie wiederzusehen. Es kostete ihn alle Überwindung, sie in diesem Moment nicht in den Arm zu nehmen.

»Es ist schon eine ziemlich seltsame Situation, in der wir uns wiederbegegnen«, sagte Laura überraschend gefasst.

»Ich weiß«, stimmte Dean zu. »Ich wünschte, die Umstände wären anders.«

Laura wandte sich zu ihm. »Es gibt fast sieben Milliarden Menschen auf dieser Welt. Wie konnte es dazu kommen, dass ausgerechnet ihr zwei bei diesem verrückten Plan mitmacht?« Ihr Blick forderte nach einer Antwort.

»Sophie hat Richard Bloom vor ein paar Jahren auf einem Kongress der Global Warming League kennengelernt«, erklärte Dean. »Die Veranstaltung war eine Reaktion auf den gescheiterten Klimagipfel in Kopenhagen. Damals haben mehrere Staaten ein entschlosseneres Vorgehen gefordert. Ihre politischen Vertreter haben während des viertägigen Treffens ein ambitioniertes Strategiepapier entwickelt. Es sah vor, den Treibhausgas-Ausstoß innerhalb von zwanzig Jahren auf die Hälfte zu reduzieren. Sophie hatte damals aber strikt darauf bestanden, dass die Ziele noch weit höher gesteckt werden müssen. Du weißt ja, wie sie ist, sie hatte schon immer eine ziemlich fundamentalistische Einstellung, was den Klimaschutz betrifft. Richard war das ebenfalls aufgefallen, und er hat sie ein halbes Jahr später auf Common Ground angesprochen.«

»Und wie kamst du ins Spiel?«, wollte Laura wissen.

»Durch Sophie. Common Ground brauchte jemanden, der ein Botnetz entwickelte, das durch kein gängiges Mittel bekämpft werden konnte. Als mich Sophie durch dich kennenlernte, hat sie mich Richard vorgeschlagen.«

Laura schüttelte resigniert den Kopf. »Jetzt verstehe ich, warum sie dagegen war, dass wir heiraten.«

Dean verstand nicht, was sie meinte. »Heiraten?«

»Hat es Sophie dir gegenüber nie erwähnt?«, fragte Laura. »Ich hatte die Ringe schon gekauft. An dem Abend, als du verschwunden bist, hatte ich dich eigentlich damit überraschen wollen.«

Nein, Sophie hat es mir gegenüber nicht erwähnt!, dachte Dean verbittert.

Er legte seine Hand auf ihre und sah ihr in die Augen. »Es tut mir wirklich sehr leid, Laura. Wenn ich davon gewusst hätte …«

Laura starrte auf seine Hand. Für einen Augenblick glaubte Dean, dass sie sie umschließen würde. Aber bevor es dazu kommen konnte, meldete sich Sandorin durch die Sprechanlage.

»Wir werden in zwanzig Minuten in Igualada ankommen. Bitte schnallen Sie sich für die Landung an. Da draußen bildet sich eine Sturmfront. Wir müssen mit Fallwinden rechnen.«

Laura zog ihre Hand zurück und stand auf. In ihrem Blick zeichnete sich Bedauern ab.

»Wir können nicht rückgängig machen, was geschehen ist. Wir müssen uns jetzt darauf konzentrieren, dass euer Botnetz nicht noch größeren Schaden anrichtet.«

*

»Sie dürfen nicht so streng mit ihm sein«, sagte Bloom, als sie sich auf der gegenüberliegenden Seite der Kabine zu ihm setzte. »Er ist nur seiner festen Überzeugung gefolgt.«

»Ich weiß«, entgegnete Laura. »Was war denn *Ihr* Grund, diesen Schritt zu machen?«

Bloom warf seine Stirn in Falten. »Mein Grund?«, fragte er. »Den kann ich Ihnen gern zeigen!«

Er zog seine Brieftasche hervor und brachte ein Foto zutage. Als er es ihr reichte, bemerkte Laura, dass seine Hand zitterte.

»Geht es Ihnen gut?«, fragte sie besorgt.

»Nur die üblichen Gebrechen des Alters«, erwiderte er mit einem Lächeln. »Nehmen Sie das Foto!«

Laura nahm es an sich und betrachtete das Bild. Es war ein Gruppenfoto. Bloom stand in der Mitte, um ihn herum war eine ganze Sippschaft von mindestens drei Generationen versammelt.

»Das ist meine Familie.« Er lehnte sich zu ihr hinüber. »Kommen Sie etwas näher mit dem Bild.« Laura hielt es ihm entgegen, und Bloom zeigte auf ein Kleinkind auf dem Arm einer Frau. Es hatte gelockte blonde Haare und eine niedliche Stupsnase. »Das hier ist Sonja. Sie ist die jüngste Bloom in der Familie.«

»Sie sieht richtig süß aus«, bemerkte Laura.

»Ja, nicht wahr?«, begeisterte sich Bloom. »Sie ist die Tochter meines jüngsten Sohns.« Er zeigte auf einen gut aussehenden Mann um die dreißig.

»Wie viele Kinder haben Sie?«

»Fünf! Und acht Enkel!« Sein Finger wanderte zu einer Frau auf der anderen Seite des Bildes. Sie hatte rote Haare und leichte Sommersprossen. Sie sah mit selbstbewusstem Blick in die Kamera. »Das hier ist Elena. Sie hat die letzten zwei Jahre mit Dean an der Entwicklung des Botnetzes gearbeitet. Sie ist eine begnadete Softwareingenieurin.«

»Das ist die Frau, die uns reinlassen wird«, stellte Laura fest.

»Ja, sie ist eine bemerkenswerte Person, sehr willensstark und eigensinnig. Sie ist Russin und sehr stolz darauf. Als mein Sohn sie geheiratet hat, hat sie sogar darauf bestanden, ihren Namen zu behalten.«

Sein Finger wanderte zu einem Mann hinter Elena. Er war gut einen Kopf größer als sie und wirkte wie der freundliche Nachbar von nebenan. »Der Riese hinter ihr ist ihr Mann und mein zweitältester Sohn.«

Rechts von ihm stand ein weiterer Mann, der fast genauso groß war wie er, sich aber leicht gebeugt hielt. Er war die einzige Person auf dem Bild, die nicht in die Kamera lächelte, sondern abwesend zur Seite sah.

»Wer ist das?«, fragte Laura und deutete auf ihn.

Blooms Züge verfinsterten sich leicht. »Das ist mein Ältester«, sagte er knapp.

»Was ist mit ihm?«, fragte Laura. »Er sieht nicht besonders zufrieden aus.«

Bloom grunzte. »Er war schon immer etwas schwermütig. Außerdem hat er einige Tage vor der Aufnahme Geld bei einer Spekulation verloren. Er ist Banker.«

Laura gab Bloom das Bild zurück.

»Sehen Sie«, sagte er, »ich habe mein Leben lang im Ölgeschäft gearbeitet, und ich war sehr erfolgreich dabei. Als ich damals in den Sechzigern eingestiegen bin, herrschte in dieser Branche Goldgräberstimmung. Ständig wurden neue Felder entdeckt, und die Fördervolumen nahmen beinahe exponentiell zu. Für sehr lange Zeit war das Ölgeschäft weltweit eine der angesehensten Branchen. Ohne Erdöl wäre es der westlichen Zivilisation nicht möglich gewesen, ihre heutige Stärke zu entwickeln. Öl war der Grundstein für unseren Wohlstand. Ohne diesen Rohstoff gäbe es kaum kommerzialisierte Landwirtschaft, die Industrie wäre auf dem Stand des beginnenden zwanzigsten Jahrhunderts stehen geblieben, es gäbe kein global vernetztes Transportwesen und der technische Fortschritt wäre weit von dem Stand entfernt, wie wir ihn heute kennen.«

Blooms Augen weiteten sich, und er warf Laura einen beschwörenden Blick zu. »Öl war ein Segen für die Welt! Damals sprach niemand von Tankerunglücken, Umweltverschmutzung und Klimawandel. Ich war davon überzeugt, der Menschheit mit meiner Arbeit einen unermesslichen Dienst zu erweisen. Als die ersten Forscher den Zusammenhang zwischen der Verbrennung von fossilen Energien und dem Klimawandel herstellten, haben wir sie als verkappte Fundamentalisten belächelt.«

»Aber dann haben sich die Beweise verdichtet.«

»Ja, und bei Gott, ich habe sie lange genug ignoriert!«

»Was war der Grund, dass Sie Ihre Einstellung geändert haben?«

»Wissen Sie, ich war sehr stolz auf das, was ich getan habe, aber irgendwann konnte auch ich die Augen nicht mehr vor den Tatsachen verschließen. Viele meiner Kollegen haben daran festgehalten, dass der Klimawandel nur ein verblendeter Irrtum der Wissenschaft war, dass man der Welt ein Märchen weismachen wollte und es nur Angstmacherei wäre. Doch diese Erklärung war mir zu einfach. Wozu sollte jemand Angst vor dem Klimawandel schüren wollen? Es gibt niemanden, der davon profitieren würde. Also habe ich begonnen, mich darüber zu informieren. Und je mehr ich darüber erfuhr, umso mehr musste ich erkennen, dass ich mein ganzes Leben lang der Welt keinen Gefallen getan, sondern ihr nur geschadet hatte.«

»Deshalb haben Sie Common Ground ins Leben gerufen. Um Ihre Fehler wieder zu korrigieren.«

Bloom schüttelte leicht den Kopf. »Ich bin kein Heiliger. Ich habe den Lauf der Dinge nicht zu verantworten. Es wäre auch ohne mich geschehen. Außerdem bin ich schon längst im Grab, wenn die Welt die Folgen des Klimawandels zu tragen hat. Aber meine Kinder und Enkel werden das alles erleben. Sie werden in einer Welt leben müssen, in der Kriege um

Wasser geführt werden, wo Milliarden von Menschen ihre Heimat verlieren oder verhungern, weil ihr Land entweder überschwemmt wurde, vertrocknet ist oder durch zerstörte Ökosysteme unbewohnbar wurde. Die Welt ist schon heute so dicht besiedelt, dass es praktisch keine Ausweichmöglichkeiten mehr gibt. Sie wissen selbst am besten, was passieren wird, wenn immer mehr Menschen um immer weniger Land und Ressourcen kämpfen müssen. Unter diesen Bedingungen wird unsere Zivilisation nicht weiter bestehen können. Wenn jetzt nichts getan wird, werden meine Enkel in einer Welt voller Anarchie, Armut und Krieg leben müssen.«

Für einen Augenblick sah Bloom nachdenklich auf seine alten Hände und bedachte Laura dann mit einem festen Blick. »Ich war mein Leben lang ein Teil des Problems. Jetzt bin ich ein alter Mann, und mir bleibt nicht mehr viel Zeit, das zu korrigieren. Aber es geht mir dabei nicht darum, eine Schuld zu begleichen. Der wirkliche Grund, weshalb ich Aaron Celler bei der Gründung von Common Ground geholfen habe, ist ein anderer. Ich will damit meine Familie schützen.«

65

Flughafen Igualada, Spanien

Die Cessna Citation Sovereign setzte mit einem kaum wahrnehmbaren Ruck auf der Piste auf. Der Landeanflug war ruhiger verlaufen als erwartet. Durch das Fenster konnte Laura eine Gruppe von Bäumen erkennen, die leicht im Wind wippte. Abgesehen davon schien der von Sandorin angekündigte Sturm Igualada noch nicht erreicht zu haben.

Außer den leuchtenden Markierungen entlang der Landebahn lag der Flughafen in Dunkelheit. Während das Flugzeug auf der Piste ausrollte, zog an Laura eine Reihe von Hangars vorbei, die durch schwaches Mondlicht beschienen wurden. Es gab kein Anzeichen dafür, dass sich außer ihnen noch jemand auf dem Gelände aufhielt. Der Ort wirkte wie die unheimliche Kulisse einer kleinen Geisterstadt. Einzig die Lichter des etwa einen Kilometer entfernten Igualada zeugten davon, dass sie nicht mitten im Niemandsland gelandet waren.

Als das Flugzeug zum Stehen kam, öffnete sich die Tür zum Cockpit, und Sandorin trat zu ihnen in die Kabine. Er hielt eine Waffe in der Hand und warf einen kurzen Blick zu Laura, bevor er sie in das Halfter unter seinem linken Arm steckte. Erneut überkam Laura ein seltsames Gefühl bei diesem Mann. Es lag etwas in seinem Blick, das sie beunruhigte. Sein Verhalten, als sie während des Flugs ins Cockpit wollte, war mehr als merkwürdig gewesen. Es schien fast so, als wollte er etwas vor ihr verbergen.

Laura löste ihren Gurt und stellte sich mit den anderen in den Gang.

»Wir sollten uns beeilen«, sagte Sandorin zu Dean. »Wenn alles nach Plan verläuft, wird Elena in etwa einer halben Stunde beim Bauernhaus sein.«

Dean nickte. Die Anspannung war ihm ins Gesicht geschrieben.

»Ihr müsst sehr vorsichtig sein«, warnte Bloom. »Celler hat ein gutes Gespür dafür, wenn etwas nicht stimmt. Er traut niemandem. Falls es Elena nicht gelingt, unauffällig zu bleiben, könnte es sein, dass er Verdacht schöpft. Ihr solltet damit rechnen, im Serverraum oder auf dem Fluchtweg Wachen anzutreffen.«

»Darum werde ich mich kümmern«, sagte Sandorin und sah zu Dean. »Wie lange werden Sie brauchen, um das Botnetz umzuprogrammieren?«

»Ich brauche etwa fünf bis zehn Minuten, um in den Server einzudringen, und sicher weitere fünf, um den Terminalcode zu aktivieren. Wenn wir nicht gestört werden, dauert es höchstens eine Viertelstunde.«

»Seht zu, dass ihr so schnell wie möglich wieder rauskommt«, mahnte Bloom. »Wir müssen damit rechnen, dass die NATO-Truppen vermutlich noch heute Nacht angreifen werden. Sobald Celler das realisiert, wird er Wachen zum Hinterausgang schicken, um den Fluchtweg zu sichern. Wenn ihr dann noch im Serverraum seid, ist eine Flucht praktisch ausgeschlossen.«

Sandorin sah auf die Uhr. »Es ist jetzt drei Uhr. Wenn wir uns bis fünf nicht gemeldet haben, wird etwas schiefgelaufen sein. In diesem Fall müsst ihr das Flugzeug verlassen und von hier verschwinden.«

Laura sah zu Sandorin. »Was meinen Sie mit ›ihr‹? Ich werde auf keinen Fall hierbleiben und abwarten, bis ihr wieder zurückkommt.«

Sandorin schüttelte den Kopf. »Wir werden zu zweit gehen. Je mehr Personen wir sind, desto schwieriger wird es, unbemerkt in die Anlage einzudringen.«

Dean wandte sich zu Laura. »Er hat recht. Es gibt nichts, was du tun könntest. Außerdem will ich dich nicht noch mehr in Gefahr bringen, als ich es ohnehin schon getan habe.«

Laura musterte Dean eindringlich. »Es ist allein meine Entscheidung, welcher Gefahr ich mich aussetzen will. Ich bin hierhergekommen, um dich zu unterstützen und sicherzustellen, dass das Botnetz auch wirklich unschädlich gemacht wird. Du weißt nicht, was dich dort drinnen erwarten wird. Vielleicht wirst du auf meine Hilfe angewiesen sein.«

Bloom machte einen Schritt auf sie zu. Er war in sich eingesunken und wirkte wieder bleicher. »Frau Dupont, ich wäre Ihnen dankbar, wenn Sie hierbleiben würden. Ich gebe es nur ungern zu, aber ich bin nicht sicher, ob ich allein zurechtkommen werde. Die abgebrochene Dialyse macht mir stärker zu schaffen, als ich erwartet habe.«

Laura bedachte den alten Mann mit einem langen Blick. Er wirkte von Minute zu Minute gebrechlicher. Es wäre unverantwortbar, ihn in diesem Zustand allein zu lassen. Er würde es vermutlich nicht schaffen, ohne Hilfe das Flugzeug zu verlassen.

»Na gut, ich werde bei Ihnen bleiben«, lenkte sie ein. »Aber falls ich bis fünf Uhr nichts von euch gehört habe, werde ich Europol informieren. Die NATO muss gewarnt werden, was ein Angriff auf die Anlage auslösen wird.«

Sandorin warf einen Blick zu Bloom, der zustimmend nickte. »Gut«, sagte er. »Im ersten Hangar am Ende der Piste steht ein zweiter Wagen. Der Schlüssel liegt auf dem linken Vorderrad. Falls wir nicht rechtzeitig wiederkommen, verschwinden Sie von hier. Und benutzen Sie auf keinen Fall ein Mobiltelefon. Im Auto gibt es ein Satellitengerät, über das man Sie nicht orten kann. Wir werden uns so bald wie möglich bei Ihnen melden.« Seine ausdruckslosen Augen richteten sich auf Dean. »Sind Sie bereit, Professor?«

Dean griff nach seinem Jackett und blieb vor Laura stehen. Er schenkte ihr ein zuversichtliches Lächeln. »Mach dir keine Sorgen. Wenn Celler bemerkt, dass der Server manipuliert wurde, sind wir schon längst wieder in der Luft.«

»Pass auf dich auf«, erwiderte Laura.

Dean machte eine leichte Bewegung auf sie zu, als wollte er sie in den Arm nehmen.

»Gehen wir«, sagte Sandorin ungeduldig.

Dean hielt in seiner Bewegung inne. Er sah Laura ein letztes Mal an und folgte dann Sandorin zum Ausgang.

Bloom fasste ihn am Arm. »Viel Glück!«

»Danke«, sagte Dean. Einen Augenblick später hatte die Nacht ihn verschlungen.

66

Flughafen Igualada, Spanien

Laura begleitete Bloom in den hinteren Bereich der Kabine, wo er sich mit einem unterdrückten Stöhnen auf das Sofa sinken ließ. Laura rückte einige Kissen zurecht, damit er sich hinlegen konnte.

Bloom atmete tief durch. »Danke, das ist freundlich von Ihnen, aber ich denke, ich schaffe es noch zu sitzen.«

»Kann ich etwas für Sie tun?«, fragte Laura.

»Ich denke, ich muss mich einfach nur ein wenig ausruhen. Die Aufregung war einfach zu viel für meinen Kreislauf.«

»Möchten Sie vielleicht ein Glas Wasser? Ich habe im Eingang eine kleine Bar gesehen.«

»Ja gerne, etwas Wasser wäre gut.«

Laura hielt auf den Eingang zu, als ihr Blick auf den Zettel fiel, auf dem Dean die Zeichnung der Anlage gemacht hatte. Ein Gefühl der Traurigkeit stellte sich bei ihr ein. Erst jetzt, da er weg war, wurde ihr bewusst, wie gut ihr seine Gegenwart getan hatte. Sie machte sich Sorgen um Dean. Etwas in ihrem Innern sagte ihr, dass es vielleicht das letzte Mal war, dass sie ihn gesehen hatte.

Die Tür des Flugzeugs stand noch immer offen. Kalte Luft wehte ihr von draußen entgegen. Laura zog sie zu, und das Tosen des Windes verstummte. Die plötzliche Stille in der Kabine fühlte sich beengend an. Nun konnte sie nur noch abwarten und hoffen, dass Dean und Sandorin die Anlage unbeschadet wieder verlassen würden. Es war ein unerträgliches Gefühl, nichts tun zu können.

Als sich Laura der kleinen Bar aus edlem Kirschholz zuwandte, fiel ihr auf, dass die Tür zum Cockpit erneut verschlossen war. Aus Neugier drehte sie am Knauf, musste aber erstaunt feststellen, dass sie verriegelt war. Aus welchem Grund sollte Sandorin verhindern wollen, dass jemand in seiner Abwesenheit eintrat?

Laura schüttelte den Kopf und holte eine Flasche Wasser aus dem Kühlschrank. Sie öffnete den Drehverschluss und füllte eines der Kristallgläser, die in einer Halterung neben der Bar befestigt waren. Als sie das Glas vor Bloom auf den Tisch stellte, fiel ihr auf, dass er seine Augen geschlossen hatte.

»Herr Bloom? Geht es Ihnen gut?«

Der alte Mann schreckte kurz auf und sah sich verwirrt um, bis sich ihre Blicke trafen.

»Oh, bitte entschuldigen Sie, ich muss eingenickt sein.«

»Ich habe Ihnen das Wasser gebracht. Ich werde Sie jetzt besser etwas in Ruhe lassen. Sagen Sie mir, wenn ich etwas für Sie tun kann.«

Bloom richtete sich etwas auf. »Nein, bitte, setzen Sie sich doch zu mir.« Er wies mit der Hand auf den gegenüberliegenden Platz.

Laura ließ sich in das weiche Leder sinken und faltete die Hände im Schoß. Sie sah zu, wie er einen Schluck Wasser nahm. Als er das Glas wieder absetzte, sagte er: »Als wir uns damals entschieden haben, Dean für Common Ground anzusprechen, haben wir auch Sie einer gründlichen Überprüfung unterzogen.«

Laura hob fragend die Augenbrauen. »Warum?«

»Der Partner sagt viel über eine Person aus. Und ich muss sagen, dass Dean wirklich eine sehr gute Wahl getroffen hatte.«

»Wie meinen Sie das?«

»Sie sind eine sehr intelligente und engagierte Frau. Sie sind äußerst gewissenhaft und haben einen ausgeprägten Sinn für Gerechtigkeit.«

»Danke«, erwiderte Laura, ohne zu wissen, worauf Bloom hinauswollte.

Der alte Mann beugte sich leicht zu ihr vor. »Darf ich Sie etwas fragen?«

»Ja, bitte.«

»Was werden Sie tun, wenn das hier alles vorbei ist?«

»Sie meinen, wenn wir es schaffen, das Botnetz unschädlich zu machen?«

Bloom nickte. »Ja, was werden Sie tun, wenn Sie wieder in Ihr normales Leben zurückkehren? Die Polizei wird sicher sehr viele Fragen an Sie haben.«

Laura fixierte Bloom mit einem langen Blick. »Was wollen Sie von mir hören?«

»Nun, Sie haben inzwischen sehr viel über unsere Organisation erfahren. Was werden Sie der Polizei erzählen?«

Laura zögerte kurz. »Was denken *Sie*, was ich der Polizei erzählen werde? Ich weiß, dass Sie aus ehrlichen Motiven heraus gehandelt haben. Aber die Mittel, die Sie eingesetzt haben, sind völlig unverantwortlich. Durch den Angriff auf SWIFT sind Sie zu international gesuchten Terroristen geworden.«

»Da haben Sie wohl recht. Allerdings würde ich unser Vorgehen nicht als verantwortungslos bezeichnen. Wenn es einen anderen Weg als diesen gegeben hätte, wäre mir das auch lieber gewesen. Aber den gab es nicht.«

»Worauf wollen Sie hinaus?«

»Sie wissen, worauf ich hinauswill.«

Laura schüttelte den Kopf und sah auf ihre Hände. »Ich mag Sie, Herr Bloom. Aber so leid es mir auch tut, Sie können nicht von mir erwarten, dass ich Common Ground decken werde.«

»Also werden Sie die Wahrheit sagen.« Es war keine Frage, sondern eine Feststellung.

Laura sah auf. »Ja, ich werde die Wahrheit sagen.«

Der alte Mann ließ nachdenklich den Kopf sinken. Laura glaubte einen Ausdruck des Bedauerns in seinem Gesicht zu erkennen. »Was ist mit Dean?«

»Ich weiß es nicht«, sagte Laura. »Er wird bereits jetzt von der Polizei gesucht. Ich wüsste nicht, was ich für ihn tun könnte.«

»Und was wäre, wenn es eine Möglichkeit gäbe, Dean, Ihre Tante Sophie und alle anderen aus der Sache herauszuhalten?«

Laura glaubte, sich verhört zu haben. »Ich sehe nicht, wie das möglich sein sollte. Außerdem ist inzwischen schon zu viel geschehen, was nicht hätte passieren dürfen. Sie haben die Kontrolle über Ihr Botnetz verloren. Selbst wenn es Dean gelingt, es zu deaktivieren, wissen wir nicht, wozu Celler noch alles in der Lage ist. Außerdem wurde vor meinen Augen ein Mann erschossen, und der Killer läuft noch frei herum. Wir haben gar keine andere Wahl, als die Polizei einzuschalten.«

Der alte Mann kniff betrübt die Augen zusammen. »Ist das Ihre endgültige Entscheidung?«

»Es tut mir leid, Herr Bloom, aber Sie wussten, mit welchem Einsatz Sie spielen. Egal, was ich aussagen werde, Sie werden nicht darum herumkommen, jetzt die Konsequenzen dafür zu tragen.«

Blooms Gesicht verhärtete sich. »Ich hatte schon befürchtet, dass Sie das sagen würden. Aber Sie müssen auch verstehen, dass ich mich damit nicht einverstanden erklären kann.«

Verwundert sah Laura zu, wie er sich umdrehte und auf einen Knopf der Gegensprechanlage drückte. »Sie können reinkommen«, sagte er und sah wieder zu Laura. Seine Augen sahen müde aus.

Laura wurde von einer unbestimmten Angst erfasst. »Was

soll das?« Sie stand auf und sah beunruhigt zur Eingangstür. Sie war noch immer fest verschlossen. »Mit wem haben Sie gesprochen?«

»Es tut mir leid, dass es so weit kommen musste, das können Sie mir wirklich glauben. Aber mir bleibt leider keine andere Wahl.«

»Wovon sprechen Sie?«

Kaum hatte sie die Frage gestellt, hörte sie ein klickendes Geräusch aus dem Eingangsbereich. Ihr Kopf schnellte wieder zur Tür, aber es war noch immer nichts zu sehen. Sie glaubte schon, dass die Sinne ihr einen Streich gespielt hatten, als sie das Geräusch einer sich öffnenden Tür hörte.

Das Cockpit!, schoss es Laura durch den Kopf. Sie konnte die Tür von ihrer Position aus nicht sehen, aber sie wusste, dass es der einzige Ort war, wo sich jemand versteckt halten konnte. Aber warum?

Unfähig, sich zu bewegen, beobachtete sie, wie eine Gestalt im Durchgang zur Kabine erschien. Unvermittelt machte sie einen Schritt zurück und stolperte über den Sessel, in dem sie gesessen hatte. Halt suchend griff sie nach der Gepäckablage und konnte nur knapp verhindern, dass sie zu Boden stürzte.

Eine Welle der Angst überrollte sie, als sie den Mann erkannte, dem sie in den letzten zehn Stunden zweimal knapp entkommen war. Er betrat die Kabine und musterte sie mit einem undurchdringlichen Blick.

»Guten Abend, Frau Dupont.« Seine Stimme hatte einen Klang, der ihr Angstschweiß auf die Stirn trieb.

Lauras Beine wurden weich, und sie sah zu Bloom. »Sie?«, fragte sie fassungslos. »Warum?«

»Sie dürfen jetzt kein schlechtes Bild von mir haben«, sagte Bloom. »Ich habe nicht gewollt, dass es so weit kommt. Es hätte niemand zu Schaden kommen sollen.«

»Ich verstehe nicht, wovon Sie sprechen.«

Bloom fasste nach der Armlehne des Sofas und stieß sich daran hoch. »Die Dinge haben sich nach der Gründung von Common Ground leider etwas verändert. Ich stand mit einem Schlag vor einem Dilemma.«

Laura warf einen Blick auf den Killer. Er stand noch immer einige Meter entfernt vor dem Eingang der Kabine, jedoch so, dass eine Flucht praktisch ausgeschlossen war.

»Welches Dilemma?«, fragte sie.

»Erinnern Sie sich noch an das Foto, das ich Ihnen vorhin gezeigt habe?«

Laura nickte.

»Sie haben mich nach Andrew gefragt, meinem ältesten Sohn.«

Laura erinnerte sich an den Mann, der abwesend zur Seite gesehen hatte.

»Er war an dem Tag, an dem das Foto geschossen wurde, völlig aufgelöst. Ich habe erst Tage später erfahren, weshalb.«

Laura sagte nichts.

Bloom fuhr fort: »Als ich beschlossen habe, mit Celler Common Ground aufzubauen, habe ich Andrew die operative Leitung aller meiner Firmen und Vermögenswerte übertragen. Er war ein sehr erfolgreicher Hedgefonds-Manager bei Landys Capital Fund. Ich habe ihm vertraut. Ich dachte, dass er meine Geschäfte mit Vernunft und Weitsicht führen würde. Leider habe ich mich in ihm geirrt. Er hat sich vor einem Jahr an der Börse verspekuliert und sämtliches Kapital aus meinen Firmen auf seine Fondsgeschäfte verlagert, um liquide zu bleiben. Als die Finanzkrise kam, ist seine Bank von einem Tag auf den anderen bankrottgegangen. Es ging so schnell, dass es ihm nicht mehr möglich war, unser Kapital rechtzeitig wieder abziehen. Wir haben sozusagen über Nacht unser gesamtes Vermögen verloren.«

Laura sah Bloom verständnislos an.

Das Gesicht des alten Mannes wurde plötzlich hart. »Verstehen Sie nicht? Meine Familie ist völlig pleite! Fast alle meine Firmen sind wegen mangelnder Liquidität in Konkurs gegangen!«

Laura brauchte einen Moment, um die Information einordnen zu können. »Dann waren Sie es, der den Standort von Common Ground verraten hat. Gegen Geld.«

»Was hätten Sie getan?«, fragte Bloom. »Ich musste an meine Familie denken. Sie hätte ein Imperium erben sollen, jetzt ist nicht mehr als ein Trümmerhaufen übrig.«

»Was ist damit, was Sie mir eben auf dem Flug erzählt haben? Dass Sie Ihre Familie vor den Folgen des Klimawandels schützen wollen. War das alles gelogen?«

Bloom presste die Kiefer zusammen und schüttelte dann den Kopf. Laura erkannte ihn nicht wieder. Der Visionär mit den funkelnden Augen war auf einmal verschwunden. Übrig geblieben war ein sturer alter Mann.

»Idealismus ist etwas für Menschen, die sich das leisten können«, sagte er. »Unsere Gesellschaft ist mit oder ohne Klimawandel zum Scheitern verurteilt. Sehen Sie sich doch um. Die Welt wird von innen ausgehöhlt. Wir zerstören systematisch unsere Lebensgrundlagen. Wir verbrauchen so viele Ressourcen, dass es dreimal die Erde bräuchte, um sie bereitzustellen. Wir leben auf Kredit der zukünftigen Generationen. Wir befinden uns schon mitten im Krieg um die letzten Rohstoffe, die Armut in der Welt nimmt mit steigender Geschwindigkeit zu, und überall entstehen terroristische Netzwerke säkularer Fundamentalisten, die nicht weniger wollen, als die westliche Zivilisation zu zerstören.«

Bloom hielt einen Finger in die Höhe und sah Laura mahnend an. »Sie sollten sich nichts vormachen. Der Klimakollaps ist nur einer von vielen Gründen, warum wir scheitern werden. Wenn wir nicht an der Zerstörung unserer Lebensgrundlagen zugrunde gehen, dann an einem Wirtschaftskollaps oder einem Zusammenbruch der internationalen Finanzmärkte. Sehen Sie der Realität ins Auge. An den Börsen wird inzwischen auf den Bankrott von ganzen Staaten gewettet!«

»Das heißt nicht, dass die Probleme unlösbar sind«, entgegnete Laura. »In allen Punkten, die Sie eben genannt haben, bestehen internationale Bemühungen, neue Wege zu finden. Die Arbeit des IPCC ist eine davon.«

»Ihr Glaube an die Vernunft der Menschheit ehrt Sie, Frau Dupont. Aber die Geschichte hat uns gezeigt, dass sich jede Kultur irgendwann selbst vernichtet. Die Sumerer, Römer, Anasazi, Maya, Hethiter, Minoer und unzählige andere Zivilisationen – sie alle haben am Ende ihre eigene Lebensgrundlage zerstört. Sie sind an ihrem eigenen Erfolg gescheitert, weil sie ihre Umwelt überlastet haben. Auch wir haben den Punkt längst überschritten, an dem wir uns noch retten könnten.«

Laura hörte Bloom nur noch mit halbem Ohr zu. Der alte Mann war ohne Zweifel einer fatalistischen Einstellung verfallen, um damit sein Verhalten zu rechtfertigen. Jede weitere Diskussion war zwecklos.

»Wenn Sie denken, dass die Welt ohnehin untergeht, wozu dann das Geld?«, fragte sie, um das Gespräch weiterzuführen und dadurch noch etwas Zeit zu gewinnen.

»Wenn der Kollaps eintritt, werden nur die Starken überleben, Frau Dupont. Diejenigen mit Macht und Geld. Ich werde nicht zulassen, dass meine Familie sang- und klanglos im entstehenden Chaos untergeht.«

Laura überlegte fieberhaft, was sie tun konnte. Sie spürte den Blick des Killers auf sich ruhen, wagte aber nicht, ihn anzusehen. Er war wie eine Spinne, die zusah, wie sich ihre Beute immer hoffnungsloser im Netz verfing, bevor sie hervorschnellte und zubiss. Sie musste um jeden Preis verhindern, dass er sie in seine Gewalt bekam. Wenn das geschah, standen ihre Chancen denkbar schlecht. Schon ihr erster Fluchtversuch war gescheitert, und da hatte sie noch das Überraschungsmoment auf ihrer Seite. Ein zweites Mal würde er sich nicht so leicht von ihr überrumpeln lassen.

Laura sah sich unauffällig um. Die Maschine kam ihr immer beengender vor. Sie befand sich schon fast am Ende der Kabine. Danach kam nur noch die Toilette und dann nichts mehr. »Was haben Sie jetzt vor? Mich verschwinden zu lassen, wie Sie es ohnehin schon vorhatten?«

»Nein, ursprünglich hätte Ihnen nichts geschehen sollen. Ich brauchte Sie nur als Druckmittel, damit Dean das Botnetz nicht vernichtet, bevor der Angriff stattfindet. Niemand hätte dabei zu Schaden kommen sollen. Sobald Dean seine Aufgabe erfüllt hätte, wären Sie wieder freigekommen. Als Dean dann verschwunden ist, hätte der Zugang zum Terminalcode auf Elena übergehen sollen. Aber Celler hat mir einen Strich durch die Rechnung gemacht und ihr den Zugang verweigert. Mir waren die Hände gebunden. Es war ein unglaublicher Glücksfall, dass Dean danach mit Ihnen im Krankenhaus aufgetaucht ist.« Seine Gesichtszüge verfinsterten sich. »Leider ließ sich dadurch nicht vermeiden, dass Sie erfahren, wer wirklich hinter Ihrer Entführung steckt. Ich kann nicht riskieren, dass mein Name mit Common Ground in Verbindung gebracht wird. Ich wünschte, es gäbe eine andere Möglichkeit, aber …« Er unterbrach sich und sah zur Seite.

»Sie wollen Ihre Familie beschützen«, sagte Laura. »Sie waren dafür sogar bereit, Ihre Organisation zu opfern. Aber jemanden umbringen zu lassen, ist etwas anderes. So etwas können Sie doch nicht verantworten!«

»Wir alle müssen Opfer bringen«, antwortete Bloom. »Außerdem werde ich nicht mehr lange mit meiner Schuld leben müssen. Die Ärzte geben mir noch maximal ein halbes Jahr.«

Laura ahnte, dass sich das Gespräch dem Ende zuneigte. In ihrem Kopf wirbelten die Gedanken. Es gab nichts, was sie zu ihrer Verteidigung hätte nutzen können. Einzig Blooms Stock lag an das Sofa gelehnt in ihrer Reichweite. Aber was sollte sie damit schon gegen die Waffe des Killers ausrichten? Laura spürte, wie sie der eiserne Griff der Verzweiflung packte.

»Es tut mir leid, Frau Dupont, Sie sind eine bemerkenswerte Frau. Sie sind gewissenhaft und integer, und Sie haben einen starken Sinn für Gerechtigkeit. Und genau deshalb kann ich Sie nicht gehen lassen.«

Laura wich ein weiteres Stück zurück. Sie tastete nach hinten und fand den Griff der Toilettentür. Wenn sie es schaffte, sich in der Toilette einzuschließen, konnte sie vielleicht etwas Zeit gewinnen. Aber was dann? Aus dem Flugzeug gab es nur einen einzigen Weg nach draußen. Laura spürte die Wand im Rücken. Ihr Herz pochte bis zum Hals. Ein Gedankenfetzen trieb durch ihr Gehirn, eine Erinnerung an etwas, das sie während des Flugs flüchtig gesehen hatte.

Das Bild verdichtete sich. Die Erinnerung wurde greifbar. Als sie das letzte Mal auf die Toilette gegangen war, hatte sie dort über dem Fenster ein rotes Zeichen gesehen. Sie wusste nicht, ob ihr verzweifelter Verstand ihr etwas vorgaukelte, oder ob es tatsächlich eine Erinnerung war, aber sie glaubte, dass es das Symbol für einen Notausgang gewesen sein könnte.

»Was ist mit Dean?«, fragte sie. »Werden Sie ihn auch einfach so beseitigen lassen?«

Bloom wandte sich ab und nickte dem Killer zu.

Laura nutzte die Gelegenheit. Sie öffnete die Tür einen Spalt und warf einen Blick in die Toilette. Auf der Seite des Waschbeckens war tatsächlich ein Notausgangsymbol über dem Fenster angebracht. Rund um das Fenster zeichnete sich ein Rahmen ab, durch den eine erwachsene Person problemlos durchpasste. Eine Welle der Erleichterung erfasste sie. Ihre Erinnerung hatte ihr keinen Streich gespielt.

»Bringen Sie sie hinaus«, hörte sie Bloom sagen. »Und tun Sie mir den Gefallen, und machen Sie es bitte schnell und schmerzlos.«

Der Killer kam näher. Sein Gesicht wirkte angespannt. Erst jetzt bemerkte Laura, dass auch seine Haltung anders war als bei ihrer ersten Begegnung. Leicht vorgebeugt kam er auf sie zu. Seine grauen Augen waren starr auf sie geheftet. Laura glaubte, Wut darin zu erkennen.

Ohne einen weiteren Gedanken zu verlieren, stieß Laura die Tür auf und stürzte in die Toilette. Aus dem Augenwinkel sah sie, wie der Killer an Bloom vorbei vorschnellte. Kaum hatte sie die Tür hinter sich verriegelt, knallte es hart dagegen.

Direkt unter dem Fenster befand sich eine Verschalung mit einem Griff. Laura riss sie ab, und ein in die Vertiefung eingelassener Hebel kam zum Vorschein.

In der Kabine hörte sie Blooms Stimme. »Nein, keine Schüsse im Flugzeug.«

Ein weiteres Mal krachte es gegen die Tür. Die obersten Scharniere lösten sich. Laura drehte den Hebel herum. Es tat sich nichts.

»Scheiße!« Kalter Schweiß lief ihr den Rücken hinunter.

Ein erneuter Stoß erschütterte die Tür. Holz splitterte. Laura stieß mit aller Kraft gegen die Verschalung. Im Rahmen bildete sich ein Spalt. Sie stieß abermals zu, und das Fenster löste sich mitsamt der Verschalung aus der Außenhülle. Mit einem Krachen schlug es weiter unten auf. Ein weiterer Schlag traf die Tür. Das obere Stück sprang gänzlich aus der Verankerung. Laura warf einen Blick über die Schulter und konnte durch den Spalt den Kopf des Killers sehen. Sie hastete auf das Waschbecken zu und warf einen Blick durch das Loch nach unten. Der Notausgang lag direkt über dem Flügel. Hinter ihr donnerte es erneut, die Tür sprang auf. Laura spürte, wie etwas ihr Fußgelenk streifte. Voller Panik trat sie aus. Ihr Schuh prallte gegen etwas Weiches, und sie hörte den Killer aufkeuchen. Ohne zurückzusehen, machte sie einen Satz nach draußen und landete mit einem dumpfen Schlag auf der Tragfläche. Hastig hechtete sie an den Rand des Flügels und sprang auf den Asphalt. Im selben Moment hörte sie hinter sich, wie der Killer ebenfalls auf die Tragfläche sprang.

Laura rannte los.

67

Centro de Energía Geotérmica, Cervera, Spanien

Korporal Lorca befand sich dreihundertfünfzig Meter vom Zielobjekt entfernt und hatte sich hinter einem verdorrten Busch flach auf den Boden gedrückt. Der Wind hatte etwas aufgefrischt und trieb leichte Staubwolken über den trockenen Boden, aber die Sicht durch das Dedal-370-XR-5-Nachtsichtgerät mit Restlichtverstärkung bis tief in den Infrarotbereich war dennoch glasklar.

Das flache Gebäude, das hinter einem drei Meter hohen Sicherheitszaun vor ihm lag, wurde durch dreizehn bewaffnete Männer bewacht. Sechs von ihnen befanden sich beim Eingangstor, das auf beiden Seiten durch kleine Wachhäuser aus massivem Beton flankiert wurde. Lochtürme, wie Lorca schätzte, durch welche die Anlage aus der Deckung heraus verteidigt werden konnte. Die anderen sieben Wachen patrouillierten auf dem Rest des Geländes. Auf der Rückseite des Zielobjekts befanden sich zwei kleine Schuppen oder Wartungsgebäude. Auch diese waren mit ziemlicher Sicherheit getarnte Lochtürme.

Lorca warf einen kurzen Blick zu Gomez, der neben ihm lag und die weitere Umgebung nach verdächtigen Aktivitäten abgesucht hatte. Gomez schob sein Monokular beiseite, das am Kampfhelm befestigt war, und nickte.

Lorca aktivierte das in seinem Helm integrierte Funkgerät. »Lorca an central base, bitte kommen«, sagte er mit gedämpfter Stimme.

Einige Sekunden später meldete sich der Gesamteinsatzleiter in seinem Ohrhörer. »Hier central base, wie ist der Lagebericht, Korporal?«

»Wir haben das Gelände auf der Westseite in einem Perimeter von einem Kilometer überprüft«, begann Lorca. »Das Gebäude ist professionell gesichert. Das Gelände wurde in einem Umkreis von dreihundert Metern plafoniert. Unsere Hochfrequenzscanner haben in kurzen Abständen elektromagnetische Quellen darauf detektiert, bei denen es sich um Bewegungsmelder handeln muss. Am Gebäude selbst sind Infrarotsensoren und Kameras angebracht. Unsere drei Teams haben innerhalb des Schutzzauns insgesamt dreizehn Wachen gezählt. Auf jeder Seite befinden sich getarnte Verteidigungsanlagen, in denen sich noch weitere Männer aufhalten könnten. Was sich innerhalb des Gebäudes abspielt, konnten wir bisher nicht feststellen, da es gegen Infrarotstrahlen abgeschirmt ist. Es gibt nur einen Zugang auf der östlichen Seite. Bisher ist niemand hinein- oder hinausgegangen. Lorca Ende.«

»Gibt es Schwachstellen für einen verdeckten Angriff? Central base Ende.«

»Negativ«, antwortete Lorca. »Die Sicherung ist lückenlos.

Jede Aktivität näher als dreihundert Meter würde sofort bemerkt werden. Ein verdecktes Eindringen ist unmöglich. Lorca Ende.«

Im Ohrhörer blieb es einen Augenblick lang stumm. Dann meldete sich die Stimme des Gesamteinsatzleiters zurück. »Kehren Sie mit Ihren Teams in die Angriffsgrundstellung zurück. Wir starten den Angriff um null vierhundert, central base Ende.«

68

Cervera, Spanien

Der Jeep Cherokee raste über die A2 Richtung Westen. Seit Dean und Sandorin vor zehn Minuten vom Flughafen losgefahren waren, waren ihnen nur zwei einzelne Fahrzeuge entgegengekommen. Die Landschaft um sie herum lag in völliger Dunkelheit.

Dean bemerkte, wie Sandorin immer wieder einen Blick an ihm vorbei durch das Seitenfenster warf. »Denken Sie, dass die NATO bereits hier ist?«, fragte er.

»In Valencia gibt es einen Stützpunkt der NATO Response Forces. Das ist nur eine Helikopterstunde entfernt. Wenn sie also nicht schon hier sind, werden sie mit Sicherheit bald eintreffen.«

»Helikopter? Würde man das nicht hören?«

Sandorin warf ihm einen Seitenblick zu. »Sie fliegen außer Hörweite. Sie könnten in diesem Moment direkt über uns sein, und wir würden sie nicht bemerken.«

Dean verfiel in Schweigen. Mit jedem Meter, den sie der Anlage näher kamen, wuchs seine Nervosität. Falls die NATO tatsächlich bereits hier war und ihren Angriff vorbereitete, würde ihnen nicht mehr viel Zeit bleiben. Sie brauchten noch etwa eine Viertelstunde, bis sie beim Bauernhaus waren. Von dort dauerte es etwa zehn Minuten zum Server und dieselbe Zeit wieder zurück. Wenn alles gut lief, wären sie also in knapp einer Stunde wieder draußen.

Wenn alles gut läuft.

Deans Zuversicht über den Erfolg seines Plans war deutlich geringer, als er Laura beim Abschied vermittelt hatte. Er war sich alles andere als sicher, dass es ihnen tatsächlich gelingen würde, unbemerkt in die Anlage einzudringen. Blooms Warnung über Cellers Paranoia war nicht unbegründet gewesen. Nach den Ereignissen des heutigen Tages würde er noch vorsichtiger sein als sonst. Falls sich Elena in irgendeiner Weise verdächtig verhielt, würde es ihm mit Sicherheit nicht entgehen.

Deans Gedanken wanderten zu Laura. Er hätte eigentlich beruhigt sein sollen, dass sie mit Bloom im Flugzeug geblieben war. Sie waren dort zumindest für die nächsten zwei Stunden in Sicherheit. Für den Fall, dass sie fliehen mussten, führte vom Flughafen aus ein halbes Dutzend Straßen in alle Himmelsrichtungen nach Igualada und die angrenzenden Dörfer. Sobald sie den Flughafen verlassen hätten, wäre es für Cellers Leute fast unmöglich, sie aufzuspüren.

Dennoch nagte ein kaum definierbarer Zweifel an ihm. Er hatte das unbestimmte Gefühl, dass er Laura nicht hätte alleinlassen dürfen. Er konnte nicht sagen, wie er zu dieser Ahnung kam. Es war wie das Stück eines Puzzles, das nicht ins Bild passen wollte. Ein Detail, das er vielleicht wahrgenommen, aber das er in all der Sorge um seinen Plan übersehen hatte.

Sie rasten an der Ausfahrt nach Cervera vorbei. Dean fuhr sich mit den Händen über das Gesicht.

»Alles in Ordnung, Professor?«, fragte Sandorin.

»Ja, alles bestens. Ich bin nur etwas angespannt.«

»Keine Sorge, es wird schon schiefgehen. Konzentrieren Sie sich nur auf den Server. Alles andere übernehme ich.«

Dean sah auf die Streifen der Autobahn, die im Scheinwerferlicht wie aus dem Nichts auftauchten und am Jeep vorbeizogen. Er versuchte, sich auf die bevorstehende Aufgabe vorzubereiten. Er war übermüdet, und seine überreizten Sinne spielten ihm sicherlich nur einen Streich. Laura war in Sicherheit.

Solange sie im Flugzeug blieb, konnte ihr nichts passieren.

69

Flughafen Igualada, Spanien

Das von schwachem Mondlicht beschienene Flughafengelände lag wie eine verlassene Einöde vor ihr. Laura rannte ziellos über die Piste. Ihr Verstand wurde nur von einem einzigen Gedanken beherrscht: weg vom Flugzeug, weg vom Killer. Hinter sich hörte sie, wie er vom Flügel sprang und die Verfolgung aufnahm. Die Geräusche seiner Schuhsohlen war das Einzige, was sie wissen ließ, dass er ihr dicht auf den Fersen war.

Kühler Wind strich ihr übers Gesicht. Laura hörte das Flattern ihrer Jacke, ihren eigenen keuchenden Atem, als sie alles aus sich herausholte, um dem klauenartigen Griff zu entkommen, den sie jeden Augenblick auf ihrer Schulter erwartete. Die Schritte hinter ihr kamen näher. Der Killer holte auf. Mit einem Gefühl der Panik wurde sie sich der Aussichtslosigkeit ihrer Situation bewusst. Wenn sie nicht schleunigst von der Piste herunterkam, hatte der Killer sie in wenigen Augenblicken erreicht.

Ihr Blick streifte hektisch über das Gelände. Der Flughafen lag inmitten von Wiesen und Feldern, alles war in dunkle Grautöne gehüllt. In einiger Distanz sah sie Lichter von Häusern, aber sie lagen zu weit entfernt, als dass sie es bis dorthin schaffen konnte. Auf der linken Seite der Piste befanden sich die Hangars. Ihre Blechfassaden schimmerten matt im Mondlicht. Beim vordersten Gebäude stand ein Tor offen. Im Innern herrschte Dunkelheit. Laura erinnerte sich an Sandorins Worte im Flugzeug: *Im ersten Hangar am Ende der Piste steht ein zweiter Wagen. Der Schlüssel liegt auf dem linken Vorderrad …*

Laura wechselte die Richtung und stürmte auf den Eingang zu. Das Gebäude war gut hundert Meter entfernt. Ihre Chancen standen bestenfalls fünfzig zu fünfzig, dass sie es vor dem Killer erreichte, aber es war ihre einzige Option.

Noch siebzig Meter … sechzig … fünfzig. Ihr Verfolger war nur noch wenige Meter hinter ihr. Laura nahm all ihre Reserven zusammen und versuchte, noch schneller zu laufen.

Der Abstand zum Tor wurde immer kleiner. Hinter sich konnte sie inzwischen schon den Atem des Killers hören. Die Dunkelheit im Hangar war die einzige Chance, ihm zu entkommen. Zumindest vorerst.

Das Tor war inzwischen fast in Reichweite. Nur noch wenige Sätze, bis sie in die Schwärze des Hangars eintauchen konnte. Im Innern war noch immer nichts zu erkennen. Laura biss die Zähne zusammen und schoss durch den Eingang.

In diesem Moment spürte sie eine Berührung. Der Killer griff nach ihrem Arm. Laura zog ihn eilig weg, aber es war zu spät. Er erwischte das Ende ihres Ärmels und zog sie zurück. Von dem plötzlichen Ruck geriet Laura ins Torkeln. Sie versuchte, sich loszureißen, aber seine Hand hielt ihre Jacke wie eine Eisenklaue umfasst. Laura blieb nur der Bruchteil einer Sekunde, bevor er sie in seiner Gewalt hatte. In einem erneuten Versuch, sich ihm zu entwinden, machte sie eine

Drehung und schälte sich aus der Jacke. Die Hand des Killers schoss ihr erneut entgegen. Sie sah die Bewegung und duckte sich mit einer raschen Drehung seitlich weg. Der Killer verfehlte sie um Haaresbreite. Laura machte einen Satz zur Seite und sprintete in die Halle hinein. Schon nach wenigen Schritten wurde sie von absoluter Schwärze umgeben. Ohne das Tempo zu verringern, hetzte sie blind und orientierungslos durch die Dunkelheit. Sie konnte nur hoffen, nicht jeden Moment gegen eine Wand zu prallen.

Nach wenigen Metern streifte etwas ihren Kopf. Rennend griff sie mit ihren feuchten Händen nach oben und bekam eine glatte Fläche zu fassen. Wäre sie nur fünf Zentimeter größer gewesen, hätte sie sich gerade selbst k. o. geschlagen. Mit klopfendem Herzen tastete sie sich an der Fläche entlang, bis sie mit einem dumpfen Schlag gegen ein Hindernis traf. Durch den Aufprall begann es knirschend zu wanken.

Mist, fluchte Laura innerlich. Sie hatte offenbar ein Flugzeug gerammt. Jetzt wusste der Killer, in welche Richtung sie geflüchtet war.

Schmerzen durchzuckten die linke Schulter, mit der sie gegen die Kabine gestoßen war. Sie ignorierte sie und tastete sich weiterhin an der Außenhülle des Flugzeugs entlang.

»Frau Dupont«, hörte sie eine Stimme hinter sich. Erleichtert stellte sie fest, dass der Killer in einiger Entfernung zu ihr stehen musste. Seine Stimme klang weiter weg, als sie erwartet hätte. War er ihr vielleicht gar nicht gefolgt?

»Ihr Fluchtversuch ist zwecklos«, fuhr er fort. »Sie werden mir hier nicht entkommen können.«

Laura bemerkte, dass seine Stimme nicht denselben gelassenen Klang hatte wie bei ihrem ersten Zusammentreffen. Sie klang gepresst und um einiges bedrohlicher. Sie hatte sich im Flugzeug nicht getäuscht, etwas an ihm hatte sich verändert.

Was auch immer es war, sie hatte nicht vor, dem näher auf den Grund zu gehen.

Sie erreichte die Nase der Maschine. Ihre Hände fanden einen Propeller. Sie war gegen ein Sportflugzeug gestoßen. Sie tapste auf der anderen Seite der Kabine entlang, bis sie den zweiten Flügel erreichte. Ihre Hände glitten über das kühle Material, bis sie am Ende der Fläche ankam. Mit blindlings nach vorn gestreckten Händen lief sie weiter, bis sie nach einigen Metern ein zweites Hindernis berührte. Dieses Mal gab es kein Geräusch.

Sie ertastete eine Glasfläche, die von Metall umrandet war. Sie lag zu tief, als dass es sich um ein weiteres Flugzeug handeln konnte.

Das zweite Auto von Common Ground!

In Laura keimte Hoffnung auf. Wenn es ihr gelang, geräuschlos in das Auto einzusteigen, hätte sie vielleicht eine Chance, dem Killer zu entkommen. Außerdem verfügte es über ein Satellitentelefon. Das würde sie brauchen, um nach ihrer Flucht Dean zu Hilfe zu kommen. Sie wusste auch schon, wen sie dafür anrufen musste.

Sie hangelte sich am Wagen entlang, um zur Fahrerseite zu gelangen. Als sie das Fahrzeug umrundete, realisierte sie, dass etwas damit nicht stimmen konnte. Sie spürte zwar die Frontscheibe und einen Scheinwerfer, aber insgesamt war das Fahrzeug zu eckig und zu schmal, als dass es sich dabei um ein normales Auto handeln konnte. Trotzdem fuhr sie mit der Hand über das linke Vorderrad.

Nichts.

Laura kämpfte die Panik nieder, die erneut in ihr aufsteigen wollte. Sie durfte nicht stehen bleiben. Als sie sich wieder in Bewegung setzen wollte, hörte sie ein kratzendes, metallisches Geräusch. Ein Hebel wurde umgelegt.

Unvermittelt blitzte Licht auf. Der ganze Hangar wurde

von greller Helligkeit geflutet. Laura schloss reflexartig die Augen, um nicht geblendet zu werden.

Blinzelnd versuchte sie, sich zu orientieren, und presste sich gegen das Fahrzeug. Es handelte sich um einen Schlepper, der Flugzeuge auf die Piste brachte.

Vor ihr lagen nur wenige Meter bis zum Ende des Hangars. Nirgendwo war eine Tür in Sicht. Laura wagte einen kurzen Blick durch das Seitenfenster des Schleppers. Außer dem Propellerflugzeug, das sie eben umrundet hatte, konnte sie nichts erkennen. Suchend wanderte ihr Blick durch die Halle. Ihr Herz hätte beinahe einen Sprung gemacht, als sie hinter einem Sportflugzeug die Nase eines Jeeps hervorschauen sah. Er stand kaum zwanzig Meter entfernt.

Laura ging wieder in Deckung und horchte. Nicht das geringste Geräusch war zu hören. Ihr Verfolger konnte überall sein. Es würde nicht lange dauern, bis er das Auto ebenfalls entdeckte und ihren Plan erahnen konnte. Wenn sie direkt zum Jeep rannte, würde sie ihre Deckung verlieren. Wenn sie sich aber langsam heranpirschte, konnte es gut sein, dass der Killer ihn zuerst erreichte.

Laura beschloss loszulaufen. Der Hangar bot ihr ohnehin nicht genügend Möglichkeiten, sich noch länger vor ihrem Verfolger zu verstecken. Sie stieß sich vom Schleppfahrzeug ab und preschte zum Auto. Als sie etwa die Hälfte der Strecke hinter sich gebracht hatte, nahm sie aus dem Augenwinkel eine Bewegung war. Als sie ihren Fehler erkannte, war es bereits zu spät.

Der Killer schnellte hinter dem Sportflugzeug hervor und versetzte ihr mit der Handfläche einen harten Schlag gegen die Brust. Sie fiel zu Boden und krümmte sich vor Schmerzen. Ihr Gesicht gegen den kalten Beton gedrückt rang sie mühevoll nach Luft.

Kraftlos presste sie ihre Hände gegen den Boden, um sich

hochzustemmen. Nur durch pure Willenskraft schaffte sie es, auf die Knie zu kommen. Ihr Verfolger stand vor ihr und sah auf sie hinab. Sein Gesicht war mit Schweiß bedeckt, und unter seinen Augen zeichneten sich Schatten ab. Er wirkte erschöpft. Aber sein Blick blieb kalt und undurchdringlich. Langsam zog er seine Waffe aus dem Halfter.

»Sie sind mutig. Ich respektiere das.« Er richtete den Lauf auf sie. »Aber leider muss ich einen Auftrag erledigen.«

Laura starrte auf die Waffe. Die Mündung zeigte direkt auf ihren Kopf. Wie in Zeitlupe beobachtete sie, wie sich der Finger des Killers über den Abzug legte. Zu ihrer eigenen Überraschung empfand sie jedoch keine Angst. Stattdessen machte sich ein anderes Gefühl in ihr breit, das sie zunächst nicht einordnen konnte.

Sie spürte Wut. Eine unbändige Wut darüber, dass sich dieser Mann einfach das Recht nahm, ihr Leben auszulöschen. Aber sie empfand auch Verzweiflung. Sie konnte und wollte nicht akzeptieren, dass sie keine Möglichkeit mehr erhalten sollte, Dean zu helfen und sein Leben zu retten.

Der Anblick der auf sie gerichteten Waffe entfesselte in Laura eine Energie, wie sie sie noch nie zuvor gespürt hatte. Vielleicht war es nur ein letztes Aufbäumen vor dem sicheren Ende, doch sie würde sich nicht einfach so kampflos geschlagen geben.

»Warten Sie!«, sagte sie und richtete sich vorsichtig auf.

*

Orff beobachtete, wie Dupont langsam aufstand und ihn aus zornigen Augen anfunkelte. Der Lauf der Waffe folgte ihrer Bewegung.

Es war nicht das erste Mal, dass eines seiner Opfer einen letzten Versuch machte, sich aus seiner Lage zu befreien. Wenn sie realisierten, dass sie endgültig sterben würden, fielen die meisten vor ihm auf die Knie und flehten um ihr Leben. Der Ausdruck in den Augen dieser Frau war allerdings anders.

»Ich weiß, dass ich Sie vermutlich nicht dazu bringen kann, mich am Leben zu lassen«, sagte sie. »Aber in diesem Moment befindet sich ein Freund von mir in Lebensgefahr. Wenn ich ihm nicht helfe, wird er ebenfalls sterben.«

Dupont sah sich um und blickte auf den Jeep. »Ich werde nicht darauf warten, bis Sie mich erschießen. Stattdessen werde ich jetzt zu diesem Auto gehen, und wenn es das Letzte ist, was ich tue.«

Orff wartete ab. Dupont machte einen zögerlichen Schritt in Richtung des Wagens. Mit fest auf ihn gerichtetem Blick machte sie einen zweiten Schritt. Dann drehte sie sich langsam um und ging von ihm fort.

Mechanisch hob Orff seine Waffe und hielt ihren Kopf im Visier. Er beobachtete, wie sie mit gleichmäßigen Schritten auf das Auto zuging, und mit einem Mal fing seine Hand leicht zu zittern an. Etwas hinderte ihn daran, dieser Frau das Leben zu nehmen.

Er hasste sich für diese plötzliche Schwäche. Er hatte schon im Flugzeug die Bilder seiner früheren Opfer nur mit Mühe unterdrücken können. Er musste nur diesen Auftrag zu Ende bringen. Danach konnte er in London eine neue Packung Tabletten holen und irgendwo an einem anderen Ort in dieser Welt wieder sein gewohntes Leben aufnehmen.

Bring es hinter dich!, befahl ihm eine innere Stimme.

Orff reduzierte seine Atmung und konzentrierte sich auf sein Ziel. Das Zittern in seiner Hand wurde schwächer.

Langsam bog er den Abzug durch. Für den Bruchteil einer Sekunde ließ er den Finger verharren. Als hätte sie etwas geahnt, drehte sich Dupont zu ihm um. Ihre Blicke begegneten sich. Dann brachte Orff den Bügel zum Anschlag.

Der Schuss löste sich. Fast im selben Moment sackte die Frau zu Boden. Das dumpfe Knacksen des Schalldämpfers hallte leiste im Hangar nach.

Danach war es still.

70

Flughafen Igualada, Spanien

Bloom trat vom Fenster weg. Es waren inzwischen fünf Minuten vergangen, seit er beobachtet hatte, wie Orff der jungen Frau in den Hangar gefolgt war. Kurz darauf war im Innern das Licht angegangen, aber es war bisher niemand wieder herausgekommen. Es musste schon längst passiert sein. Dennoch hatte Bloom es nicht fertiggebracht, den Blick vom Eingangstor abzuwenden.

In seinem Innern empfand er nichts als Leere. Er hatte getan, was nötig war. Er musste seine Familie beschützen. Falls die Polizei einen Zusammenhang zwischen ihm und Common Ground herstellen konnte, würden seine Kinder und Enkel keinen einzigen Cent von seinem Geld sehen.

Blooms Kiefer mahlten. Sobald Dean das Botnetz unschädlich gemacht hatte, würde auch er getötet werden. Sosehr er Sandorins Skrupellosigkeit verabscheute, er war froh, einen Mann wie ihn zur Seite zu haben. Wenn alles vorbei war, würde er sich auch um den Killer kümmern. Das Vertrauen auf Orffs Professionalität war ein Luxus, den er sich nicht mehr leisten konnte.

Mit unsicheren Schritten ging Bloom zurück in die Kabine. Jede Bewegung war eine kaum zu bewältigende Anstrengung. Er zog sich mit einer Hand langsam am Rand der Gepäckablage entlang, mit der anderen hielt er sich krampfhaft auf seinen Stock gestützt. Als er das Sofa im hinteren Teil des Flugzeugs erreichte, ließ er sich schlaff hineinfallen. Wenn Sandorin nicht bald zurückkam und ihn ins Krankenhaus brachte, würde diese Kabine das Letzte sein, was er noch zu sehen bekam. Es war Ironie des Schicksals, dass sein Körper in der schlimmsten Stunde seines Lebens versagte. Als wollte ihn eine übergeordnete Macht dafür bestrafen, was er getan hatte.

Langsam ließ er sich seitlich rutschen, bis sein Kopf die Kissen berührte, die Laura Dupont für ihn zurechtgelegt hatte. Eine Welle von Schmerz und Reue durchfuhr ihn. Vielleicht war es ja besser, wenn er hier sein Ende finden würde. Er bezweifelte, dass er mit dem Wissen leben konnte, für den Tod zweier unschuldiger Menschen verantwortlich zu sein.

Mühevoll griff er in die Gesäßtasche und zog seine Brieftasche hervor. Mit zitternden Händen griff er nach dem Foto seiner Familie und faltete es auseinander. In der Mitte hatte sich bereits ein feiner Riss gebildet. Er hob es vor seine müden Augen, doch er war zu erschöpft, um die einzelnen Gesichter zu erkennen. Seine Familie lag wie ein impressionistisches Gemälde vor ihm. Sie war in weite Ferne gerückt, kaum mehr fassbar.

Er stöhnte erschöpft auf und ließ das Foto auf seinen Bauch sinken. Er musste sich etwas ausruhen. Nur so lange, bis Sandorin zurück war.

Nur ein kleines bisschen schlafen.

71

Mobile NATO-Einsatzzentrale, Cervera, Spanien

Der Gesamteinsatzleiter der Operation Cleansweep sah durch sein Nachtsichtgerät auf eine Stelle etwa einen halben Kilometer südlich der Einsatzzentrale. Er beobachtete, wie ein Boeing-Vertol-MH-47G-Transporthubschrauber den Mowag Eagle IV langsam auf einem Ackerfeld absetzte. Kaum hatte der Radpanzer die Erde berührt, lösten die Soldaten am Boden die Trageriemen. Der MH-47G-Hubschrauber, der eine Gesamtlänge von dreißig Metern und ein Eigengewicht von zwölf Tonnen hatte, schwebte wie ein fliegendes U-Boot darüber. Als die Riemen gelöst waren, machte der Hubschrauber einen Bogen nach rechts und verschwand am Nachthimmel.

Oberleutnant Rubens ließ das Nachtsichtgerät wieder sinken. Eine dicke Wolke hatte sich vor den Mond geschoben, und die Szene vor ihm wurde von fast vollständiger Dunkelheit verschluckt. Das leise Schlagen der Rotorblätter verlor sich im Wind. Rubens sah auf die Uhr. Es war bald halb vier Uhr morgens. Noch eine halbe Stunde bis zum Angriff.

Er wandte sich ab und betrat das getarnte Zelt, das als mobile Einsatzzentrale diente. Im hinteren Bereich des hundert Quadratmeter großen Raums standen Tische mit Funkgeräten und den Bildschirmen der Satelliten- und Radarüberwachung. Eine Gruppe von Nachrichtensoldaten koordinierte die Kommunikation zwischen den Trupps und prüfte das Gelände des geothermischen Kraftwerks in einem Radius von einem Kilometer auf jegliche Art von Aktivitäten.

»Lagebesprechung in drei Minuten«, sagte Rubens zum Adjutanten, der in der Mitte der Einsatzzentrale an einem

Feldtisch stand und eine darauf liegende Karte des Einsatzgebietes studierte.

»Verstanden, Sir!« Der Adjutant gab den Befehl durch sein Funkgerät weiter.

Der Wind zerrte an den Zeltplanen. Rubens stellte sich vor den Tisch und sah auf die Karte. Die Lampe darüber schwang leicht vor seinem Kopf. In sich gekehrt ging Rubens den bevorstehenden Einsatz durch. Trotz des kurzfristigen Einsatzbefehls waren sie gut vorbereitet. So wie es von den Rapid Reaction Forces auch erwartet werden konnte. Die Bedingungen für einen Angriff waren ideal. Durch die Dunkelheit konnten die Aufklärungsarbeiten unbemerkt durchgeführt werden. Der Wind, der von der Anlage her zu ihnen wehte, hatte die Geräusche der Hubschrauberbewegungen gedämpft und eine optimale Annäherung an das Zielobjekt ermöglicht. Rund um die geothermische Anlage waren außerdem bisher keine ungewöhnlichen Aktivitäten zu verzeichnen gewesen. Der Angriff würde die Terroristen völlig unvorbereitet treffen.

»Der Saceur hat uns grünes Licht erteilt«, begann er, als sich die Offiziere um den Feldtisch versammelt hatten. »Operation Cleansweep beginnt um null vierhundert.« Die Männer sahen ihn konzentriert an und nickten. »Da keine verdeckte Annäherung an die Anlage möglich ist, werden wir frontal angreifen«, fuhr Rubens fort. »Ein schneller, konzentrierter Schlag.« Er tippte mit dem Finger auf einen schwarzen Kreis, der einen Radius von dreihundert Metern rund um das geothermische Kraftwerk zeichnete. »Der Sperrtrupp nimmt in diesem Umkreis Stellung ein und errichtet eine Glocke. Wir schotten das gesamte Gebiet hermetisch ab. Die Nachrichtensoldaten werden über jede Bewegung im und um das Gelände herum informieren. Sobald der Angriff begonnen hat, will ich, dass niemand da rein- oder rauskommt.«

Rubens sah den Kommandanten der Sturmtruppe an. »Der Mowag wurde soeben abgesetzt. Wir werden die Terroristen mit einem Angriff direkt durch das Eingangstor überraschen. Sobald der Radpanzer durchgebrochen ist, rückt der Stoßtrupp nach.« Er legte den Finger auf das Zielobjekt. »Der Mowag fährt dann direkt bis zur Ostseite des Gebäudes, wo wir den Haupteingang aufsprengen. Die Scharfschützen werden ihnen Deckung geben und die Wachen durch ein Kreuzfeuer in die Defensive drängen.«

»Müssen wir außerhalb des Sicherheitszauns mit Minen rechnen?«, fragte der Kommandant.

»Negativ«, erwiderte der Adjutant. »Unsere Aufklärer konnten keine Minen feststellen. Außerdem ist das Gelände öffentlich zugänglich und wird durch das geothermische Kraftwerk stark frequentiert. Die Terroristen werden deshalb darauf bedacht sein, möglichst unauffällig zu bleiben. Wir können mit ziemlicher Sicherheit davon ausgehen, dass außerhalb des Sicherheitszauns keine passiven Schutzmechanismen existieren.«

»Wir müssen allerdings damit rechnen, dass das Gebäude deshalb entsprechend gut gesichert ist«, fuhr Rubens fort. »Aus diesem Grund werden wir uns von zwei Seiten Zugang verschaffen. Sobald der Mowag den Eingang erreicht hat, steigt eine Gruppe über eine auf dem Radpanzer befestigte Rampe auf das Dach und bringt dort eine zweite Sprengung an.«

»Wie lautet der Einsatzbefehl, sobald wir drinnen sind?«, wollte der Kommandant der Sturmtruppe wissen.

»Oberste Priorität hat die Sicherung der Serveranlage«, sagte Rubens. »Gemäß zuverlässigen Informationen befindet sie sich direkt unter dem Forschungsgebäude. Sobald die Lage im Innern gesichert ist, haben Sie zehn Minuten, die Anlage zu finden und unter Ihre Kontrolle zu bringen. Wenn Sie den Einsatz nicht in diesem Zeitfenster abschließen können, haben wir Befehl, das Gebäude zu sprengen.« Rubens blickte in die Runde. »Haben Sie noch irgendwelche Fragen?«

Die Männer sahen ihn entschlossen an.

»Sehr gut, dann los!«

72

Flughafen Igualada, Spanien

Der Kampf war vorbei. Orff hielt die Waffe noch immer im Anschlag, die Finger krampfhaft um den Griff geschlungen. Dupont lag in etwa zehn Metern Entfernung vor ihm auf dem Boden. Als die Kugel sie getroffen hatte, war sie vornübergefallen und mit der Brust auf dem Beton aufgeschlagen. Mit den unter dem Kopf verschränkten Armen und dem leicht angewinkelten Bein wirkte es jetzt, als ob sie sich nur kurz zum Ausruhen hingelegt hätte. Der Anblick hatte etwas Friedliches an sich.

Langsam ließ Orff die Waffe sinken. Bis auf das leichte Vibrieren des Hangartors, das durch den aufgekommenen Wind in seinen Rahmen gedrückt wurde, war kaum etwas zu hören. Auch in Orffs Innerem war es still geworden. Ein Impuls hatte alles verändert. Ein Muskelzucken, das nur eine minimale Bewegung verursacht hatte. Eine kaum spürbare Drehung in der Schulter, die den Arm um weniger als einen Millimeter nach links verschoben hatte. Dann war der Schuss gekommen.

Von außen war der Impuls kaum wahrnehmbar gewesen. Aber für Orff hatte sich dadurch alles verändert. Und für Dupont ebenfalls.

*

Stille. Überall dichter Nebel und Kälte. Laura spürte, wie eine warme, klebrige Flüssigkeit über ihre Wange floss. Ihr ganzer Körper schmerzte.

Sie versuchte zu realisieren, was passiert war. Aber ihr Kopf war wie in Watte gepackt. Gedankenfetzen schwirrten zusammenhanglos durch ihr Gehirn. Wie lose Fäden, die sie nicht verknüpfen konnte, tauchten bruchstückhafte Erinnerungen vor ihrem geistigen Auge auf. Der Killer, ihre Flucht durch die Dunkelheit. Dann der Schuss. War sie im Begriff zu sterben? Waren das die letzten Augenblicke, bevor sie von endgültiger Schwärze verschlungen wurde?

Wie aus weiter Ferne hörte sie ein regelmäßiges leises Knirschen. Es klang nach Schritten. Das Geräusch wurde zunehmend deutlicher, bis es dicht neben ihrem Kopf verstummte. Laura versuchte, ihre Augen zu öffnen, doch die Lider blieben fest geschlossen. Ihr Körper war zu etwas Fremdem geworden. Nur Knochen und Fleisch, die an ihr hingen, sich aber nicht mehr kontrollieren ließen.

Eine Hand berührte ihre Schulter, und sie wurde auf den Rücken gedreht. Raue Finger drückten leicht gegen ihren Hals. Nach einigen Sekunden wurden sie wieder fortgezogen. Kurz darauf legten sie sich auf ihre Augen. Gleißendes Licht strömte durch Lauras Pupillen, als ihre Lider hochgezogen wurden. Inmitten von blendendem Weiß sah sie die unscharfen Umrisse einer Gestalt, die über ihr kauerte.

Die Finger verschwanden wieder. Laura gelang es, die Augen offen zu halten. Eine Hand tastete nach ihrem Kopf, und ein unerträglicher Schmerz durchzuckte ihr Gehirn.

»Sie haben nur einen Streifschuss«, hörte sie eine Männerstimme dicht neben ihrem Ohr.

Laura konnte die Information nicht einordnen. Die Gestalt kam erneut in ihr Sichtfeld.

»Können Sie mich hören?«

Langsam begann sich der Nebel zu lichten. Nur wenig, aber es reichte aus, dass sie leicht nicken konnte. Sie blinzelte, und es gelang ihr, die Dinge in ihrem Sichtfeld etwas zu fokussieren. Die Umrisse der Gestalt wurden deutlicher. Vor ihr kristallisierte sich ein Gesicht heraus. Sie erkannte harte, graue Augen. Eine tiefe Stirnglatze, die von kurzen grauen Haaren umrundet wurde. Laura sah hinunter, und ihr Blick fiel auf eine Waffe, die er auf seinem Knie abstützte.

Auf einen Schlag kehrte die Erinnerung zurück. Wie eine Flutwelle brachen die Bilder ihrer Flucht über sie herein. Laura schreckte auf und strampelte verzweifelt mit den Füßen, um sich unter dem Killer wegzuschieben. Aber ihr Körper wollte ihr nach wie vor nicht richtig gehorchen, und sie kam nur wenige Zentimeter weit. Wie angewurzelt blieb sie liegen und starrte ihren Verfolger an.

»Der Streifschuss hat vermutlich ein kleines Schädeltrauma verursacht«, sagte der Killer teilnahmslos. »Sie werden bald wieder auf die Beine kommen.« Er richtete sich auf und steckte die Pistole in das Jackett.

Laura begriff nicht, was sich hier abspielte. In ihrem Kopf kreiste nur ein einziges Wort, eine simple, aber dennoch alles entscheidende Frage. Sie öffnete ihren Mund, doch er war zu ausgetrocknet, als dass sie etwas hervorbringen konnte. Ihre Zunge klebte filzig am Gaumen. Laura versuchte zu schlucken und wurde dafür durch einen stechenden Schmerz in den Ohren bestraft.

Sie rappelte sich auf, konnte sich sogar mit den Ellbogen vom Boden abstützen. Sie machte einen erneuten Anlauf. Dieses Mal gelang es ihr, die Zunge wieder zu bewegen. »Wieso?« Ihre Stimme war fast nur ein Flüstern.

»Wieso ich Sie nicht getötet habe?«, fragte der Killer.

Laura nickte.

Ihr Verfolger löste seinen Blick von ihr und sah sich im

Hangar um. Laura erkannte, dass sie sich in der Nähe des Propellerflugzeugs befand. Sie musste noch immer an derselben Stelle liegen, wo sie gestürzt war.

»Ich habe erkannt, dass Timaios recht hatte«, sagte er nach einer Weile. Seine Stimme klang erschöpft.

Laura wusste nicht, was sie damit anfangen sollte. Was auch immer er ihr damit sagen wollte, der tiefere Sinn dahinter wollte sich ihr nicht erschließen.

Sein Blick wanderte wieder zu ihr. »Machen Sie, dass Sie von hier verschwinden.«

Mit diesen Worten drehte er sich um und steuerte auf den Ausgang des Hangars zu.

*

Laura sah zu, wie der Killer durch das Tor trat und sich seine Umrisse in der Nacht verloren. Verwirrt ließ sie ihren Kopf in alle Richtungen kreisen. Die Flugzeuge standen wie stumme Zeugen um sie herum. Trotz ihrer Erschöpfung hatte sich Laura noch nie so lebendig gefühlt. Eigentlich hätte sie heute Nacht sterben müssen. Aber durch eine unerklärliche Wendung, die sie vermutlich nie verstehen würde, hatte sich das Schicksal anders entschieden. Sie lebte!

Vorsichtig tastete sie nach der Wunde an ihrem Kopf. Als sie sie berührte, zuckte sie zusammen und verzog vor Schmerzen das Gesicht. Langsam zog sie die Beine an. Die Bewegung brachte ihren Kreislauf wieder etwas in Schwung, und sie fühlte, wie sie ein wenig zu Kräften kam. Für einige Augenblicke verharrte sie in ihrer neuen Stellung, dann stemmte sie sich vorsichtig vom Boden ab, bis sie einigermaßen aufrecht sitzen konnte. Ihr Kopf dröhnte so stark, dass sie aufstöhnte.

Sie warf erneut einen Blick auf das Hangartor. Niemand war dort zu sehen. Darum bemüht, keine ruckartigen Bewegungen zu machen, zog sie die Beine weiter zu sich und stand auf. Ihr wurde schwindlig, und sie musste sich mit den Händen auf den Knien abstützen. Während sie tief durchatmete, fiel ihre Aufmerksamkeit auf den grauen Jeep.

Dean!, fuhr es ihr durch den Kopf.

Sie zwang sich, sich aufzurichten, und ging mit unsicheren Schritten auf den Wagen zu. Sie durfte keine Zeit verlieren. Sie wusste nicht, wie lange sie bewusstlos auf dem Boden gelegen hatte, aber wenn sie Glück hatte, war es vielleicht noch nicht zu spät. Sie tastete das linke Vorderrad ab. Ihr Herz machte einen Sprung, als sie einen ovalen Gegenstand zu fassen bekam. Sie zog ihn hervor und sah, dass es tatsächlich ein Autoschlüssel war. Sie drückte einen kleinen Knopf auf der Oberseite, und der Stift schnellte aus seiner Verankerung. Zitternd versuchte sie, ihn in das Schloss zu stecken, traf jedoch erst beim dritten Mal.

Wie soll ich in diesem Zustand Auto fahren?

In der dunklen Scheibe des Seitenfensters sah sie ihr eigenes Spiegelbild. Auf ihrer linken Gesichtshälfte zog sich ein Blutstreifen vom Haaransatz über die Wange. Sie unterdrückte den Drang, nach der Wunde zu sehen, stattdessen öffnete sie die Tür und ließ sich in den Sitz fallen. Schnell schaltete sie das Innenlicht ein und sah sich im Wagen um. Sie suchte das Armaturenbrett und die Fächer in den Seitentüren ab, fand aber nichts.

»Wo ist das verdammte Satellitentelefon?«, zischte sie angespannt.

Sie öffnete das Handschuhfach und tastete den Inhalt ab. Sie bekam einen Fahrzeugschein zu fassen, ansonsten war es leer. Als sie sich wieder aufsetzte, fiel ihr Blick auf einen flachen Gegenstand vor der Handbremse. Sie zog ihn aus der Verankerung und schickte ein stummes Stoßgebet gen Himmel, als sie einen Hörer in ihrer Hand erkannte. Sie drückte die Wähltaste, und ein Freizeichen ertönte. Rasch gab sie eine Nummer ein und hörte, wie sich das Gerät einwählte. Kurz darauf hatte sie eine Verbindung.

73

Den Haag, Niederlande

Sprietplein gehörte zu den gehobenen Vierteln in Den Haag und grenzte direkt an die beliebten Spazierwege vor der Küste. Sophie hatte sich hier ein Haus gekauft, als sie zur Umweltministerin gewählt wurde und dadurch auf eine kurze Verbindung zum Regierungssitz angewiesen war. In den vier Jahren, die sie inzwischen hier wohnte, hatte sie der Küste bisher aber keinen einzigen Besuch abgestattet.

Sie überlegte sich, ob sie sich heute nicht doch einmal auf die verwinkelten Wege begeben sollte. Nicht um sich die Beine zu vertreten oder die salzige Meeresluft einzuatmen, sondern um sicherzugehen, dass sie mit ihrem Verdacht richtiglag. Sie verwarf die Idee wieder und schloss die Haustür auf. Bevor sie eintrat, blickte sie nochmals zurück auf die Straße. Der beige Mercedes, der ihr während der Fahrt gefolgt war, war nirgends zu sehen. Sophie hatte durch ihr Doppelleben als Umweltministerin und Mitglied von Common Ground eine Vorsicht entwickelt, die es durchaus mit Cellers Paranoia aufnehmen konnte. Sie war sich sicher, dass der Mercedes nicht aus purem Zufall fast die ganze Strecke vom Binnenhof bis hierher an ihr drangeklebt war.

Sie betrat ihr Haus und schloss die Tür mit einem Sicherheitsriegel. Es war halb vier Uhr nachts, aber an Schlaf war nicht zu denken. Der Tag hatte sich zu ihrem schlimmsten Albtraum entwickelt. Sophie hatte ihre gesamte Hoffnung in

Common Ground gelegt und alles dafür geopfert. Sie war das Risiko eingegangen, dafür vor ein Militärgericht gestellt zu werden. Und nun, nach zwei Jahren Vorbereitung, waren sie nach nicht mal einem Tag aufgeflogen. Sophie verfluchte sich für ihre Blindheit. Celler hatte sie alle benutzt und verkauft.

Die Wut und Fassungslosigkeit, die sie deshalb erfasst hatten, wurde allerdings durch etwas weit Schlimmeres überschattet. Der wahre Albtraum war, dass sie nicht in der Lage gewesen war, ihre Nichte aus der Sache herauszuhalten. Laura war wie eine Tochter für sie. Nur beim bloßen Gedanken daran, dass Laura etwas passieren könnte, stieg Übelkeit in ihr auf. Wenn ihr durch ihre Schuld etwas zustoßen sollte, würde sie das nicht überstehen. Sie konnte nur hoffen, dass Bloom alles tat, um für ihren Schutz zu sorgen.

Mit nagenden Schuldgefühlen stieg Sophie die Treppe in den ersten Stock hoch. Ohne das Licht einzuschalten, betrat sie ihr Schlafzimmer und stellte sich seitlich vor das Fenster. Unten auf der Straße war zunächst nichts Verdächtiges zu erkennen. Erst als sie die Straße weiter hinuntersah, entdeckte sie ihn. Der Mercedes stand nicht weit entfernt auf der gegenüberliegenden Straßenseite. Sophie konnte in seinem Innern keine Bewegung erkennen, aber sie spürte förmlich, wie ihr jemand darin entgegenblickte.

Sie hatte schon geahnt, dass Gear sie nicht aus den Augen lassen würde. Aber mit einer Vierundzwanzig-Stunden-Überwachung hatte sie nicht gerechnet. Diese Klette war das Letzte, was sie jetzt noch gebrauchen konnte.

Das Läuten des Telefons riss Sophie aus ihren Gedanken. Es war der Ton ihres privaten Handys. Wer konnte sie um diese Uhrzeit auf dieser Nummer anrufen? Sie eilte die Treppe hinunter zu ihrer Tasche, die sie im Eingang hatte liegen lassen. Sie zog das Gerät hervor, sah auf das Display. Die Nummer war ihr unbekannt, aber die ungewöhnlich lange

Zahlenabfolge deutete darauf hin, dass es sich um den Anschluss eines Satellitentelefons handelte.

»Delacroix?«

»Sophie! Hier ist Laura.«

»Laura!«, rief Sophie auf. Sie hörte sofort, dass etwas nicht in Ordnung war. Lauras Stimme klang schwach. »Kind, geht es dir gut?«

»Wir haben uns von Anfang an geirrt«, sagte Laura. »Celler hat nichts mit der Sache zu tun. Es war Bloom, der den Standort der Anlage verraten hat!«

»Was?«

»Ich habe keine Zeit für lange Erklärungen. Dean ist in diesem Moment mit Sandorin unterwegs zur Anlage. Sobald Dean das Botnetz unschädlich gemacht hat, wird Sandorin ihn töten.«

»Aber wie …«, setzte Sophie an.

»Hör zu«, unterbrach Laura sie. »Du musst dafür sorgen, dass Sandorin aufgehalten wird. Es kann nicht mehr lange dauern, bis sie die Anlage erreicht haben.«

»Ich verstehe nicht. Ich kann mir nicht vorstellen, dass Richard so etwas tun würde!«

»Er will seine Spuren verwischen. Er hat auch schon versucht, mich zu beseitigen.«

Sophie war für einen Augenblick sprachlos. »Du lieber Gott! Bist du verletzt?«

»Mir geht's gut. Ruf Bloom an und setz ihn unter Druck. Wenn er realisiert, dass er aufgeflogen ist, wird er es sich nicht mehr leisten können, Dean zu töten. Ich werde jetzt versuchen, zur Anlage zu fahren, um ihn dort rauszuholen.«

»Das ist viel zu gefährlich!«, protestierte Sophie.

»Er braucht meine Hilfe«, entgegnete Laura. »Ich muss …« Auf einmal wurde es am anderen Ende der Leitung still.

»Laura?«

»O Gott, Sophie, er ist wieder da …«

»Wer ist wieder da?«

Keine Antwort.

»Laura?«, rief Sophie angsterfüllt.

Entsetzt nahm sie das Telefon vom Ohr, als das Freizeichen ertönte.

*

Constable van Breugel richtete sich gerade für eine lange Nacht ein, als er bemerkte, wie sich die Haustür öffnete. Die Umweltministerin stürmte hinaus und eilte durch den Vorgarten. Sie hatte weder die Tür wieder verschlossen, noch trug sie eine Jacke. Van Breugel schüttete seinen Tee zurück in die Thermoskanne und schraubte den Verschluss zu. Ihr energischer Schritt verriet, dass sie nicht bloß mal kurz nach dem Garten sehen wollte.

Delacroix überquerte die Straße und kam direkt auf ihn zu.

»Was zum …«

Er stellte die Thermoskanne weg und sah zu, wie sie sich näherte. Als sie den Lichtkegel einer Straßenlampe durchquerte, bemerkte er, wie sie ihn mit finsterem Blick anstarrte.

»So 'ne Scheiße«, murmelte er und rutschte in seinem Sitz hoch. Die Lady sah fuchsteufelswild aus.

Die Umweltministerin erreichte das Auto und riss ohne Vorankündigung die Fahrertür auf.

»Verbinden Sie mich mit Gear, sofort!«

»Ich weiß nicht, was … Sie meinen«, stammelte van Breugel.

»Stellen Sie sich nicht dümmer, als Sie sind«, fuhr sie ihn an. »Holen Sie mir die verdammte Direktorin von Europol ans Telefon, oder es knallt!«

74

Centro de Energía Geotérmica, Cervera, Spanien

Der Jeep rollte langsam auf das Bauernhaus zu. Unter den Rädern knirschte der Kiesbelag des Feldwegs. Sandorin hatte das Licht ausgeschaltet. Neben der Straße zeichneten sich die schemenhaften Umrisse knorriger Bäume ab.

Etwa hundert Meter vor dem alten Gebäude verließ Sandorin die Straße und parkte den Wagen hinter einer Gruppe von Büschen. Schweigend stiegen die beiden Männer aus. Der Wind hatte zugenommen, dunkle Wolkenfetzen schoben sich vor den Mond. Sandorin zog seine Pistole hervor und bedeutete Dean, beim Auto zu warten.

Dean beobachtete, wie sein Begleiter geduckt auf das Bauernhaus zuging. Nicht zum ersten Mal an diesem Abend fragte er sich, wie Bloom zu einem Mann wie Sandorin gekommen war. Dean hatte den in allen Belangen unauffälligen Mann zunächst nur für einen Assistenten gehalten und ihm keine besondere Bedeutung beigemessen. Erst später hatte sich herausgestellt, dass er sich auch um Blooms medizinische Versorgung kümmerte. Und jetzt schien er sogar so etwas wie sein Leibwächter zu sein. Obwohl er erst seit etwa einem Jahr für den Milliardär arbeitete, schien Sandorin dessen vollstes Vertrauen zu genießen.

Die Art und Weise, wie er sich davonschlich und sich nahezu geräuschlos dem Gebäude näherte, zeigte, dass das Repertoire dieses Mannes wohl noch um einiges umfangreicher war. Er war wie ein Buch mit sieben Siegeln. Dean fragte sich, welche Fähigkeiten noch in ihm schlummern mochten.

Sandorin verschwand hinter einer Kurve. Drei Minuten später kam er wieder in Deans Sichtfeld und gab ihm mit einem kurzen Aufleuchten seiner Taschenlampe das Zeichen zu kommen. Dean folgte ihm zum Bauernhaus und trat trotz des schwachen Mondlichts zweimal auf einen Ast. Wie schaffte es Sandorin nur, sich bei dieser schlechten Sicht so lautlos zu bewegen?

Der Fluchtweg aus der Anlage endete in einem Schuppen, der etwa zehn Meter östlich des Bauernhauses lag. Als Dean das Haus erreichte, entdeckte er Sandorin hinter einem Busch. Dean schloss auf und kauerte sich ebenfalls dahinter. Es roch nach Erde. Es konnte nicht mehr lange dauern, bis es regnete.

»Wir werden hier warten, bis Elena das Scheunentor öffnet«, flüsterte Sandorin. »Ich habe unter dem Dach eine Kamera entdeckt, die im ursprünglichen Überwachungskonzept nicht eingeplant war. Celler scheint in der Zwischenzeit ein paar zusätzliche Sicherheitsmaßnahmen eingebaut zu haben. So wie ich ihn einschätze, wird die Kamera sicherlich nicht das Einzige sein, was er sich hat einfallen lassen. Wir können nur hoffen, dass sich Elena damit auskennt.«

Trotz des kühlen Winds rann Dean Schweiß den Rücken hinab. Er sah auf seine Uhr. Die fluoreszierenden Zeiger zeigten kurz nach halb vier. Die Zeit zerrann ihnen zwischen den Fingern. Dean hatte eigentlich erwartet, dass Elena bereits auf sie warten würde. Mit jeder Minute, die sie länger hier herumhocken mussten, stieg die Wahrscheinlichkeit, dass die NATO ihnen zuvorkam. Dean hoffte, dass nichts schiefgelaufen war. Der Eingang ließ sich nur von innen öffnen.

Ohne Elenas Hilfe waren sie aufgeschmissen.

75

Flughafen Igualada, Spanien

Laura warf den Hörer des Satellitentelefons auf den Beifahrersitz und tastete hektisch ihre Taschen ab.

Wo war der Schlüssel?

Ihr Herz raste. Sie warf einen Blick durch die Frontscheibe und sah, wie der Killer immer näher kam. Sie war so von ihrem Gespräch mit Sophie abgelenkt gewesen, das sie ihn erst entdeckte, als er schon die Hälfte des Hangars durchquert hatte.

»Scheiße, Scheiße, Scheiße!«

Mit klammen Fingern tastete sie den Sitz ab, aber das verdammte Ding hatte sich in Luft aufgelöst. Sie musste ihn bei ihrer Suche nach dem Telefon irgendwo hingelegt haben. Sie suchte die Fächer des Armaturenbretts ab, konnte ihn aber nirgends entdecken. In einer letzten Hoffnung fuhr sie mit der Hand über den Beifahrersitz, aber auch dieser war leer. In ihrer Bewegung streifte sie mit dem Schuh über etwas Hartes. Eilig griff sie unter den Sitz und bekam den Schlüssel zu fassen.

Sie wagte kaum aufzusehen. Ihre Hand schnellte zum Zündschloss, aber ihre Arme wollten ihr noch nicht richtig gehorchen, und der Schlüssel rutschte immer wieder ab. Erst nach dem vierten Versuch schaffte sie es, ihn hineinzustecken. Sie drehte ihn um, und der Motor startete mit einem satten Brummen. Als sie den ersten Gang einlegen wollte, wurde die Tür aufgerissen, und eine Hand packte sie an der Schulter.

Laura schreckte auf und begann, nach ihrem Angreifer zu schlagen, aber sie war noch zu geschwächt, als dass sie gegen seine Kraft ankommen konnte. Er drückte sie gegen den Sitz und beugte sich in den Wagen hinein. Unfähig, sich zu wehren, musste Laura zusehen, wie er den Motor abstellte und den Schlüssel abzog.

Der Druck seines Arms ließ nach, und er zog sich nach draußen zurück. Laura verfolgte jede seiner Bewegungen. Ihr Puls raste, und sie versuchte, ihre Atmung wieder etwas zu kontrollieren.

»Beruhigen Sie sich«, sagte er. »Ich werde Ihnen nichts tun.«

Laura sah nicht den geringsten Anlass, sich zu beruhigen. Der Mann hatte ihr noch vor wenigen Minuten fast eine Kugel in den Kopf gejagt.

»Was wollen Sie von mir?«

»Steigen Sie aus.«

Laura musterte ihn ungläubig. »Hat Bloom Sie geschickt?«

Der Killer zögerte kurz. »Nein. Er ist tot.«

»Tot?«, wiederholte Laura. »Haben Sie ihn …?« Das Wort, das sie sagen wollte, blieb zwischen ihnen in der Luft hängen.

Das Gesicht des Killers blieb ungerührt. »Er hat die Anstrengungen nicht überstanden. Er war alt, seine Zeit war gekommen.«

Laura brauchte einen Moment, um die Information zu verarbeiten. Wenn Bloom tot war, brach ihr ganzer Plan wie ein Kartenhaus zusammen. Er war der Einzige, der Sandorin hätte zurückpfeifen können.

»Was wollen Sie dann von mir?«

»Wenn Sie wollen, dass Ihr Freund lebt, steigen Sie jetzt aus und nehmen auf dem Beifahrersitz Platz.«

»Sie wollen mir helfen?«, fragte Laura. »Warum?«

Der Killer antwortete nicht sofort. Der Ausdruck in seinen Augen hatte sich verändert. Etwas hatte die harte Schale aufgebrochen und gab die Sicht auf eine darunterliegende Schicht frei. Laura glaubte, Traurigkeit zu entdecken.

»Diese Frage ist jetzt unerheblich«, antwortete er ausweichend. »Sie können meine Hilfe annehmen oder es lassen. Es ist Ihre Entscheidung.«

Die Situation kam Laura völlig surreal vor. Das Verhalten des Killers entzog sich jeder Logik. Allerdings wäre sie schon längst tot, wenn das seine Absicht gewesen wäre. Dennoch rührte sie sich nicht. Auch wenn es aussichtslos erschien, dass sie Dean allein helfen konnte, es war undenkbar, das Angebot auch nur entfernt in Betracht zu ziehen. Es gab nicht den geringsten Grund, warum sie dem Mann auch nur ein Wort glauben sollte. Egal, wie seltsam sein Verhalten auch sein mochte.

Der Killer schien ihre Gedanken zu erraten. »Sie glauben nicht, dass ich Ihnen helfen will.« Er nickte abwesend. Sein Blick schweifte dabei über das Auto hinweg. »Das ist nur verständlich. Wie sollten Sie auch?«

Er zog seine Waffe aus dem Gürtel. Eine Schrecksekunde lang glaubte Laura, dass er sie auf sie richten würde. Aber er tat das Gegenteil. Er fasste sie am Lauf und hielt sie ihr hin. »Ich mache Ihnen einen Vorschlag. Ich möchte Ihnen helfen. Nicht nur um Ihretwillen, sondern auch um meinetwillen. Hier also mein Angebot. Ich gebe Ihnen meine Waffe, und Sie lassen mich dafür einsteigen. Die Gründe für mein Verhalten werde ich Ihnen dann unterwegs erklären.«

Er trat einen Schritt näher und drückte ihr die Waffe in die Hand. Wortlos nahm Laura sie an sich. Sie fühlte sich sonderbar leicht an. Wie eine Spielzeugpistole. Sie betrachtete die Waffe, mit der sie eben fast getötet worden wäre. Dann sah sie zum Killer auf. Sie wusste nicht, was sie davon halten sollte. Das Ganze konnte noch immer Teil eines perfiden Spiels sein. Aber sie glaubte nicht daran. Der Ausdruck in seinen Augen zeigte ihr, dass er die Wahrheit sagte.

Langsam stieg sie aus, und wortlos sahen sie sich einige

Sekunden lang an. Dann umrundete sie den Jeep und öffnete die Beifahrertür.

76

Centro de Energía Geotérmica, Cervera, Spanien

Das Warten fühlte sich wie eine Ewigkeit an. Die Zeiger von Deans Uhr schleppten sich mit unendlicher Langsamkeit dahin, ohne dass etwas passierte. Nach zehn Minuten sah er zu Sandorin. Dieser warf ihm einen Seitenblick zu und legte einen Finger auf seinen Mund. Dann deutete er in Richtung Schuppen.

Dean lauschte. Außer dem Wind, der ihm in regelmäßigen Böen feinen Staub entgegenblies, konnte er kaum etwas hören. Nach einigen Sekunden vernahm er das Quietschen einer Tür. Sandorin richtete sich auf und warf im Schutz des Busches einen Blick zum Schuppen.

»Kommen Sie«, sagte er leise.

Dean stand ebenfalls auf, froh darum, seine steif gewordenen Knie wieder etwas bewegen zu können. Vor dem Schuppen entdeckte er Elena.

»Hat es Schwierigkeiten gegeben?«, fragte Sandorin, als sie auf sie zukamen.

»Nein, aber ich musste warten, weil sich noch ein Techniker im Serverraum aufgehalten hat.« Sie sah zu Dean. »Ich hoffe, du bist dir sicher damit, was du behauptest.«

»Es hat sich inzwischen bestätigt«, antwortete Dean. »Sophie hat vor drei Stunden erfahren, dass die NATO die Anlage angreifen wird.«

In Elenas Gesicht zeichnete sich Entsetzen ab. »Die NATO? Wann?«

»Wir müssen damit rechnen, dass sie in diesem Moment ihren Angriff vorbereiten.«

»Wo befinden sich die Wachen?«, lenkte Sandorin das Thema wieder auf ihre Aufgabe.

»Die Anlage ist unbewacht. Es befindet sich nur eine Wache vor dem Aufzug zu den Schleusen. Ich habe unten den Aufzug und den Zugang zum Treppenhaus blockiert.«

»Was ist mit den Sicherheitskameras?«

»Ich habe mich in das Überwachungssystem eingehackt und die Livebilder der Kameras mit alten Aufnahmen in Endlosschleife ersetzt. Es dürfte aber nicht allzu lange dauern, bis jemand merkt, dass etwas nicht stimmen kann.«

Sandorin nickte.

»Ich hoffe, Sie wollen nicht nur hier draußen herumstehen und mich mit unnötigen Fragen löchern«, setzte Elena scharf nach. »Uns bleibt nicht viel Zeit.«

»Gut«, sagte Sandorin. »Bringen wir es hinter uns.«

Elena führte sie in den Schuppen. Sie passierten drei Transporter, mit denen das Team bei einem Angriff flüchten konnte. Der Eingang zur Anlage befand sich im hinteren Teil des Schuppens unter einer Falltür, die im geschlossenen Zustand nicht vom übrigen Boden zu unterscheiden war. Jetzt stand sie offen. Auf der Unterseite des maroden Holzes befand sich eine zehn Zentimeter dicke Stahlplatte.

Eine schmale Metalltreppe führte in einen etwa fünf Meter unter dem Boden liegenden Gang. Er war hell beleuchtet. Sandorin ging voraus. Dean folgte ihm, Elena bildete das Schlusslicht. Als sie unten ankamen, blieb Elena vor einer Schalttafel stehen.

»Was machen Sie da?«, fragte Sandorin scharf.

Elena sah ihn verständnislos an. »Ich schließe die Tür.«

Sandorin schüttelte den Kopf. »Lassen Sie sie offen. Vielleicht werden wir uns schnell zurückziehen müssen.«

Elena zögerte. »Was ist, wenn sie entdeckt wird?«

»Wir müssen das Risiko eingehen. Außerdem befinden wir uns hier mehr als einen Kilometer oberhalb der Anlage. Die NATO wird das Gebiet kaum so weit hinauf absuchen.«

Elena sah Sandorin skeptisch an, doch dann lenkte sie ein. »Also gut, folgt mir.«

Sie zwängte sich an Dean und Sandorin vorbei und schritt den schmalen Gang hinab. Er war nur knapp einen Meter achtzig hoch, sodass Dean leicht gebückt gehen musste. Zwei dicke übereinanderliegende Metallrohre führten den Gang entlang. Dean konnte das Rauschen des Wassers hören, das von den Quellen im Hügelland durch die Rohre zum Kraftwerk geleitet wurde.

Ansonsten war es ruhig. Bisher war alles gut verlaufen. Weder hatte Elena Probleme gehabt, die Kameras zu überlisten, noch hatten sie Wachen vorgefunden. Und wie durch eine glückliche Fügung war auch der Serverraum unbesetzt.

Trotzdem spürte Dean ein Unbehagen in sich aufkommen. Er hätte nicht erwartet, dass sie einfach so ohne nennenswerte Probleme in die Anlage eindringen konnten.

Es verlief einfach zu reibungslos.

77

Centro de Energía Geotérmica, Cervera, Spanien

Dreißig Meter oberhalb des Bauernhauses lagen zwei Männer flach auf den Boden gedrückt und beobachteten, wie Elena Kursnjik aus dem Schuppen trat. Sie winkte die beiden zu sich, die vor zehn Minuten mit einem Jeep angekommen waren und sich seither hinter einem Busch versteckt gehalten hatten.

Einer der beiden Männer schob ein Headset vor den Mund und betätigte einen Knopf an seinem Funktelefon.

Nach wenigen Sekunden meldete sich Cellers Stimme. »Sind sie da?«

»Sie sind jetzt vor dem Eingang zum Tunnel«, flüsterte der Mann. »Der Zeitpunkt wäre ideal, um zuzugreifen.«

»Nein«, sagte Celler. »Halten Sie sich an das Vorgehen, wie wir es besprochen haben. Blooms Assistent hat eine Waffe. Wir dürfen nicht riskieren, dass Schüsse fallen. Auf dem Gelände um die Anlage wimmelt es inzwischen von NATO-Soldaten. Sie könnten dadurch auf den Tunnel aufmerksam werden.«

»Verstanden. Ich gebe Ihnen Bescheid, sobald wir sie haben.«

78

Cervera, Spanien

»Der Eingang zum Tunnel liegt etwa fünf Kilometer nördlich von Cervera. Die Ausfahrt dorthin kommt direkt nach der Stadt.« Der Mann, der sich als Karl Orff vorgestellt hatte, saß regungslos am Steuer. Seine Haltung verriet nicht die geringste Anspannung. »Mein Auftraggeber, der Mann, den Sie Sandorin nennen, hat mich angewiesen, dorthin zu kommen, nachdem ich Sie beseitigt habe. Ich sollte mich auch um den Professor kümmern.«

Sie hatten das Flughafengelände hinter sich gelassen und befanden sich auf einer verlassenen Autobahn Richtung Westen. Laura wog die Waffe in ihrer Hand. Sie hielt es nicht für notwendig, sie auf Orff zu richten. »Warum haben Sie mich nicht getötet?«

»Das ist eine lange Geschichte.«

»Ich kann gut zuhören.«

Orff schwieg eine Weile. »Als ich einundzwanzig war, wurde ich zum sowjetischen Militär eingezogen. Ich wurde in ein Regiment in der Tschetschenischen Republik eingeteilt. Als die Sowjetunion kurz darauf aufgelöst wurde, spaltete sich Tschetschenien ab und ein Krieg mit dem neu gebildeten Russland brach aus. Wir mussten gegen unsere eigenen Leute kämpfen und fanden uns in einem zermürbenden Guerillakrieg wieder. Viele Soldaten begannen zu desertieren. Das russische Militär reagierte darauf, indem sie uns ein experimentelles Medikament verabreichen ließ. Sein Name ist Xylopropenol. Die Droge wirkt direkt auf das limbische System und blockiert die Neurotransmitter in der Amygdala.«

»Das Gefühlszentrum«, sagte Laura.

Orff sah weiterhin geradeaus. »Das Medikament hat unsere Gefühle vollständig unterdrückt. Wir spürten rein gar nichts mehr. Weder Wut noch Angst oder Mitleid. Die Droge hat einen Dämon in uns entfesselt, dessen Brutalität Sie sich nicht vorstellen können. Wir haben ganze Dörfer dem Erdboden gleichgemacht und die Menschen getötet, die wir noch ein Jahr zuvor zu unserem Volk gezählt hatten. Wir haben sie vernichtet, als wären sie bloß ein Haufen Insekten.«

»Was ist dann passiert?«

»Als der Krieg Ende der Neunziger vorbei war, habe ich das Militär verlassen und bin erst in die Mongolei und von dort nach China ausgewandert. Ich wollte ein neues Leben anfangen, aber ich war nicht mehr derselbe Mensch. Ich kam mit den Bildern des Krieges nicht zurecht. Also habe ich mich über den Lieferanten des Militärs weiter mit der Droge versorgen lassen. Da ich nicht für die russische Armee arbeiten wollte, habe ich mich als Söldner selbstständig gemacht. Ich habe für Regierungen gearbeitet, für Paramilitärs, für Drogenkartelle, für die Mafia. In meinen Missionen habe ich gelernt, wie man Menschen unauffällig verschwinden lässt, und wurde schließlich zum Auftragskiller. Irgendwann habe ich vergessen, was Moral und Menschlichkeit bedeuten. Ich habe mir meine eigene Religion aufgebaut. Sie hieß Rationalismus und Kausalität. Alles, was noch zählte, waren Ursache und Wirkung. Ich war die Ursache, und der Tod war die Wirkung. Meine Welt war auf mich selbst zusammengeschrumpft. Alles andere hatte keine Bedeutung mehr.«

Zu ihrer Linken tauchten die Lichter von Cervera auf.

»Nehmen Sie diese Droge noch immer?«

»Bis ich Sie getroffen habe«, antwortete Orff. »Sie befand sich in dem Koffer, den Sie in Amsterdam fortgeworfen haben. Meine letzte Kapsel wäre vor sechs Stunden fällig gewesen.«

Nach einem kurzen Moment des Schweigens sagte er: »Als Sie mich im Hangar fragten, warum ich Sie nicht getötet habe, habe ich Timaios erwähnt. Erinnern Sie sich?«

»Ja. Was hatte das zu bedeuten?«

Der Motor brummte auf, als sie auf eine gerade Strecke kamen und Orff beschleunigte. »In seinem Werk *Timaios* hat Platon beschrieben, dass die Seele das Beste von allen vernunftbegabten Dingen ist. Als ich Sie erschießen wollte, ist mir zum ersten Mal in meinem Leben bewusst geworden, dass er damit recht hatte.«

»Wie meinen Sie das?«, fragte Laura.

Orff warf ihr einen kurzen Blick zu. »In meiner Religion war die Seele nur ein Ballast, ein Hindernis für die Rationalität. Ich habe dabei aber nicht realisiert, dass ich dadurch zu einer bloßen Maschine geworden bin. Ich habe nur noch die Befehle meiner eigenen Programmierung ausgeführt. Die Droge hat mich sozusagen zu meinem eigenen Gefangenen gemacht.«

»Und nun wollen Sie sich befreien«, folgerte Laura.

»Wissen Sie, was der Unterschied zwischen Mensch und Maschine ist?«, fragte Orff.

Laura erwiderte nichts.

»Es ist Verantwortung. Durch das, was ich getan habe, hatte ich die Macht über Leben und Tod. Aber ich hatte vergessen, dass ich mit dieser Macht auch Verantwortung trage. Dadurch bin ich zu einer Maschine geworden.«

Er wandte den Kopf, und ihre Blicke trafen sich.

»Ist das der Grund, warum Sie mir jetzt helfen?«, fragte Laura. »Weil Sie Verantwortung übernehmen wollen? Um wieder ein normaler Mensch sein zu können?«

Orff sah wieder auf die Straße. »So etwas in der Art. Wenn das überhaupt noch möglich ist.«

79

Centro de Energía Geotérmica, Cervera, Spanien

Sandorin war mit Professor Lund und Elena rasch in einen leichten Laufschritt verfallen, und sie eilten so schnell, wie es die engen Verhältnisse des Durchgangs zuließen, der Schleuse entgegen. Er warf wiederholt einen Blick über die Schulter und sah in den Tunnel hinauf. Da der Weg in einer leichten Biegung verlief, war die Sicht auf nicht mehr als hundert Meter beschränkt.

Etwa in der Hälfte des Tunnels hatte Sandorin geglaubt, hinter sich ein Geräusch gehört zu haben. Er war kurz stehen geblieben und hatte die beiden anderen allein weitergehen lassen. Lauschend hatte er gewartet, bis ihre Schritte außer Hörweite waren. Einzig das Rauschen des Wassers war übrig geblieben. Dennoch blieb Sandorin wachsam. Sein Instinkt sagte ihm, dass sie möglicherweise nicht allein waren. Es wäre vielleicht doch besser gewesen, die Falltür wieder zu verschließen. Aber dafür war es jetzt zu spät.

Er wünschte sich, etwas mehr Zeit für seine Vorbereitung gehabt zu haben. Außer seiner SIG Sauer und den üblichen kleinen Extras, die er immer mit sich trug, hatte er Cellers Wachen und den NATO-Truppen, die sich mit ziemlicher Sicherheit in dieser Minute auf ihren Angriff vorbereiteten, nichts entgegenzusetzen. Aber die Eile, in der sie von Amsterdam aufgebrochen waren, hatte keine Zeit für Vorkehrungen gelassen. Wer hätte auch geglaubt, dass der Professor ausgerechnet bei Bloom auftauchen würde. Wie der verlorene Sohn war er ihnen direkt in die Arme gelaufen.

Oder wie das ahnungslose Schaf zur Schlachtbank.

Sie erreichten das Ende des Tunnels. Der schmale Gang weitete sich etwas und führte auf ein Schleusentor zu. In der Ecke darüber schaute eine Kamera auf sie herab. Sandorin hatte den Komplex bisher nur auf Plänen gesehen. Er hatte sich diese jedoch bis ins letzte Detail eingeprägt und kannte sich hier vermutlich besser aus als so mancher Mitarbeiter. Das Schleusentor vor ihm war von derselben Bauart wie die beiden, die vom oberirdischen Teil der Anlage hierherführten. Ohne Zugangsberechtigung war die zehn Zentimeter dicke Stahlkonstruktion sozusagen unüberwindbar. Falls jemand versuchen sollte, sie aufzusprengen, würde die Detonation eher den Tunnel einstürzen lassen, als dass sich dadurch ein Durchgang schaffen ließ.

Elena legte ihren Daumen auf einen Fingerabdruck-Scanner neben der Schleuse. Sandorin gab den beiden mit einer stummen Geste zu verstehen, dass sie hier warten sollten. Die Tür öffnete sich mit einem surrenden Geräusch, und er trat mit gezogener Waffe in das Heiligtum von Common Ground ein.

Der Raum hinter der Schleuse war nicht viel mehr als ein grauer Betonbunker. Auf der linken Seite war rund ein Dutzend Sturmgewehre senkrecht in einem Ständer aufgestellt. Sandorin registriere, dass keiner der Stellplätze leer war.

Direkt vor ihm gab eine Glasfront die Sicht in einen breiten Gang frei. Im Gegensatz zum ersten Raum war dieser ganz in Weiß gehalten. An dessen Ende befand sich der andere Zugang zur Anlage. Auch dieses Schleusentor war fest verschlossen.

Sandorin vergegenwärtigte sich den Grundriss der unterirdischen Anlage. Der Komplex bestand nur aus drei Räumen. Zwei Technikräumen auf der rechten Seite des Gangs und dem Serverraum, der hinter einer weiteren Glaswand auf der linken Seite lag. Ein regelrechter Albtraum für jeden, der unbemerkt eindringen wollte. Man konnte praktisch von jeder Position im Serverraum auf den Gang sehen. Und umgekehrt. Außerdem befanden sich auch hier überall Kameras, die den gesamten Bereich lückenlos abdeckten.

Sandorin erwartete nicht, jemanden in der Anlage vorzufinden. Er kannte Elenas Vorsicht. Aber sein sechster Sinn mahnte ihn noch immer zur Vorsicht. Er drückte sich an die Wand des Bunkerraums und warf durch die Scheiben einen Blick auf die Serveranlage. Die weiß verschalten Serverracks zogen sich in zwei Reihen durch die Mitte des Raums.

Sandorin konnte nichts Auffälliges entdecken und trat durch eine Schiebetüre in den zentralen Flur. Von hier aus ließ sich der Serverraum auf einen Blick überschauen. Zwischen den beiden Serverreihen lag ein breiter Gang, an dessen Ende der Kontrollraum zu sehen war. Es handelte sich um eine Art Kubus, der sich an die Rückwand des Raums drückte. Er sah ein wenig aus wie ein Container. Der obere Teil der Frontseite war verglast, sodass man vom Kontrollraum aus die gesamte Anlage überblicken konnte.

Rasch kontrollierte Sandorin die beiden Technikräume auf der gegenüberliegenden Seite. Außer Arbeitstischen mit technischen Geräten und Regalen mit Ersatzteilen war nichts Besonderes zu entdecken. Er wandte sich wieder dem Serverraum zu. Davor befand sich eine schmale, hüfthohe Metallsäule, auf der sich ein roter Knopf von der Form einer Hotelklingel befand. Er drückte ihn, und zwei Glasscheiben schoben sich zur Seite. Seine SIG Sauer fest in der Hand inspizierte er die Serverracks und näherte sich schließlich dem Kontrollraum. Seitlich des containerartigen Raums befand sich ein schmaler Gang mit einer Tür, die in das Innere führte. Auch hier war niemand zu sehen. Vor der Glasfront standen mehrere Terminals mit Tastaturen und Monitoren. Weitere befanden in der Mitte des Raums. Auf den meisten schienen irgendwelche Wartungs- oder Diagnoseprogramme zu laufen, deren Bedeutung Sandorin nicht verstand.

Direkt gegenüber der Tür war ein überlebensgroßer Bildschirm an der Wand befestigt. Das Hauptterminal. Der Bildschirm zeigte Zahlenreihen und Grafiken, die Sandorin ebenfalls nichts sagten. Darunter ragte eine schwarze Fläche aus der Wand, auf der sich ein Handabdruck-Scanner befand. Daneben lag ein Eingabefeld, das wie ein Touchscreen funktionierte. Das Einzige, was Sandorin darauf bekannt vorkam, waren die leuchtenden Buchstaben einer Tastatur.

Er warf einen letzten Blick auf die Server und die hinter der Glaswand liegenden Türen der Technikräume, dann holte er seine Begleiter.

»Ihre Show«, sagte er zu Lund, als sie den Raum betraten.

Der Professor setzte sich sofort vor das Hauptterminal.

Sandorin griff Elena am Arm. »Können Sie die Kamerabilder auf einen der Bildschirme holen? Ich meine die echten?«

»Natürlich.« Elena setzte sich an ein Terminal vor dem Fenster und hackte auf die Tastatur ein. Wenige Augenblicke später tauchte ein Raster von Überwachungsbildern auf, welche die gesamte Anlage aus verschiedenen Perspektiven zeigte. Es war nichts Verdächtiges zu sehen. Auch der Tunnel, durch den sie gekommen waren, war leer.

»Um diese Uhrzeit ist selten jemand hier unten. Aber wir sollten uns beeilen. Ich weiß nicht, wie lange wir noch ungestört bleiben werden.«

Elena wandte sich zu Dean. »Wie kommst du voran?«

»Ich verschaffe mir gerade Zugang zum Hauptsystem.«

Sandorin und Elena traten hinter ihn und beobachteten, wie er auf der Tastatur Befehle eingab. Auf dem Bildschirm vor ihnen erschien ein neues Fenster. Textzeilen in weißer Schrift liefen über schwarzen Hintergrund. Es sah aus wie der beschleunigte Abspann eines Films.

»Was hast du vor?«, fragte Elena.

Lund begann, einen kurzen Text einzutippen, der Sandorin an den Domainnamen einer Internetadresse erinnerte. »Ich benutze eine DOS-Emulation, um auf die unterste Programmierungsebene zu gelangen.«

Weitere Textzeilen flogen über das Eingabefenster. Sandorin, der in der Welt der Programmierung nicht heimisch war, wandte sich wieder dem Monitor mit den Überwachungsbildern zu.

»Ich habe eine Trapdoor eingebaut, mit der ich den Terminalcode umgehen kann«, hörte er Lund sagen.

Sandorin beugte sich vor, um sich die Bilder genauer anzusehen. Etwas an den Kameraausschnitten kam ihm auf einmal seltsam vor.

»Wie hast du das angestellt?«, fragte Elena.

»Ich habe denselben Trick angewendet wie bei den Bots. Die Hintertür ist ein generisches Programm, das ich in einer Wartungssoftware versteckt habe. Einige seiner Codefragmente unterliegen einer ständigen Veränderung, dadurch lässt es sich durch keines der internen Betriebsprogramme erkennen.«

»Sehr geschickt«, stellte Elena anerkennend fest. »Aber wie willst du damit an der 512-Bit-Verschlüsselung des Terminalcodes vorbeikommen?«

»Im Normalfall wird durch die Eingabe des Terminalcodes ein Programm aktiviert, welches das Abbruchsignal an das Botnetz sendet. Für den Fall, dass das System abstürzt und der Terminalcode nicht mehr eingegeben werden kann, habe ich mir einen direkten Zugang zu diesem Programm gelegt. Es funktioniert ähnlich wie eine VPN-Verbindung, die einen Tunnel durch das Sicherheitssystem bohrt.«

»Ich fasse es nicht«, hörte Sandorin Elenas erstaunte Stimme. »Wie konnte ich das nur übersehen?«

Sandorin verfolgte das Gespräch nur noch mit halbem Ohr. Seine Aufmerksamkeit galt ganz den Kamerabildern. Er studierte jedes der Bilder einzeln. Vier Kameras zeigten die Server aus verschiedenen Perspektiven. Auf zwei Ausschnitten sah er sich selbst mit Elena und Lund im Kontrollraum. Eine Reihe weiterer Bilder zeigte die beiden Technikräume, die leeren Schleusen und den Eingangsbereich, durch den sie gekommen waren. Oberflächlich gesehen wirkten die Ausschnitte wie das exakte Abbild der Anlage. Doch irgendetwas nagte an seinem Unterbewusstsein, schien ihm mitteilen zu wollen, dass etwas nicht stimmte mit diesen Bildern. Er fing an, die Bildausschnitte mit dem zu vergleichen, was er durch das Fenster des Kontrollraums sehen konnte. Die Server, der zentrale Gang, der Kontrollraum. Sandorins Blick schwenkte zu der Aufnahme zurück, auf der die beiden Türen zu den Technikräumen zu sehen waren. Er blickte durch die Scheibe, dann wieder auf den Kameraausschnitt. Und auf einmal sah er es.

Die Tür …

Der Fehler hatte die ganze Zeit wie ein offenes Buch vor ihm gelegen. »Wir wurden reingelegt«, flüsterte er. »Das ist eine Falle!«

»Was?«

Elena und Lund ließen vom Terminal ab und stellten sich neben ihn.

Sandorin legte den Finger auf die Lippen und flüsterte. »Die Bilder im Serverraum sind Aufnahmen.«

»Woher wissen Sie das?«, fragte Elena.

Sandorin zeigte auf die Tür eines der Technikräume. Auf dem Bild stand sie etwas weiter offen als in der Realität.

»Jemand ist Ihnen auf die Schliche gekommen, Elena.«

Ihr Gesicht wurde leichenblass. »Aber warum sind sie dann noch nicht hier?«

»Sie sind vermutlich schon längst da, nur wollen sie nicht, dass wir sie sehen.«

»Ich brauche noch mindestens zehn Minuten«, warf Lund ein. »Können Sie sie so lange aufhalten?«

»Lassen Sie das mal meine Sorge sein. Beeilen Sie sich lieber.« Sandorin sah zu Elena. »Können Sie von hier aus die Schleusentüren ansteuern?«

»Nein, sie lassen sich nur direkt über das Eingabefeld bedienen.«

»Na großartig«, zischte Sandorin. »Können Sie wenigstens die Kameras ausschalten?«

»Ja.«

»Gut, erledigen Sie das. Ich werde mich inzwischen um unsere Besucher kümmern.«

Sandorin zog seine SIG Sauer aus dem Halfter und spähte aus der Tür des Kontrollraums. Durch die Glasscheiben sah er, dass die Schleuse, die zum Hauptkomplex führte, noch immer fest verschlossen war. Wäre sie in der Zwischenzeit geöffnet worden, hätte er das gehört.

Was sehen die Kameras, was ich nicht gesehen habe?

Sie waren nahe der Decke angebracht, sodass sie in den Raum hinabschauten. Sandorins erster Verdacht war deshalb auf die Oberseite der Server gefallen. Aber sie waren zu schmal, als dass sich jemand darauf verbergen konnte. Das Offensichtlichste war, dass sie sich nicht versteckt hatten, sondern ebenfalls über den Fluchtweg kamen. Sie konnten sich inzwischen bereits im Raum vor der Schleuse befinden. Er hätte besser auf sein inneres Warnsystem hören sollen, als er im Tunnel die Geräusche wahrgenommen hatte.

Mit der Waffe im Anschlag schlüpfte er hinter das Serverrack, das weiter vom Schleusenraum entfernt war. Am anderen Ende des Racks spähte er vorsichtig um die Ecke. Die gläsernen Schiebetüren des Schleusenraums waren geschlossen. Dahinter waren nur nackte Betonwände zu sehen. Wenn sie schon da waren, hielten sie sich noch versteckt. Durch das Ausschalten der Kameras mussten sie inzwischen bemerkt haben, dass sie erwartet wurden.

Einige Sekunden lang blieb Sandorins Blick auf dem Schleusenraum haften. Aber von seiner gegenwärtigen Position konnte er nicht genug sehen. Außerdem behinderten ihn die Spiegelungen der Server in der Glaswand vor ihm. Er musste seine Position wechseln.

Er trat hinter dem Server hervor und ging langsam auf die Schiebetür des Serverraums zu. Auch auf dieser Seite der Glaswand ragte eine hüfthohe Metallsäule mit einem roten Knopf aus dem Boden. Sandorin drückte ihn, und das Glas wich zur Seite. Der offene Technikraum lag direkt gegenüber. Sandorin vergewisserte sich, dass sich im Schleusenraum nichts tat, und hechtete über den Gang in den Technikraum hinein. Rasch kauerte er sich hinter den Türrahmen und warf einen Blick in die Richtung, wo er die Angreifer vermutete. Für einen kurzen Moment entdeckte er im Schleusenraum eine Bewegung. Er hatte richtiggelegen. Sie waren schon da. Sandorin zögerte nicht und schoss.

Die Reaktion blieb nicht lange aus. Eine Maschinengewehrsalve regnete auf ihn herab und zerfetzte den Türrahmen über seinem Kopf. Als der Kugelhagel endete, erklang das Klirren der auseinanderbrechenden Glastür des Schleusenraums. Scherben schossen Sandorin entgegen und verteilten sich über den Boden. Sandorin gab zwei weitere Schüsse ab, aber dieses Mal wurde das Feuer nicht erwidert.

»Ergeben Sie sich, und wir werden Ihnen nichts tun«, rief eine Stimme.

Sandorin wartete ab. Er war in einer strategisch guten Position. Die Angreifer konnten sich nicht weiter vorwagen, ohne sich zu exponieren. Gleichzeitig war es aber auch unwahrscheinlich, dass er einen von ihnen erwischen konnte. Es würde ein Stellungskampf werden. Aber das war ihm recht. Für den Moment brauchte er nicht mehr, als etwas Zeit zu gewinnen, bis der Professor das Botnetz deaktiviert hatte. Danach war das Spiel vorbei. Falls seine Gegner nicht durch den Angriff der NATO überrascht werden wollten, mussten sie sich irgendwann wieder zurückziehen.

In diesem Moment ging in der gesamten Anlage das Licht aus. Von einer Sekunde auf die andere war es stockfinster. Nur der Kontrollraum wurde durch das Licht der Bildschirme in einen bläulichen Schimmer getaucht. Sandorin gab drei weitere Schüsse Richtung Schleusenraum ab. Fast im selben Moment hörte er etwas vor sich aufschlagen. Es war höchstens einen Meter von ihm entfernt. Sandorin wusste sofort, was es war. Er kniff die Augen zusammen und wollte sich in Deckung bringen. Aber es war zu spät.

Ein gleißendes Licht erfüllte alles um ihn herum. Selbst durch die geschlossenen Augenlider war es so hell, als wäre ein Blitz vor ihm eingeschlagen. Er riss die Hände vors Gesicht und krümmte sich vor Schmerzen. Ein unerträglich heller Feuerball tobte vor seinen Augen und ließ ihn die Orientierung verlieren. Blind tastete er nach seiner Waffe, die er hatte fallen lassen.

Seine Finger fanden den Lauf, und er zog sie zu sich. Hinter sich hörte er Schritte. Noch immer unfähig, etwas zu sehen, stieß er sich vom Boden ab. Er wollte die SIG Sauer auf die Geräuschquelle richten, als ein Stiefel gegen seine Hand trat. Die Waffe entglitt ihm und wurde fortgeschleudert. Ein weiterer Tritt traf ihn in die Nierengegend und ließ ihn zu Boden gehen. Kurz darauf spürte er eine Gewehrmündung im Nacken, und eine Stimme über ihm sagte: »Keine Bewegung.«

80

Centro de Energía Geotérmica, Cervera, Spanien

Das Licht war wieder angegangen, und Sandorin wurde grob in den Kontrollraum gestoßen. Sein Gesicht hatte Verbrennungen erlitten. Die geröteten Augen funkelten wütend. Hinter ihm tauchten zwei Wachen auf. Sie waren beide mit einem Maschinengewehr bewaffnet. An ihren Hüften steckte eine Pistole im Holster.

Dean richtete sich auf. Als die Schüsse losgegangen waren, hatte er sich mit Elena auf den Boden geworfen. Nur diesem Umstand war es zu verdanken, dass sie nicht von der vollen Stärke des Lichtblitzes getroffen wurden. Trotzdem waren seine Augen noch immer überreizt, und er hatte Mühe, scharf zu sehen.

Einer der Männer schob das Mikrofon seines Headsets vor den Mund. »Wir haben sie.« Er beobachtete Sandorin, während er offenbar Anweisungen bekam. »Verstanden«, sagte er schließlich und schob das Mikrofon wieder weg.

Dean kannte die beiden Männer seit der Gründung von Common Ground. Sie stammten aus dem Netzwerk von Earth First! und gehörten zu Cellers engstem Kreis. Er war ihnen in den letzten zwei Jahren fast täglich auf den Gängen begegnet und hatte mit ihnen auch schon mehrmals ein paar Worte gewechselt. Aber außer ihren Namen und ihrer Funktion wusste er nicht wirklich viel über sie.

»Was habt ihr mit uns vor, Zoah?«, fragte Elena den Untersetzteren der beiden.

»Celler ist unterwegs nach unten. Er will mit euch reden. Wir haben Anweisung, euch zu erschießen, falls ihr etwas anfasst oder Dummheiten macht. Also tut mir den Gefallen und denkt gar nicht erst dran.«

Elena rückte ein Stück näher zu Dean. »Wie weit bist du gekommen?«, flüsterte sie.

»Nicht weit genug«, antwortete er. »Ich brauche noch etwa zehn Minuten.«

Zoah hob die Waffe an. »Professor Lund, zwingen Sie mich nicht zu etwas, was ich nicht tun möchte.«

Dean sah auf die Maschinenpistole und dann in Zoahs Augen. Ihm war klar, dass er die Zeit nicht mehr bekommen würde.

Die Lage hätte nicht schlechter sein können. Dean spürte eine unerträgliche Schuld auf seinen Schultern lasten. In seinem Wunsch, die Welt vor einer Katastrophe zu bewahren, hatte er die Büchse der Pandora geöffnet. Das Botnetz war *seine* Entwicklung. Er trug die Verantwortung für den Schaden, den es anrichten konnte. Wenn es wirklich aktiviert wurde, hätte das fast mit absoluter Sicherheit einen globalen Wirtschaftskollaps zur Folge. Er musste die Büchse der Pandora um jeden Preis wieder verschließen, koste es, was es wolle.

Komm schon, Professor, lass dir was einfallen!

Im Gang öffnete sich die Schleuse, und Celler trat ein. Als er zwischen den Servern auf sie zukam, musterte er das Innere des Kontrollraums. Er warf Dean einen Blick zu, der nichts Gutes versprach.

»Schön, dass Sie wieder zurück sind, Professor. Sie haben heute ganz schön für Aufregung gesorgt.«

»Ich habe nicht darum gebeten, dass Sie Laura einen Killer auf den Hals hetzen.«

Celler machte ein erstauntes Gesicht. »Einen Killer? Nun, das erklärt so einiges.« Er sah zu Elena. »Da haben Sie ja ganze Arbeit geleistet.«

Dean bemerkte, wie sie Celler einen giftigen Blick zuwarf. Ihre ganze Körperhaltung wirkte angespannt, so als wollte sie ihm jeden Moment an die Kehle springen.

»Wie meinen Sie das?« Eine böse Vorahnung beschlich ihn.

Celler zeigte ein freudloses Lächeln. »Nun, ich denke, es dürfte Sie interessieren, dass Sie diesen unerfreulichen Tag nicht mir zu verdanken haben. Möchten Sie es ihm sagen, Elena?«

Ihre Lippen wurden zu einer schmalen Linie.

Als sie nichts sagte, fuhr Celler fort: »Sie wurden benutzt, Herr Lund. Sie haben sich auf ganzer Linie von Bloom täuschen lassen.«

Die Worte trafen Dean eiskalt. »Ich verstehe nicht …« Er sah zu Elena. »Was hat das zu bedeuten?«

Elenas Gesicht wurde hart. »Bist du wirklich so schwer von Begriff?«

»Geld«, übernahm Celler die Antwort. »Es ging nur um Geld.« Er bedachte Elena und Sandorin mit einem abschätzenden Blick. »Ein pleitegegangener Familienclan und ein unehrenhaft entlassener CIA-Agent, der sich an den Meistbietenden verkauft.«

Bloom ist pleite? Dean fehlte schlichtweg die Fantasie, um sich vorstellen zu können, wie jemand mehr als eine Milliarde Dollar verlieren konnte.

»Woher wussten Sie davon?«, fragte Elena.

»Sie sind wirklich überrascht? Glauben Sie, ich informiere mich nicht, wenn Bloom mitten in unseren Vorbereitungen einen neuen Assistenten einstellt?« Er zupfte an seinen Manschettenknöpfen und schüttelte gedankenverloren den Kopf. »Als ich bei meinen Nachforschungen darauf gestoßen bin, dass Blooms Sohn das ganze Vermögen an der Börse verspekuliert hatte, wusste ich, dass das nicht ohne Konsequenzen bleiben würde. Seit diesem Zeitpunkt habe ich ihn überwachen lassen. Aber er war zu geschickt, um mir Anhaltspunkte für einen begründeten Verdacht zu liefern.« Er wandte sich an Dean. »Erst heute, als Sie verschwunden sind, war ich mir sicher, dass etwas im Busch ist.«

»Was haben Sie mit uns vor?«, wollte Elena wissen.

»Es bleiben uns nicht viele Optionen, nicht wahr? Nachdem Dean Sie angerufen hatte, habe ich Zoah und Fernando außerhalb der Anlage Position beziehen lassen. Vor zwei Stunden sind sechs NATO-Helikopter etwa anderthalb Kilometer südlich von hier gelandet. Sie haben inzwischen rund um die Anlage Stellung bezogen. Der Angriff müsste kurz bevorstehen.«

»Wie viel Zeit bleibt noch?«, fragte Dean.

»Vielleicht eine halbe Stunde, vielleicht aber auch weniger. Das ist schwer zu sagen.«

»Die Anlage hätte schon längst evakuiert sein müssen«, stellte Dean ernüchtert fest. Seine Kehle war auf einmal wie ausgetrocknet. Celler wusste schon seit mehr als zwei Stunden, dass ein Angriff bevorstand, aber er hatte weder das Team weggeschafft noch das Botnetz durch den Terminalcode deaktiviert. Dafür konnte es nur eine Erklärung geben.

»Betrachten Sie es als Kollateralschaden«, sagte Celler. »Die Leute da oben sind zwar Idealisten, aber sie haben nicht den Mumm, die Sache bis zum Ende durchzuziehen. Ich kann nicht riskieren, dass sie mir in die Quere kommen.«

»Sie wollen das Botnetz aktivieren.«

»Ich sehe, Sie verstehen«, sagte Celler.

»Das können Sie nicht tun!«, fuhr Elena auf.

Celler blieb ungerührt. »Bloom hat den Stein ins Rollen gebracht. Unsere Chance, die Welt auf sanfte Weise zu ihrem Glück zu zwingen, ist damit vorbei. Nun muss sie es auf die harte Tour lernen. Glauben Sie mir, ich hätte es lieber anders gewollt. Aber ich habe Common Ground nicht aufgebaut, um hier kehrtzumachen.«

»Wenn Sie das tun«, erwiderte Dean, »wird die Wirtschaft dadurch weltweit zum Erliegen kommen. Sämtliche internationalen Warenströme werden abreißen. Lebensmittel, Energie, Rohstoffe, nichts davon wird mehr verfügbar sein. Können Sie sich vorstellen, was Sie damit verursachen?«

»Ich bin mir der Konsequenzen durchaus bewusst.«

»Wirklich? Wir sprechen hier von sieben Milliarden Menschen. Die Lebensmittelvorräte der meisten Länder reichen nicht weiter als drei Monate. Danach wird die gesamte Grundversorgung zusammenbrechen. Nur schon in den ersten Monaten werden dadurch Hunderte Millionen Menschen sterben. Sie würden damit den größten Massenmord der Menschheitsgeschichte begehen!«

»Ich kenne den Preis, den wir bezahlen müssen«, entgegnete Celler. »Aber bedenken Sie die Alternative. Wenn jetzt nichts getan wird, wird das Klimasystem früher oder später kollabieren. Dann wird all das, was Sie genannt haben, ebenfalls passieren. Nur dass wir dann unsere Lebensgrundlage zugrunde gerichtet haben und nichts mehr übrig bleiben wird, wovon wir noch existieren könnten.«

Dean ging einen Schritt auf Celler zu. Er versuchte, ruhig zu bleiben. Der Mann schien jeden Bezug zur Realität verloren zu haben. »Erinnern Sie sich daran, was Sie zu mir gesagt haben, als Sie mich damals in Amsterdam verhört haben? Common Ground stehe für einen Paradigmenwechsel. Neue Regeln für das Wirtschaftssystem. Die Überwindung des fossilen Zeitalters. Wenn wir das Botnetz jetzt nicht ausschalten, wird nichts davon geschehen. Wenn das Wirtschaftssystem zusammenbricht, wird es danach auf dieselbe Weise wieder aufgebaut, wie es vorher war. Mit denselben Problemen, wie wir sie jetzt haben.«

Cellers Miene verfinsterte sich. »Sie sehen das größere Ganze nicht, Professor. Wir haben uns einen Turm gebaut, auf dem alles glänzt und schön bequem eingerichtet ist. Aber weiter unten ist er morsch und verfault. Es ist an der Zeit, ihn abzureißen, damit wir wieder auf den Boden runterkommen. Auf gemeinsame Höhe mit dem Rest der Welt. *Das* ist es, wofür Common Ground steht.«

»Sie sind doch einfach nur krank!«, zischte Elena. »Ein krankes, größenwahnsinniges Schwein!«

»Sie können von mir denken, was Sie wollen. Ich erwarte nicht, dass jemals jemand anerkennen wird, was ich heute für die Menschheit tue. Und ich bedaure, dass es auf diese Weise geschehen muss. Aber ich werde tun, was nötig ist.« Celler nickte Zoah zu. Dieser machte einen Schritt nach vorn und hob das Maschinengewehr.

»Ich werde Sie jetzt verlassen. Sobald unsere Freunde von der NATO realisieren, dass sie durch die Schleusen nicht durchkommen können, werden sie den Laden hier sprengen. Zoah und Fernando werden Sie in einen der Technikräume bringen und dort fesseln.«

Elena sah ihn entsetzt an. »Sie wollen uns hier zurücklassen?«, fragte Elena entsetzt.

Celler hob die Augenbrauen. »Natürlich! Ich denke, Sie haben es sich verdient, in der ersten Reihe zu sitzen, wenn die Welt untergeht.«

81

Centro de Energía Geotérmica, Cervera, Spanien

Das alte Bauernhaus lag in einsamer Stille. Die Windböen hatten zugenommen und rissen an Lauras Kleidern, als sie mit Orff an der Frontseite des morschen Gebäudes entlangschlich.

Laura hatte unterwegs schon befürchtet, dass sie nicht der richtigen Route gefolgt waren. Der holprige Feldweg hatte sich über eine halbe Ewigkeit hingezogen. Orff hatte nach einigen Minuten das Licht ausgeschaltet, damit sie nicht entdeckt werden konnten. Der Weg war im schwachen Mondlicht kaum zu erkennen gewesen. Mit jedem Meter, den sie fuhren, war Lauras Unsicherheit gewachsen, bis sie schließlich die Umrisse eines Jeeps entdeckten, der abseits der Straße kaum sichtbar hinter einer Gruppe von Büschen stand.

Orff ging mit gezogener Waffe voran, als sie sich einer Scheune näherten. Ein Tor stand zur Hälfte offen. Aus dem Innern drang ein schwacher Lichtschein. Orff blieb vor dem Tor stehen und warf einen kurzen Blick hinein.

»Warten Sie hier«, flüsterte er und verschwand im Innern. Kurz darauf kehrte er zurück. »Der Zugang zum Verbindungstunnel ist offen. Es gibt aber ein Problem.«

»Was?«

»Im Tunneleingang habe ich eine Kamera gesehen. Ich nehme an, dass es weiter unten noch mehr davon geben wird.

Wenn wir zusammen gehen, werden sie unten sofort wissen, dass etwas faul ist.«

Laura wollte etwas sagen, aber er unterbrach sie. »Wir haben jetzt zwei Möglichkeiten. Entweder wir warten gemeinsam hier oben, bis sie wieder rauskommen. Das hat den Vorteil, dass das Überraschungsmoment auf unserer Seite liegt. Der Nachteil ist, falls Ihrem Freund dort unten etwas passieren sollte, ist er auf sich allein gestellt.«

»Die zweite Option ist, dass Sie allein runtergehen«, fuhr Laura fort.

Orff sah sie an. Beide wussten, dass die erste Option nicht infrage kam.

»Wie lange brauchen Sie, um durch den Tunnel zu kommen?«, fragte Laura.

»Der Tunnel dürfte etwa einen Kilometer lang sein. Sieben oder acht Minuten.«

»Gut, dann werde ich Ihnen in zehn Minuten folgen.«

»Wie Sie meinen«, sagte Orff. »Verstecken Sie sich irgendwo, wo Sie den Eingang zur Scheune sehen können. Rufen Sie mich an, wenn nach mir jemand hineingeht. Ich werde mein Handy auf lautlos schalten.« Er zog einen Kugelschreiber hervor und notierte seine Nummer auf ihrer Handfläche. Dann verschwand er im Schuppen.

Laura blieb stehen und horchte, wie seine Schritte verklangen. Danach war es still. Das Einzige, was sie vernahm, war der Wind und das Pochen in ihrer Brust.

82

SHAPE, Mons, Belgien

»Operation Cleansweep beginnt um null vierhundert, Sir. Der Sturmtrupp hat sich an der Grundangriffsstellung in Position gebracht und wartet auf den Einsatzbefehl.«

Saceur Archibald Orland studierte auf dem Hauptmonitor des Kommandozentrums die Livebilder, die ihm der Satellit von dem geothermischen Kraftwerk und dem umliegenden Gelände lieferte. Abgesehen von den Vorbereitungen der Rapid Reaction Forces waren keine besonderen Aktivitäten auf dem Gebiet zu verzeichnen gewesen.

»Gut, ich will laufend über den Status der Operation informiert werden.«

»Verstanden, Sir«, drang die Stimme des Gesamteinsatzleiters durch den Hörer.

»Gehen Sie mit der notwendigen Härte vor. Ich muss Sie nicht daran erinnern, dass das Überraschungsmoment von größter Wichtigkeit ist. Die Terroristen dürfen keine Gelegenheit erhalten zu reagieren.«

Ein Adjutant trat zu Orland. »Sir, ich habe hier einen dringenden Anruf für Sie. Es ist die Direktorin von Europol.«

Orland hielt seinen Blick auf den Monitor gerichtet. »Sagen Sie ihr, dass ich jetzt keine Zeit habe. Sie soll mich später anrufen.«

Der Adjutant zögerte. »Sir, sie hat gesagt, es sei wichtig. Sie hätte entscheidende Informationen, die den Einsatz betreffen.«

Der Saceur sah auf das Telefon in der Hand des Adjutanten. Dann beendete er das Gespräch mit dem Gesamteinsatzleiter und nahm den Hörer entgegen.

»Ich hoffe, Sie haben einen verdammt guten Grund, warum Sie mich mitten im Einsatz stören«, begann er ohne Umschweife.

»Ja, den habe ich«, antwortete die kühle Stimme von Europols Direktorin. »Sie müssen Ihre Operation sofort abbrechen.«

»Wie kommen Sie darauf, dass ich das tun sollte?«

»Ich kann jetzt nicht in die Details gehen. Aber ich habe aus zuverlässiger Quelle Informationen erhalten, dass Ihr Angriff das Botnetz auslösen wird. Sobald Sie in die Anlage einmarschieren, wird es automatisch aktiviert.«

»Von welcher Quelle sprechen Sie?«

»Wir haben ein Mitglied von Common Ground bei uns in Gewahrsam. Die Person hat uns mitgeteilt, dass der Standort der Anlage absichtlich der Europäischen Kommission zugespielt wurde, um einen Angriff zu provozieren. Wir haben allen Grund zu der Annahme, dass die Informationen richtig sind.«

»Woher wollen Sie wissen, dass es sich dabei nicht um ein taktisches Manöver der Terroristen handelt?«

»Unsere Informantin hat uns die Koordinaten zu einem Hinterausgang der Anlage angegeben. Der Zugang sollte geöffnet sein. Derzeit befinden sich Personen in der Anlage, die nicht zu Common Ground gehören. Sie versuchen in diesem Moment, das Botnetz zu deaktivieren.«

»Ist das alles, was Sie haben?«

»Wir stecken noch mitten in den Ermittlungen. Es ist deshalb von entscheidender Bedeutung, dass Sie den Angriff *nicht* durchführen. Schicken Sie Ihre Soldaten zum Hinterausgang. Wenn wir richtigliegen, werden Sie dort auf einen Tunnel stoßen, der direkt zur Serveranlage führt.«

»Jetzt hören Sie mir mal gut zu!«, knurrte Orland. »Das hier ist ein durch den UNO-Sicherheitsrat legitimierter militärischer Einsatz. Wenn Sie seinen Zweck in Zweifel ziehen wollen, sollten Sie schon etwas mehr vorweisen können als bloße Vermutungen.«

»Ich kenne den Hintergrund Ihrer Operation, Saceur. Das ändert aber nichts daran, dass Ihr Befehl auf falschen Annahmen beruht. Wenn Sie Ihren Einsatz wie geplant fortsetzen, werden Sie dadurch genau das Gegenteil von dem erreichen, was Sie bezwecken. Also schicken Sie Ihre Männer zu den Koordinaten meiner Informantin, und überprüfen Sie meine Angaben.«

»Das werde ich nicht tun, Direktorin«, sagte Orland kühl. »Ich weiß nicht, wie Sie Ihre Polizeiarbeit machen. Aber wir stützen unsere Einsätze auf solide Fakten, nicht auf Vermutungen. Wenn Sie mich fragen, ist Ihre Informantin nichts weiter als Teil einer Hinhaltetaktik, um den Angriff zu verzögern. Also halten Sie sich aus meiner Operation heraus, bis Sie handfeste Beweise haben.«

Orland knallte dem Adjutanten den Hörer in die Hand und wandte sich leise fluchend wieder dem Bildschirm zu.

83

Centro de Energía Geotérmica, Cervera, Spanien

Ein dumpfer Knall ertönte. Durch die dicken Wände der Forschungsstation erschien er nicht lauter als ein weit entferntes Donnergrollen. Giuliana sah von ihrem Bildschirm auf. Im MIND herrschte noch immer Hochbetrieb, und der Raum wurde von leisen Gesprächen und dem Klackern von Computertastaturen erfüllt. Nur die wenigsten schienen von dem Geräusch Notiz zu nehmen. Auch Giuliana wäre es entgangen, wenn es nicht eine alte Erinnerung in ihr geweckt hätte.

Es hatte wie die Fehlzündung der alten Harley geklungen, die sich ihr Vater als Sammlerstück gekauft hatte, als sie noch ein Kind war. Zu Giulianas Ärger hatte er sich sein langweiliges Leben als Zahnarzt mit dem Kauf der alten Dreckschleuder versüßt, mit der er am Wochenende seine Spritztouren machte. Sie wurde mehr als einmal am Sonntag aus dem Schlaf gerissen, wenn er auf dem Vorplatz ihres Hauses die Tourenzahl der antiquierten Maschine hochjagte.

Giuliana fragte sich gerade, ob sich zu dieser frühen Morgenstunde einer der umliegenden Bauern mit seinem Traktor hierher verirrt haben könnte, als ein zweiter Knall durch die Wände drang. Sie sah zu Ben Howard, der ihr gegenübersaß. Dieses Mal hob auch er den Kopf. Das Geräusch ertönte zwei weitere Male. Und jetzt war sich Giuliana sicher, dass es keine Fehlzündungen waren. Kurz darauf waren von draußen Maschinengewehrsalven zu hören.

Mit einem Ruck saß Giuliana senkrecht. Auch alle anderen im MIND sahen erschrocken von ihrer Arbeit auf. Ein aufgeregtes Stimmengewirr brach aus, und die meisten begannen, aufzustehen und verwirrt um sich zu blicken.

Howard sah zu Giuliana. »Wir werden angegriffen«, sagte er fast wie zu sich selbst. Dann schleuderte er seinen Stuhl zur Seite und schrie: »Alle raus hier!«

Im Bruchteil einer Sekunde brach Panik aus, und die Ersten stürmten auf die Tür zu. Auch Giuliana schnellte von ihrem Stuhl hoch und eilte hinter Howard dem Ausgang entgegen. Inzwischen waren draußen fast pausenlos Schüsse zu hören.

Warum hat es keinen verdammten Alarm gegeben?

Als sie die Tür erreichte, hatte sich davor bereits eine Traube gebildet. Alle wollten so schnell wie möglich hinauskommen und versperrten sich gegenseitig den Weg. In diesem Moment ließ eine ohrenbetäubende Explosion den

Boden erbeben. Schlagartig wurde der Gang vor der Tür von einer dichten Staubwolke erfüllt. Angsterfüllte Schreie durchschnitten den Raum, und diejenigen, die bereits im Flur waren, drängten von Panik getrieben wieder zurück ins MIND.

Giuliana wurde von der entgegenkommenden Masse weggestoßen. Sie verlor das Gleichgewicht und stolperte rückwärts. Halt suchend streckte sie die Arme aus, griff aber nur ins Leere. Sie stieß gegen etwas auf dem Boden und landete rücklings auf einem Schreibtisch. Wie ein elektrischer Schock fuhr ihr ein stechender Schmerz durch die Wirbelsäule. Der Schlag hatte ihr sämtliche Luft aus der Lunge gepresst, und sie rang nach Atem. Sie versuchte, sich wieder aufzurichten, als eine zweite Explosion den Raum erneut zum Beben brachte. Gerade noch rechtzeitig sah sie, wie direkt über ihr in der Decke ein Loch aufriss und Trümmerteile auf sie hinabfielen. Sie schwang sich zur Seite und rollte sich vom Tisch ab, kurz bevor ein dicker Betonbrocken darauf einschlug. Giuliana wurde von der Wucht des Einschlags auf den Boden geschleudert. Sie krümmte sich schützend zusammen, als tausend kleine Stücke wie ein Kugelhagel auf sie niederprasselten. Sie wurde zum Glück von nichts Größerem getroffen.

Bevor sie sich wieder aufrichten konnte, begannen über ihr Schüsse zu fallen. Starr vor Schreck öffnete sie die Augen und sah, wie sich drei schwarz gekleidete Männer über ihr durch das Loch in der Decke abseilten. Sie glitten derart schnell herunter, als wären sie im freien Fall. Giuliana wollte sich aufrappeln, doch noch bevor sie es auf die Knie schaffte, traf sie ein harter Tritt gegen den Rücken und sie wurde flach gegen den Boden gedrückt.

Mit größter Kraftanstrengung gelang es ihr, den Kopf zu wenden. Sie wünschte sich, sie hätte es nicht getan. Direkt vor ihr lag Ben Howard auf dem Boden. Sein Oberkörper war von einem dicken Betonbrocken zerquetscht. Seine toten Augen starrten ins Leere.

84

Centro de Energía Geotérmica, Cervera, Spanien

»Lassen Sie die Hände schön dort, wo ich sie sehen kann«, sagte Zoah zu Sandorin, während er sich hinter ihn stellte, um ihn beim Hinausgehen besser im Blick zu haben.

Dean registrierte, wie Sandorin seine Unterarme leicht nach oben beugte. Er hielt sie so, dass Dean auf die Innenseite seiner Handgelenke sehen konnte. Unter dem Ärmel seines Hemdes ragte etwas hervor, das wie der Griff eines Messers aussah. Der Ex-CIA-Agent warf ihm einen vielsagenden Blick zu.

»Sie haben ausgezeichnete Arbeit geleistet, Herr Lund«, sagte Celler, als Dean an ihm vorüberging. »Es war eine Ehre, mit Ihnen zusammenzuarbeiten. Ohne Sie wäre das alles hier nicht möglich gewesen.«

»Ich hätte lieber etwas erfinden sollen, mit dem man Ihr krankes Hirn reparieren kann.«

Celler zeigte ein gleichmütiges Lächeln. »Im Grunde tue ich Ihnen einen Gefallen. Betrachten Sie es als Ihren letzten Verdienst für die Menschheit. Sie wollten die Welt doch immer verändern. Jetzt werden Sie es erreichen.«

Bevor Dean antworten konnte, hörte er über sich ein dumpfes Grollen. Es klang, als würde oben ein Güterzug über sie hinwegrollen. Kurz darauf schrillte ein Alarm auf. Dean sah, wie Zoah überrascht aufblickte. Sandorin bemerkte es ebenfalls und zog, ohne zu zögern, das Messer aus seinem Ärmel. Noch bevor Zoah erfassen konnte, was geschah, schlug Sandorin in einer fließenden Bewegung nach seiner Waffe und richtete den Lauf in die Höhe. Seine andere Hand schnellte hervor und jagte dem Wachmann das Messer in die Brust.

Fernando, der neben Celler stand und sich auf Elena konzentriert hatte, riss seine Maschinenpistole zur Seite und zielte auf Sandorin. Dean sah die Bewegung und warf sich mit aller Kraft gegen ihn. Er hatte gehofft, ihn damit aus dem Gleichgewicht zu bringen, doch er machte mit seinem Bein einen Ausfallschritt nach hinten, sodass er Deans Aufprall auffangen konnte. Er holte aus und rammte Dean den Ellbogen in den Bauch. Dean ignorierte den Schmerz und griff nach Fernandos Gewehr. Dieser zog es ruckartig zurück, sodass es Dean fast wieder entglitten wäre. Er erkannte, dass seine Kraft gegen den muskulösen Wachmann nicht ausreichte. Als Fernando das Gewehr ein zweites Mal zurückreißen wollte, verlagerte Dean sein ganzes Gewicht auf das Vorderbein und stieß zu. Der Wachmann verlor das Gleichgewicht und taumelte zurück. Noch bevor er sich wieder ganz gefasst hatte, richtete er seine Waffe auf Dean.

Schüsse dröhnten durch den Kontrollraum, und der Wachmann stolperte getroffen nach hinten. Mit entsetzt aufgerissenen Augen stieß er gegen die Bildschirme hinter sich, und eine Salve löste sich aus seinem Gewehr. Dean warf sich zu Boden, als ein Kugelhagel über ihn hinwegflog. Auch Celler hatte sich hingeworfen, um den Schüssen auszuweichen. Dean sah, dass er eine Pistole in der Hand hielt. Für den Bruchteil einer Sekunde trafen sich ihre Blicke. Celler drehte sich zur Seite und hob die Waffe an.

»Das würde ich sein lassen«, hörte Dean die Stimme des Ex-CIA-Agenten. Celler hielt in seiner Bewegung inne.

»Nur eine falsche Bewegung und es wird Ihre letzte gewesen sein.« Sandorin trat in Deans Blickfeld. Der Lauf seiner Maschinenpistole war direkt auf Cellers Kopf gerichtet.

»Legen Sie die Waffe jetzt schön langsam auf den Boden.«

Celler blieb einen Moment lang starr liegen. Dann löste er den Finger vom Lauf und ließ die Waffe aus der Hand gleiten. Seine Augen funkelten Sandorin hasserfüllt an.

85

Centro de Energía Geotérmica, Cervera, Spanien

Ein weit entferntes Geräusch hallte dem verlassenen Bauernhaus entgegen, das oberhalb des geothermischen Kraftwerks am Hang eines Hügels lag. Lauras Kopf schnellte in die Richtung, aus der der Laut gekommen war. Sie befand sich in einer dunklen Nische seitlich des Bauernhauses, von der aus sie einen guten Blick auf den Schuppen hatte.

Das Geräusch war ein zweites Mal zu hören. Laura kannte diesen Klang. Seit sie in der Schweiz lebte, hatte sie schon mehr als einmal bei einem ausgedehnten Spaziergang im Züricher Oberland einen Schießstand gekreuzt. Der Knall mit dem danach folgenden lang gezogenen Grollen war unverkennbar.

Laura verließ ihr Versteck. Die Schüsse waren von weit unten gekommen. Ein weiterer Knall ertönte, dann ein Knattern, das wie ein Maschinengewehr klang. Laura lief zur Rückseite des Bauernhauses, von der sie auf die Ebene unter sich blicken konnte. In der Ferne konnten sie die beiden Signalleuchten auf den Kühltürmen des Kraftwerks erkennen. Das Knattern war jetzt regelmäßig geworden. Laura sah seitlich der Kühltürme etwas aufleuchten. Kurz darauf ertönte ein Krachen.

Der Angriff hatte begonnen. Laura brauchte nicht lange zu überlegen, was sie tun sollte. Sie wandte sich ab und rannte auf den Schuppen zu.

Hinter ihr hallte eine weitere Explosion den Hügel hinauf.

86

Mobile NATO-Einsatzzentrale, Cervera, Spanien

»Sir, Korporal Murry für Sie.«

Der Gesamteinsatzleiter nahm dem Nachrichtensoldaten das Funkgerät aus der Hand. »Korporal, wie ist Ihr Status?«

»Sir, der oberirdische Teil der Anlage ist gesichert«, kam die blecherne Stimme aus dem Funkgerät. »Zwei meiner Männer sind leicht verletzt, aber weiterhin einsatzfähig.«

»Haben Sie die Serveranlage gefunden?«

»Wir haben hier einen Haufen verstörter Computerfreaks, jedoch keinen Server. Wir sind aber zu einem unterirdischen Gang vorgedrungen, der etwa zwanzig Meter unter dem Boden liegt. Ich stehe gerade vor einer massiven Stahltür mit elektronischem Schließmechanismus. Das Eingabefeld ist zerschlagen. Sieht aus, als hätte uns jemand erwartet.«

Der Gesamteinsatzleiter sah auf die Uhr. »Sie haben noch vier Minuten. Können Sie die Tür aufbrechen?«

»Nein, Sir, nicht in dieser Zeit. Dafür müssten wir den Durchgang sprengen, aber das würde den Gang mit ziemlicher Sicherheit zum Einsturz bringen.«

»Sehen Sie andere Möglichkeiten, sich Zugang zu verschaffen?«

»Nein, Sir, wir haben alles überprüft. Es gibt nur diesen einen Weg.«

Der Wind zerrte an den Planen der mobilen Einsatzzentrale. Die Blicke der Nachrichtensoldaten waren auf den Gesamteinsatzleiter gerichtet. Sein Finger verharrte einige Sekunden regungslos auf dem Sprechknopf.

»Evakuieren Sie das Gelände«, sagte er schließlich. »Bringen Sie die Sprengladungen an. Ich will, dass alles, was sich unter dem Gebäude befindet, durch die Explosion begraben wird.«

»Verstanden, Sir. Over und Ende.«

87

Centro de Energía Geotérmica, Cervera, Spanien

»Heben Sie die Waffe auf, Elena.« Das Maschinengewehr im Anschlag stieg Sandorin über den Professor hinweg und richtete die Mündung direkt auf Cellers Stirn. »Und Sie bleiben schön ruhig liegen. Ich will keine Bewegung sehen.«

Die Nachwirkungen der Blendgranate machten Sandorin immer noch zu schaffen. Inzwischen konnte er zwar wieder einigermaßen klar sehen, aber seine Augen brannten, als hätte jemand ein Feuer darin entfacht. Auch seine anderen Sinne waren noch überreizt. Der schrille Warnton, der nach der Explosion losgegangen war, stach ihm in den Ohren.

Zögerlich trat Elena einen Schritt näher. Sie beugte sich hinunter und griff hastig Cellers Pistole.

»Jetzt stehen Sie auf, aber schön langsam«, befahl Sandorin.

Der Glatzkopf starrte ihn unverwandt an, während er sich langsam erhob. Sandorin musste sich zusammenreißen, dass er ihm nicht gleich jetzt eine Kugel in den Kopf jagte. Sein ganzer Körper war mit Adrenalin vollgepumpt. Er brauchte etwas, um sich abzuregen. Aber Celler jetzt zu erledigen, wäre unbedacht gewesen. Er konnte sich vielleicht noch als nützlich erweisen.

»Das gilt auch für Sie, Professor. Stehen Sie auf.«

Dean Lund, der direkt neben Celler gestürzt war, kam ebenfalls auf die Beine.

»Elena, Sie behalten ihn im Auge, ich will nicht, dass er auf falsche Gedanken kommt.«

Sie hob die Waffe und richtete sie auf den Professor. »Wir müssen uns beeilen.«

Ohne Celler aus den Augen zu lassen, wandte Sandorin den Kopf zu Lund. »So, Professor, jetzt hören Sie mir gut zu. Sie wissen jetzt, dass wir nicht im gleichen Team spielen. Aber wir sitzen trotzdem im selben Boot. Wenn Sie kooperieren und genau das tun, was ich Ihnen sage, dann kommen Sie und Ihre kleine Freundin unbeschadet davon. Wenn Sie aber versuchen sollten, irgendwelche Spielchen mit mir zu spielen, dann werde ich der hübschen Laura sehr wehtun. Haben Sie mich verstanden?«

Sandorin vermutete, dass Orff Dupont inzwischen beseitigt hatte. Aber solange der Professor in dem Glauben war, dass sie lebte, konnte er ihn besser unter Kontrolle halten.

Lund schob den Kiefer vor. »Sie brauchen mir nicht zu drohen. Laura hat nichts mit der Sache zu tun. Lassen Sie sie gehen!«

»Sie sind nicht in der Position zu verhandeln. Tun Sie, was ich sage, und Ihrer Freundin wird nichts passieren.«

Sandorin warf dem Professor einen kurzen Blick zu. Er sah aus, als wollte er ihn gleich anspringen, sagte aber nichts. Sehr gut. »Ich nehme Ihr Schweigen als Zeichen, dass Sie mich verstanden haben. Jetzt sagen Sie mir, wie lange Sie noch brauchen, um das Botnetz auszuschalten.«

Lund rührte sich noch immer nicht. »Zehn Minuten, vielleicht auch etwas länger.«

»So viel Zeit haben wir vielleicht nicht mehr. Können Sie das nicht beschleunigen?«

»Nein, das ist schon sehr optimistisch.«

Sandorin wandte sich wieder Celler zu. »Dann müssen wir wohl *Sie* etwas motivieren, uns zu helfen.« Er machte einen Schritt auf ihn zu. »Wie Sie sich sicher vorstellen können, lernt man in Langley einige sehr interessante Foltermethoden. Akupressur an Nervenpunkten oder das Brechen von Fingerknochen und dergleichen. Aber ich denke, das dürfte einen Mann wie Sie nicht besonders beeindrucken, nicht wahr?«

Celler erwiderte nichts.

»Dacht ich's mir doch. Ich finde, es gibt auch effektivere Methoden, wie man einen Menschen zur Kooperation bringen kann.« Sandorin zog sein Messer hervor. »Also, es gibt jetzt zwei Möglichkeiten, wie das hier für Sie ausgehen kann. Erstens, Sie gehen zu dieser Konsole und geben den Code ein. In diesem Fall lasse ich Sie am Leben. Zweitens, Sie weigern sich. Dann wird Herr Lund hier sein Programm laufen lassen. In der Zwischenzeit werde ich Ihnen zuerst in die Knie schießen. Dann zeige ich Ihnen, was sich mit diesem Messer hier so alles machen lässt. Und wenn Sie danach nur noch ein zur Unkenntlichkeit verstümmelter Haufen aus Fleisch und Knochen sind, verpasse ich Ihnen einen Schuss in die Leber. Ihr Tod wird sehr schmerzhaft und langsam sein.«

Sandorin senkte das Gewehr zu Cellers Knien hinab. »Also, wie entscheiden Sie sich?«

Einige Sekunden lang war nur der auf- und abschwellende Alarmton zu hören.

In Cellers Gesicht war nicht die geringste Regung zu erkennen, als er antwortete. »Ich kann mir gut vorstellen, dass Sie Freude daran hätten, Ihre sadistische Ader an mir auszuleben. In den Berichten, die ich über Sie gelesen habe, wurde erwähnt, dass Sie auffallend gewalttätig waren. In Ihren Verhören soll es regelmäßig zu Verstümmelungen gekommen sein. War das der Grund, warum Sie aus der CIA entlassen wurden? Oder war es vielleicht doch eher Ihr Drogenmissbrauch?«

Sandorin drückte den Finger fester auf den Abzug. »Verschwenden Sie nicht meine Zeit.«

Cellers Mund verzog sich kaum merklich. Es wirkte wie der Anflug eines höhnischen Lächelns. »Ich gebe den Code ein.«

»Gute Entscheidung.« Sandorin machte mit dem Gewehr eine Geste Richtung Terminal. »Wenn ich merke, dass Sie mich verarschen wollen, zeig ich Ihnen, wie sadistisch meine Ader wirklich ist. Haben Sie mich verstanden?«

Ohne eine weitere Reaktion ging Celler auf das Terminal zu.

»Professor, Sie stellen sich neben ihn und passen auf, dass er keinen Unsinn macht. Elena, Sie behalten die Überwachungsbilder im Auge. Und schalten Sie diesen verdammten Alarm aus!«

Celler stellte sich vor das Terminal und begann, etwas einzutippen. Der Professor trat neben ihn.

Mit dem Gewehr im Anschlag beobachtete Sandorin jede Bewegung von Celler.

Der Alarmton verstummte, und Sandorin hörte, wie Celler zum Professor sprach: »Es ist schon interessant, wie sich die Dinge wenden können.«

»Hören Sie auf zu quatschen«, befahl er barsch.

Celler fuhr unbeirrt fort: »Denken Sie, das wird die letzte Wendung gewesen sein, Herr Lund?«

Der Professor sah kurz zu Sandorin. »Worauf wollen Sie hinaus?«

Celler legte seine Hand auf den Scanner. Ein Lichtstreifen fuhr über das Feld. Sandorin trat näher. Auf dem Bildschirm leuchtete eine Schrift auf: *Verarbeitung …*

»Glauben Sie wirklich, dass die uns einfach so laufen lassen werden?«

»Ich habe gesagt, Sie sollen die Klappe halten«, zischte Sandorin. »Noch ein Wort und ich …«

»Wir bekommen Besuch«, unterbrach Elena ihn.

Sandorin spähte kurz über die Schulter. Auf einem der Bildausschnitte war ein Mann zu sehen, der durch den Tunnel rannte. Er näherte sich dem Bildschirm und warf einen zweiten Blick darauf. »Das ist Orff.«

»Der Killer? Haben Sie ihm nicht gesagt, er soll oben warten?«

»Doch. Ich habe ihm klare Anweisung gegeben.«

»Warten Sie …« Elena zögerte. »Da kommt noch jemand. Weiter oben im Tunnel. Ich mach das Bild etwas größer … Verdammt, das ist Dupont!«

»Laura!« Lund machte einen Schritt nach vorn.

Sandorin richtete das Gewehr auf ihn. »Sie bleiben schön, wo Sie sind.« Der Professor blieb stehen und starrte auf den Bildschirm. »Schließen Sie sofort die Schleuse, Elena! Irgendetwas muss bei Bloom schiefgelaufen sein.«

*

Als die Schüsse durch den Tunnel hallten, war Orff in den Laufschritt verfallen. Was auch immer am anderen Ende des Tunnels passiert war, die Zeit, den Kameras Gelassenheit vorzugaukeln, war vorbei. Die engen Wände behinderten ihn beim Rennen, und die niedrige Decke zwang ihn zu einer geduckten Haltung. Trotzdem brachte Orff die zweite Hälfte des Tunnels in kürzester Zeit hinter sich.

Die Schüsse waren noch nicht lange verklungen, als der Tunnel eine Biegung machte, sich verbreiterte und sein Ende in Sichtweite kam. Orff sah eine rothaarige Frau vor einer geöffneten Stahltür stehen. Sie schien etwas auf der anderen

Seite einzutippen. Als sie ihn bemerkte, zuckte sie erschrocken zusammen.

Orff zog seine Waffe. Ohne sein Tempo zu verlangsamen, zielte er und schoss. Doch die Frau war bereits zur Seite gesprungen.

Die Tür begann, sich zu schließen.

88

Centro de Energía Geotérmica, Cervera, Spanien

Ein Schuss fiel. Dean riss den Kopf herum. Auf den Bildern der Überwachungskameras sah er, wie Elena von der Schleusentür wegsprang.

Hinter sich hörte er Cellers Stimme. »Sehen Sie, schon wieder eine unerwartete Wendung.«

Dean beachtete ihn nicht. Wenige Augenblicke später sah er, wie Elena in dem ersten der beiden Technikräume verschwand. Jetzt drehte auch Sandorin den Kopf.

Dean hörte hinter sich ein Geräusch. Er schnellte herum und registrierte, wie Celler etwas unter seinem Hosenbein hervorzog. Im Bruchteil einer Sekunde realisierte er, dass sie einen Fehler gemacht hatten. Niemand hatte Celler nach weiteren Waffen durchsucht. Wie in Zeitlupe sah er den silbernen Lauf einer kleinkalibrigen Pistole auftauchen. Das Metall blitzte in Cellers Hand, als er den Arm nach oben riss. In einer fließenden Bewegung richtete er die Waffe auf Deans Brust.

In diesem Moment übernahm ein urzeitlicher Reflex Deans Kontrolle. Er verlagerte sein Gewicht auf die rechte Seite und stieß sich mit der Hand vom Terminal ab. Durch den Ruck drehte sich sein Oberkörper zur Seite. Aber es war zu spät. Noch bevor die Bewegung richtig begonnen hatte, drückte Celler ab. Ein Schuss löste sich. Dean erstarrte. Fast im selben Augenblick hörte er zwei weitere Schüsse. Celler wurde nach hinten geschleudert und knallte gegen das Terminal. Dann rutschte er ab und fiel zu Boden.

Für einen kurzen Moment glaubte Dean, dass Celler ihn verfehlt hatte. Er sah an sich hinab. Der Stoff über seiner Brust hatte sich rot verfärbt. Verdutzt fasste er sich an die Stelle und verstrich die warme Flüssigkeit zwischen den Fingern. Er sah, dass Sandorin auf ihn zukam. Das Letzte, was er spürte, war eine Hand an seiner Schulter. Dann kam Schwärze.

*

Orff rannte auf die sich schließende Tür zu und hechtete durch die Lücke. Im Innern rollte er sich ab und hielt die Waffe hoch. Die Frau mit den roten Haaren war verschwunden. Es gab nur einen Weg, den sie genommen haben konnte, denn von hier führte nur ein einzelner, hell beleuchteter Gang weiter. Die Glastür, die in den Gang führte, war zerschossen und der Boden mit Glasscherben übersät. Auf der rechten Seite befanden sich zwei Türen. Sie waren geschlossen.

Er sah zurück. Die schwere Stahltür hatte sich schon fast geschlossen. Sein Blick fiel auf einen Ständer mit Gewehren. Er griff sich eines davon und schob es zwischen die Scharniere der Tür. Mit einem Knirschen wurde das Metall der Waffe zerquetscht. Die Tür geriet ins Stocken und stoppte schließlich. Die Lücke, die übrig blieb, reichte knapp, dass sich jemand hindurchzwängen konnte.

Orff drehte sich wieder zum Gang um. In diesem Moment hörte er weitere Schüsse fallen.

*

Sandorin fing Lund auf, ließ ihn zu Boden gleiten und lehnte seinen Oberkörper gegen das Terminal. Der Kopf des Professors kippte auf die Brust. Die Hände rutschten schlaff auf den Boden. Sandorin sah auf den Bildschirm des Terminals.

Eine neue Meldung war erschienen. *Autorisierung bestätigt: Aaron Celler. Zugriffsberechtigung Stufe eins.*

Darunter befand sich eine zweite Meldung: *Eingabe Terminalcode.*

Der Cursor blinkte am Anfang einer leeren Zeile.

Sandorin stieß einen Fluch aus. Bisher war alles schiefgelaufen, was nur schieflaufen konnte. Er kniete sich vor den Professor und legte die Finger an den Hals. Der Puls war schwach, aber regelmäßig. Die Kugel hatte ihn in die Schulter getroffen. Sandorin riss Lunds Hemd auf. Die Wunde blutete ziemlich stark, doch er würde es überleben. Hätte er sich nicht im letzten Augenblick zur Seite gedreht, wäre er jetzt vermutlich tot.

Geduckt schlich Sandorin zum Monitor mit den Überwachungsbildern. Orff hatte sich ein Gewehr gegriffen und brachte sich im Schleusenraum in Stellung. Das Tor hinter ihm stand einen Spalt weit offen. Irgendetwas musste es blockiert haben. Sandorin suchte die Bilder nach Dupont ab. Sie rannte noch immer durch den Tunnel, hatte die Schleuse aber schon fast erreicht.

Die ganze Angelegenheit entwickelte sich langsam zu einem reinen Desaster. Sandorin wusste nicht, was den Killer umgedreht hatte, aber er war ihm schon auf dem Flug irgendwie seltsam vorgekommen. Hatte einfach nur dagesessen und stumm aus dem Fenster gestarrt. Sandorin hätte ihn nicht mit Bloom allein lassen dürfen. Falls dem alten Knacker was geschehen war, würde er keinen Cent von seinem Geld sehen.

Sandorin zog das Magazin aus dem Gewehr und prüfte die

Munition. Noch fast voll. Er warf einen letzten Blick auf die Überwachungsbilder. Orff war inzwischen im Korridor. Die Server verdeckten die Sicht auf ihn. Sandorin ließ das Magazin wieder einrasten. Dann verließ er den Kontrollraum und brachte sich am Ende der linken Serverreihe in Deckung. Außer dem leisen Rauschen der Lüftung war nichts zu hören.

89

Centro de Energía Geotérmica, Cervera, Spanien

Orff huschte geduckt in den Gang hinein. Seine Pistole hatte er durch eines der Gewehre neben der Schleusentür ersetzt. Er lauschte. Hinter den beiden Türen auf der rechten Seite tat sich nichts. Trotzdem konnte er nicht sicher sein, dass sich die Frau mit den roten Haaren nicht hinter einer von ihnen versteckte. Auf der anderen Seite des Gangs befand sich ein dritter Raum, der durch eine Glaswand abgegrenzt wurde. Der größte Teil wurde durch zwei Serverreihen eingenommen. Dazwischen befand sich ein breiter Gang. Orff spähte um die Ecke der näher gelegenen Serverreihe. Dahinter lag ein weiterer Raum mit einer breiten Glasfront. Außer Computerbildschirmen war darin nichts zu erkennen.

Hinter sich hörte er ein Geräusch. Er fuhr mit dem Gewehr herum. Im Schleusenraum stand Dupont und hob beschwichtigend die Hände. Orff bedeutete ihr, stehen zu bleiben. Er kroch zu ihr und zog seine Pistole aus dem Gürtel.

»Nehmen Sie die, und behalten Sie diese beiden Türen hier im Auge«, flüsterte er.

Dupont nahm die Waffe entgegen. »Wo ist Dean?«

»Ich weiß es nicht. Vermutlich noch im Serverraum. Bleiben Sie hier in Deckung.«

Orff schlich wieder nach vorn. Er warf einen erneuten Blick um die Ecke. Hinter der rechten Serverreihe registrierte er eine Bewegung. Er zog den Kopf zurück. Einen Sekundenbruchteil später jagte ihm ein Kugelhagel entgegen. Die Glaswand neben ihm zerbarst mit einem lauten Klirren, und ein Scherbenregen prasselte auf ihn ein.

Orff setzte das Gewehr an und schickte eine Maschinengewehrsalve zurück.

*

Sandorin brachte sich gerade noch rechtzeitig in Deckung, bevor die Kugeln neben ihm in die Serverhülle einschlugen. Die letzten Scherben der zerschossenen Glaswand klirrten auf den Boden. Danach war es wieder still.

Den Rücken gegen den Server gedrückt ließ er sich in die Knie rutschen. Er wollte Orff kein allzu leichtes Ziel bieten. Dann riss er das Gewehr herum und feuerte eine neue Reihe von Schüssen ab. Unmittelbar darauf bohrten sich weitere Kugeln über ihm in die Verschalung.

Sandorin realisierte, dass er so nicht weiterkam. Die Zeit lief ihm davon. Jeden Augenblick konnte die NATO die Anlage sprengen. Außerdem war Orff mit den geladenen Gewehren im Schleusenraum im Munitionsvorteil. Er musste Orff aus seiner Position hervorlocken.

»Orff!«, rief er. »Was ist das genau für ein Spiel, das Sie hier spielen? Hat Ihnen Ihre neue kleine Freundin den Kopf verdreht? Oder haben Sie plötzlich Gewissensbisse bekommen?«

Keine Antwort.

Sandorin schickte eine weitere Salve in Orffs Richtung und huschte in den Kontrollraum. Lunds schlaffer Körper war noch immer gegen das Terminal gelehnt. Sein Kinn lag auf der Brust, die Augen waren geschlossen. Sandorin kniete sich vor ihm hin und hob seinen Kopf an.

»He, Lund, können Sie mich hören?« Keine Reaktion. Er verpasste ihm eine Ohrfeige. Der Professor stöhnte schwach. Sandorin öffnete eines seiner Augen. Die Pupille starrte ihm abwesend entgegen. Sandorin schlug ihm erneut auf die Wange.

»Wachen Sie auf!«, zischte er.

Der Professor stöhnte erneut. Langsam öffneten sich seine Augenlider. Er sah auf, zeigte jedoch sonst keine Reaktion.

Im Vorraum fielen einzelne Schüsse. Sandorin ließ von Lund ab und huschte zum Monitor mit den Überwachungsbildern. Orff befand sich noch immer an derselben Stelle und feuerte in die Luft. Dupont war direkt hinter ihm. Auf dem Monitor verwandelte sich ein Bild nach dem anderen in signalloses Rauschen.

Sandorin warf das Gewehr auf den Boden und hastete zu dem Wachmann, den er niedergestochen hatte. Er tastete ihn ab und fand seine SIG Sauer in einer Jackentasche. Die Schüsse hörten auf. Er sah zum Monitor. Sämtliche Kamerabilder vom Gang waren verschwunden. Es fehlten auch mehrere Ausschnitte vom Serverraum. Sandorin riskierte einen Blick durch die Glasfront.

Eine Gewehrsalve zischte über ihn hinweg und zerschmetterte auch die letzte Scheibe in der Anlage.

90

Centro de Energía Geotérmica, Cervera, Spanien

Orff schoss erneut in den Serverraum hinein und rannte dann auf die hintere Serverreihe zu. Laura beobachtete, wie er auf der Rückseite der weißen Verschalung verschwand.

Sie rückte an die Stelle vor, wo er eben gekauert hatte, und riskierte einen kurzen Blick ins Innere. Zwischen den Servern hindurch konnte sie einen weiteren Raum sehen. Von der zerschossenen Scheibe fielen letzte Scherben hinunter. Dahinter war keine Bewegung zu erkennen.

Lauras einziger Gedanke galt Dean. Außer den Schüssen und Sandorins Rufen war nichts zu vernehmen. Wenn Dean da gewesen wäre, hätte sie doch etwas hören müssen! Entweder befand er sich gar nicht mehr hier drinnen, oder … Laura wagte nicht daran zu denken.

»Orff!«, meldete sich erneut Sandorins Stimme. »Ich werde jetzt aufstehen. Ich habe den Professor bei mir.«

Dean! Laura sah um die Ecke.

»Da Sie mit der reizenden Laura angebandelt haben, vermute ich, dass Sie ihn lieber nicht tot sehen möchten. Also nehmen Sie den Finger vom Lauf.«

Im Raum hinter den Servern gab es eine Bewegung. Kurz darauf erschien Sandorin. Er hielt Dean als Schutzschild vor sich, einen Arm fest um seine Taille geschlungen. Deans Hemd war am rechten Oberkörper mit Blut durchtränkt. Laura stockte der Atem. Sie musste sich zusammenreißen, nicht sofort nach vorn zu rennen.

Sandorin hob seine Pistole an. »Die Situation ist schon ziemlich paradox. Eigentlich wollen wir doch alle dasselbe. Das Botnetz zerstören und dann so schnell wie möglich raus, bevor unsere Freunde von der NATO hier alles in Schutt und Asche legen. Also, was halten Sie davon, wenn Sie und Dupont vorkommen, damit wir zusammen eine Lösung finden können? Sonst muss ich dem Professor hier eine Kugel verpassen. Und damit wäre keinem von uns gedient.«

Laura hatte sich wieder in Deckung gebracht und suchte den Raum nach Orff ab. Er blieb außer Sichtweite. Für einen kurzen Augenblick herrschte eine unheimliche Stille.

Sandorins Stimme meldete sich wieder. »Wenn Sie darauf

spekulieren, dass ich den Professor nicht erschießen werde, dann irren Sie sich. Ich habe keine Angst davor, wenn die Welt vor die Hunde geht. Leute wie mich wird es immer brauchen. Also, ich werde jetzt bis drei zählen. Wenn Sie dann noch immer nicht aufgetaucht sind … Na ja, Sie wissen, was dann passiert.«

Lauras Herz schlug ihr bis zum Hals.

»Eins …«, begann Sandorin den Countdown. »Zwei …«

Orff war noch immer nirgends zu sehen. Laura war sich sicher, dass er einen Plan hatte, aber wenn er jetzt nicht bald etwas unternahm …

»Drei!«

»Nein!« Laura schoss aus ihrer Deckung hervor. Sofort richtete Sandorin die Waffe auf sie. Laura achtete nicht darauf. Sie sah, wie Dean langsam die Augen öffnete. »Bitte tun Sie ihm nichts!«

Sandorins Griff um Dean wurde fester. »Orff! Meine Waffe ist jetzt auf Dupont gerichtet. Im Gegensatz zum Professor ist sie verzichtbar. Wenn Ihnen Ihre neue Freundin also etwas wert ist, werfen Sie jetzt Ihr Gewehr weg und kommen langsam vor.«

Hinter Laura knirschte es. Sie sah sich um. Eine rothaarige Frau war aus einem der Technikräume herausgekommen. Laura erkannte sie von Blooms Familienfoto wieder. Es war Elena.

Sie kam auf Laura zu und sah dann an ihr vorbei. Ihre Augen weiteten sich. »Sandorin, er ist bei der Tür!«

*

Dean hatte kaum etwas davon mitbekommen, wie er von Sandorin hochgezogen worden war. Sein Verstand war nach Cellers Schuss in einen undefinierbaren Bereich zwischen Traum und Wirklichkeit gefallen. Als er Sandorins Stimme dicht neben seinem Ohr gehört hatte, waren die Worte nur verschwommen in sein Bewusstsein gesickert. Er hatte den Druck um seine Taille gespürt, hatte aber weder wahrgenommen, wo er war, noch was um ihn herum passierte.

In dem Moment, als er Lauras Stimme gehört hatte, war der Schleier wie ein Theatervorhang zur Seite geglitten. Als hätte sein Verstand die Informationen, die er zuvor aufgenommen, aber nicht verarbeitet hatte, mit einem Katapult in sein Bewusstsein geschleudert, war auf einen Schlag alles da gewesen. Er hatte die Augen geöffnet und Laura nur wenige Meter vor sich stehen sehen. Dann hatte er Sandorins Pistole registriert, die auf Laura gerichtet war. Als wäre in ihm ein Staudamm aufgebrochen, war seine Energie in ihn zurückgekehrt.

Nachdem Elena hinter Laura aufgetaucht war und Sandorin die Warnung zugerufen hatte, ging plötzlich alles schnell. Sandorin zog Dean zurück und schwang die Waffe zur Tür des Kontrollraums. Vor ihnen stand der Mann, der Laura in Utrecht angegriffen hatte. Er richtete ein Gewehr auf sie. Dean gestatte sich nicht, auch nur eine Sekunde nachzudenken. Noch während Sandorin seine Pistole auf den Mann schwenkte, schnellte Deans unverletzter Arm nach oben und riss sie zur Seite. Ein Schuss knallte durch den Raum. Bevor Sandorin reagieren konnte, stieß sich Dean mit aller Kraft vom Boden ab. Sandorin verlor das Gleichgewicht. Zusammen stolperten sie nach hinten und prallten gegen das Terminal in der Mitte des Raums. Der Ex-CIA-Agent stöhnte auf. Sein Griff lockerte sich.

Dean sah auf. Der Killer stand noch immer in der Tür. Das Gewehr im Anschlag suchte er sein Ziel. Dean schob seinen Oberkörper zur Seite. Sandorin bemerkte die Bewegung und riss seine Pistole nach oben. Aber es war zu spät. Ein einzelner Schuss fiel.

Sandorin schrie auf. Sein Arm erschlaffte. Dean löste sich aus der Umklammerung und ließ sich zur Seite auf den Boden fallen.

Ein zweiter Schuss ertönte. Dieses Mal schrie Sandorin nicht mehr.

*

»Scheiße!« Elena stand neben Laura und starrte entsetzt auf Sandorins erschlafften Körper. Sie hob die Hände an die Stirn und warf Laura einen verzweifelten Blick zu. Dann rannte sie davon.

Laura beachtete sie nicht. Sie sprintete auf die kaputte Glaswand zu und suchte hektisch den Raum nach Dean ab. Auf dem Boden lagen mehrere reglose Körper. Laura fand Dean direkt vor der zerschossenen Glasfront. Er rührte sich nicht. Sofort hastete sie an Orff vorbei in den Raum, ließ sich vor ihm auf die Knie fallen und drehte ihn auf den Rücken.

»Dean!«

Er stöhnte auf.

Sie strich ihm die Haare aus dem schweißbedeckten Gesicht. »Dean, kannst du mich hören?«

Er hustete.

Laura schlug sein Hemd zur Seite. In seiner Schulter klaffte ein hässliches Loch.

Deans Augen öffneten sich. Laura legte ihre Hand auf seine Wange. Eine Welle der Erleichterung durchfuhr sie.

Dean hustete erneut und versuchte, sich aufzurichten.

»Vorsicht!«, sagte Laura. »Du darfst dich nicht anstrengen.«

Er blickte an sich hinunter. »Sieht schlimmer aus, als es ist.« Er stützte sich auf und verzog schmerzverzerrt das Gesicht.

»Warte, ich helfe dir!« Laura fasste ihn unter der unverletzten Schulter und richtete ihn auf.

»Was ist mit Sandorin?«, fragte er.

Laura schaute über die Schulter. Sandorin lag mit dem Rücken auf der Konsole. Arme und Beine hingen schlaff hinunter. Seine leeren Augen starrten zur Seite.

»Er ist tot.« Sie wandte sich wieder Dean zu. »Kannst du aufstehen?«

Dean reagierte nicht. Sein Blick wanderte auf einen Punkt hinter ihr. »Was macht *er* hier?«

»Das ist eine lange Geschichte.« Sie drehte sich um. Orff stand in der Tür und stützte sich mit einer Hand am Rahmen ab. Die andere hielt er seitlich am Bauch.

»Was ist mit Ihnen los?«

Orff löste die Hand vom Bauch. Sie war voller Blut. »Nur ein Streifschuss. Wir sollten jetzt zusehen, dass wir hier rauskommen.«

»Ich kann noch nicht weg«, entgegnete Dean. »Das Botnetz ist noch nicht deaktiviert.«

»Dann sollten Sie sich beeilen«, sagte Orff.

Dean machte einen unsicheren Schritt auf den Monitor zu. Auf dem Bildschirm leuchtete eine Meldung auf: *Eingabe Terminalcode*.

»Kennst du den Code?«, fragte Laura.

»Nein«, sagte er. »Den kannte nur Celler. Ich muss ihn umgehen.« Er wandte sich zu ihr um. »Du musst jetzt gehen.« Er wies mit einem Nicken auf Orff. »Er hat recht, es ist zu gefährlich hierzubleiben.«

»Verschwende keine Zeit, Dean. Du weißt, dass ich dich nicht hier alleinlassen werde. Also fang an!«

Aus einer Ecke drang ein ersticktes Lachen. Laura sah auf den Boden neben dem Bildschirm. Ein Mann war gegen die Wand gelehnt. Sie erkannte ihn aus der Videobotschaft, die sie bei Europol gesehen hatte.

»Celler«, sagte Dean.

Der Mann hob schwerfällig den Kopf. Aus seinem Mund lief Blut. »Sie hat recht«, krächzte er schwach. »Sie verschwenden Ihre Zeit. Hören Sie das Geräusch?«

Laura konnte tatsächlich ein Surren hören, das vorher nicht da gewesen war. Auch Dean horchte auf.

»Das ist das Schleusentor«, sagte Celler mit einem seltsamen Lächeln auf den Lippen. »Es schließt sich gerade.«

Dean machte einen Schritt auf den Monitor mit den Überwachungsbildern zu. »Elena …«

Einer der wenigen übrig gebliebenen Bildausschnitte zeigte die Rothaarige, wie sie durch den Tunnel rannte.

»Sie hätten gehen sollen, als Sie noch die Gelegenheit dazu hatten«, stöhnte Celler.

»Kannst du die Schleuse wieder öffnen?«, fragte Laura Dean.

Er schüttelte langsam den Kopf. »Es tut mir …«

Ein Donnern durchfuhr den Raum. Der Boden begann zu beben. Scheiben klirrten, alles um sie herum erzitterte. Laura sah in den Serverraum. Staub prasselte von der Decke. Ein weiteres Dröhnen erschütterte die Anlage und riss Laura beinahe von den Beinen. Dean verlor das Gleichgewicht und stürzte gegen das Eingabefeld vor dem Hauptbildschirm. Das Licht ging aus. Laura hörte Gegenstände zu Boden krachen. Über ihnen knirschte es. Eine rötliche Notbeleuchtung sprang an.

»Sie sind zu spät«, keuchte Celler. Durch den Lärm war seine Stimme kaum mehr hörbar.

Im Serverraum stieg weißer Rauch auf. Er drang aus den Verschalungen der Server.

»Der Selbstzerstörungsmechanismus ist ausgelöst!«, rief Dean.

Auf dem Bildschirm erschien eine rot leuchtende Warnmeldung.

Laura starrte auf die Anzeige. *Systemzustand kritisch. Leistung 65%.*

Eine ohrenbetäubende Explosion riss die Wand hinter den Servern in Stücke. Laura wurde von einer Druckwelle erfasst und zu Boden geschleudert. Sie schlug hart neben Celler auf. Die Luft wurde ihr aus der Lunge gepresst, und sie ächzte erstickt auf. Heißer Staub flog über sie hinweg und hüllte alles in erstickenden Nebel. Ein ätzender Geruch erfüllte den Raum. Das Knacken über ihr war zu einem lauten Krachen angeschwollen. Irgendwo brach die Decke durch. Betonbrocken knallten auf den Boden. Mit einem dumpfen Rauschen schoss Erde in die Anlage.

Laura stieß sich vom Boden ab. Sie schaffte es, auf die Knie zu kommen. Dean lag neben ihr auf dem Boden. Mit einem Stöhnen richtete er sich auf. Laura warf einen Blick auf den Monitor. Die Anzeige war nur noch knapp zu erkennen.

Systemzustand kritisch. Leistung 28%.

»Es ist vorbei«, hörte sie Cellers schwache Stimme.

Laura kroch näher zu ihm. »Sagen Sie mir den Code!«

Celler lächelte sie an, dann ließ er den Kopf langsam sinken. Das Dröhnen über ihr ließ nach, aber der Boden vibrierte noch immer. Hinter sich hörte sie die Decke ächzen. Ein weiterer Schwall Erde ergoss sich in die Anlage.

Dean befand sich jetzt direkt neben ihr. »Celler! Sie müssen uns den Code sagen!«

Celler hob den Kopf und sah sie wie aus weiter Ferne an. Er driftete bereits weg. »Riechen Sie das?«, flüsterte er mit kaum wahrnehmbarer Stimme. Laura rückte noch näher zu ihm, um ihn besser hören zu können. »Der Server ist zerstört. Sie können nichts mehr tun.« Er hustete. »Breakdown lässt sich nicht mehr aufhalten.«

Laura fasste ihn an den Schultern. »Breakdown? Was soll das heißen? Was meinen Sie damit?«

Cellers Augen wurden glasig. Er bewegte die Lippen, doch Laura konnte ihn kaum verstehen. Sie hielt ihr Ohr vor seinen Mund. »Sie werden hier drinnen sterben«, hauchte er ihr zu. »Aber wenn es ein Trost für Sie ist. Auf jeden Zusammenbruch folgt auch wieder ein Aufstieg. Der Professor hätte das Programm nicht treffender benennen können. Es wird in die Geschichte eingehen.«

»Was wollen Sie damit sagen?« Laura sah Celler an. Er lächelte wieder. Dann wurde sein Blick leer, und der Kopf sank nach unten.

In diesem Moment hörte sie hinter sich Stimmen rufen. Stiefel trampelten über den Boden. Laura drehte sich um. Sie konnte vier schwarze Gestalten durch den Serverraum rennen sehen. Auch Dean hatte sich den Geräuschen zugewandt. Irgendjemand bellte Befehle auf Spanisch.

Zwei Männer in schwarzer Kampfuniform schossen durch die Tür. Einer von ihnen entdeckte sie und rannte zu ihr. »Laura Dupont?«

Laura nickte perplex.

»Kommen Sie mit, wir bringen Sie hier raus.«

Er zog sie hoch, ein fester Griff schloss sich um ihre Hüfte. Der andere Mann kümmerte sich um Dean.

Über ihnen wurde das Rumpeln stärker. Irgendwo krachte etwas zu Boden.

»Warten Sie!«, rief Dean. Er sah zu Laura. »Was hat Celler gesagt?«

Sie wurden von den Männern hinausgezogen.

Lauras Blick fiel auf den Monitor.

Systemzustand kritisch. Leistung 6%.

»Nichts Brauchbares. Er war bereits im Delirium. Er hat davon erzählt, dass dein Programm in die Geschichte eingehen wird. Und er hat etwas von einem Breakdown erwähnt. Sagt dir das etwas?«

Dean blickte sie wie versteinert an.

»Sagt dir das etwas, Dean?«, setzte Laura nach. »Was ist Breakdown?«

Er öffnete den Mund, brachte jedoch kein Wort hervor. Dann zeichnete sich in seinen Augen ein Ausdruck des Verstehens ab. Er riss sich aus der Umklammerung des Mannes los und stolperte zum Bildschirm. Die Warnmeldung blinkte jetzt schneller.

Leistung 2%.

Hektisch tippte Dean etwas ein und bestätigte die Eingabe. Auf dem Bildschirm passierte nichts.

Ein weiteres Grollen erschütterte die Anlage.

»Wir müssen hier raus! Die Decke stürzt ein!«, rief der Mann hinter Laura.

Der andere hatte Dean wieder an der Schulter gepackt. Dean rührte sich nicht und starrte auf den Monitor. Das Bild war wie eingefroren. Eine Sekunde später verwandelte es sich in statisches Rauschen.

Der Mann zog Dean weg.

»Hat es noch gereicht?«, rief Laura.

Dean blickte sie ratlos an. »Ich hoffe es!«

Sie wurden von den Männern durch den Serverraum gezerrt. Überall lagen Brocken und Erde auf dem Boden. Laura sah sich um und suchte den Raum nach Orff ab. Er war nirgends zu sehen. Das Rumpeln über ihnen schwoll an. Polternd fiel hinter ihnen ein großes Deckenstück auf den Boden.

Sie rannten zur Schleuse. Die beiden anderen Männer standen bereits in der offenen Tür.

»Es ist noch jemand da drin!«, brüllte Laura gegen den Lärm an.

»Dafür ist es zu spät«, schrie der Mann hinter ihr.

Sie wurde durch die Öffnung gestoßen. Kurz vor der Biegung des Tunnels stand ein weiterer Polizist mit Elena. Die Russin warf Laura einen boshaften Blick zu.

»Kommen Sie!«, schrie der Polizist neben Laura und zog sie vorwärts.

Aus der Anlage drang ein tosendes Krachen und sie stürmten los. Nach einigen Metern warf Laura einen Blick über die Schulter. Eine dichte Staubwolke kam auf sie zu.

Sie glaubte, darin die Umrisse einer schwankenden Gestalt zu sehen.

Epilog

Universität St. Gallen, Schweiz

Ein milder Wind wehte durch die geöffneten Fenster des Vorlesungssaals. Es roch nach gefallenem Laub und frisch gemähten Gras. Die Sonne stand schon tief am Horizont und tauchte den Saal in einen goldgelben Ton, wie ihn nur der Herbst hervorbringen konnte.

»Das Rätsel um den Zusammenbruch der Gesellschaft auf der Osterinsel steht für ein Phänomen, das sich von den ältesten Kulturen bis heute durch die gesamte Menschheitsgeschichte zieht. Die Sumerer, die Maya, die Anasazi, die Minoer und viele andere – sie alle hat ein ähnliches Schicksal ereilt wie die Bewohner der Osterinsel. Der Ökologe Garett Hardin hat diesem Phänomen in seinem 1968 im *American Psychologist* publizierten Artikel den Namen ›the tragedy of the commons‹ gegeben. Auf Deutsch: die Tragödie der Allmende. Wer von Ihnen hat schon mal was davon gehört?«

Die Studenten sahen aufmerksam zu Laura hinab. In ihren Gesichtern war Neugier zu lesen. Laura vermutete allerdings, dass diese Neugier weniger ihrer Frage galt, als dem Grund, warum sie vor sechs Wochen durch einen Europol-Agenten aus der Vorlesung geholt wurde. Sie hatte bereits vom Dekan gehört, dass ihr Verschwinden seither das Gesprächsthema Nummer eins gewesen war. Für die Studenten der Universität St. Gallen, wie für alle anderen auch, war es ein rätselhaftes, aber dennoch isoliertes Ereignis gewesen:

Ihre Dozentin für Umweltpolitik wurde vor eineinhalb Monaten von der Polizei abgeholt, und jetzt war sie wieder da. Was in der Zwischenzeit passiert war, würde für sie immer im Dunkeln bleiben. Weder die Cyberattacke auf SWIFT noch der NATO-Einsatz in Spanien waren bisher an die Öffentlichkeit gelangt. Laura hatte drei verschiedene Verschwiegenheitserklärungen von Europol, Interpol und der UN unterschreiben müssen, bevor sie aus der Untersuchungshaft entlassen worden war. Sie konnte noch immer kaum glauben, dass die Ereignisse in jener Nacht schon sechs Wochen her waren. Es kam ihr vor, als wäre es erst gestern gewesen.

Nach einem kurzen Zögern hoben etwa ein Drittel der Studenten zaghaft die Hände.

Laura wies auf ein Mädchen mit einer dicken Brille. »Können Sie Ihren Kommilitonen erklären, worum es dabei geht?«

»Ich habe mal in der Wirtschaftstheorie was davon gehört«, antwortete die Studentin. »Es geht darum, dass eine Ressource, die allen uneingeschränkt zur Verfügung steht, letztlich übernutzt wird. Jeder will so viel wie möglich davon haben. Dadurch wird sie ausgeschöpft und vielleicht irgendwann sogar ganz verbraucht.«

»Das ist richtig«, stimmte Laura zu. »Aber warum lassen die Nutzer es zu, dass ihre Ressource so stark nachgefragt wird, dass sie irgendwann weg ist?«

Die Studentin zuckte mit den Schultern. »Jeder versucht, seinen Ertrag zu maximieren. Er hat dadurch einen direkten und persönlichen Gewinn. Dagegen müssen die Kosten, die die Übernutzung irgendwann verursacht, von allen getragen werden.«

»Genau«, fuhr Laura fort. »Mit anderen Worten, für den Einzelnen ist der kurzfristige Gewinn wesentlich höher als die erst langfristig spürbaren Kosten. Garett Hardin hat das Problem deshalb auch so ausgedrückt. ›Freedom in the commons brings ruin to all.‹ Übersetzt: Eine uneingeschränkte Nutzung freier Ressourcen ist letztlich zum Schaden aller. Hardins Schlussfolgerung daraus ist einer der Kernpunkte der Umweltpolitik. Die Nutzung freier Ressourcen muss reguliert werden. Die Marktwirtschaft allein kann die Übernutzung nicht verhindern. Es braucht einen Eingriff auf politischer Ebene. Und an diesem Punkt sind die Bewohner der Osterinsel gescheitert. Die einzelnen Stämme haben es nicht geschafft, sich auf eine Beschränkung der Nutzung ihres Waldes zu einigen. Deshalb hat jeder Stamm bis zum bitteren Ende so viel Holz für sich geschlagen, wie er konnte. Als dann nichts mehr übrig war, brach ihre Gesellschaft zusammen.«

Ein Student in den hinteren Reihen hob den Arm.

»Ja, bitte«, sagte Laura.

»Meine Frage hat nicht direkt etwas mit dem Thema zu tun. Aber ich habe gehört, dass Sie den IPCC verlassen haben. Stimmt es, dass Sie jetzt auch den Lehrauftrag hier an der Uni aufgeben werden?«

Laura hatte die Frage bereits erwartet. Sie hatte bei der Universitätsleitung tatsächlich bereits ihre Kündigung eingereicht. Es war zu erwarten gewesen, dass diese Neuigkeit durch die universitären Buschtrommeln bereits die Runde gemacht hatte.

»Ja, das haben Sie richtig gehört. Sie werden sicher auch einige Gerüchte über meine Abwesenheit vernommen haben und sich fragen, ob dazwischen ein Zusammenhang besteht. Ich kann Ihnen nur Folgendes sagen: Ich habe den IPCC verlassen, um eine eigene Stiftung zu gründen. Ich werde weiterhin für den Klimaschutz arbeiten, aber nun mehr auf der politischen Ebene als auf der wissenschaftlichen.«

»Hat das etwas damit zu tun, dass die Klimaverhandlungen wieder ins Stocken geraten sind?«, fragte die Studentin mit der dicken Brille. »Ich habe gehört, dass die geplante Klimakonferenz in Nairobi um mindestens ein Jahr verschoben wurde, weil die Aussagen des IPCC von einigen Ländern infrage gestellt wurden.«

Die Studentin hatte, ohne es zu wissen, den Nagel auf den Kopf getroffen. Nachdem die Bedrohung durch Common Ground beseitigt war, wurden die internationalen Verhandlungen zum Klimaschutz vorerst unterbrochen. Als Europol zudem den Regierungen bekannt gegeben hatte, dass der Klimaphysiker Stephen Cohen aus dem IPCC-Netzwerk an Common Ground beteiligt gewesen war, geriet auch der Weltklimarat unter Beschuss. Die UN hatten daraufhin auf höchster Ebene eine Untersuchungskommission einberufen, welche die mögliche Verbindung weiterer Klimaforscher zu Common Ground ermitteln sollte. Bis die Ergebnisse vorliegen würden, wurde die Weltklimakonferenz auf unbestimmte Zeit verschoben. Obwohl die Untersuchung höchster Geheimhaltung unterlag, konnte nicht verhindert werden, dass Gerüchte darüber an die Öffentlichkeit drangen, was wiederum Klimaskeptikern Auftrieb verlieh. Für Laura waren die Entwicklungen der letzten Wochen der reinste Albtraum gewesen.

»Meine Entscheidung, eine Stiftung zu gründen, hat nichts mit den geäußerten Zweifeln am IPCC zu tun. Seine Glaubwürdigkeit steht für mich außer Frage.«

Laura stieß sich vom Korpus ab, gegen den sie sich gelehnt hatte. »Meine Gründe haben vielmehr mit dem Thema unserer aktuellen Diskussion zu tun. Wenn Sie sich unsere heutige Situation ansehen, werden Sie erkennen, dass wir am selben Punkt stehen wie damals die Bewohner der Osterinsel. Das, was für die Insulaner der schwindende Wald war, ist für uns heute der Klimawandel. Wenn wir so weitermachen wie bisher, werden wir bis zum Ende des Jahrhunderts eine Klimaerwärmung von sechs Grad erreichen. Damit riskieren wir nicht nur einen Klimakollaps, sondern auch verheerende Auswirkungen auf die Umwelt, unsere Lebensgrundlage und damit unsere gesamte Zivilisation. Und trotzdem haben wir nach vierzig Jahren soliden Forschungsergebnissen noch immer keine wirkungsvollen internationalen Vereinbarungen für den Klimaschutz. Und inzwischen läuft uns die Zeit davon.«

Laura hob zwei Finger in die Luft. »Es gibt zwei Einflussgrößen, die die Politik dazu bewegen können, das zu ändern. Die eine ist die Wirtschaft. Das Problem ist, dass diese noch immer zu achtzig Prozent auf fossilen Energien basiert und deshalb nur ein beschränktes Interesse am Klimaschutz hat. Von dieser Seite können wir daher nur wenige Impulse erwarten. Die zweite Einflussgröße sind wir. Die Bürger.«

»Wie meinen Sie das?«, fragte einer der Studenten.

»Ich meine damit, dass es an uns liegt, ob wir den Klimakollaps verhindern können oder nicht. An Ihnen, an mir, an jedem in diesem Raum und jedem da draußen. Das ist der Grund, warum ich meine Stiftung gründe. Ich will die Menschen mobilisieren, den Klimaschutz von der Politik *einzufordern*. Denn wenn wir es nicht verlangen, wird es niemand tun.«

*

**Internationaler Strafgerichtshof,
Den Haag, Niederlande**

Vera Gear sah Dupont bereits durch die gläserne Eingangstür. Die Klimaexpertin stand auf der Treppe vor dem Haager Tribunal und spähte ungeduldig auf ihre Armbanduhr. Gear ging durch die Drehtür nach draußen. Die junge Frau sah erwartungsvoll auf. Ihre Augen zeigten einen Funken der Enttäuschung, als sie Gear erblickte.

»Guten Tag, Doktor Dupont.«

»Guten Tag, Frau Gear.«

»Sie werden sich nicht mehr lange gedulden müssen. Ihr Verlobter muss nur noch ein paar Formalitäten mit Interpol klären, dann gehört er ganz Ihnen.«

Dupont nickte.

Gear blieb vor ihr stehen. »Bis die Untersuchungen zum Fall Common Ground abgeschlossen sind, dürfen Sie allerdings das Land nicht verlassen. Das gilt für Sie beide.«

»Ich weiß.« Duponts Hand schloss sich etwas fester um ihre kleine grüne Handtasche. Sie wirkte nervös. »Danke, dass Sie sich so für uns eingesetzt haben.«

»Sie müssen mir nicht danken. Unsere Untersuchungen haben Ihre Unschuld klar belegt. Und was Professor Lund anbelangt, wir haben keine Anhaltspunkte, warum wir Ihre Aussage und diejenige Ihrer Tante in Zweifel ziehen sollten.«

Dupont sagte nichts.

Gear schürzte die Lippen. »Eine Sache finde ich allerdings schon erstaunlich.«

»Welche?«

»Nun, eigentlich gelingt es mir immer recht gut, die Menschen einzuschätzen. Aber als ich Sie zum ersten Mal in unserer Taskforce gesehen habe, hätte ich schwören können, dass Sie bis zu diesem Zeitpunkt noch nie etwas von Common Ground gehört haben. Es hat mich schon ziemlich überrascht, dass Sie Aaron Celler damals schon gekannt haben. Es musste eine gewaltige Belastung für Sie gewesen sein, von ihm als Druckmittel verwendet zu werden, um Professor Lund zur Entwicklung des Botnetzes zu zwingen. Konstante Überwachung – und dann die Angst um Ihren Verlobten! Ich an Ihrer Stelle hätte das kaum verbergen können.«

Das Gesicht der jungen Wissenschaftlerin blieb regungslos.

Falls Gears skeptischer Unterton sie verunsichert haben sollte, ließ sie es sich jedenfalls nicht anmerken.

Gear hatte Duponts Aussagen umfassend untersuchen lassen. In Aaron Cellers Datenbank, die er über die Mitglieder von Common Ground aufgebaut hatte, war auch ein Dossier über sie zu finden gewesen. Die detaillierten Informationen, die er über sie gespeichert hatte, sprachen für sich. Die Wissenschaftlerin war ohne Zweifel überwacht worden. Auch die Aussagen, die Dean Lund und Sophie Delacroix gemacht hatten, wiesen keine verdächtigen Abweichungen von Duponts Geschichte auf. Dennoch gab es eine Ungereimtheit: nämlich, dass die übrigen beiden Ratsmitglieder, Cohen und Danquist, nichts von Duponts Überwachung gewusst hatten. Andererseits hatte Celler auch Dossiers über sie selbst zusammengestellt, die ihnen ebenfalls unbekannt waren.

Dennoch wurde Gear das Gefühl nicht los, dass es bei Duponts Geschichte noch eine andere Wahrheit gab. Aber vielleicht war sie auf ihre alten Tage auch einfach nur zu misstrauisch geworden.

»Sie haben vorhin meine Tante erwähnt«, sagte Dupont, ohne auf Gears Andeutung einzugehen. »Wie wird es mit ihr weitergehen?«

»Das Verfahren wird in ihrem Fall noch etwas länger dauern. Ich nehme aber an, dass sie in einigen Anklagepunkten mildernde Umstände erhalten wird, weil sie sich gestellt und den Standort des Fluchtwegs zur Anlage verraten hat. Außerdem hat sie sich auch später kooperativ gezeigt. Das wird den Richter etwas milder stimmen. Da fällt mir ein, was war eigentlich das Codewort zur Deaktivierung des Botnetzes?«

»Breakdown.«

Gear zog die Augenbrauen hoch.

»Das war der Name, den Dean seiner Programmierung für die Bots gegeben hatte«, sagte Laura. »Celler muss ihn als

Sinnbild für den bevorstehenden Zusammenbruch gewählt haben.«

»Wie passend«, meinte Gear trocken.

Eine schwarze Limousine scherte aus dem Verkehr aus und hielt am Straßenrand. Ein Mann in dunklem Anzug stieg auf der Fahrerseite aus und sah die Treppe hinauf zu Gear. Es war Peter Hammond, der sie abholen kam. Gear bedeutete ihm, noch einen Moment zu warten.

»Ich habe gehört, dass Sie den IPCC verlassen haben, um eine Stiftung zu gründen. Werden Sie weiter in der Klimapolitik bleiben?«

»Ja, das werde ich. Aber nicht mehr auf wissenschaftlicher Ebene. Nachdem die Klimaverhandlungen wieder ins Stocken geraten sind, braucht es jetzt eine Initiative aus der Bevölkerung. Es muss Druck von unten aufgebaut werden, wenn wir wollen, dass noch rechtzeitig etwas gegen die Klimaerwärmung unternommen wird.«

»Da haben Sie wohl recht. Wie ich erfahren habe, haben Sie bereits einen vermögenden Gönner. Eine Spende von acht Millionen Euro ist ein erhebliches Startkapital. Darf ich fragen, von wem das Geld kommt?«

»Ich weiß es nicht. Die Spende war anonym. Ich weiß nur, dass sie von einer Privatperson stammt.« Sie strich sich eine Haarsträhne aus dem Gesicht. »Wissen Sie eigentlich schon etwas über den Tod von Liang Hsu?« Ihr war anzuhören, dass der Mord an dem asiatischen Informatiker noch immer auf ihr lastete.

»Es gibt verschiedene Spuren, denen wir gerade folgen. Aber solange die Untersuchungen noch laufen, kann ich Ihnen leider nichts dazu sagen.«

»Ich verstehe. Und wie geht es seiner Familie?«

»Den Umständen entsprechend gut. Seine Frau hat das Haus verkauft und ist mit ihrer Tochter nach Peking zu den

Eltern gezogen. Sie hat dort eine ziemlich große Familie. Ich denke, dass sie im Moment gut versorgt sind.«

Dupont nickte.

»Sobald wir den Fall geklärt haben, werde ich Sie informieren«, versprach Gear.

»Danke.«

Duponts Blick wanderte an Gear vorbei zum Eingang. Dean Lund war in der Tür erschienen und winkte ihr zu.

Das Gesicht der jungen Forscherin hellte sich auf. Sie winkte zurück und sagte zu Gear: »Wenn Sie mich bitte entschuldigen würden?«

»Natürlich. Passen Sie auf sich auf.«

Gear beobachtete, wie sie zu Lund ging und ihn umarmte. Der Professor sah schon deutlich besser aus als vor einigen Monaten. Ihm war kaum mehr anzumerken, dass er damals eine Kugel in die Schulter abbekommen hatte.

Lund blickte in ihre Richtung und hob zum Gruß die Hand. Gear nickte ihm zu. Dann ging das Paar Arm in Arm die Treppe des Haager Tribunals hinunter und verschwand in einem Taxi, das am Straßenrand auf sie gewartet hatte. Das Letzte, was Gear von ihnen sah, war Duponts strahlendes Gesicht im Seitenfenster.

»Wir konnten inzwischen die kürzlich getätigten Transaktionen von Karl Vladimir Orffs Konten überprüfen«, sagte Hammond, der sich mittlerweile zu Gear gesellt hatte.

»Berichten Sie.«

»Es handelt sich um eine Überweisung von acht Millionen Euro, die an ein Nummernkonto der UBS in Zürich gegangen sind. Von dort aus wurde das Geld auf ein Konto der niederländischen Reaal Bank weitergeleitet.«

»Wissen Sie schon, wer der Empfänger ist?«

»Nein, noch nicht. Aber der Betrag entspricht exakt der Spende, die Dupont auf ihr Stiftungskonto erhalten hat. Ich habe bereits eine richterliche Verfügung angestrengt, um Zugang zu den Kontendaten der Reaal Bank zu erhalten.«

»Ziehen Sie die Verfügung wieder zurück.«

Hammond hob die Augenbrauen. »Weshalb?«

»Die beiden Überweisungen haben nichts miteinander zu tun.«

»Woher wollen Sie das wissen?«

»Stellen Sie die Untersuchung einfach ein, Hammond. Ich habe meine Gründe.«

Hammond wollte erneut zu einem Einwand ansetzen, ließ es dann aber sein. »Wie Sie wünschen.«

Gear warf einen Blick gen Himmel. Es war ein sonniger Frühlingstag im April, und die Temperaturen waren auf angenehme zwanzig Grad geklettert.

»Sie können jetzt wieder zurückfahren. Ich werde heute zu Fuß gehen.«

Hammond nickte und verabschiedete sich. Als Gear allein war, schloss sie die Augen und genoss die Wärme der Sonne auf ihrem Gesicht. Für einen Moment lang ließ sie ihre Gedanken treiben.

Ein Windstoß ließ die Blätter der nahe gelegenen Bäume rauschen. Gear sah wieder auf. Weit hinten bauschten sich am nördlichen Horizont dunkle Wolken auf, die ein baldiges Gewitter ankündigten.

Gear stieg die Stufen des Haager Tribunals hinunter. Es war besser, wenn sie sich beeilte. Gewitterfronten über der Nordsee kamen in letzter Zeit schneller als erwartet.

Anmerkungen des Autors

Dies ist ein fiktionales Werk. Die Handlung und alle in diesem Roman geschilderten Figuren sind frei erfunden. Obwohl die meisten Organisationen in der Wirklichkeit existieren, wurden sie in diesem Werk rein fiktiv verwendet. Für den besseren Verlauf der Geschichte wurden einige der Schauplätze etwas abgeändert.

Nicht fiktional sind die Fakten zum Klimawandel. Die im Buch genannten Informationen und Szenarien entsprechen dem gegenwärtigen Stand der wissenschaftlichen Diskussion. Fakt ist, dass wir uns heute in einem starken Anstieg der globalen Temperaturen befinden. Die Treibhausgasemissionen, die diesen Temperaturanstieg verursachen, haben seit der Industrialisierung kontinuierlich zugenommen. Zwischen 2012 und 2013 ist die Konzentration von CO_2, dem wichtigsten Treibhausgas, so stark angestiegen wie seit 30 Jahren nicht mehr. Den Temperaturanstieg auf zwei Grad gegenüber der vorindustriellen Zeit zu begrenzen wird damit von Jahr zu Jahr schwieriger. Jenseits dieser sogenannten 2-Grad Grenze sind verheerende Umweltkatastrophen und enorme wirtschaftliche und gesellschaftliche Schäden zu erwarten.

Um die 2-Grad Grenze einzuhalten, dürfte der weltweite CO_2-Ausstoss laut dem »Emission Gap Report« des Uno-Umweltprogramms bis 2020 nicht höher als jährlich 44 Milliarden Tonnen (Gigatonnen) liegen, und bis 2050 müsste der

Ausstoß weiter auf 22 Gigatonnen reduziert werden. Gemäß der aktuellen Entwicklung ist jedoch bis 2020 mit einem globalen CO_2-Ausstoss von 59 Gigatonnen zu rechnen. Die zu schließende Lücke wird immer grösser.

Falls die weltweite Treibhauskonzentration weiter so ansteigt wie bisher, ist eine Erwärmung von 6 Grad bis zum Ende des Jahrhunderts letztlich nicht auszuschließen, ein Anstieg um 4 Grad sogar sehr wahrscheinlich. Ob uns dadurch ein Massenaussterben wie an der Perm-Trias-Grenze vor 250 Millionen Jahren droht, als sich das Klima ebenfalls rapide erwärmt hat, kann niemand sagen. Dennoch hängt dieses Szenario über uns wie das Schwert des Damokles, und es zeigt, dass wir mehr zu befürchten haben als nur ein gestörtes Klimasystem, das uns Hitzesommer und Unwetterkatastrophen bringt.

Der Klimawandel ist eine der größten Herausforderungen unserer Zeit. Wie das Zitat von Bill Clinton am Anfang des Buches deutlich macht, ist die Bedrohung existenziell. Denn wenn wir jetzt nicht handeln, könnte es uns schon bald so ergehen wie den Bewohnern der Osterinseln. Und wie diese werden auch wir nicht sagen können, wir hätten die Gefahr nicht kommen sehen.

Danksagung

Mein größter Dank gilt meinen Freunden, die mir beim Schreiben zur Seite gestanden sind und mir in vielen abendfüllenden Diskussionen geholfen haben, meinen Roman zu verbessern und weiterzuentwickeln. Allen voran möchte ich Sarah und Reto danken, die sich unermüdlich für mich Zeit genommen und mit ihrem wertvollen Input viel zum Gelingen dieses Buches beigetragen haben. Großer Dank geht an Peter, PQ, Lilu, Frango, Daniela, Betti und Valentin, die bereits an mich geglaubt haben, als das Manuskript erst wenige Kapitel lang war. Und ganz besonderer Dank gilt Kristin, Serge, Birk und Claudia, die mich im Endspurt des Schreibens richtig toll unterstützt haben.

Für die textliche Unterstützung danke ich meinem Schreibcoach Philipp Bobrowsky, Vera Thielenhaus vom Goldmann Verlag, Barbara Schrettle und Leonie Schöbel von der Michael Meller Literary Agency und Kerstin von Dobschütz von der Verlagsagentur von Dobschütz. Barbara Schrettle möchte ich im Besonderen dafür danken, dass sie an mein Buch geglaubt hat, und für ihren Einsatz, dafür den richtigen Verlag zu finden – der Motivations-Whiskey hat sich also wirklich gelohnt!

Folgenden Personen möchte ich ganz herzlich für ihre wertvolle fachliche Unterstützung danken:

Gian-Kasper Plattner, Mitarbeiter der Working Group 1

»The physical science basis« des IPCC, für seine Überprüfung der wissenschaftlichen Fakten zum Klimawandel.

Simon Nussbaum und Daniel H. dafür, dass sie mich in die Welt der IT-Security und der Botnetze eingeführt haben.

Andreas B. und Georges Gentis für ihre detaillierten Angaben zum internationalen Finanzmarkt und zu SWIFT.

Marco M. für seine wertvollen Insider-Informationen über Angriffstaktiken der NATO und Daniele Ganser vom Schweizer Institut für Friedensforschung und Energie für seine Ausführungen zu deren Organisation und geopolitischen Rolle.

Ein ganz spezieller Dank geht an Dieter Genske und Wolfgang Rienecker dafür, dass ich ein Stück ihrer Lebensgeschichten für die Figur von Dean Lund verwenden durfte.

Und natürlich danke ich Ihnen, lieber Leser, dass Sie sich beim Griff ins Regal für dieses Buch entschieden haben. Ich hoffe, Sie hatten Freude daran!